Finsteres Erwachen

1.

Vor ihrem Aufbruch am späten Nachmittag hielt Bonifatius die letzte Messe. Der ganze Altarraum war hell mit Fackeln erleuchtet, der Boden und die alten Bänke frisch gewienert. Die Sieben, die nicht mitgehen sollten, waren ebenfalls anwesend. Unter ihnen drei Männer, die zu alt für den mühsamen Weg und eine Schlacht waren und vier sehr junge Novizen, denen noch nicht einmal die ersten Barthaare sprossen.

Der Wagen für deren Abreise war schon mit allem an Unterlagen und Büchern über ihre heilige Mission und dem gesammelten Wissen über diese Kreaturen gepackt. Die Pferde schon angeschirrt. Auch sie würden das Kloster heute für immer verlassen. Sie würden das Wissen und die Erinnerungen mit sich nehmen und an Andere weitergeben. Ihnen würde es obliegen das Kreuz und die Relikte, an andere Orte zu bringen, überlebende Mönche aufzunehmen und sie zu pflegen. Die Namen der 37 nicht in Vergessenheit geraten zu lassen. Ihre Geschichte zu bewahren und neue Krieger und Mönche auszubilden. Ihre Aufgabe war also nicht minder bedeutend für die Sache und so stand in ihren Gesichtern dieselbe Sorge wie in derer, die heute wahrscheinlich ihr Leben geben würden.

Nachdem die Messe in Stille und Ehrfurcht beendet war, stand Bonifatius auf und sah jeden der Mönche vor sich einzeln an. Alle hatten ihre Roben schon vor Tagen gegen Kriegskleidung getauscht. Er sah in ihre Augen, musterte ihre Kettenhemden, ihre Wämse mit den weißen Kreuzen auf blauem Untergrund, ihre Helme und ihre Schwerter. Sah ihre Sorgenfalten, ihre Angst vor der heutigen Nacht, aber auch ihre Entschlossenheit über das, was kommen würde. Manche hatten ihre Kettenhemden heute zum ersten Mal für einen Krieg angezogen, andere konnten nicht mehr zählen, wie viele Kämpfe ihre Rüstungen schon erlebt hatten. Doch dieses Mal war für alle von Ihnen das erste Mal.

Das erste Mal, bei dem sie nichts menschlichem gegenüberstehen würden.

„Brüder! Viele Jahre lebten, arbeiten, trainierten und beteten wir hier in diesen heiligen Hallen. Viele Jahre ertrugen wir die abfälligen Blicke von Teilen unserer Kirche, die uns weismachen wollten, dass unser Bestreben nicht dem Wohl Gottes dient. Dass das, was wir erlebt und gesehen haben, nur Trugbilder unserer eigenen Unzulänglichkeiten wären. Doch wir wussten und wissen es besser! Bruder Horatio, erinnert ihr euch noch an den Tag an dem ihr hier bei uns am Tor lagt?"

Der Angesprochene nickte. Der Bischof seiner Stadt hatte ihm damals sogar die Exkommunikation angedroht, wenn er auch nur einmal über das reden würde, was er doch mit eigenen Augen gesehen hatte. Und er hatte es nicht nur gesehen, sondern war dabei als der Bürgermeister seiner Stadt mitten in der Nacht einem jungen Mädchen die Kehle aufgerissen und ihr Blut getrunken hatte. Er konnte dem Mädchen nicht helfen, konnte den Bürgermeister nicht einmal danach zur Rechenschaft ziehen, da die Gerichtsbarkeit ihn als Säufer abtat, weil sie keine Leiche fanden und er an dem Abend ein oder zwei Wein getrunken hatte. Aber er wusste, was er gesehen hatte. Er war als Kreuzritter im Heiligen Land gewesen und er wollte nicht schweigen, wollte wenigstens die Gemeinde warnen.

Doch nur eine Nacht nach der Unterhaltung mit seinem Bischof über das, was er gesehen hatte, lauerten ihm vier Männer auf und zertrümmerten sein Gesicht. Während er um sein Überleben kämpfte, fand ihn ein Mann im Straßengraben und brachte ihn hier her. Bis heute wusste er nicht, wer der Mann war, doch er würde es ihm ewig danken.

„Oder Ihr Bruder Robert?" Auch der ältere Mann nickte zustimmend und strich sich mit seiner rechten Hand über die Narben am Hals.

„Ja, ich erinnere mich an den Schmerz, als Zähne meinen Hals durchbohrten. Und ebenfalls an den Schrei der Kreatur, als sie mich los ließ und mich mit dem tiefsten Hass ansah, den ich je gewahr wurde, während sie aus meinem Haus Gottes verschwand."

„Jeder von uns Anwesenden hat seine Geschichte und seinen ganz eigenen Grund hier zu sein. Wir alle wissen: Die Kreaturen der Nacht existieren und sie sind nicht Gottes Wille.

Gott hat sie verflucht und sie verbreiten ihren Fluch weiter unter uns Menschen. Heute Nacht haben wir, meine Brüder, endlich eine Chance erhalten ihnen Einhalt zu gebieten. Wir haben die große Ehre, Gottes Erden von vielen von ihnen zu befreien und sie seiner Gerichtsbarkeit zu überstellen. Wir dürfen nicht zaudern, nicht zögern, nicht verzagen. Für diesen Moment haben wir gelebt, gebetet und gekämpft. Lasst uns diesen Kreaturen der Hölle die Macht Gottes zeigen, lasst uns gemeinsam kämpfen und siegen!"

Er hob sein Schwert in die Höhe. Alle seine Brüder folgten seinem Beispiel:

„Gott ist mit uns!"

„Gott ist mit uns!"

Bonifatius lag auf dem Steinboden mitten im großen Bankettsaal der Burg. Alles um ihn herum, was brennen konnte, brannte. Die Banner mit den verschiedenen Wappen der anwesenden Häuser an den Wänden hatten die Holzvertäfelungen zum Schwelen gebracht. Es roch nach schmorendem Fleisch und verbrennendem Holz. Die Flammen würden dem Steingemäuer zwar keinen ernsthaften Schaden zufügen, aber das Inventar war aus Holz und das brannte lichterloh.

Der Kampf hier drinnen tobte wahrscheinlich noch nicht einmal ein halbes Stundenglas und doch waren ihm schon viele zum Opfer gefallen. Spitze Schreie gellten durch den Raum. Schreie von Männern, von Frauen und von Wesen, die einfach nicht menschlich klangen. Verwünschungen und Gebete nebeneinander. Ein wahres Durcheinander verschiedener Sprachen und Tonlagen.

Der Abt lag in einer großen Pfütze einer klebrigen Masse. Er wusste, es war sein eigenes Blut gemischt mit dem von Bruder Stewart. Stewart hatte ihn angegriffen, ihm sein Schwert in den Bauch gerammt. Ihn mit diesen wahnsinnigen Augen eines Besessenen angesehen. Sein Blick wurde erst wieder klar, als Bonifatius ihm den Dolch in den Hals stieß und er sterbend mit dem Abt zusammen zu Boden ging.

Mühsam drehte Bonifatius seinen Kopf in Richtung der Tür. Aus den verklebten Augenwinkeln sah er Bruder Nicholas. Er hatte seinen Helm verloren, sein rechter Arm fehlte mit samt dem Kettenhemd. Es schien fast, als hätte man ihn ihm ausgerissen. Sein Gesicht war schmerzverzerrt, als er mit seinem Schwert in der Linken dem Angreifer vor sich den Schädel einschlug und der, noch mit dem Arm des Mönches in den Händen, zu Boden fiel.

Nicholas schoss das Blut nur so aus dem Schultergelenk und doch drehte er sich um, rannte los und brüllte: „Gott hilf!"

Sein Schwert bohrte sich in den Rücken eines jungen Mannes in feinsten grünen Kleidern, der sich gerade kniend an Bruder Michael zu schaffen machte. Der Kopf des Mannes in Grün schnellte zu Nicholas herum, doch der war schneller. Er hob sein Schwert, zuckte plötzlich zusammen und mit seinem letzten Atemzug trennte der Mönch den Kopf des kauernden Mannes vom Rumpf.

Bonifatius sah, wie sein Bruder neben der Kreatur zu Boden ging. „Friede sei mit dir." Flüsterte er mühsam vor sich hin.

Um ihn herum tobte das Chaos. Alles war so, wie sie es ihm schon prophezeit hatte. Die Kreaturen waren von ihrem Eintreffen zwar vollkommen überrascht worden, doch waren sie ihnen an Stärke, Geschwindigkeit und anderen Sachen die er nicht benennen konnte weit überlegen.

Er hörte die harten Schläge von nackten Fäusten auf die großen verschlossenen Türen. Als er sich schwerfällig erhob, konnte er Bruder Paulus und Bruder William sehen, die weiterhin die Tür hielten. Wie sie halb kniend ihre Schwerter immer noch zum Kampf erhoben hatten. Vor ihnen lagen Bruder Martin und drei weitere seiner Kampfgefährten. Sie waren so schrecklich zugerichtet, dass er sie nicht auf Anhieb erkannte.

Wie viele sie von den anderen mitgenommen hatten, wusste er nicht, sie zerfielen recht schnell zu Staub, wenn sie starben. Drei sah er mit Holzpflöcken in den Herzen auf dem Boden um sich herum. Ungelenk packte er sein Schwert, ignorierte den stechenden Schmerz in seinem Unterbauch, ignorierte die klaffende Wunde, die seinen halben Körper geöffnet hatte, und köpfte die drei gepfählten Kadaver.

Er musste sie finden, musste sein Versprechen erfüllen. Doch so sehr er auch suchte, er konnte weder die junge Frau, noch den Mann, den sie ihm beschrieben hatte unter den Gästen ausmachen. Vielleicht fielen sie dem ersten Ansturm, der ersten überraschenden Welle zum Opfer. Aber er musste sicher sein.

Während er durch den Raum humpelte, starben um ihn herum seine Brüder. Ihre Helme, Schwerter, ihr Blut, selbst Teile ihrer Körper lagen verstreut über den ganzen Boden. Er sah, wie Kreaturen sich in Schmerzen wanden, sah ihre verzerrten Fratzen. Doch sie war nirgends zu finden. Bonifatius spürte, wie seine Kräfte schwanden, er würde nicht mehr lange durchhalten. Mit der letzten Kraft kniete er nieder und mit der lautesten Stimme, zu der er noch fähig war, fing er an zu beten.

„Vater im Himmel, geheiligt werde dein Name, dein Reich komme, dein Wille geschehe. Vergib uns unsere Schuld, so wie auch wir vergeben unseren Schuldigern. Führe uns nicht in Versuchung, sondern erlöse uns von dem Übel. Geheiligt werde dein Name. Dein Reich komme, dein Wille geschehe. Bitte hilf uns in unserer dunkelsten Stunde und steh uns bei, dein Werk zu vollenden. Erleuchte uns unseren Weg, gib uns Kraft und steh uns bei! Lass uns nicht verzagen und siegreich aus diesem Kampf hervorgehen. Vater hilf!“

Von allen Seiten hallte ein „Amen“ zu ihm, als er plötzlich eine Hand an seinem Arm fühlte.

„Amen, Vater. Steht auf wir sind noch nicht am Ende.“

Bruder Horatio zog ihn hoch. „Noch haben wir es nicht geschafft. Aber Gott ist bei uns. Er führt unsere Schwerter. Wir werden siegen. Ihr müsst nur überleben.“

Horatius zog ihn in eine Ecke und setzte ihn ab. Nicht weit entfernt stand Bruder Samuel und schlug seinen eigenen Kopf immer wieder mit voller Wucht gegen die Wand. Sein Helm fehlte und ein Teil seines Kopfes war mittlerweile einer breiartigen Substanz gewichen. „Er hat die Regel gebrochen und einem von ihnen direkt in die Augen gesehen. Wir können nichts mehr für ihn tun.“ Horatius schüttelte resignierend den Kopf. „Sie sind Bestien.“

Bonifatius sah wie der Schädel von Samuel brach. Sah, wie der Inhalt eines menschlichen Gehirns an der Wand verteilt wurde und sein Bruder tot zu Boden fiel. „Friede sei mit dir.“

Horatio antwortet: „Er ist bei Gott. Doch wir sind noch hier und noch nicht fertig.“

Der Abt sah seinen alten Freund an. „Finde sie, erlöse sie und führe unsere Brüder.“

Horatio nahm sein Schwert, nickte und unter einem lauten: „Vater im Himmel steh uns bei!“, rannte er auf eine ältere Frau, die sich in einer der Ecken hinter einem Vorsprung zu verstecken versuchte, zu. Sie schrie auf und für einen Moment hatte der alte Kämpfer das Gefühl einer unglaublich tiefen liebevollen Verbundenheit mit diesem Monster und ward kurz versucht innezuhalten. Doch zum Glück verschwand das Gefühl sofort wieder, als sein Schwert ihren Kopf traf.

Bonifatius saß an die Wand gelehnt in dem brennenden Raum, betrachtete seine kämpfenden und sterbenden Brüder, spürte, wie alles Leben aus ihm wich. Er wusste, heute Nacht würde er seinem Schöpfer gegenübertreten. So viele Jahre hatte er sich dem Kampf gegen diese Kreaturen gewidmet. So viele Jahre studiert, Berichten gelauscht und doch nur eine einzige bis heute Nacht selbst zu Gesicht bekommen.

Wie oft hatte er gezweifelt, wie oft sein Unterfangen in Frage gestellt. Wie oft sich selbst gefragt, warum er tat, was er tat. Seine Brüder hatten ihm in den Jahren den Halt gegeben, den er so benötigte. Viele von ihnen hatten diese Monster schon bekämpft, oder sie wenigstens gesehen, bevor sie zu ihm kamen.

Der erste der damals zu ihm stieß, war Horatio, ein von den Schrecken des Kreuzzugs und dem, was er dort erlebt hatte, gebrochener Krieger. Ohne ihn wäre Bonifatius und die anderen nie so weit gekommen. Ohne ihn wüsste er kaum etwas über die Macht, die diese widernatürlichen Kreaturen innehatten, über ihre Einflüsse in die heilige Mutter Kirche aber vor allem, er wüsste nichts über das Kriegshandwerk. In den Jahren gaben sie sich gegenseitig Halt. Er gab ihm seinen Glauben zurück und Horatio ihm dafür seine Stärke. Heute Nacht würde zumindest einer von ihnen die Gnade Gottes erfahren.

Der Rauch wurde immer dichter, langsam fiel ihm das Atmen schwer. Er spürte wie er langsam müder und die Schreie und das Klirren der Schwerter dumpfer wurden. Sollten sie siegen, würde er es nicht mehr erfahren. Er hatte sie nicht befreien, ihr nicht die letzte Ölung geben können. Doch wollte er wenigstens noch für ihre Seele beten, falls sie schon hinüber gegangen war.

„Ihr braucht nicht für sie zu beten. Sie wird nicht gehen, nicht heute und nicht morgen. Sie wird noch für eine lange Zeit auf dieser Erde wandeln und arme Tore wie euch ins Verderben stürzen." Die männliche Stimme war sanft und klar wie die eines Engels. Bonifatius sah sich um. Außer dem Rauch und seinem toten Bruder war niemand bei ihm.

„Ihr habt einen großen Sieg errungen. Viele meiner Brüder und Schwestern sind der endgültigen Vernichtung anheimgefallen. Ich danke euch dafür."

Bonifatius sah sich hektischer um. „Sucht mich nicht. Sucht sie nicht. Sie ist nicht hier. Aber Ihr, Ihr habt getan was ich von Euch erwartet habe." Ein leises Lächeln mischte sich in die Stimme. „So wie sie getan hat, was ich von ihr erwartet hatte. Ihr habt ihr geglaubt, seid ihren Worten erlegen und habt meine Feinde getötet. Ihr habt mir den Weg frei gemacht, meine Herrschaft ohne ihre störenden Einflüsse zu festigen." Bonifatius versuchte aufzustehen, während er den Redner suchte.

„Bleibt nur sitzen. Euer kurzes Leben ist gleich Geschichte. Dann werdet Ihr vielleicht dem gegenübertreten, den Ihr Euren Schöpfer nennt oder auch einfach ins Nichts gehen. Und hört auf mich zu suchen, verschwendet nicht eure letzten Kräfte: Ich bin nicht bei Euch. Aber sagt mir Abt: Dachtet Ihr wirklich, sie wäre unbemerkt oder gar ungewollt zu Euch gekommen? Habt Ihr Euch nie gewundert wieso sie gerade Euch ausgesucht hatte? Dieses arme kleine unschuldige Mädchen mit den traurigen blauen Augen?

Habt ihr Euch nie gewundert, wieso in den Jahren, nach ihrem zweiten Auftauchen plötzlich so viele Kinder starben? Habt Ihr nicht bemerkt, dass dieses Sterben ein Ende fand als Ihr im Kloster wart? Mein verehrtester Bonifatius, die vielen toten Kinder waren Eure Schuld. Ihr allein habt sie auf dem Gewissen. Ihr hättet meine Kreatur damals aufhalten können, doch das habt Ihr nicht getan. Ihr hättet auch gleich eurem Versprechen nachkommen können, doch auch das habt Ihr nicht. Daher musste ich Euch einen Grund liefern. Nur wegen Euch und eurem Zögern sind diese vielen unschuldigen Kinder gestorben."

„Nein! Ich habe nie… ." Der Schock der Erkenntnis saß tief.

„Oh doch. Und Ihr wisst, dass ich Recht habe. Ihr ließet mein Geschöpf damals am Leben und Ihr hieltet euer heiliges Versprechen nicht. Ihr hättet alle diese kleinen, süßen, unschuldigen Kinder retten können. Ihr hattet die Wahl. Ihr Blut klebt an Euren Händen." Die Stimme war so überzeugend, so rein.

„Vater Unser, der du bist im Himmel. Geheiligt werde dein Name, dein Reich komme, wie im Himmel so auf Erden ... ."

„Meint Ihr er hört Euch? Glaubt Ihr er wird einen Mann, der schon dutzende Kinder auf dem Gewissen hat, bei sich aufnehmen?“

Bonifatius hielt sich die Ohren zu und betete weiter, er wollte es nicht hören. Doch die Stimme war in ihm, sie hallte in seinem Kopf wieder, spiegelte seine Ängste und ließ ihn bis ins Mark erschauern. „Euer Sieg in dieser Nacht besiegelt meinen Aufstieg und wird hunderte, wenn nicht tausende von toten Frauen, Männern und Kinder hervorbringen, denn niemand kann mich nun noch aufhalten. Und sie wird den Preis dafür zahlen. Sie wird sich dafür verantworten müssen, doch irgendwann in vielen, vielen Jahrzehnten werde ich ihr gnädigst vergeben und sie wird an meiner Seite herrschen. Sie wird sich dann natürlich nicht mehr an Euch und Eure Taten erinnern, sondern so sein, wie ich sie haben möchte. Ich danke und segne Euch dafür.“

Das waren die letzten Worte, die der alte Mann noch hörte, bevor ihn die Schwärze des Todes umfing.

2.

Dublin

„Das ist unser Hotel?“ Ira stand wie ein kleines Kind vor dem pompösen Eingangsbereich, ihre großen grünen Augen weit geöffnet. Syndra, die mit ihrer Freundin gerade das Taxi verlassen hatte, starrte ebenfalls wie gebannt auf die rötliche Front des alten Baus, der für die nächsten 20 Tage ihr Zuhause sein würde.

Nie hätten sie gedacht, jemals in solch einem Hotel zu residieren, 5 Sterne und mitten in Dublin. Der Taxifahrer lief an den beiden staunenden Freundinnen vorbei und stellte ihre Koffer auf den Bürgersteig. Ohne dass sie es registrierten, packte dort auch schon ein Page ihr Gepäck und brachte es hinein. Der junge Mann lächelte bei ihrem Anblick. So offensichtlich freuten sich seine Gäste selten.

„Scheinbar ja.“

„Wahnsinn.“

Nachdem Syndra den Taxifahrer bezahlt hatte, gingen sie hinein. Der weiße Marmor, die Säulen und das indirekte Licht bildeten einen unglaublich spannenden Kontrast zu den edlen dunklen Möbeln und den klaren Linien. Alles hier vermittelte ihnen das Gefühl, die Kulissen eines Hollywoodfilms zu betreten. Das Zusammenspiel von Interieur, Licht, Farben und Raumgestaltung war der Inbegriff von harmonischer Schönheit.

Das Zimmer, das der Page ihnen öffnete, stand dem luxuriösen Standard des Eingangsbereichs in nichts nach. Ein riesiges Doppelbett mit weißen Bettbezügen stand in der Mitte des Raums. Rechts neben der Fensterfront befanden sich zwei rote Ledersessel mit einem kleinen runden Tisch aus dunklem, braunen Holz. Links in der Ecke ein alter Schreibtisch mit geschwungenen Beinen, der einen Blick aus dem Fenster zuließ. Den perfekt glänzenden Dielenboden bedeckten zum Teil edle, aber dezenten Teppiche.

Hier versprach jeder Teil des Raumes Luxus und Glamour und das Versprechen wurde gehalten. Die beiden Freundinnen aus Frankfurt fühlten sich wie Prinzessinnen.

„Wir müssen uns das ganze Hotel ansehen. Wenn alles so schön ist wie unser Zimmer, dann …. und außerdem haben sie hier einen grossen Spa Bereich. Und mehrere Restaurants und und und.“ Ira schüttelte ihre roten langen Haare, während sie die Mappe auf dem Schreibtisch betrachtete.

„Ja, machen wir alles. Aber lass uns doch erstmal die Koffer auspacken und uns die Umgebung ansehen.“

Syndra starrte wie gebannt aus der Fensterfront des riesigen Raums auf die Stadt. Ihre blauen Augen spiegelten sich dort und sie konnte ihren Unglauben in ihnen selbst erkennen.

Nie hätte sie gedacht, dass sie jemals so etwas sehen oder ihr jemand solch eine Reise schenken würde.

Nach dem Brief, den sie durch das Nachlassgericht erhalten hatte, war er wohl ihr Patenonkel, doch sie konnte sich nicht daran erinnern, je etwas von ihm gehört zu haben. In seinem Brief stand, dass er über den Tod ihrer Stiefeltern benachrichtigt wurde und es sehr bedauere, dass sie, aufgrund von Differenzen zwischen ihm und ihren Stiefeltern, nie die Gelegenheit hatten, sich persönlich kennenzulernen. Er wünschte sich aber, Syndra die Möglichkeit zu geben diesen zweiten Verlust besser zu verarbeiten und ein wenig Abstand zu bekommen.

Und dafür schenkte er ihr einen Luxusurlaub in Dublin mit 5000 Euro Taschengeld? Und um es noch perfekter zu machen, bezahlte er sogar ein Doppelzimmer und weiter noch, den Flug für eine Freundin.

Es war nie eine Frage, wen Syndra mitnehmen würde. Ira war seit 8 Jahren ihre beste und auch einzige Freundin. Fast gleichzeitig warfen sie sich lachend auf das riesige Doppelbett.

Eine Dusche später und mit frischen Sachen am Leib verließen die beiden das Zimmer wieder. Vor dem Hotel pulsierte das Leben. Spätsommer in Dublin. Die beiden jungen Frauen liefen durch die scheinbar chaotischen Straßenverläufe gesäumt von zahlreichen Strassenmusikern, vorbei an riesigen Einkaufszentren und kleinen, wunderschön altertümlich wirkenden Läden.

Diese Stadt hatte alles zu bieten. Von kleinen Secondhandläden hin zu Kaufhäusern, mit allem, was das verwöhnte Großstadtmädchen erfreute, fast jedes Luxuslabel und vollkommen unbekannte Eigenkreationen. Kleine Ramschläden neben Starbucks und Fast Food Ketten. Alte Pubs mit dem Charme des letzten Jahrtausends neben Gebäuden mit riesigen Glasfronten.

Der Nachmittag und Abend verging wie im Flug. Als sie wieder ins Hotel kamen, waren Syndra und Ira am Ende. Jetzt nur noch essen, ein wenig entspannen und schlafen. Sie wollten für den nächsten Tag fit sein, dann sollten Kleider und anderen schönen Sachen nämlich nicht nur angesehen, sondern auch anprobiert werden.

Ira sah sich wieder die Broschüre an. „Hier sind auch die ganzen Parks in der Nähe verzeichnet." Während Syndra sich ihre blonden, langen Haare hochband, sah sie ihrer Freundin über die Schulter. „Die sind übermorgen dran. Morgen erst mal Shopping"

„Und die ganzen Burgen und anderen Ruinen in der Umgebung?"

Ira schnappte sich eine weitere Broschüre aus ihrer Tasche.

„Hey, wir haben 20 Tage Zeit. Wir können alles ansehen, was wir wollen. Aber nicht mehr heute."

Syndra lachte während sie sich im Bad betrachtete. Ihre blauen Augen leuchteten sie aus dem Spiegel an. Sie glitzerten fast, so glücklich war sie. Noch nie hatte Syndra so einen Ausdruck in ihren Augen gesehen. Das Geschenk ihres Onkels erfüllte bereits jetzt seinen Zweck.

„Stimmt. Aber hier gibt es so viele Sachen, die man ansehen kann. Ich wusste gar nicht, dass Dublin so interessant ist. Danke, dass du mich mitgenommen hast."

„Wen denn sonst, außer dir."

„Das wird der schönste Urlaub unseres Lebens. Auch wenn der Grund ..."

Ira stockte und sah ihre Freundin an.

„Ja, das wird er. Und wir haben die letzten Tage genug darüber geredet. Sie sind tot. Ich möchte es abschließen und wie wir es besprochen hatten, versuchen einen Neuanfang zu machen. Das erste Mal in meinem Leben werde ich meine eigenen Entscheidungen treffen. Okay?"

Ira lächelte sie erleichtert an. „Okay."

Um 9:00 Uhr weckte das Handy die beiden Freundinnen mit seinem unverwechselbaren Gebrüll aus dem Schlaf. Die Sonne strahlte sanft unter den geschlossenen Vorhängen hindurch.

„Die Matratzen sind unglaublich. Ich hätte nie gedacht, dass ich solange schlafen würde." Syndra packte ihren Teddy zur Seite und überlegte kurz, ihn in den Koffer zu legen. Ihr war es irgendwie peinlich, dass die Zimmermädchen sehen könnten, dass eine 24jährige Frau noch mit einem Teddy schlief. Aber warum eigentlich? Sie hatte ihn, seitdem sie elf war, und würde ihn wahrscheinlich noch haben bis er zerfiel.

Ira war schon im Bad, war ja klar, immer war sie schneller.

„Ich geh schnell duschen, dann können wir los."

„Vielleicht würde ich das auch gern noch?"

Einige Sprüche später hatten sich beide zurechtgemacht. Syndra wählte ihr geblümtes kurzes Kleid mit den schmalen Trägern und flachen Ballerinas.

Ira beneidete ihre Freundin. 1,75 groß, dunkelblonde Haare bis zur Mitte des Rückens und gertenschlank. Sie sah in ihren Sachen immer aus wie ein Model.

Sie selbst konnte sich zwar auch nicht gerade beschweren, war sie doch selbst 1,74 groß und mit ihren grünen Augen und roten Haaren ein Hingucker. Allerdings hatte sie in den letzten Jahren das ein oder andere Kilo zugenommen und konnte schon lange nicht mehr alles anziehen, was sie wollte. Schnell verscheuchte sie die Gedanken wieder.

„Wieso ziehst du denn nicht das weiße Kleid an? Das lässt deine Haare und deine Oberweite so richtig zur Geltung kommen." Syndra hielt das Kleid hoch.

„Eigentlich wollte ich es noch aufheben, für einen besonderen Moment."

„Heute ist unser erster richtiger Tag des besten und, falls ich das mal so deutlich ausdrücken darf: auch meines ersten Urlaubs. Welchen besseren Moment kann es geben?"

Ira lachte. „Stimmt, du hast Recht."

Sie spürten die Blicke der Männer, während sie das Hotel durchquerten.

Die meisten, die sich das hier leisten konnten, waren um einiges älter als sie. Syndra war diese Aufmerksamkeit unangenehm, doch sie hatte gelernt, es zu ignorieren.

„Hast du dieses Kleid gesehen?" Syndra zeigte auf ein bodenlanges mitternachtsblaues Abendkleid. „Das ist reine Seide und schau dir den Schnitt an. Wow, das ist ja wohl das schönste, was ich je gesehen habe."

„Probier es doch mal an."

„Hast du den Preis gesehen? Und so ausgeschnitten wie es ist, dürfte ich es eh nicht tragen."

„Anprobieren kostet nichts. Und freie Entscheidungen."

Sie wirkte wie eine Lady aus einem James Bond Film. Es war fast, als wäre das Kleid genau für sie geschneidert worden. Leider hatte sie nicht so viel Geld, um sich solche Sachen zu kaufen.

Ihr Erbe reichte zwar, um weiter studieren zu können, und für den Start ins Berufsleben, aber auch nicht für mehr. Trotzdem probierten sie noch einige andere Kleider in Preislagen weit jenseits ihrer Möglichkeiten an. Heute waren sie Prinzessinnen, wohnten in einem Märchenschloss und außerdem waren sie in einer fremden Stadt und keiner wusste, wer sie waren.

„Lass uns einen Kaffee trinken und mal kurz ausruhen.“ Ira setzte sich an den kleinen runden Tisch vor einem Bistro direkt in einer der schmalen Gassen.

Leute flanierten an ihnen vorbei, während ein buntes Gemisch aus verschiedensten Sprachen keinen Moment der Stille aufkommen lies. Manche starrten auf ihr Handy, wohl um dem Routenplaner zu folgen, andere machten den Eindruck, als ob sie sich einfach nur treiben ließen und einige hetzten förmlich vorbei.

Dublin war eine Stadt voller Touristen aus aller Welt und so verhielt sie sich auch.

Mitten am Tag waren die Lokale und Cafés voll und so viele Menschen säumten die Straßen, wie in keiner Stadt, die nicht voller Menschen im Urlaubsfieber war. Die beiden Freundinnen überlegten, wer woher kam, bevor sie die Sprache hören konnten. Und selbst wenn sie englisch sprachen, so ging das Rätsel weiter, ob sie Amis, Australier, Kanadier, Engländer oder woher auch immer waren.

Der einsetzende Regen störte an dem bunten Treiben wenig. Nach ungefähr 10 Minuten war er eh wieder vorbei. Regen war hier so normal wie Sonnenschein. Beides wechselte sich ständig ab. Meistens lohnte es sich nicht einmal, den Regenschirm aufzumachen.

„Zum Glück sitzen wir unter einer Markise.“ Ira sah dem Regen etwas skeptisch entgegen.

„Ja, sonst wären wir jetzt nass.“

„Und ein paar Minuten später wieder trocken.“

Die beiden nippten an ihren Getränken und folgten mit ihren Blicken einer kleinen Gruppe aus zwei Männern und einer Frau.

„Deutsche. Da bin ich mir sicher.“

Syndra lächelte verlegen, als einer der Männer sich zu ihnen umdrehte.

Scheinbar hatte sie zu laut gesprochen. „Fast.“

„Oh, Entschuldigung. Wir spielen nur ein kleines Spiel. Wir versuchen zu erraten wer woher kommt.“

„Nun, dann habt ihr zu einem Drittel recht. Ich komme ursprünglich aus Deutschland. Mein Freund und seine Freundin aus der Schweiz. Und ihr beide wohl aus Deutschland."

Ira sah schüchtern zu Boden, als die Drei sich dem Tisch nährten.

„Ja, aus Frankfurt."

„Ich aus Köln. Urs und Manuela aus Basel."

Syndra bemerkte die Angespanntheit ihrer Freundin. Der junge Mann mit den warmen braunen Augen, dem verwegenen, nun sagen wir mal, 10 Tage Bart und dem leicht verstrubbelten aber trotzdem akkuraten kurzen braunen Haaren war genau ihr Typ. Syndra wusste nicht genau, wie sie sich jetzt verhalten sollte. Sie hatte noch weniger Erfahrung im Umgang mit Männern als Ira. Nämlich exakt Null.

Ihre Eltern hatten ihr nie einen männlichen Freund gestattet, nicht mal als Kumpel. Aber heute waren sie Prinzessinnen und ihre Eltern konnten sie nicht mehr kontrollieren. Ira blieb weiterhin still und die drei standen schon direkt vor dem Tisch.

Also faste Syndra sich ein Herz: „Wollt ihr euch nicht einen Moment zu uns setzen?"

Sie wollten. Chris schaffte es schnell, dass Ira sich an den Gesprächen beteiligte und schon nach kurzer Zeit unterhielten sich die beiden so angeregt, als ob es die anderen drei am Tisch gar nicht gäbe.

Syndra erfuhr, dass Urs und Manuela, Chris hier in Dublin besuchten, aber schon in vier Tagen wieder nach Basel zurückkehrten. Chris dagegen war mit seinen Eltern vor neun Jahren nach Irland ausgewandert und arbeitete hier bei einem großen Technologieanbieter.

Der Tag verging wie im Flug und Syndra lächelte, als Chris und Ira doch noch zusätzlich ihre Nummern austauschten, obwohl die fünf jungen Leute schon abgemacht hatten sich Übermorgen zu treffen.

3.

„Wie viele Nachrichten hast du denn jetzt schon?“ Ira sah von ihrem Handy hoch und warf ihrer Freundin einen gespielt bösen Blick zu.

„Schaffst du es denn bis Übermorgen zu warten, bis du ihn wieder siehst?“ Syndra verschwand schnell hinter der Badezimmertür, als das Kissen angeflogen kam. „Hey, das arme Kissen kann doch nichts dafür, dass du einen Verehrer hast.“

„Warte nur! Du wirst bestimmt auch irgendwann mal verliebt sein. Und dann mach ich mich auch über dich lustig.“

Syndra dachte kurz darüber nach. Sie fand schon einmal einen Jungen nett. Sie war damals 14 und hatte ihn beim Tanzunterricht kennengelernt. Er war 17 mit braunen Haaren und braunen weichen Augen.

Einige Male tanzten sie einfach nur zusammen, bis zu dem Tag als seine Hände ein wenig tiefer wanderten, als sie eigentlich sollten, ihre Blicke länger und tiefer waren, als der Tanz es verlangt hätte und ihre Finger sich gegenseitig streichelten anstatt nur aufeinanderzuliegen, um die Form einer Berührung zu erwecken.

Doch ihre Eltern hatten es mitbekommen und sofort bekam sie Hausarrest. Als sie den Jungen danach wieder gesehen hatte, sah er sie nicht einmal mehr an.

Syndra schüttelte die Gedanken ab. Sie hatte keine Lust auf Melancholie, die würde nur unwillkürlich zu dem Moment führen, an dem sie von dem Unfall ihrer Stiefeltern erfahren hatte. Als die Polizisten vor ihrer Tür standen und ihr die Nachricht überbrachten, dass irgendein Verrückter deren Auto von der Strasse abgedrängt hatte und sie einen fünfzig Meter hohen Abhang hinuntergestürzt waren. Und das nur noch ihre Leichen aus dem vollkommen ausgebrannten Wrack geborgen werden konnten. Lieber machte sie sich weiter zurecht.

„Das darfst du gerne. Aber ich glaube nicht, dass ich irgendwann mal einen Mann haben werde."

„Du bist 24, und endlich darfst du selbst über dein Leben entscheiden."

Ira hatte ja Recht, aber sie kannte doch die strengen Regeln, unter denen sie aufgewachsen war.

Bis zum Studium durfte sie ja nicht einmal länger als ein bis zwei Stunden aus dem Haus und das auch nur, wenn die beiden genau wussten, wo sie war. Seither war es ihr wenigstens bis vor Sonnenuntergang erlaubt außerhalb des Hauses zu verbringen, aber weiterhin natürlich nur dann, wenn sie genau belegen konnte, wo sie sich warum aufhielt. Oft hatte sie auch das Gefühl beschlichen, dass ihre Eltern sowieso immer genau wussten, wo sie sich befand.

„Das stimmt, auch wenn ich nicht so wirklich weiß wie das geht. Aber vielleicht finde ich ja auch hier in Irland einen. Dann wäre es ein wirklicher Neuanfang"

Der Abend begann genau, wie die beiden Freundinnen es sich gewünscht hatten. Das Restaurant im Hotel servierte den beiden eine klare Brühe und einen Salat mit feinen Entenbrustscheiben, Kernen und gerade frisch zubereiteten Cróutons. Als kleine kalorienverschwendende Ausnahme eine katalanische Creme als Nachtisch.

Eigentlich war das Essen zu reichhaltig für den geplanten Spa Besuch, doch nicht einmal das kleine Essensbäuchlein konnte die beiden davon abhalten.

Der Badebereich war sogar für ein Hotel mitten in so einer großen Stadt als üppig zu bezeichnen, auch wenn das Becken natürlich nicht olympischen Maßstäben genügen würde. Die weiß verputzten Wände glitzerten wie frisch gefallener Schnee mit einem Schimmer von Licht, obwohl der Ursprung dieses Lichts nicht zu erkennen war. Große grüne Pflanzen in den Ecken und vor der Fensterfront boten einen gewissen Sichtschutz, ohne einengend zu wirken.

Der ganze Bereich mit dem Whirlpool und den zwei Saunen in separaten angrenzenden Räumlichkeiten, war im Moment nur spärlich besucht. Es war mitten in der Woche und daher wohl eher nicht die Zeit der Wellness Touristen.

„Lass uns noch schnell etwas schwimmen und vielleicht noch kurz in den Whirlpool. In 40 Minuten haben wir unseren Massagetermin."

„Weisst du wann ich mich das letzte Mal hab massieren lassen?"

Ira hing am Beckenrand und strampelte leicht mit ihren Beinen im Wasser, während sie ihre Freundin fragte.

„Woher soll ich das den wissen? Ich hatte noch nie eine." Syndra antwortete während sie sich auf dem Rücken treiben lies.

Der Massageraum war geräumig. Die Wände zierten keltische Symbole. Indirekte Lampen, deren warmes unaufdringliches Licht den Raum genau so weit erhellten, dass man nicht das Gefühl von Dunkelheit verspürte, aber auch nicht geblendet wurde. Das sanfte Plätschern des Wassers, das über eine der reich verzierten Wände lief, förderte ebenfalls das Gefühl der Entspannung, fast bis hin zum Einschlafen.

Beide lagen nebeneinander auf ihren Liegen und genossen die Fähigkeiten der Masseurinnen. Nach einer Stunde Tiefenentspannung brauchten die Freundinnen einen Moment um wieder voll ins hier und jetzt zu kommen.

„Meinst du ich werde alt, wenn ich jetzt am liebsten nur noch ins Bett will, ein wenig reden und dann schlafen?" Ira sah ihre Freundin aufmerksam an.

„Ich glaube nicht. Der Tag war ja auch anstrengend und im Moment sehne ich mich auch nur nach: Hinlegen, entspannen und schlafen."

„Auch wenn es noch nicht mal 21:00 ist?"

Syndra nickte.

Kurze Zeit später erfüllte das Bett seine Aufgabe und die beiden schliefen eingewickelt in ihre Decken nebeneinander ein.

4.

„Wenn ich noch weiter laufen soll, dann brauch ich jetzt eine Pause. Mir tun die Füße weh." Ira blieb stehen, sah sich um und kramte in ihrer Tasche. Die Sonne war heute besonders unerbittlich und bisher nicht ein einziges Mal vom Regen unterbrochen worden.

„Ja, irgendwo im Schatten sitzen und etwas Ruhe von den vielen Menschen. Ich bin vollkommen bei dir."

Seit heute Vormittag waren die beiden wieder unterwegs. Es gab noch so viel zu sehen. Außerdem war heute endlich auch shoppen angesagt. Bis jetzt bestand ihre Ausbeute aus zwei Kleidern, einer Hose und zwei paar Schuhen. „Ich hab den Plan aus dem Hotel mitgenommen. Hier in der Nähe soll es einen wirklich schönen Park geben."

„Gibt es hier nicht einige Parks?"

„Ja, aber nicht alle sind hier in der Nähe und zusätzlich noch einer der Orte, die Chris mir empfohlen hat."

Syndra lächelte bei der Erwähnung des jungen Mannes breit: „Dann auf in den ganz besonderen Park, wenn Chris ihn schon empfohlen hat."

Rund 20 Minuten später erreichten die beiden endlich eine hohe, vollkommen mit Kletterpflanzen überwucherte steinerne Mauer. „So nah war der Park dann aber doch nicht." Syndra schüttelte lächelnd den Kopf.

„Auf dem Plan sah es näher aus."

Hinter dem geöffneten gusseisernen Tor war die Hektik der Großstadt plötzlich wie verschluckt. Es herrschte eine Ruhe, wie sie nur hohe Mauern, noch höhere Bäume, grüne Wiesen und hunderte von Blumen erschaffen können.

Der schmale gewundene Weg führte sie in das Innere des Parks. Vorbei an fast mannshohen nicht besonders akkurat gestutzten Hecken, die immer wieder Durchgänge aufwiesen und auf kleine frisch gemähte Wiesen führten.

Bis sich der Weg gabelte und die Hecken verschwanden. Ohne nachzudenken, folgte Syndra ihm nach rechts und bewunderte aufmerksam die kleinen und größeren Statuen, die hier, fast willkürlich, überall verteilt standen.

„Schau mal. Was ein schöner Brunnen.“

Ira hatte die Taschen schon auf einer der steinernen Bänke am Rand abgestellt und war gerade dabei sich ihre Schuhe auszuziehen, als Syndra ihr Augenmerk auf den angesprochenen Brunnen richtete und plötzlich wie angewurzelt stehen blieb.

Sie sah eine ungefähr 1,80 Meter große Statue eines Kriegers in kompletter Rüstung mit erhobenen Schwert.

Der Stein wirkte auf den ersten Blick leicht brüchig, doch als sie genauer hin sah, waren das nur die Einschlüsse des Gesteins, das diesen Eindruck erwecken sollte.

Sein Helm lag ihm zu Füssen und sein Schwert war nicht nur erhoben, sondern wirkte fast, als wolle er etwas abwehren. Das Wasser sprudelte aus versteckten Quellen zu seinen Füssen und aus dem Helm.

Plötzlich änderte sich die Umgebung um Syndra herum. Das Wasser änderte seine Farbe von klar in rötlich und floss nun viel langsamer und dickflüssiger aus dem Krieger heraus. Ja, aus ihm heraus. Es kam plötzlich aus seinem Mund, aus seinem Hals und aus unzähligen kleinen Wunden. Das war kein Wasser mehr, das war Blut. Es sickerte aus ihm heraus, floss an ihm herab.

Seine bis eben noch steinernen toten Augen sahen Syndra direkt an. Eisblaue Augen, wie der Himmel an einem strahlenden Wintertag in denen sich entsetzlichste Qualen spiegelten.

Als der Krieger sie wahrnahm, kamen erst Unglauben, dann unbändiger Hass hinzu. Sie kannte ihn. Sie spürte seine Schmerzen und etwas in ihr schrie laut auf.

Vor ihren Augen fiel sein Gesicht in sich zusammen. Es war, als versuchte er, ihr etwas zu sagen, doch während die Lippen sich bewegten, strömte nur noch mehr Blut aus seinem Mund hervor.

Sie sah, wie sein Helm seinen Händen entglitt und er sein Schwert kraftlos versuchte, zum Kampf zu erheben. Doch seine Wunden waren zu schwer.

Syndra wusste ohne zu wissen warum, dass sie an seinem Zustand die Schuld trug, und dass sie alleine dafür verantwortlich war. Aber warum?

Das Blut sickerte mittlerweile nur noch langsam aus den zahlreichen Wunden heraus. Kurz bevor jedes Leben aus seinen Augen wich, streckte er seine Hand nach ihr aus.

Doch bevor sie reagieren konnte, ging er neben seinem Helm zu Boden. Sie sah den lehmigen schlammigen Untergrund, sah, wie erst seine Knie den Matsch aufwirbelten und dann der ganze Körper ausgestreckt in einer riesigen Blutlache vom Regen bedeckt liegenblieb.

„Syndra?“ Ira kühlte ihre nackten Füße in dem großen Wasserbecken unter der Statue. „Was ist denn mit dir? Du siehst aus, als ob du ein Gespenst gesehen hast.“ Ira lachte, während sie sanft planschte. Nach einem kurzen abgelenkten Blick auf ihre Freundin sah Syndra wieder zum Brunnen. Dort stand eine große steinerne Statue eines Kriegers mit erhobenem Schwert.

Kein Schlamm, kein Blut und kein lebloser Körper. Die Sonne strahlte, die Vögel zwitscherten, und ein Hund schnüffelte gerade am Rand des Beckens.

Sie schüttelte kurz den Kopf, stellte die Taschen auf den Boden und näherte sich dem Brunnen. Alles war, wie es sein sollte, doch Tränen stiegen ihr in die Augen als sie den Mann mit den markanten, doch eigentlich unkenntlichen, Gesichtszügen und dem stolzen Blick in seiner Rüstung betrachtete.

Warum war sie sich sicher, ihn zu kennen? Warum hatte sie gesehen, wie er gestorben war?

„Syndra? Hallo? Was ist denn los mit dir?“

„Ja, es ist alles in Ordnung.“

„Du machst mir aber gerade nicht den Eindruck.“

Sie überlegte kurz, ob sie Ira von dem, was sie gesehen hatte oder glaubte gesehen zu haben, erzählen sollte. Aber was sollte das bringen? Da stand doch nur eine Statue.

„Ich war nur vollkommen fasziniert von dieser Detailgenauigkeit und dem Motiv dieses Brunnens. So stelle ich mir meinen Traummann vor.“

Warum hatte sie das gesagt? War sie verrückt? Sie rang sich ein Lächeln ab.

„Du verliebst dich in eine Statue?“ Ira runzelte sie Stirn. „Na, das passt ja zu dir. Jetzt müssen sich selbst deine toten Stiefeltern wirklich niemals Sorgen um einen Mann an deiner Seite machen.“ Sie lachte los.

„Aber du weißt schon, dass es gewisse Schwierigkeiten mit sich bringt einen Mann aus Stein an seiner Seite zu haben, der auch noch so unbeweglich ist.“

Ira hatte gemerkt, dass irgendwas war, aber sie respektierte den Wunsch ihrer besten Freundin, im Moment nicht darüber zu reden. Allerdings wollte sie es auch nicht verheimlichen, dass sie dankbar war, dass ihre Stiefeltern tot waren, vielleicht könnte sie jetzt endlich beginnen zu leben.

Syndra ignorierte diese zynische Aussage gekonnt, während sie die Inschrift laut vorlas.

„Hier steht: Denkmal eines unbekannten Kriegers aus dem 15. Jahrhundert. Als Anerkennung und, das Wort kann ich nicht lesen, für die vielen unbemerkten Kämpfe gegen dunkle Gefahren.“

„Das Wort, dass du suchst, heisst: Mahnung oder Erinnerung. Je nachdem wer es übersetzt.“

Die beiden drehten die Köpfe zu der Stimme. Der Mann saß auf einer Bank nur ein paar Meter entfernt und sprach Deutsch mit starkem Akzent. Er war wahrscheinlich Mitte bis Ende 50, graumeliertes volles Haar und ein freundliches wettergegerbtes

Gesicht, mit blaugrauen wachen Augen. Er trug einen dünnen schwarzen Pullover mit hochgeschobenen Ärmeln und schwarze Leinenhosen.

„Danke."

„Gern geschehen. Aber darf ich fragen warum jemand aus Deutschland so gut Gälisch lesen kann?"

„Ich weiß nicht, die Sprache hat mich schon immer gefesselt. Neben meiner Muttersprache und Englisch in der Schule war es die dritte Sprache, die ich lernte. Danach folgten noch Latein und in Ansätzen Spanisch, Griechisch, Französisch und Italienisch." Syndra wusste nicht, warum sie ihm so viel Informationen gab. Jetzt musste er sie doch für eine Angeberin halten. Der Mann nickte aber nur wohlwollend, während er sie aufmerksam betrachtete.

Ira sah skeptisch zwischen dem Mann und ihrer Freundin hin und her. Was war mit Syndra los? Sonst sprach sie doch nie so offen mit Fremden.

„Die Inschrift ist allerdings wahrscheinlich nicht ganz richtig. Man erzählt sich, dass dieser Krieger einer realen Person nachempfunden ist, der nachweislich um 1465 hier gelebt hat. Und ich denke die Übersetzung müsste eher folgendermaßen lauten: von den Menschen unbemerkten Kämpfen gegen die Kreaturen der Dunkelheit. Aber deine Übersetzung ist wirklich gut, vor allem wenn man bedenkt, dass Gälisch nicht deine Muttersprache ist."

„Ich möchte Sie nicht stören, oder irgendwie aufdringlich wirken. Aber können und würden sie mir vielleicht mehr erzählen?"

„Gerne. Jedenfalls so weit ich die Geschichte selbst gehört habe."

Syndra ging zu dem Mann hinüber, während Ira sich ihre Schuhe und die Taschen holte.

Am liebsten wäre sie gegangen, aber ihre Freundin machte gerade den Eindruck nirgends hinzugehen, bevor sie die Geschichte gehört hätte. Also setzte sie sich zu den beiden und wenigstens Syndra lauschte gespannt.

„Ich möchte mich gleich vorab entschuldigen, denn ich kenne die Geschichten auch nur vom Hörensagen. Also wo fange ich an? Ich denke bei der Person, der diese Statue wohl gewidmet ist.

Er war wohl der zweite oder dritte Sohn eines kleinen Landadeligen hier aus Irland. Wie es damals üblich war, erbte sein älterer Bruder wahrscheinlich die Ländereien und ihm war eine Laufbahn in der Kirche vorherbestimmt.

Doch scheinbar zog es ihn nicht zu den üblichen Orden und kirchlichen Würden, sondern zu einem kleinen und alten, aber von der Kirche eher skeptisch betrachteten, Zusammenschluss von Kriegern und Priestern, die sich mit dem Kampf gegen übernatürliche Mächte verschrieben hatten.

Warum er sich dazu entschloss? Das weiß niemand. Aber dass es so war, wissen wir durch die Memoiren des Bildhauers Julian Greenwich. 1843 gab ein unbekannter Auftraggeber ihm den Auftrag für vier Statuen.

Bisher hatte dieser Bildhauer sich hauptsächlich mit grotesken Gargülen und Monsterkreaturen einen eher zweifelhaften Namen gemacht und war sehr überrascht, dass man gerade ihn beauftragen wollte, einen Menschen darzustellen.

Aber die Geschichte eines Kriegers aus einem geheimen Orden der genau den Monstern zum Opfer fiel, die er sonst in Stein meisselte, und eine große Menge Geld schienen ihn zu überzeugen und so erschuf er vier dieser Figuren nach dem Vorbild eines Bildes, das er von dem Auftraggeber erhalten hatte.“

„Es gibt vier von ihnen?“

„Es gab vier, aber nur zwei haben die Kriege und die Zeit überdauert. Und nur diese hier ist in diesen Brunnen integriert worden.“

„Sie wissen wirklich viel über diese Statue.“ Ira wirkte verwundert und verstand weiterhin nicht, warum Syndra dieses ganze Zeug eigentlich so sehr interessierte. Natürlich fand sie selbst es toll Burgen und Schlösser anzusehen, aber Statuen und Geschichten von lange toten Menschen?

„Ja, ein wenig. Ich bin oft hier und betrachte ihn. Aber wenn du ...“ er sah die junge Frau direkt an, „noch mehr darüber wissen willst, dann solltest du zur Kapelle Sankt Bonifatius in der Thorwood Street gehen. Dort steht die andere Statue. Außerdem können die Mönche dir bestimmt noch viel mehr über ihre Geschichte erzählen. Immerhin haben sie den Brunnen hier dem Park gestiftet.“

„Meinen sie nicht, die Mönche haben nichts besseres zu tun, als sich mit jemandem wie mir über eine Statue zu unterhalten?“ Syndra war irritiert. In dem musternden Blick des Mannes lag etwas Undefinierbares und warum hatte sie plötzlich das Gefühl, dass das kein einfacher freundlicher Hinweis, sondern eher eine Aufforderung war. Sein Blick wich nicht ab.

„Ich glaube sie würden dir gerne die Geschichte des Kriegers erzählen. Immerhin gibt es nicht viele junge Frauen, die Gällisch, Griechisch und Latein sprechen. Und den Krieger als ihren Traummann bezeichnen.“

Sein Lächeln wirkte zwar freundlich, aber auch, als würde er nach einer Reaktion in ihrem Gesicht suchen.

Sie sah wieder zu der Statue. Der Ausdruck, der in seinen eisblauen Augen gestanden hatte, als er sie anblickte, ließ sie kurz frösteln.

„In der Thorwood Street?“

„Ja. Sie ist ganz am Rand von Dublin. Du wirst die Kapelle nicht übersehen können.“

Ira reichte es. Sie nahm die Taschen und stand auf.

„Wir müssen weiter. Du weißt doch, wir sind noch verabredet.“

Syndra nickte ihrer Freundin zu, als sie ihr mit dieser Notlüge aushalf.

„Danke für ihre Zeit und die wirklich spannende Erzählung. Ich wünsche ihnen noch einen schönen Tag.“

„Das wünsche ich dir und euch ebenfalls. Und vergiss nicht. Der Krieger ist nicht nur ein Mann, sondern er steht als Mahnmal für die Kämpfe des Guten gegen die Mächte der Dunkelheit.“

Erst als sie sich wieder im Gewühl der Menschenmassen befanden, blieb Ira das erste Mal stehen.

„Was war denn das?“

„Ich weiß es nicht, aber es war echt verwirrend.“

„So könnte man es auch ausdrücken. Auch wenn ich eher gesagt hätte: es war total verrückt. Aber du hast dich auch wirklich komisch verhalten als du die Statue gesehen hast.“

Syndra dachte noch einmal kurz über die Option nach, Ira alles zu erzählen, entschied sich dann aber weiterhin dagegen.

„Verhalte ich mich nicht immer irgendwie komisch?“

Ira lachte, sah auf ihr Handy und lächelte verträumt.

„Womit du natürlich auch Recht hast.“

Nach einer weiteren Shopping-Runde kamen die beiden am späten Nachmittag wieder im Hotel an.

„Gehen wir heute ins Pub?“ Syndra sah ihre Freundin an.

„Ich weiß wir wollten, aber können wir nicht vielleicht erst Morgen zusammen mit den Anderen weggehen?“ Ira rieb sich ihre Füße.

Auch Syndra hatte das Gefühl einen Marathon gelaufen zu sein und die Erinnerungen an den Mann, der vor ihren Augen gestorben war und den sie scheinbar sehr gut kannte, ließen sie nicht los.

Während sie im Gedanken an ihn, ihre Errungenschaften auf dem Bett ausbreitete, nickte sie zustimmend. „Ja, das ist eine gute Idee.“

„Wollen wir uns über unsere Traummänner unterhalten?“

Ira lächelte leicht spöttisch. „Immerhin erlebe ich ja nun hautnah und zum ersten Mal, dass du einen Mann toll findest. Und daher übergehe ich jetzt mal den Umstand, dass er aus Stein ist und, wenn überhaupt, irgendwann vor vielen hundert Jahren existierte.“

Syndra sah ihre Freundin fragend an.

„Ich sagte doch, irgendwann werde ich mich auch über dich lustig machen, wenn du einen Mann findest. Ich dachte nur nicht, dass es so schnell geschehen und ähmm, dass dieser Mann nicht mal existieren würde."

Eins der T-Shirts flog durch den Raum und landete auf Iras roten Haaren.

Nach einer ausgiebigen Dusche, einer Modenschau mit den neuen Sachen, vielen weiteren Nachrichten zwischen Chris und Ira und einem exquisiten Abendessen lagen die beiden glücklich im Bett.

„Er ist so unglaublich süß. Ich wusste gar nicht, dass ich mich so schnell in einen Fremden verknallen könnte. Danke, dass du sie an unseren Tisch gebeten hast."

Syndra lächelte und nickte. Sie freute sich für ihre Freundin, auch wenn ihr die Bilder des sterbenden Mannes nicht aus dem Kopf gingen. Vor allem nicht die Gefühle, die sie dabei empfunden hatte. Sie unterhielten sich noch eine Zeit lang, bis sie irgendwann einschliefen.

5.

„Wenn wir so weitermachen, dann sind wir in zwei Tagen pleite und müssen einen Kredit aufnehmen.“ Ira lachte, während sie an der Kasse ihr nächstes Paar Schuhe bezahlte.

„Ja, irgendwie schon. Aber wann kommen wir in nächster Zeit noch einmal zu solchen außergewöhnlichen Sachen?“ Syndra sah sich ihre neue Handtasche noch mal genau an. Die erste Tasche in ihrem Leben, die sie sich selbst ausgesucht und gezahlt hatte.

„Auch wieder richtig.“

Die beiden waren schon wieder seit mehreren Stunden in der Stadt unterwegs. Selbst am dritten Tag hatten sie noch nicht alles gesehen und waren voller Motivation sich keins der großen Geschäfte oder der putzigen kleinen Lädchen entgehen zu lassen. Ab morgen wollten sie dann endlich die Umgebung erkunden.

„Wollen wir nochmal zu dem Brunnen gehen?“, fragte Ira.

Syndra schüttelte den Kopf. „Nein, lieber nicht.“ Sie war gerade ganz froh, die Gedanken an den sterbenden Mann ein wenig verdrängt zu haben.

„Eigentlich dachte ich, du würdest deine große Liebe nun jeden Tag besuchen wollen. Gut, dann brauche ich aber eine Pause. Und nach den zwei Läden dort ist Schluss. Immerhin wollen und müssen wir uns noch für nachher schön machen.“

Syndra salutierte angedeutet. „Yes, Ma’m. Wann sind wir heute nochmal mit ihnen verabredet?“

„Gegen 20:00 im Harrods Pub.“

Ira war total überdreht: „Soll ich das anziehen? Oder doch lieber nochmal das weiße Kleid? Oder die Hose zusammen mit dem grünen Oberteil? Oder vielleicht … .“

„Du hast dich jetzt schon drei mal umgezogen. Du siehst in allem gut aus und mal so nebenbei. Du hast abgenommen.“

Ira sah an sich runter und in den Spiegel. „Meinst du?“

„Ja, scheinbar haben die drei Tage herumlaufen und das eher wenige Essen schon ihre Spuren hinterlassen."

Ira lächelte glücklich und drehte sich in dem grünen Midikleid vor dem Spiegel hin und her.

„Nimm das. Damit wirkst du sehr irisch. Grünes Kleid, rote Haare und wie Chris ja sagte: er liebt Irland. Was wäre da besser, als eine Frau die nach einer Irin aussieht?"

Syndra stand in ihrem hellblauen eher locker geschnittenen Minikleid vor dem Badezimmerspiegel und schminkte sich.

„Ja, du hast Recht! Und jetzt beeil dich, wir kommen sonst zu spät."

Syndra hielt ihre Freundin noch einmal leicht am Arm fest. „Könnten wir uns bitte darauf einigen, dass wir ihnen nichts von dem Tod meiner Stiefeltern sagen? Ich möchte nicht, dass das dann zum Hauptgesprächsthema wird oder die Stimmung mindert." Ira nickte nur.

Der große urige Pub mit dem langen Tresen war schon ziemlich gefüllt. Aber der Concierge des Hotels hatte ihnen nicht nur ein Taxi gerufen, das sie zu dem Pub mit Livemusik brachte, der im Moment scheinbar total angesagt war, sondern ihnen gleich auch noch einen Tisch reserviert.

Es war genau, wie die beiden es sich vorgestellt hatten. Hier war alles vertreten. Aufgestylte Ladys und Männer in Anzügen standen neben Surfertypen und Frauen mit Turnschuhen und Lederjacke. Vier Musiker auf einer kleinen Bühne brachten mit irischer und internationaler Musik die schon um diese Uhrzeit ziemlich angetrunkene Klientel zum Tanzen. Die Menge an Menschen störte hier niemanden. Genau das machte sogar einen Großteil des Charmes aus, den diese Art der Location innehatte.

Über die Tischreservierung waren alle fünf gleichermaßen erleichtert. Donnerstags abends hätten sie sonst höchstens noch einen Platz in einer Ecke gefunden. Chris und Ira machten genau da weiter, wo sie vor zwei Tagen aufgehört hatten. Sie flirteten so heftig, dass Syndra, Urs und Manuela sie fast nicht mehr als Teil ihres Tisches betrachteten.

„Schade, dass wir morgen schon wieder nach Hause fliegen." Urs wippte mit der Musik mit, während er sein halbes Pint auf einen Zug leerte.

„Ja, schade. Ich hätte mich sehr gefreut wenn wir noch ein paar Tage gemeinsam hätten verbringen können. Vielleicht ein paar alte Ruinen im Umkreis von Dublin ansehen. Ihr scheint euch hier ja ein wenig besser auszukennen." Syndra nippte während ihrer Aussage an ihrem Glas.

Manuela sah Syndra an. „Nach unserem nun zwölften Besuch, bleibt das mit dem Auskennen nicht aus. Wir lassen euch Beiden aber eine Liste mit Sachen da, die sich lohnen. Aber dann werdet ihr euch ein Auto mieten müssen. Kannst du einen Rechtslenker fahren?"

Syndra schüttelte den Kopf. „Meine Eltern haben mir nicht erlaubt, einen Führerschein zu machen."

„Stief-Eltern", mischte sich Ira ein.

„Ja, meine Stiefeltern. Aber so oder so haben sie es mir nicht erlaubt Auto zu fahren."

„Und wie hast du das dann gemacht wenn du irgendwo hin wolltest?" Urs trank die zweite Hälfte in einem Schluck aus.

„Meine Eltern oder einer ihrer Angestellten hat mich gefahren. Und jetzt in der letzten Monaten bin ich ab und an mit Ira gefahren."

„Ja, und das war auch jedesmal ein riesen Problem. Aber zum Glück ist das ja nun vorbei."

Das Gespräch war Syndra peinlich. Sie wusste ja, dass es nicht normal war, dass sie mit 24 viele, für andere normale Erfahrungen so noch nicht gemacht hatte.

„Egal. Ihr könnt die Liste gerne da lassen. Ira kann ja fahren."

Chris mischte sich ein. „Ich bin ja auch noch da. Wenn ich die beiden morgen zum Flughafen gebracht habe, dann stehe ich voll zu eurer Verfügung. Immerhin kenne ich auch einige Orte in der Umgebung die einen Besuch lohnen."

„Das hört sich doch schon mal nach einem guten Plan an." Syndra war ihm für seine Ablenkung dankbar.

„Dein Vorschlag mit dem Park war übrigens auch ein voller Erfolg." Ira lächelte.

„Sie hat doch tatsächlich dort ihren Traummann gefunden." Chris und die anderen beiden sahen Syndra überrascht an.

„Ach wirklich?" Chris Stimme klang neugierig. Ira lachte los. „Ja, dort steht eine steinerne Statue eines Mannes in einem Brunnen. Und genau den Mann starrte sie an, als wäre der Blitz eingeschlagen."

Syndra schluckte. Die beiden Anderen lachten mit. „Na, warum denn nicht."

Chris brauchte einen Moment länger bis er meinte: „Ich weiß welche Statue du meinst und ich kann Syndra verstehen. Der Mann sieht wirklich sehr realistisch aus."

Wie meinte er das? Irgendwas an seiner Aussage ließ Syndra kurz aufhorchen, als Ira ihr Glas erhob und erst ihre Freundin dann Chris anlächelte: „Auf Traummänner und dass sie hoffentlich nicht nur Träume bleiben."

Nach einer Flasche Wein und einigen Bieren war die kleine Gruppe so angeheitert, dass Syndra sich sogar auf die kleine Tanzfläche ziehen ließ und mit Manuela zu einem irischen Folksong tanzte, während Ira und Chris sich nur noch miteinander beschäftigten.

Die betrunkenen Männer, die sich um Syndra scharrten, um sie mit ihren, mehr oder weniger ungelenken Balztänzen zu becircen, beachtete die blonde junge Frau nicht. Sie genoss diesen Moment der absoluten Freiheit.

Auch wenn sie sich die letzten Tage schon freier gefühlt hatte, so hatte sie jetzt und hier auf der Tanzfläche das erste Mal das Gefühl, wirklich keinen Zwängen mehr durch ihre Stiefeltern ausgesetzt zu sein. Dieses Gefühl war unglaublich berauschend. Sie trank zum ersten Mal Alkohol und sie tanzte, ohne den vorgeschriebenen Regeln eines Standardtanzes zu folgen.

„Wir müssen leider langsam gehen, aber unser Flugzeug startet schon um 10:00 und wir müssen gegen 8:30 am Flughafen sein.“ Manuela griff nach Urs Arm.

„Es ist doch erst kurz nach 0 Uhr.“ Urs versuchte, sich zu wehren. „Ja, es tut mir auch leid, aber bis ins Hotel und dann um 7:00 aufstehen. Morgen wirst du mir dankbar sein.“

„Ich muss auch bald gehen, weil ich sie ja zum Flughafen bringen muss.“ Ira und Chris wechselten kurz Blicke bevor sie sich zu Syndra umwandte. „Gehen wir mal kurz für kleine Mädchen?“ Ohne abzuwarten, nahm sie ihre Freundin an der Hand und die beiden verschwanden auf der Toilette.

„Was ist denn los?“ Syndra sah ihre Freundin verwundert an.

„Hättest du was dagegen, wenn ich vielleicht auch mitgehen würde? Bitte. Ich habe solche Schmetterlinge im Bauch und ich würde so gerne noch länger mit ihm zusammen sein. Und, naja ich weiß, dass du das nicht verstehen wirst, aber ich wäre wirklich gern mal ein wenig mit ihm alleine.“ In ihren grünen Augen stand so groß das Wort „Bitte“. Wie konnte Syndra da Nein sagen?

„Natürlich. Ich gehe dann auch. Ich kann ja von hier schon fast ins Hotel laufen. Oder ich nehme vorne an der Straße ein Taxi.“

Ira strahlte ihre Freundin an. „Wir kommen dann morgen ins Hotel, sobald wir die beiden am Flughafen rausgelassen haben.“ Syndra nickte zustimmend und versuchte, sich ihre leichte Traurigkeit nicht anmerken zu lassen. Vielleicht war das ja auch eine Chance, vielleicht sollte sie noch einmal zu dem Park gehen. Aber doch nicht nachts und nicht ganz alleine. Sie schimpfte mit sich selbst. Nur weil sie jetzt frei war, musste sie nicht jede Vorsicht über Bord werfen.

Vor dem Pub verabschiedete sich die Gruppe herzlich und Syndra lief alleine in Richtung der großen Straße, an der die Taxis standen. Es waren noch viele Leute unterwegs, so dass sie sich keine Gedanken machte, überfallen zu werden, nur die hochhackigen Schuhe auf dem Kopfsteinpflaster machten ihr, wie auf dem Hinweg, ein wenig Probleme.

„Zur Thorwood Street bitte. Dort soll es eine Kapelle geben."

Der Taxifahrer sah kurz skeptisch in den Rückspiegel. Als sie ihren Adresswunsch allerdings wiederholte, fuhr er los.

Die Fahrt dauerte rund 30 Minuten und führte hinaus aus den belebteren Vierteln Dublins in einen eher ruhigen und dunklen Vorort und selbst dort noch an den äußersten Rand. Ob das überhaupt noch zu Dublin gehörte?

„Die Kapelle an der Thorwood Street. Sind sie ganz sicher, dass sie hier hin wollen?"

Sie standen vor einem großen parkähnlichen Anwesen in dessen Mitte sich eine alte, aber gut restaurierte Kirche erhob. Aus den großen Fenstern schimmerte sanftes Licht und an den Zugangswegen befanden sich vereinzelte Lampen.

„Würden sie vielleicht hier warten? Ich zahle es natürlich."

„Natürlich, aber wissen sie wie lange?"

„Nein, ich hab keine Ahnung. Aber hier sind schon mal 50 Euro als Anzahlung."

Der Park war menschenleer, aber die auf einem kleinen Parkplatz am Rand abgestellten Autos ließen erahnen, dass sich jemand in der Kirche befand.

„Was mach ich hier? Wie kam ich auf die Idee mitten in der Nacht hier her zu kommen?"

Syndra sah sich zum Taxi um. Es wartete.

Als sie fast an dem Gebäude angekommen war, läuteten die Glocken 1 Uhr. Kurz darauf öffnete sich die Pforte und einige Menschen verließen langsam und andächtig das Gebäude.

Syndra war schon neben der Kirche und lief um das Gebäude und die direkt angrenzende hohe Mauer herum, doch sie konnte die Statue nicht sehen. Ob sie sich trauen sollte, die Mönche zu solch später Stunde nach ihr zu fragen?

Als sie wieder am Eingang ankam, waren die Türen immer noch geöffnet, doch irgendwas hielt sie davon ab näher zu gehen.

Unschlüssig blieb sie neben einem der großen Bäume stehen und sah in den sanft erleuchteten Innenraum.

Der volle Mond tauchte die Straßen der Stadt in ein kaltes, unwirkliches Licht. Die wenige Helligkeit der Kerzen und Öllampen aus den Tavernen und Wohnhäusern drang nur spärlich durch die meist geschlossenen Läden.

So spät in der Nacht wagten sich nur noch die Mutigen, Betrunkenen oder solche Menschen die einer nächtlichen Arbeit nachgingen auf die Gasse.

Sie hatte geduldig gewartet, bis die Mitternachtsmesse zu Ende war und die wenigen Gläubigen ihren sicheren Weg nach Hause antraten. Sie wusste, selbst in solch einer Nacht, würde er kommen. Sie hatte die Kapuze ihres weiten Capes bis übers Gesicht gezogen. Aufmerksam blieb sie im Schatten eines der Häuser stehen und sah sich um. War ihr jemand gefolgt? Von den Ratten, die sich schlauerweise entfernt hielten, einmal abgesehen, schien alles leer.

Sie betrachtete die kleinen verschlagenen Nager genauer. Denn auch Ratten konnten in ihrer Welt Spione sein. Sie wusste, dass einige ihrer Art durch die Augen von Tieren sehen konnten. Doch keins der Tiere schien sie aufmerksamer, als es für sie üblich war zu beobachten.

Als die letzten Gläubigen sie unbemerkt passiert hatten, verließ sie ihr Versteck und nährte sich, soweit sie es vermochte, dem Gotteshaus.

Da war er.

Seine Rüstung schimmerte sanft durch die Fackeln am Eingang. Sein Schwert steckte in der Scheide und er hatte seinen Helm unter dem Arm, als er über den kleinen freien Vorplatz in ihre Richtung kam.

„Ihr habt es wieder nicht in die Messe geschafft.“, sprach er sie an.

„Ja, es tut mir leid, doch meine Pflichten erlauben mir nicht früher das Haus zu verlassen.“

„Sagt mir doch wo ihr angestellt seid und ich rede einmal mit eurem Herrn.“

Die junge Frau lächelte bitter und schlug dann ihre Kapuze gerade so weit zurück, dass sie in seine blauen Augen sehen konnte.

„Das wäre wahrlich keine gute Idee. Aber auch wenn ich den Gottesdienst nicht besuchen kann, so kann ich doch wenigstens euch sehen.“

Sein ernstes Gesicht heiterte sich leicht auf, als sich ihre Blicke trafen. Sie war wunderschön. Ihre tiefen blauen Augen und das weich fallende dunkelblonde Haar umrandete ihr zartes schmales Gesicht mit der ebenmäßigen sehr hellen Haut. Und dann noch ihre so unglaublich sanfte Stimme. Er wusste, dass es ihm nicht gestattet war, solche Gefühle für eine Frau zu hegen, doch seit er sie das erste Mal nachts, vor sechs Monaten gesehen hatte und ihr aus ihrer misslichen Lage geholfen hatte, war es um ihn geschehen.

Sie hatten sich noch nie berührt, doch wenn sie sich unterhielten, oder sich einfach nur ansahen, dann vergaß er alles Schreckliche und Grausame um sich herum. Seine Aufgabe rückte in weite Ferne und er wünschte sich nur, sie einmal zu halten, ihre Lippen mit den seinen zu berühren und mit ihr zusammen den Rest seines Lebens verbringen zu dürfen. Innerlich schalt er sich für diese unkeuschen Gedanken.

„Warum kommt ihr nicht einmal während des Tages in die Kirche?“

„Ich sagte euch doch schon, dass ich das Haus nicht verlassen darf. Ich kann mich nur nachts hinaus stehlen, wenn die Herrschaften schlafen und niemand mein Fehlen bemerkt. Ich kann es mir nicht erlauben meine Anstellung zu verlieren. Vor allem kann ich es mir nicht erlauben, dass man uns beide zusammen sehen würde. Was würde man über euch denken?"

Er nickte betrübt.

„Bruder Tristan?"

Wie konnte sie nur so unaufmerksam sein und den Krieger nicht bemerkt haben, der gerade direkt über den kleinen Vorplatz auf die beiden zu lief. Ihr Gegenüber drehte erschrocken den Kopf in die Richtung, aus der er angesprochen worden war.

„Ja, Bruder Thomas?"

„Was machst du hier?"

Als Tristan sich wieder umdrehte, war seine Gesprächspartnerin schon ein Stück entfernt und er konnte nur noch ihren Mantel leicht im Wind wehen sehen.

„Ich habe mich kurz unterhalten."

„Ich wollte euch nicht verschrecken." Der ältere Krieger rief ihr nach. „Es ist gefährlich in der Nacht. Lasst uns euch heim geleiten."

Doch die junge Frau war aus ihrem Blickfeld in einer der Seitengassen verschwunden.

„Wer war die Lady?"

Tristan schüttelte den Kopf. „Ich kann es dir nicht sagen. Ich kenne ihren Namen nicht."

Bruder Thomas schien kurz nachzudenken: „Ich hab ihr Gesicht zwar nur kurz und im halbdunkeln gesehen, aber irgendwie kommt es mir bekannt vor. Aber wo soll ich alter Mann, schon solch eine Frau gesehen haben. Allerdings Bruder, ihr ansprechendes Äußere ändert nichts daran, dass du unsere Regeln außer Acht lässt. Unsere Feinde, die Kreaturen der Nacht lauern mit mannigfaltigen Gesichtern in der Dunkelheit. Daher vergiss nicht: Wir gehen niemals alleine."

Tristan nickte und murmelte im Gedanken ihren Leitspruch: *Wir sind die Schwerter in der Nacht. Wir stehen auf der Seite des Lichts gegen die Dunkelheit. Wir kennen unseren Feind und trotzen seinen Täuschungen.* Aber sie war keine Kreatur der Dunkelheit. Sie war die liebreizendste und sanfteste Frau, die er je gesehen hatte.

Während er zu der Gasse sah, in der sie verschwunden war, wünschte er sich die nächsten Nächte herbei in der Hoffnung, sie wiederzusehen.

Syndra stand immer noch unter dem Baum.

Du bist angetrunken, was sollen die Priester denn von dir denken, wenn du da jetzt rein gehst und sie mitten in der Nacht nach einer Statue fragst. Du kannst ja morgen oder übermorgen wieder her kommen. Aber dann am Tag und vor allem nüchtern.

Auf dem Weg zurück zum Taxi sah sie sich noch einmal um. Die Silhouette eines Mannes zeichnete sich im Licht der immer noch geöffneten Tür ab. Es schien ihr fast, als würde er sie direkt ansehen.

Kurz blieb sie stehen und war fast versucht zurückzugehen, als der Taxifahrer hupte und sie aus ihren Gedanken riss.

„Ich hab bald Feierabend. Also falls sie wieder zurück wollen, dann müssten wir jetzt langsam los."

Sie sah sich um. Hier würde sie kein anderes Taxi finden und zum Laufen war es zu weit.

„Ich komme."

6.

Syndra hatte schon geduscht und gefrühstückt, als Ira zusammen mit Chris endlich im Hotel eintraf.
Sie musste ihre Freundin nicht fragen, wie deren Nacht gewesen war, Ira strahlte über das ganze Gesicht.

„Was stellen wir heute an?“ Syndra sah die beiden an, während sie in der Hotellobby saßen.

Chris antwortete sofort: „Also, für den Tag hatte ich an Besuche der Sehenswürdigkeiten der Stadt gedacht. Und damit meine ich mal nicht die Shoppingmalls oder anderen Kleiderläden, sondern Kirchen, Parks und Museen. Mit Unterbrechungen in gemütlichen Cafés und für den Abend, bezüglich die Nacht, würde ich den wohl exklusivsten Club der Stadt vorschlagen. Auch wenn ich mir nicht so sicher bin, wie wir dort rein kommen sollen.“

„Dürfte ich mich erstmal schnell duschen und umziehen?“ Ira hob theatralisch ihre Hände.

„Natürlich alles erst, nachdem meine Liebste sich für den Tag bereit gemacht hat.“ Chris lächelte sie an.

„Dann stimme ich der Planung in vollem Umfang zu.“ Ira lächelte zurück.

„Was den Club angeht, könntest du ja vielleicht den Concierge nochmal fragen. Er hat uns ja schon im Pub einen Tisch reservieren können. Möglicherweise kennt er ja eine Möglichkeit wie auch normale Menschen wie wir dort hineinkommen.“ Chris sah Syndra fragend an.

„Was meinst du mit normale Menschen?“

Chris lachte. „Dieser Club ist so exklusiv, dass sie nur extrem ausgewählte oder wirklich schöne Personen hineinlassen. Die Schlange ist teilweise so lang, dass man den Anfang nicht mal sieht. Und die halbe Nacht vor einem Club stehen nur um dann doch nicht hineinzukommen, ist wohl eher nicht so spannend. Oder bist du vielleicht berühmt und hast es bisher verschwiegen?“

Syndra lachte mit. „Nein, ich wüsste nichts davon, dass ich berühmt wäre. Aber ich frage den Herrn am Empfang gerne. Er ist wirklich sehr freundlich und hilfsbereit. Wie heißt der Club denn?“

„Er heißt: Kartache.“

„Ich schaue was ich für Sie machen kann, Frau von Tannenburg.“

Der geschniegelte Mann ihr gegenüber lächelte die kleine Gruppe zuversichtlich an.

„Sie haben wirklich einen ausgezeichneten Geschmack was Ihre nächtlichen Aktivitäten angeht. Ich werde mein bestes geben und wünsche Ihnen bis dahin einen angenehmen Tag.“

„Das hier ist das Archäologische Nationalmuseum von Dublin.“

Die drei standen mit ihren Kaffeebechern vor einem großen, hellen und halbrunden Gebäude, dass direkt an ein weiteres angrenzte, das demselben Baustil entsprungen sein musste. Umgeben von einem hohen Metallzaun war alleine der Anblick es schon wert hier her gekommen zu sein.

„Kann es das Kilmainham Gefängnis wirklich noch toppen?“

Ira sah sich den Bau bewundernd an. „Das vielleicht nicht, aber es ist wirklich sehenswert und was ganz Anderes.“

Chris nippte an seinem Kaffee. „Dann lass uns noch schnell austrinken und hinein.“ Sie setzten sich auf eine der Bänke und beobachteten das Treiben um sie herum. Hier machte es keinen Unterschied, ob es dienstags, freitags oder samstags war. Diese Stadt war immer voller Leben. Nachdem sie ihren Kaffee geleert hatten, betrat die kleine Gruppe den imposanten Bau.

Ira ging staunend durch die Eingangshalle. „Ich finde es toll, dass man die Nationalmuseen kostenlos besuchen kann.“

Sie schlenderten durch das offen gestaltete Gebäude und sahen sich die Ausstellung über die Kelten und die anderen Funde alter vergangener Zivilisationen an.

„Ein schönes Stück nicht wahr?“ Der Mann neben ihr betrachtete das Exponat mit ebensolcher Aufmerksamkeit, wie er sie aus den Augenwinkeln musterte.

„Ja, Teile einer Rüstung die hier gefunden wurden. Wohl sehr alt. Aber wirklich noch gut erhalten.“ Syndra antworte freundlich.

„Es gibt hier einige wirklich gut erhaltene Fundstücke vergangener Kulturen. Aber es ist selten, dass sich eine junge Frau für so etwas interessiert.“

Sie drehte sich zu dem Mann um. Er musste Anfang bis Mitte dreißig sein, wirkte gepflegt, aber eher unscheinbar.

„Ich habe schon immer Interesse an alten Kulturen gehabt. Allerdings bisher noch keine Möglichkeit bekommen solche Stücke live zu sehen.“

„Oh, das ist schade. Wenn sie möchten, dann führe ich sie ein wenig herum und zeige ihnen die außergewöhnlichsten Exponate. Es gibt hier Stücke, die die meisten übersehen, obwohl sie wirklich ganz besonders sind.“

„Ja, dieses Museum bietet scheinbar einiges davon.“

Seine Erklärungen waren spannend und Syndra lauschte ihm während ihres kleinen Rundgangs aufmerksam. Als sie mit dem nächsten Raum fertig waren, meinte er beiläufig.

„Es gibt ein altes Kloster, gegen die Sammlung dort wirkt dieses Museum, nun sagen wir mal, leer. Leider ist der Zugang für Besucher verboten.“

Syndra war irritiert.

„Warum erwähnen Sie es denn dann?“

Er lächelte. „Vielleicht könnte ich Ihnen den Zutritt ermöglich, der Besitzer ist ein Freund eines Freundes. Wenn Sie möchten, dann können wir gemeinsam dort hin fahren, es sind nur zwei Stunden.“

Irgendwas in seinen Augen machte sie misstrauisch.

„Ich danke ihnen für die Einladung, aber ich glaube dass mir diese Ausstellung fürs erste erstmal ausreicht."

Sie bemerkte plötzlich, dass sie alleine in einem abgeschiedenen Raum gelandet waren. Wo waren die ganzen anderen Besucher?

„Schade, aber ich denke, dass Sie sich wirklich die Sachen dort anschauen sollten." Syndra suchte nach dem Ausgang, doch er stand ihr im Weg. Als er langsam näher kam, hörte sie plötzlich Chris Stimme.

„Ich hab sie hier rein gehen sehen. Ja, hier ist sie."

Ira kam kurz nach ihrem Freund herein.

„Hey, lauf doch nicht einfach weg. Wir haben das halbe Museum abgesucht. Wir sind fertig. Wie sieht es bei dir aus?"

Chris ging an dem Mann vorbei auf Syndra zu und erwiderte dann offen den herausfordernden Blick seines Gegenübers.

„Ich bin auch fertig. Und nochmal Danke für ihr Angebot, aber ich muss jetzt los."

„Natürlich, aber sollten Sie doch noch Interesse haben, dann hinterlassen Sie einfach Ihre Nummer und Ihren Namen an der Kasse." Während die beiden an ihm vorbeigingen, ließ der Mann Chris nicht aus den Augen.

Als sie nach fast zwei Stunden das nächste Café ansteuerten, hatten alle drei genug Kultur für einen Tag hinter sich gebracht und waren über die gemütlichen Stühle und einen kühlen Drink dankbar.

„Ja, es war es wert. Genau wie der Park heute Mittag. Nur dieser unheimliche Mann. Das war etwas, wie soll ich sagen, seltsam."

Chris lächelte zufrieden.

„Naja, ich denke, dass viele Männer eigenartig sind, wenn sie eine schöne Frau in einem Museum treffen, die sich auch noch mit ihnen unterhält. Das ist weniger seltsam, als du denkst. Aber mal eine andere Frage: Habe ich meine Qualitäten als Gästeführer unter Beweis gestellt?“

Syndra lachte und nickte, während sie sich fast an ihrer Cola verschluckte.

„Wenn der Club heute Abend auch noch so ein Erfolg wird, also falls wir überhaupt hineinkommen, dann bist du engagiert.“

Chris verbeugte sich im sitzen und Ira himmelte ihn an. Die Sonne war schon langsam am Untergehen, als die drei zufrieden und satt wieder im Hotel eintrafen.

„Es war zwar etwas komplizierter, aber ich habe Sie und ihre Begleitung auf die Gästeliste setzten lassen können. Es ist Ihnen also möglich, einfach zum Eingang zu gehen. Dort nennen Sie dann ihren Namen. Die anwesenden Herrn werden Ihnen dann weiterhelfen.“

Syndra starrte den Rezeptionisten begeistert an. Nachdem was Chris über diesen Club erzählt hatte, war das scheinbar wie ein kleines Wunder dort auf diese Art hinein zu gelangen. „Kann ich mich irgendwie erkenntlich zeigen?“

„Vielen Dank, aber so etwas gehört zum Service unseres Hotels. Ich hoffe Sie haben einen schönen Abend. Sollten Sie noch weitere Hilfe benötigen, dann zögern Sie nicht mich zu fragen.“

7.

Als die drei aus dem Taxi stiegen, sahen sie schon eine Schlange von rund vierzig oder fünfzig Personen, die vor einem großen Tor warteten. „Es ist erst kurz nach elf und doch sind schon so viele hier."

„Sind wir nicht etwas früh?" Ira war skeptisch.

„Wann geht man den sonst so in einen Club?" Syndra war verwirrt. Um diese Zeit schlief sie normalerweise schon.

„Naja, eher so gegen 0:00-1:00"

„Ah, okay. Entschuldigung, aber das wusste ich nicht."

„Ihre Stiefeltern haben ihr nie erlaubt in einen Club oder ähnliches zu gehen." Ira antwortete auf Chris fragenden Blick.

„Nun sind wir hier und werden bestimmt nicht noch eine Stunde warten, damit wir uns an den Uhrzeitcode halten."

Chris lachte und sie gingen an der Schlange vorbei zu den fünf Security Mitarbeitern in schwarzen identischen Maßanzügen. Das große Tor war geschlossen, nur eine kleine Pforte eröffnete einzelnen Personen die Möglichkeit, das Gelände dahinter zu betreten.

Schon auf den ersten Blick sah Syndra vier Überwachungskameras, die direkt auf diesen einen Eingang gerichtet waren. Hier kam definitiv niemand durch ohne, dass er von allen Seiten aufgenommen wurde. Sie überlegte kurz wie viele Kameras hier noch angebracht waren, wenn diese vier schon so offensichtlich waren.

Bei ihr Zuhause war das ganze Haus innen und außen damit bestückt gewesen. Jede der zwei Eingangstüren und alle Fenster hatten offen sichtbare Kameras, die nur darauf abzielten potenzielle Einbrecher abzuschrecken, aber es waren weit mehr versteckte Kameras angebracht, die jeden, noch so kleinen, Winkel des Hauses und der direkten Umgebung 24 Stunden lang filmten.

Unwillkürlich suchte sie die Mauer ab. Wenn, dann waren die Überwachungsanlagen wirklich gut getarnt, denn so auf Anhieb fielen ihr keine weiteren auf.

Ohne große Unterhaltung ließ man die kleine Gruppe nacheinander durch die Pforte treten. Dahinter führte ein schmaler Weg hin zu einem wirklich großem, modern anmutenden Gebäude, dessen ganzes unteres Stockwerk nur aus Glas zu bestehen schien.

Als sie durch den angrenzenden Park näher kamen, erkannten sie, dass auch das obere Stockwerk aus einem glasähnlichen Material sein musste, aber so abgedunkelt war, dass man wahrscheinlich hinaus, aber nicht hinein sehen konnte. Die Lichter aus dem Club tauchten die dunkle Umgebung in faszinierende Farbschatten. Und auch, wenn man sehen konnte, dass die Menschen dort drin tanzten, so drang keine Musik heraus.

Am Gebäude angekommen wurden sie wieder von Überwachungskameras und weiteren Männern in den gleichen, perfekt sitzenden Anzügen erwartet. Hier erkannten sie auch, warum keine Musik nach draußen drang. Nach dem Eingang erwartete sie eine Art Schleuse. Erst nachdem die Tür hinter ihnen geschlossen war, begann die Tür vor ihnen sich zu öffnen. Im Inneren empfing sie eine gerade noch erträgliche Lautstärke.

„Wow." Dieses Wort von Ira so andächtig ausgesprochen, war das absolut passendste, was Syndra sich als Ausdruck für diesen Anblick vorstellen konnte.

Ein riesiger Raum erhellt durch gedämpftes Licht aus dem Boden und dem Zucken von bunten, überall im Raum verteilten, Lichtfragmenten im Takt der Musik.

Neben dem Eingang führte eine breite sehr alt aussehende gewundene Treppe hinauf in das obere Stockwerk. Wobei wenn man sich die Höhe des Raums des Clubs so ansah, dann war das obere Stockwerk wohl nur zum Teil eigenständig. Vielleicht konnte man von dort oben auf die anderen Gäste schauen?

Leider würden sie es nicht herausfinden, denn die Treppe wurde von zwei Sicherheitsleuten versperrt, deren Ausstrahlung alleine schon ausreichte, um ihr nicht näher zu kommen. Diese überraschend alte Treppe in einem so absolut modernen, fast futuristisch anmutendem Gebäude, machte enormen Eindruck.

Es gab fünf Bars. Zwei davon rechts von ihnen mit gemütlichen Sesseln, gepolsterten Bänken und kleinen ovalen Tischen in der Mitte der Sitzgruppen, die entweder den Blick nach draußen oder auf die Tanzfläche erlaubten. Das Fehlen von Barhockern machte deutlich, dass es nicht gewünscht war, sich zu lange direkt am Tresen aufzuhalten.

Eine weitere runde Bar befand sich direkt in der Mitte der Tanzfläche leicht erhoben und wieder ohne Sitzmöglichkeit und die letzten beiden waren genauso angeordnet wie die weiter rechts von ihnen, nur auf der gegenüberliegenden Seite des Clubs.

Und als ob das alles nicht schon beeindruckend genug wäre, starrte Syndra plötzlich auf den Boden. Kurz musste sie sich daran erinnern, zu atmen. Sie packte Ira am Arm und zeigt nervös nach unten.

„Da, da sind Haie!"

Unter ihnen zogen mehrere dieser Räuber der Meere ihre Bahnen. „Das ist ein riesiges Aquarium als Boden." Die Freundinnen starrten den Fischen hinterher.

„Davon hatte ich gelesen. Alles hier ist wirklich extrem beeindruckend. Kein Wunder, dass hier jeder rein will." Während Syndra noch die gefährlichen Raubfische beobachtete und sich dann im ganzen Raum umsah, dachte sie kurz darüber nach, ob nicht der ganze Bau ein einziges Aquarium war. Die Besucher waren dann einfach nur wie Fische hinter Glas, die von irgendwas anderem betrachtet wurden.

Nach einiger Zeit waren allerdings alle diese eigenartigen Gedanken verflogen und die Stimmung hatte Syndra in ihren Bann gezogen. Sie bewegte sich zum Rhythmus der Musik auf der Tanzfläche und vergaß langsam alles um sie herum. Die zuckenden Lichter auf der vielen nackten Haut und der immer herrschende leichte Nebel verschmolzen die Gäste zu einer Masse an sich bewegenden Leibern.

Sie war nur eine von vielen und fühlte sich in der Masse geborgen und sicher, bis sie plötzlich spürte, wie ein einzelnes Paar Augen sie herausfordernd ansah.

Es schien fast, als würden die Blicke sie körperlich berühren, als würden sie ihre Haut, ihre Knochen durchdringen, um in ihr Innerstes zu gelangen. War es am Anfang noch irgendwie schmeichelhaft, so wurde es immer unangenehmer.

Es war fast, als würde jemand in ihr herumwühlen, versuchen etwas aus ihren Erinnerungen heraus zu reißen, sie gar körperlich bedrohen.

Als sie es endlich schaffte, ihre Augen zu öffnen, und nach der Person zu suchen, sah sie ihn, nein, sie sah nur diese stechenden blauen Augen. Sie versuchte zwar, den Rest des Gesichtes wahrzunehmen, doch alles außer den Augen schien verschwommen. Der Blick allerdings offenbarte alles, er strotzte von unbändigen Hass und Wut. Aber warum? Sie hatte noch nie jemanden einen Anlass gegeben sie zu hassen.

Die Menschen um sie herum bekamen von ihren Qualen nichts mit, sie tanzten einfach weiter. Doch Syndra sah diese Augen so deutlich, als wäre er direkt vor ihr. Nein, er war nicht vor ihr, er war in ihr.

„Verschwinde hier. Sofort!" Die Stimme klang wie eine boshafte Drohung.

Syndra versuchte verzweifelt ihren Blick loszureißen sich abzuwenden, doch irgendetwas hielt sie davon ab. Instinktiv wusste sie, wenn sie sich nicht wehren, sich nicht bewegen würde, dann wäre sie verloren.

Sie wusste nicht wie, doch irgendwie gewann sie den geistigen Kampf und suchte hektisch den Raum nach ihrer Freundin ab, doch Ira war nirgends zu sehen. Ohne nachzudenken oder abzuwarten, stolperte sie zur Tür. Syndra wusste, dass er sie weiterhin beobachtete.

„Renn!“ Die Stimme in ihrem Kopf hatte nichts an ihrer Kälte verloren. Was sollte das?

„Möchten sie nicht ihre Jacke mitnehmen?“

Der Türsteher sah sie aufmerksam an. Die junge Frau verstand nicht, was er sagte, schüttelte aber einfach mit dem Kopf, während sie versuchte sich an ihm vorbei nach draußen zu drängeln.

„Ist alles in Ordnung mit ihnen?“

Warum ließ er sie nicht einfach in Ruhe? Sie musste hier weg. Weg von diesen Augen mit diesem unbändigen Hass. Jemand schien nach ihr greifen zu wollen, während Syndra sich mittlerweile schon panisch an dem großen breiten Mann vorbei zwängte und raus rannte.

8.

„Aufstehen du Schlafmütze.“ Ira riss die Vorhänge zur Seite. „Wer feiern kann, der kann auch aufstehen. Vor allem wenn es schon mittags ist.“

Syndra versuchte, ihre Augen zu öffnen. „Mach die Vorhänge zu. Das blendet.“

„Das nennt sich Sonne. Und kaum bist du einmal ausgegangen, schon kannst du nichtmal mittags aufstehen?“ Ira lachte und setzte sich auf einen der Sessel. „Du musst ja eine tolle Nacht gehabt haben.“

Syndra versuchte immer noch, ihre Augen auf zu bekommen, aber das Sonnenlicht störte sie. „Was meinst du?“

Sie erinnerte sich nur noch an diese stechenden, hasserfüllten blauen Augen und die Angst, die sie in sich gespürt hatte. Iras Blick wurde etwas skeptisch.

„Dieser wahnsinnige Mann, mit dem du dich gestern Nacht unterhalten hast? Und dass du mir sagtest, ich soll ruhig mit meinem Schatz nach Hause gehen, du würdest gerne noch bleiben?“

Syndra setzte sich mit dem Rücken zum Fenster auf und hörte ihrer Freundin zu. Sie konnte sich nicht erinnern, dass sie mit einem Mann geredet hatte. Nur noch an diese furchtbare Angst. Aber wenn Ira ihr sagte, dass sie sie weggeschickt hätte, dann musste das ja wohl stimmen. Ira würde so etwas doch nicht einfach erfinden. Wurde sie doch langsam verrückt?

„Ich kann mich nicht erinnern.“

Ira ging auf ihre Freundin zu. „Hast du gestern vielleicht irgendwas genommen? Oder schmeckte ein Getränk eigenartig?“

Syndra sah sie ungläubig an. „Meinst du Alkohol oder Drogen? Ich hab noch nie Drogen genommen und auch noch nie den Bedarf oder den Wunsch danach gehabt. Und ich kann mich auch nicht an Alkohol erinnern. Im Pub hatten wir schon genug davon.

Ich geh mich jetzt erstmal duschen. Danach fühle ich mich sicher besser.“

Sie ging ins Bad und stellte sich vor den Spiegel. Auch wenn sie total müde und blass aussah, blendete zumindest die Sonne hier nicht mehr. Syndra versuchte, sich krampfhaft daran zu erinnern, was in der letzten Nacht geschehen war. Das Gespräch mit Ira, ihre Rückkehr ins Hotel, aber alles endete bei dem Gefühl wegrennen zu müssen.

Und dann waren da noch diese diesen stechenden hasserfüllten blauen Augen in dem Gesicht mit der Narbe. Warum kam ihr dieses Gesicht so bekannt vor? Sie wusste, sie hatte den Mann schon einmal gesehen, aber wo?

Während sie duschte und das warme Wasser genoss, entschloss sie sich, Ira nichts von dem zu erzählen, was gerade mit und in ihr geschah. Ihre Reaktion bei der Statue genügte Syndra schon. Wenn sie noch weiter Geschichten erzählen würde, würde sie sich irgendwann vielleicht doch noch ernsthafte Sorgen machen. Ihre Freundin war gerade so glücklich, das wollte sie ihr nicht verleiden.

Fertig angezogen saßen die Freundinnen einige Zeit später im Restaurant des Hotels. „Tja. Das Frühstück haben wir wohl verpasst. Ich habe aber auch schon mit Chris gegessen“, gestand Ira. Syndra nippte an ihrer Cola light. Komischerweise schmeckte sie heute grauenhaft.

„Jetzt erzähl schon, was heute Nacht los war.“ Ira schien wirklich ehrlich interessiert. Syndra hatte sich ihre Ausrede inzwischen gut überlegt. „Ich kann dir wirklich nichts weiter sagen. Offensichtlich habe ich wohl doch zu viel Alkohol getrunken.“ Sie mühte sich ein schuldbewusstes Lächeln ab. „Wenn ich mir diese wahnsinns Kopfschmerzen überlege, kann ich beinah meine Eltern und ihre Verbote verstehen.“

Ihr war bewusst, dass Ira sich mit dieser fadenscheinigen Erklärung nicht dauerhaft zufrieden geben würde, aber für den Moment schien es zu funktionieren, denn die fragte nur arglos: „Was wollen wir heute unternehmen?“

Syndra gingen diese Augen nicht aus dem Kopf. Wo verflucht noch mal hatte sie sie schon gesehen? „Ich muss in den Park.“ Ohne auf ihre Freundin zu warten stand sie auf.

„In welchen Park? Warte doch auf mich. Wollen wir nicht zusammen gehen?“ Ira kam ihr hinterher und nahm ihre Hand.
„Den Park mit der Statue. Ich muss mir etwas ansehen.“

Ira schüttelte nur den Kopf, während sie ihrer Freundin nach draußen folgte. Die Sonne brannte in Syndras Augen. Die Sonnenbrille half zwar etwas, aber für ihren Geschmack nicht genug. Wie viel hatte sie gestern Nacht denn nun wirklich getrunken?

Etwa eine Stunde später standen sie vor dem Eingang des kleinen Parks.

„Warum bleibst du stehen? Erst zwingst du mich hierher zu kommen, und nun willst du nicht rein?“

Syndra zögerte, war das wirklich nötig? Was wenn sie den sterbenden Mann wieder sah? Was wenn nicht?

„Hallo? Redest du noch mit mir?“

„Es tut mir leid. Ich wollte nur etwas überprüfen. Und dir noch weiteres Futter für Spott und Hohn bezüglich meines Männergeschmacks liefern.“

Sie wusste, dass ihre Freundin ihr den Scherz nicht abnahm, aber was blieb ihr anderes übrig?

Ira schüttelte nur den Kopf. Was war nur mit ihrer Freundin los? Seit dem Tag, an dem sie hier im Park waren, benahm sie sich immer öfter so eigenartig. Sie hatte mit Chris zwar ausführlich darüber gesprochen, aber er kannte sie ja gar nicht. Was sollte er schon dazu sagen?

Vielleicht hatte sie der plötzliche Tod ihrer Adoptiveltern doch mehr mitgenommen, als sie zugeben wollte? Aber nein, sie hatte es wirklich gut verkraftet, wenn sie auch mit der plötzlichen Freiheit doch sehr überfordert war.

Ira überlegte wie sie ihr gerade jetzt, sagen sollte, dass sie mit Chris die nächsten drei Tage zu seinen Eltern fahren wollte. Sollte sie es vielleicht doch lieber absagen und auf ihre Freundin aufpassen?

Aber sie war noch nie so glücklich und so verliebt gewesen. Hin und her gerissen atmete sie tief durch. Vielleicht sollte sie den Vorschlag von Chris doch aufgreifen und Syndras Onkel kontaktieren? Immerhin hatte er ihnen diesen Urlaub geschenkt und war, soweit sie wusste, der einzige Verwandte, den sie noch hatte. Mal sehen, ob sie rausfinden konnte, wie sie ihn erreichen könnte. Aber gerade als sie nachfragen wollte, sah sie Syndra schon ein paar Meter weiter im Park verschwinden. Schnell folgte sie ihr.

Umgebung von Dublin im 15 Jahrhundert

Die Nacht war Wolken verhangen. Leichter Nieselregen erschwerte die ohnehin schon schlechte Sicht zusätzlich und machte den unbefestigten Weg hinunter zum Meer noch beschwerlicher.

Er wusste, dass es keine gute Idee war, in solch einer Nacht alleine unterwegs zu sein. Eigentlich war es nie eine gute Idee, nachts alleine unterwegs zu sein, daher war es den Ordensbrüdern auch verboten. Doch was sollte er tun? Seit Tagen hatte er sie nicht mehr gesehen und nun hatte ihn diese Nachricht erreicht. Es waren zwar nur wenige Zeilen, aber in ihnen spiegelte sich eine unermessliche Verzweiflung wieder.

‚Ich scheine entdeckt worden zu sein und so, wie es sich darstellt, werde ich die Stadt sehr bald verlassen müssen. Ich weiß nicht, wohin man mich bringen wird und ob ich dann noch einmal die Möglichkeit bekomme, Euch zu kontaktieren. Wenn Euch etwas an mir liegt, dann trefft mich bitte noch einmal Morgen um Mitternacht an der alten verlassenen Ziegelei.'

Sie hatte die Nachricht nicht unterschrieben, aber das Papier roch nach ihr. Die Unterschrift hätte ihm auch nichts genutzt, denn bis heute kannte er ihren Namen nicht. Er war sich sicher, dass seine Glaubensbrüder bemerkt hatten, dass er Gefühle für eine Frau entwickelt hatte.

In den letzten Wochen hatten ihn zwei öfter angesprochen. Sie hatten ihn vermehrt zu Gebeten gedrängt und immer wieder auf die seltsamste Art seinen Glauben geprüft. Aber sie fanden keinen fehl in ihm. Sein Glauben an Gott und an die Ziele des Ordens war unerschütterlich. Warum sollte sich durch sie daran etwas ändern?

Und ihm war der Sinn und die Tragweite ihrer Aufgabe mehr als bewusst. Wenn nicht ihm, wem dann? Die Erinnerungen an das schreckliche Schicksal seiner Schwester waren ihm steht´s präsent. Es war für ihn eine unumstößliche Tatsache, dass sie das letzte Bollwerk gegen die Finsternis darstellten.

Doch seine Brüder warnten ihn nun des Öftern vor seinen unangebrachten Unterhaltungen mit dieser geheimnisvollen Frau, und er wusste nicht, inwieweit sie schon mit dem Abt gesprochen hatten. In Zwiegesprächen erinnerte man ihn wiederholt daran, dass ihr Orden damals zwar gegründet wurde, um gegen die Mächte der Nacht zu kämpfen, aber dass sie auch den katholischen Lehren der Keuschheit verpflichtet waren. Und dass sie unter ständiger Beobachtung der Kirchenoberen standen, da man ihren Gründer Abt Bonifatius und seine Brüder noch nach ihrem Tod fast exkommuniziert hatte.

Er kannte alle diese alten Geschichten und auch die reellen Gefahren, die seine Aufgaben in genau diesem Orden, mit sich brachten. Er wusste, dass seine Brüder ihn nur schützen wollten. Aber er wusste auch, dass sie ihn nicht vor seinen Gefühlen schützen konnten.

Seit er diese wundersame Frau das erste Mal gesehen hatte, waren sie da und so sehr er auch versucht hatte, sich dagegen zur Wehr zu setzten, sie wurden von Mal zu Mal tiefer.

Neunmal waren sie bis tief in die Nacht zusammen spazieren gegangen und erst zweimal hatten sich dabei ihre Hände berührt. Aber er wusste, wenn sie es wirklich wünschte, würde er den Orden verlassen. Er würde seinen Glauben und die Gemeinschaft seiner Brüder hinter sich lassen, um bei ihr sein zu dürfen. Doch bisher hatte sie so etwas nie von ihm verlangt oder es auch nur angedeutet.

Er nährte sich dem Ort des Treffens, der ein ganzes Stück außerhalb der Stadt lag. Der ständige leichte Regen und die dichte Wolkendecke machten es ihm schwer, etwas zu erkennen.

Schließlich wurden seine Schritte immer langsamer und er blieb stehen. Da war sie. Er erkannte ihren Mantel im Wind flattern. Kurz versuchte er, sich zu sammeln, sich selbst und sein pochendes Herz zu beruhigen, bevor er zu ihr gehen wollte.

„Was machst du hier Bruder?"

Sein Herz setzte ein Sekundenbruchteil aus, während er sich hektisch zu der Stimme umdrehte. Nur wenige Schritt hinter sich sah er vier Männer schnellen Schrittes, durch den Regenschleier auf sich zukommen. Er erkannte das Kreuz auf ihren Mänteln, es war dasselbe wie auf seinem.

„Bruder, warum bist du hier?" Es waren Thomas, Horatio, Ulf und Bruder Christian.

Er wusste nicht, was er sagen sollte, und sah sich zu dem Ort um, an dem sie auf ihn wartete. Immer noch stand sie dort. Sie hatten ihn fast erreicht und er musste sich entscheiden, musste etwas sagen. Doch bevor die Worte seine Lippen verlassen konnten, schrie Ulf auf.

Irgendwas hatte ihm aus dem Nichts seine Kehle aufgerissen und ihm dabei fast den Kopf von den Schultern geholt. Eine Fontäne von Blut ergoss sich über Bruder Thomas und tränkte den Boden um ihn herum. Die drei Überlebenden zogen ihre Schwerter und sahen sich nach dem unsichtbaren Gegner um.

„Was hast du getan?" Thomas schrie Tristan an.

„Wie konntest du alles verraten an wa…."

Weiter kam er nicht. Irgendetwas riss ihn zu Boden und zog in unfassbar schnell in die Dunkelheit. Man konnte seine gellenden Schreie hören, bevor die plötzliche Stille nur noch durch den Klang des Regens und ihres Atmens gestört wurde.

Christian und Horatio begannen zu beten, während sie auf den nächsten Angriff warteten. Ohne noch länger zu zögern, zog Tristan sein Schwert und rannte zu dem alten Gemäuer. Doch wie sollte er alleine sie beschützen, wenn sie nicht einmal zu fünft in der Lage waren ihre Angreifer zu stellen?

Seine Gedanken verflogen, als sie plötzlich mitten im Regen vor ihm stand, sich umdrehte, sich auf ihre Zehenspitzen stellte und ihre Lippen die seinen berührten. Es schmeckte metallisch bitter, bevor er warmes Blut an seiner linken Geschichtshälfte herabrinnen spürte.

Er versuchte immer noch zu verstehen was geschah, als er den Griff eines Dolches aus seinem Herz herausragen sah. Während er in sich zusammensackte und sein Schwert seinen Händen entglitt, beugte sie sich über ihn und lächelte. Entsetzen mischte sich mit Erkenntnis. Er wusste, dass er starb. Sie hatte ihn getötet und seine Brüder in eine Falle gelockt.

Er sah das Licht. Seine toten Brüder und Freunde die dort freudig auf ihn warteten. Doch irgendwas zog ihn zurück, weg von der Verheißung, hinunter in die Dunkelheit.

Die Sonne hatte einem Wolkenbruch ihren Platz abgetreten, als Syndra vor der Statue stand. Sie bemerkte nicht, wie ihre Haare begannen an ihrem Kopf festzukleben und ihre Kleidung anfing zu tropfen. Sie starrte ihn nur an.

Sie sah, wie die scharfe dünne Klinge mühelos seine Wange zerteilte und der Knochen darunter zum Vorschein kam. Wie das Blut aus seinem Herzen und seinem Mund herausquoll. Wie er sterbend zu Boden ging und dabei ungläubig sein Gegenüber anstarrte. Wie alles in seinen Augen starb, noch bevor sein Körper folgen würde. Sie hörte plötzlich mitten im Satz abbrechende gebrüllte Gebete und Schreie von weiteren Männern aber das schlimmste war, sie spürte, dass sie an ihrem Tod schuld war.

Sie konnte ihn nicht berühren, sich ihm nicht einmal nähern. Sie konnte nur von weitem zusehen, als sich sein Kopf in ihre Richtung drehte und sie seine vormals warmen blauen Augen durch den Regen hindurch verblassten.

Ira blieb erst ein Stück entfernt unter den Bäumen und beobachtete die unwirkliche Szene. Es schien fast, als wäre ihre Freundin gar nicht mehr hier, sondern gedanklich irgendwo ganz anders. Sie wirkte geradezu wie in Trance.

„Syndra? Syndra! Kommst du bitte. Ich bin schon klitschnass."

Sie reagierte einfach nicht. Ihr ganzer Körper zitterte leicht. Ira hatte genug. Sie ging hinüber und fasste ihrer Freundin an die Schultern. Erschrocken drehte sich Syndra um.

„Es sind dieselben Augen." Ihre Stimme klang vollkommen verstört.

Ira sah sie unverständlich an. „Welche Augen meinst du? Und könnten wir bitte gehen und uns irgendwo unterstellen bis das Scheißwetter sich beruhigt? Oder am besten ins Hotel zurück und uns umziehen?"

Syndra schien erst jetzt zu bemerken, dass sie beide vollkommen durchnässt waren. Sie vermied einen weiteren Blick zur Statue und drehte ihr dann endgültig den Rücken zu.

„Es ist nichts, nur ein Tagtraum. Du weißt doch, Traummänner." Syndra rang sich ein Lächeln ab, während sie irgendwie versuchte, diese schreckliche Vision zu verarbeiten.

Ira wusste nicht, was sie von dem Unsinn halten sollte, den ihre Freundin da gerade erzählte, aber das konnte sie noch später klären. Jetzt wollte sie erstmal raus aus dem, sogar für irische Verhältnisse, starken Regen.

Als sie endlich im Hotel angekommen waren, hatte die Sonne schon wieder die Vorherrschaft über das Wetter übernommen.

Syndra zog sofort die Vorhänge zu, bevor sich die beiden umzogen.

„Möchtest du mir jetzt endlich mal erklären, was mit dir los ist?"

Ira setzte sich neben ihr aufs Bett. Syndra überlegte kurz, während die Kopfschmerzen ein wenig nachließen. Unschlüssig rubbelte sie weiter ihre Haare trocken. Sie wollte Ira eigentlich sogar unbedingt davon erzählen. Doch wenn sie ehrlich zu sich selbst war, wusste sie ja nicht einmal, was sie sagen, wie sie diese Bilder beschreiben sollte.

Würde es nicht total verrückt klingen, dass sie lauter Momente aus dem Leben anderer Menschen sah? Oder dass Augen sie verfolgten, die ihr furchtbare Angst machten? Wenn sie so darüber nachdachte, würde sie sich ja nicht mal selbst glauben, es nicht mal selbst nachvollziehen können. Wie sollte das Ira dann können? Aber das wichtigste bei allem war, sie wollte nicht, dass ihre Freundin sich Sorgen machte.

„Wie ich schon sagte. Ich scheine gestern einfach zu viel getrunken zu haben. Oder vielleicht hab ich auch was Falsches gegessen. Jedenfalls habe ich seitdem irgendwie Kopfschmerzen und mir geht es einfach nicht gut. Wenn es für dich ok ist, dann würde ich mich einfach gern ein wenig hinlegen und ausruhen."

Sie versuchte, überzeugend zu wirken, und lächelte Ira matt an.

„Hmm, ich bin mir zwar verhältnismässig sicher, dass da noch was anderes ist, aber ok. Wenn du bereit bist, es mir zu erzählen, dann bin ich da. Und auch wenn es jetzt ein blöder Zeitpunkt ist, würde ich dich trotzdem gerne noch was fragen."

Sie räusperte sich kurz um ihre Zweifel loszuwerden.

„Chris hat sich ab heute nachmittag Urlaub genommen und mich eingeladen, mit ihm zusammen, seine Eltern zu besuchen. Sie wohnen in Killarney und das ist zwei bis drei Stunden entfernt. Wir würden gerne heute schon fahren und zwei Tage bleiben.

Eigentlich wollte ich dich natürlich nicht alleine lassen, schon gar nicht jetzt … .

Aber er hat mich auf so romantische Art gebeten."

„Du musst dich nicht rechtfertigen. Natürlich ist es schade, dass wir dann ein paar Tage nicht zusammen verbringen können, aber hier geht es ja vielleicht um den Rest deines Lebens. Scheinbar scheint das ja wirklich was ernstes zwischen euch zu werden. Und das so schnell."

Syndra war glücklich, dass ihre Freundin glücklich war.

Und auch Ira lächelte wie ein kleines Mädchen. „Ja, es fühlt sich so echt an. So richtig und einfach nur gut. Und du bist wirklich nicht sauer? Wenn irgendwas wäre, dann kannst du mich jederzeit anrufen und ich komme sofort zurück."

Syndra umarmte ihre Freundin.

„Los, pack deine Sachen und sorg ja dafür, dass seine Eltern dich mögen. Ich wollte schon immer mal auf eine Hochzeit."

Ira lächelte verlegen und schnappte sich ihre Reisetasche. Nach einer halben Stunde hatte sie das Zimmer verlassen und noch mehrmals betont, dass sie in jedem Fall immer per Handy erreichbar war.

Syndra schloss den Vorhang jetzt komplett und ließ nur die Nachttischlampe brennen.

Die annähernde Dunkelheit tat ihr gut. Einerseits fühlte sie sich plötzlich einsam und verlassen, andererseits war sie davon überzeugt, dass Ira weit weg sicherer war als in ihrer Nähe.

Als sie ihre Augen schloss, sah sie das Gesicht mit der Narbe und die blauen Augen vor sich. Sie sah den Hass und die Verachtung nicht nur, sie spürte sie. Verzweifelt versuchte Syndra sich erneut, auf dem Bett liegend, an die letzte Nacht zu erinnern. Aber das letzte an das sie sich noch erinnerte, war, dass sie panisch den Club verlassen hatte.

Von welchem Mann hatte Ira vorhin geredet? Sie erinnerte sich nicht daran, mit jemandem geredet zu haben. Da war sehr laute

Musik, das Gefühl beobachtet zu werden, die Haie unter ihr, die Treppe und diese Augen.

Es waren ganz sicher die Augen des Mannes, den sie als Statue gesehen hatte. Aber das konnte ja wohl nicht sein. Selbst wenn sie dem alten Mann Glauben schenken würde und diese Statue wirklich einem realen Krieger nachempfunden worden war, dann wäre dieser Mann schon vor vielen, vielen hundert Jahren gestorben und wohl kaum in einem Club mitten in Dublin.

Vielleicht wollte sie ja auch nur jemanden finden, der ihm ähnlich sah. Immerhin hatte noch nie ein Mensch solche Gefühle in ihr ausgelöst. Aber wenn das so wäre, müsste es dann nicht eher ein schöner Moment sein und nicht etwas, das ihr solch panische Angst bereitete? Der Gedanke war also unsinnig.

Und außerdem, was war danach geschehen, wie war sie zurück ins Hotel gekommen? In ihrem Kopf drehte sich alles. Umso mehr sie versuchte, sich zu erinnern, desto mehr verschwamm alles in einem Nebel, den sie einfach nicht durchdringen konnte.

Als sie wieder aufwachte, war die Sonne schon im Untergehen begriffen. Schwache rötliche Strahlen drangen sanft unter den geschlossenen Vorhängen hindurch. Ihre Kopfschmerzen waren verschwunden und endlich hatte sie das Gefühl, ihre Augen wieder richtig öffnen zu können. Plötzlich wurde ihr unangenehm klar, dass sie alleine war. Niemand würde sie von ihren Gedanken ablenken, solange Ira nicht bei ihr war. Was sollte sie jetzt machen?

Der Spiegel machte ihr deutlich, dass sie, bevor auch nur irgendwas anderes in Frage kommen würde, erstmal duschen sollte. Scheinbar hatten die paar Stunden Schlaf für extreme Verwüstungen gesorgt. Angezogen und so frisch wie möglich wollte Syndra gerade das Hotel verlassen, als der Concierge sie aufhielt.

„Frau von Tannenburg, ich habe eine Nachricht für sie. Ich hatte sie schon mehrfach auf dem Zimmer angerufen, aber da sie nicht abgenommen haben, dachte ich sie wären nicht anwesend."

„Ich habe mich ausgeruht und leider gar nicht mitbekommen, dass das Telefon geklingelt hat."

Er nahm einen Notizzettel mit dem Konterfei des Hotels aus dem Fach mit ihrer Zimmernummer.

„Sie haben gestern Nacht wohl ihre Handtasche und ihre Jacke liegen lassen. Der Club Kartache sendet Ihnen daher heute Abend einen Chauffeur, der Sie abholt und natürlich auch wieder zurückbringen wird, damit Sie Ihre Sachen persönlich in Empfang nehmen können."

Syndra musste scheinbar verwirrt gewirkt haben, denn der Mann ihr gegenüber lächelte mitfühlend.

„Wieso haben sie die Sachen nicht einfach hier ins Hotel bringen lassen? Ist das nicht sehr viel Umstand für einen Fehler den ich begangen habe?"

Ihr Gegenüber lächelte weiterhin.

„Nun, dieser Club ist für seine Perfektion und Diskretion bekannt. Solch ein Fehler ist niemals der eines Gastes, sondern immer des Personals. Und natürlich könnte man die Sachen bestimmt auch durch einen Angestellten bringen lassen, wenn Sie das wünschen. Aber…"

Sie dachte kurz nach. Vielleicht würde sie dort ja auch Antworten bekommen. Vielleicht könnte ihr dort jemand sagen, was gestern Nacht passiert war.

„Sagten sie wann sie kommen würden?"

Er sah noch einmal kurz auf den Zettel. „Um 23:30, wenn es für sie akzeptabel ist. Sonst rufe ich natürlich an und bitte um die Lieferung ihrer Sachen oder bestelle den Fahrer zu einer anderen Zeit."

„Nein, nein das klingt gut."

Sie überlegte kurz und sah auf die Uhr: 20:47. Das war nicht mehr genug Zeit, um noch einmal zu der Kirche zu fahren. Vor allem wenn sie auch noch versuchen würde, mit jemandem dort zu reden. Zurück auf dem Zimmer wanderten Syndras Gedanken wieder zu der letzten Nacht.

Sie erinnerte sich wieder an die Treppe, die Musik, das Gefühl in der Musik aufzugehen, die Haie unter ihr, die ganzen Menschen um sich herum. Aber je mehr sie es versuchte, desto mehr pochte ihr Kopf und alles verschwamm um sie herum.

Das Telefon klingelte.

„Frau von Tannenburg? Der Fahrer wäre dann da."

„Ähm, Danke, ich komme gleich runter."

9.

Sie saß immer noch genauso auf dem Bett, wie in dem Moment, als sie ins Zimmer gekommen war. So schnell sie konnte, zog sie sich an, machte ihre Haare und frischte ihr Makeup auf.

15 Minuten später, hatte sie in einem silbergrauen Maybach auf der Rückbank Platz genommen und fuhr durch die glitzernden Straßen des nächtlichen Dublins.

Der Chauffeur hatte genau den gleichen Anzug an wie die Türsteher des Clubs und schien eher von der schweigsamen Sorte zu sein. Außer einem „Guten Abend Frau von Tannenburg.“, in perfektem Deutsch, sprach er kein Wort.

Diesmal war die Schlange der Wartenden noch länger als in der Nacht davor. Scheinbar war samstags wirklich der Tag, an welchem die meisten Menschen aus ihrem Alltag ausbrechen und in eine andere Welt eintauchen wollten. Syndra hatte schon oft davon gehört. Immer wieder hatten ihre Kommilitonen von Partys an den Wochenenden geredet. Hatten sich lachend oder hinter vorgehaltener Hand Geschichten über Exzesse und vollkommen ungebührliches Verhalten erzählt.

Syndra hörte ihnen dabei immer nur still zu. War ihr doch nicht gestattet, das Haus außerhalb der von ihren Eltern geduldeten Aktivitäten wie Uni, Tanzschule und Reitunterricht/Tanzstunde, Reitunterricht, der Schule und später dem Studium zu verlassen. Selbst ihre Privatlehrer für Sprachen und Klavier kamen nur zu ihnen. Und nun war sie drauf und dran gleich an drei aufeinander folgenden Abenden auszugehen.

Der Maybach fuhr langsam an der langen Schlange Menschen vorbei, die alle mehr oder weniger offensichtlich neugierig und neiderfüllt versuchten, einen Blick ins Innere der Luxuslimousine zu werfen. Das große Tor öffnete sich gemächlich, während sie sich ihm näherten. Der Fahrer und einer der Türsteher wechselten kurze Blicke und das Auto fuhr die Auffahrt hinauf.

„Guten Abend Frau von Tannenburg. Wir freuen uns, dass sie es einrichten konnten, uns wieder zu besuchen und bedauern den gestrigen Vorfall zutiefst."

Der Mann, der ihr die Autotür aufhielt, trug dasselbe wie alle anderen Angestellten. Wieder funkelten die Lichter aus dem Inneren über den Vorplatz und die im gleichen Takt tanzenden Menschen wirkten wie die Inszenierung eines Choreografen, die einzig und alleine für die Zuschauer gemacht wurde.

Unwillkürlich dachte sie wieder an die Haie im Boden und an ihr gestriges Gefühl, selbst Teil des Aquariums zu sein.

„Es war meine Schuld. Ich … ."

Der Mann sah sie irritiert an. „Wie kommen Sie denn darauf? Nein, natürlich nicht. Wir hätten Sie nicht so einfach aus den Augen verlieren dürfen. So etwas wird nie wieder vorkommen."

Syndra verstand gar nichts mehr. In seiner Stimme klang fast so etwas wie Angst mit. Aber sie wusste genau, dass sie gestern einfach aus dem Club gerannt war, und zwar alleine. Warum sprach er davon, dass sie sie aus den Augen verloren hatten? Und welcher Vorfall? Hatten sie bemerkt, dass sie angestarrt worden war? Aber wieso sollte dafür der Club verantwortlich sein?

„Ich, ich verstehe nicht…"

„Lassen Sie uns doch erst einmal hineingehen. Herr von Black Castle erwartet Sie schon. Bestimmt wird er Ihre Fragen besser beantworten können als ich."

Immer noch völlig verwirrt folgte sie dem Angestellten hinein. Sie passierten gerade die innere Schleuse, als ein schlanker Mann mit dunklen Haaren langsam die alte Treppe hinabschritt. Er trug eine dunkelblaue Hose mit weißem Hemd, der passender Weste, und offenem Jackett. Die obersten zwei Knöpfe des Hemdes waren geöffnet und seine Manschettenknöpfe blitzten im Licht, wie nur Diamanten dazu in der Lage waren.

Es war fast, als würde Syndra seine Präsenz schon spüren, als wüsste sie, dass er erschien, bevor sie überhaupt in seine Richtung blickte. Scheinbar ging es nicht nur ihr so, denn alle die in der Nähe standen, unterbrachen augenblicklich ihre Aktivitäten, um sich nach ihm umzudrehen oder wenigstens den Kopf in die Richtung des Mannes mit den strahlend grünen Augen zu wenden.

Als er auf der Mitte der Treppe angekommen war, blieb er stehen und sah Syndra direkt an. Ein Lächeln huschte über das wunderschöne und ebenmäßige Gesicht. Sie erinnerte sich vage, sie hatte ihn gestern schon einmal gesehen und ja, sie hatte sogar kurz mit ihm gesprochen. Wie konnte sie das nur vergessen? Sie hatte wohl mit dem schönsten Mann von ganz Dublin, ach was sagte sie, der ganzen Welt, gesprochen und sie konnte sich bis eben nicht daran erinnern?

Ihr Begleiter führte sie zum Fuß der Treppe, während Syndra ihre Augen nicht abwenden konnte. Vor der Treppe stockte sie kurz, während der Angestellte neben ihr sich angedeutet verbeugte.

„Mein Herr, Ihr Gast ist eingetroffen."

Ohne ihn eines Blickes zu würdigen, reichte der Angesprochene ihr die Hand. „Ich freue mich sehr, dass Sie es einrichten konnten."

Sein Deutsch war akzentfrei und seine Stimme hatte den Klang eines sanften Gebirgsbaches. Als sich ihre Hände berührten, schien ihr Herz für einen Moment auszusetzen.

Zitterte sie? Wurde sie rot? War es plötzlich heiß oder doch eher kalt? Wäre sie in der Lage zu sprechen, ohne zu stottern? Seine Augen musterten sie kurz, bevor er sie nach oben führte.

Syndra bemühte sich, so angestrengt nicht zu stolpern, dass sie keinen Ton heraus brachte. Ihre Knie fühlten sich weich an und plötzlich hatte sie das Gefühl, als ob ihre Absätze nicht stabil genug waren ihr Gewicht zu halten.

Nur seine Hand gab ihr Sicherheit und sie wünschte sich, dass er sie nie wieder loslassen würde. Warum hatte sie nicht mehr Zeit gehabt, sich vorzubereiten? War ihre Kleidung passend?

Sie wünschte sich ins Hotel zurück, um sich angemessener herzurichten. Doch was wäre schon angemessen für solch einen Mann? Sie traute sich nicht ihn direkt anzusehen, aus Angst er würde erkennen, dass sie nicht so perfekt war wie er und ihre Hand loslassen, doch nichts dergleichen geschah.

Die alte Treppe machte einen leichten Bogen und gab den Blick auf eine sehr breite Empore frei. Hier oben wirkte die Musik gedämpfter und die Blitze des Stroboskops verirrten sich nur vereinzelt in diese Höhe. Beim Blick nach unten sah sie die Menschen unter sich auf der Tanzfläche und darunter schwammen die Haie.

Der Boden hier oben schien ebenfalls aus Glas oder etwas Ähnlichem zu sein, allerdings konnte sie sich nicht daran erinnern, dass man von unten nach oben sehen konnte.

Auf der linken Seite erstreckte sich eine altertümlich anmutende, aber doch modern geschnittene Bar im Schein einer sanften indirekten Beleuchtung. Die Bar bestand aus poliertem dunklem Holz mit silbernen Beschlägen und Intarsien. Zwei Barkeeper - eine Frau und ein Mann, beide vielleicht Anfang zwanzig - standen aufrecht an den beiden Enden.

Gegenüber der Bar, rechts von ihr befanden sich drei Gruppen von jeweils vier braunen Ledersesseln, jeder mit einem kleinen, aus dunklem Metall bestehenden Tisch neben sich. Die Sessel schwebten, von Ketten gehalten über dem Boden. Am hinteren Ende der Bar auf der linken Seite schien eine Art Separee zu sein. In der Mitte stand ein beeindruckender auf einem kleinen Podest aufgestellter Sessel aus braunem Leder mit silbernen und schwarzen Einlegearbeiten, der ihr fast ein wenig wie ein Thron vorkam.

In zwei der Sesselgruppen saßen insgesamt fünf Leute, die sofort aufstanden, als die beiden die Empore betraten. Zwei weitere Anwesende standen an der Balustrade und sahen erst nach unten, dann sie an. Ein unmerklicher Wink ihres Gastgebers reichte allerdings aus, dass sie ihre Unterhaltung fortführten.

Syndra spürte die verstohlenen Blicke der Gäste und sie war sich sicher, dass einige gerade über sie sprachen.

Die Personen hier oben wirkten reich, elitär und überheblich. Teurer Schmuck an den Fingern, exklusive Uhren an den Handgelenken und Kleidung, die genau in so einer Zusammenstellung aus einer Modezeitschrift entsprungen sein musste. Ihre Eltern hatten ihr ständig solche Magazine mitgebracht. Auch wenn Syndra eigentlich wenig Interesse daran hatte, lass sie alles davon, denn immerhin gaben sie ihr die Möglichkeit, etwas von der Welt da draußen mitzubekommen.

Die Gestik der Anwesenden wirkte aufgesetzt und doch auf eine groteske Art auch natürlich. Die Besucher hier wirkten genau wie die Gäste unten auf sie: wie eine Inszenierung, nur dass es kein Drehbuch und keine Regie gab. Eine Inszenierung die aus sich selbst und der Umgebung geboren wurde und die scheinbar auch nur für sich selbst oder für etwas existierte, das Syndra nicht fassen konnte.

Aber eigentlich nahm sie das alles nur am Rande wahr, denn weiterhin galt ihre hauptsächliche Aufmerksamkeit aufrecht zu gehen und dem Mann an ihrer Seite.

Er führte sie an den anderen vorbei zur letzten der drei Sitzgruppen und gebot ihr Platz zunehmen. Zögerlich und nicht ohne Widerwillen, ließ sie seine Hand los und setze sich vorsichtig in den einen der hängenden Sessel. Doch zu ihrer Verwunderung schaukelte das Sitzmöbel gar nicht. Scheinbar war er am Boden ebenfalls durch etwas befestigt, so dass man ihn nur bis zu einem gewissen Grad in alle Richtungen bewegen konnte.

Anmutig setze sich ihr Gastgeber in die Sitzgelegenheit ihr gegenüber und beobachtete sie aufmerksam. War sie es bis jetzt noch nicht gewesen, so war Syndra sich sicher, dass sie spätestens jetzt rot wurde. Verlegen nestelte sie an ihren Haaren herum, während sie verzweifelt versuchte, den Blickkontakt zu halten, ohne ihn anzustarren.

Noch bevor sie irgendwas machen konnte, stand der Barmann neben ihnen und stellte vor ihr ein volles Champagnerglas und bei ihm ein Rotweinglas auf den Tisch.

„Woher wissen Sie, dass ich den mag?"

Ihr Gegenüber lächelte bei ihrem Gestotter entwaffnend.

„Nun, ich denke nicht, dass sich Ihr Geschmack von gestern auf heute geändert haben wird."

Sie erinnerte sich dunkel an die letzte Nacht und dass sie an einem Tisch gesessen hatte. Ja, da hatte auch eine Flasche Champagner in der Mitte gestanden, ein Glas vor ihr und irgendjemand ihr gegenüber, aber sein Gesicht verschwamm im Halbdunkel. Hatte sie wirklich gestern Nacht mit diesem perfekten Mann zusammengesessen und konnte sich nicht mehr daran erinnern? Er schien ihre Gedanken zu bemerken.

„Aber wenn wir schon bei der gestrigen Nacht angelangt sind. Ich würde mich sehr dafür interessieren, was Sie dazu veranlasst hat, den Club so überstürzt zu verlassen und das auch noch ohne Ihre Wertsachen mitzunehmen." Sein Lächeln wirkte nun eher besorgt als amüsiert.

„Es tut mir leid, aber irgendwie sind die Erinnerungen an gestern sehr verschwommen. Ich erinnere mich nur noch daran, dass ich plötzlich furchtbare Angst vor irgendetwas hatte und das Gefühl schnell weg zu müssen."

„Sie erinnern sich gar nicht mehr an unsere, zugegeben, leider nur sehr kurze Unterhaltung?"

Syndra schämte sich, während sie leicht den Kopf schüttelte.

„Sehr traurig, aber dann können wir dem Glück dankbar sein, dass wir uns so schnell wieder sehen. Was den Grund dafür angeht, so bitte ich Sie doch kurz nachzusehen ob alles noch so ist, wie sie es erwarten."

Unvermittelt stand der Türsteher neben Syndra und überreichte ihr ihre Handtasche. Sie nahm sie ihm ab und sah kurz hinein.

„Ja, es ist alles da."

„Gut, dann bin ich beruhigt."

Der Mann verschwand genauso schnell, wie er erschienen war. Syndra war dankbar darüber etwas in der Hand zu haben, woran sie sich festhalten konnte.

„Nun, da Sie Ihre Habseligkeiten nun wieder haben: Möchten Sie gerne noch bleiben oder soll mein Chauffeur Sie zu einem anderen Ort ihrer Wahl bringen?"

Die Frage klang zwar ernst gemeint, aber Syndra wusste, dass er die Antwort schon kannte.

„Wenn Sie mir mein ungehöriges Verhalten von gestern Nacht verzeihen können, dann würde ich wirklich sehr gerne noch etwas bleiben."

Er lachte kurz auf. „Nun, Ihnen kann ich es natürlich verzeihen. Doch der Grund dafür interessiert mich sehr. Immerhin habe ich es bisher noch nicht erlebt, dass einer meiner Gäste ein solches Verhalten an den Tag legt. Woran erinnern Sie sich denn noch genau? Und wenn es für Sie akzeptabel ist, würde ich gerne die Förmlichkeiten sein lassen und Sie mit Ihrem Vornamen ansprechen. Mein Name, den Sie allerdings nicht vergessen haben können, da ich ihn Ihnen bisher nicht genannt hatte ist: Alistair, Alistair von Black Castle."

„Das du würde mich sehr freuen, ich heiße Syndra." Sich ihm vorzustellen fühlte sich eigenartig falsch an, da ihr vollkommen bewusst war, dass er ihren Namen längst kannte.

Sollte sie ihm wirklich von den Augen erzählen, von dem Gefühl sie zu kennen? Wenn sie das tun würde, dann müsste sie ihm vielleicht auch von der Statue erzählen und von den Wachträumen, die sie erlebt hatte. Aber das war doch keine Unterhaltung für einen Abend in einem Club und schon gar nicht mit so einem Mann.

Sie würde in seinen Augen vollkommen verrückt erscheinen und damit jede Chance, falls sie überhaupt nur den Hauch einer Möglichkeit hatte ihm näher kommen zu können, verspielen. Sie durfte ihm nichts davon erzählen. Und doch fühlte es sich schrecklich falsch an, es nicht zu tun.

„Was Ihre, ähm, deine Frage angeht: Ich erinnere mich nur noch daran, getanzt zu haben und dann war plötzlich so ein Gefühl von Todesangst in mir und ich wollte nur noch raus. Es tut mir wirklich leid, so etwas ist mir bisher noch nie passiert. Dann erinnere ich mich an nichts mehr, bis ich in meinem Hotelzimmer aufgewacht bin. Aber, wenn ich das richtig gesehen habe, ist ihr ganzer Club doch voller Überwachungskameras. Ist dort vielleicht etwas zu sehen, was meine irrationale Panik erklären könnte?"

Sein Blick wirkte aufmerksam und doch hatte Syndra das Gefühl, dass er auf mehr wartete. Sie war verunsichert, was sie tun sollte, blieb dann aber bei ihrer Entscheidung, ihn nicht sofort abzuschrecken und den Rest erstmal für sich zu behalten.

„Sonst ist nichts passiert? Du hast nichts gesehen oder gehört was dir solche Angst gemacht haben könnte?" Syndra schüttelte den Kopf. Sie schaffte es nicht, ihn dabei offen anzusehen und doch konnte sie ihren Blick auch nicht abwenden.

„Nun, vielleicht finden wir ja noch raus ob es da doch noch mehr gab. Was die Überwachungskameras angeht: sehr gut beobachtet, ja ich lege sehr viel Wert auf Sicherheit. Und ja, deine - ich nenne es mal Flucht - wurde aufgezeichnet. Möchtest du sie sehen?"

Syndra nickte.

Er sah kurz nach oben in die Richtung eines Mannes, der neben der Tür am Ende der Empore stand. Kurze Zeit später reichte man ihr ein Tablett, auf dem sie sich selbst aus der Sicht mehrerer Kameras sehen konnte. Sie sah sich zwischen den anderen Gästen tanzen, dann wie sie plötzlich wie angewurzelt stehen blieb und in eine Richtung starrte, es war sogar ein Zittern zu erkennen, so gut waren die Aufnahmen.

Syndra sah sich dabei zu, wie sie langsam zurückwich, sich dann plötzlich panisch umdrehte, in Richtung des Ausgangs rannte und dabei noch fast zwei andere Personen zu Fall brachte. Sie sah die Türsteher, die versuchten, sie aufzuhalten und wie sie diese anbrüllte. Draußen sah sie sich nicht zum Tor, sondern weg vom Eingang auf einen anderen kleinen unscheinbaren Ausgang mitten in den mannshohen Hecken zu rennen.

Die Tür war offen und sie verließ das Gelände. Es schien als ob sie genau wusste, wohin sie wollte, jedenfalls zögerte sie auf dem Video kein einziges Mal. Und was sie irritierend fand, war, dass sie sich, sobald sie den Club verlassen hatte, nie umsah, es schien plötzlich nicht mehr, als ob sie vor etwas wegrannte, sondern eher auf etwas zu.

Auf der Straße vor dem Gelände konnte sie sich weiter laufen sehen, als sie plötzlich zu Boden ging, es machte fast den Eindruck, als ob etwas sie umgerissen hatte. Sie sah sich ihre Hände zum Schutz heben und irgendwas sagen, dann wieder aufstehen und weiter rennen, bis sie auf der anderen Straßenseite in eine angrenzende Gasse einbog. Dann verschwand sie von den Aufnahmen. Nur Sekunden später sah sie die fünf Wachmänner, die kurz hinter ihr das kleine Tor passierten und mit zwei Hunden die Straße absuchten. Aber offensichtlich ohne Erfolg.

Scheinbar hatte man es für sie zusammengeschnitten, denn nachdem die Sicherheitsleute wieder durch die kleine Tür zurückgegangen waren, hörte der Film auf. Aber auf dem ganzen Film war niemand und nichts zu sehen, was diese Reaktionen hätte auslösen können. Niemand hatte sie besonders angestarrt oder gar angesprochen.

Syndras Finger hatten sich um das Tablet vor sich verkrampft. Sie sah die Bilder, aber sie spürte keine Erinnerungen in sich. Immer nur diese hasserfüllten blauen Augen des Kriegers.

„Ich… Es tut mir leid."

„Es tut mir leid, dass dir in meinem Club so etwas passiert ist. Aber ich bin dir für die Erkenntnis dankbar, dass es scheinbar doch noch Lücken in meiner Sicherheit gibt.“

Er lächelte sie an. Syndra lächelte dankbar zurück, als Alistairs Aufmerksamkeit kurz abgelenkt wurde und er zur Treppe sah.

Ohne Vorwarnung blitzen Bilder vor ihrem geistigen Auge auf. Ein vollkommen blutüberströmtes Gesicht lächelte sie diabolisch an, während blutgetränkte Hände ihren Kopf festhielten und zu sich zogen. Auf dem Boden neben ihr wanden sich zwei Männer in Todesqualen. Blut spritzte aus ihren aufgerissenen Kehlen, während aus dem zertrümmerten Kopf des einen gräuliche Gehirnmasse herausquoll. Sie sah das Pflaster der Straße, das sich durch die Menge an Blut rot verfärbte, roch den typisch metallischen Geschmack und hörte das Gebell von Hunden.

Es kam ihr wie eine Erinnerung vor, doch so schnell wie sie gekommen war, verblasste sie auch wieder. Was machte dieser Ort mit ihr?

„Ich muss mich um etwas kümmern. Wenn du möchtest, kannst du gerne hier oben auf mich warten oder mit meiner Cousine ein wenig nach unten gehen. Ich lasse dich dann abholen, sobald ich wieder Zeit habe.“

Er stand auf und reichte ihr die Hand. In der Sekunde, als sie ihn berührte, waren alle negativen Gefühle und Gedanken wie verweht, es existierte nur noch das Gefühl, ganz ihm zu gehören. Eine dunkelblonde Frau mit blauen Augen stand auf und gesellte sich zu ihnen. Alistair nickte ihr zu und verschwand mit zwei Männern und einer Frau durch eine Tür am anderen Ende der Empore.

„Mein Name ist Rachel“, stellte die Frau sich vor und bedeutet Syndra, ihr zu folgen. Diese schätzte sie so auf Anfang bis Mitte 30. Allerdings wirkten ihr Gesichtsausdruck und ihre Haltung aber um einiges älter und reifer.

„Mein verehrter Cousin hat mir erzählt, dass du gestern hier bei uns wohl ein unschönes Erlebnis hattest. Ich hoffe doch sehr, dass wir diese negative Erfahrung durch eine gute Zeit ersetzen können", lächelte sie Syndra an.

„Es freut mich Sie kennenzulernen, ich bin Syndra. Und Sie müssen sich wegen mir wirklich keine so großen Umstände machen."

„Natürlich muss ich das. Mein Cousin scheint sehr an dir interessiert zu sein und das geschieht nun wirklich sehr selten." Syndra sah sie überrascht an. „Wirklich?"

Rachel nickte kokett. „Aber es steht mir nicht zu, seine Meinung jemandem kund zu tun ohne seinen Befehl."

Diese Ausdrucksweise irritierte die junge Frau kurz.

„Nein, nicht sie. Bitte nicht sie. Sie hat doch nichts getan. Nehmt mich und lasst sie unbehelligt. Sie ist doch nur ein kleines Kind und hat nie auch nur eine Sünde begangen."

Die junge Frau schrie die drei Männer flehend an. Zwei von ihnen drückten ihren Körper auf den schlammigen Boden, während der Dritte langsam auf das kleine, hinter einem Tisch kauerndem Mädchen zuging.

„Hab keine Angst Mädchen. Dir wird nichts geschehen."

Seine Stimme sollte wohl weich klingen, klang aber einfach nur falsch.

„Renn weg!"

Ein Faustschlag brach der Frau die Nase und sie verstummte. „Halt dein Maul Weib. Ihre Zeugung war schon eine Sünde und du hast den Pakt geschlossen. Jetzt zahlst du den Preis."

„Ja, ich. Aber nicht sie, sie ist doch noch ein Kind!"

Ihre Stimme war schwach und das Blut vermischte sich mit dem durch den Regen aufgeweichten Boden der kleinen Hütte.

„Der Preis war sie. Sie gehört jetzt ihm."

Als die beiden Frauen das untere Ende der Treppe erreicht hatten, befanden sie sich plötzlich in einer anderen Welt. Während die Musik und das Lichtspiel auf der Empore eher gedämpft wirkte und eine normale Unterhaltungslautstärke zuließ, brachte die Atmosphäre hier unten die Menschen eher dazu, zu tanzen, zu sehen und gesehen zu werden.

Die beiden setzten sich in eine der Sesselkombinationen neben der rechten Bar in der Front des Clubs und betrachteten die Gäste. Nach ein paar Minuten der Stille begann Rachel zu sprechen. „Nun, ich kann nicht verhehlen, dass ich eine gewisse Neugier verspüre, aber falls dir die Frage unangenehm ist, dann sag es mir bitte und ich frage nicht weiter: Was ist denn gestern wirklich geschehen?"

Die ältere Frau sprach gerade so laut, dass ihr Gegenüber ihre Worte verstehen konnte. Während Syndra sie genauer betrachtete und sich überlegte ob und was sie auf diese wiederholte Frage antworten sollte, erschien ihr das Gesicht der Frau plötzlich seltsam vertraut zu sein. Fast so, als ob sie es schon einmal gesehen hatte, als ob es ihr irgendwann einmal etwas bedeutet hatte. Hatte sie gestern Nacht auch mit ihr geredet und es vergessen? Aber das würde nicht dieses Gefühl erklären. Vielleicht sah Rachel aber auch einfach nur jemandem ähnlich und sie assoziierte etwas mit der Frau, was gar nicht real war. Nachdem was sie in den letzten Tagen alles erlebt hatte, war das wohl die logischste Erklärung. Doch das Gefühl, irgendwie mit ihr verbunden zu sein, blieb, während sie antwortete.

„Wie ich Herr von Black Castle schon gesagt habe: Ich hatte plötzlich unglaubliche Angst und konnte mich nicht beherrschen und bin panisch weggelaufen."

„Und was hat dir solche Angst gemacht? Hast du vielleicht etwas gesehen oder gespürt? Hat jemand etwas zu dir gesagt oder dich gar bedroht?"

„Nein, niemand hat etwas gesagt oder mich direkt bedroht. Es waren diese … .“ Sie brach abrupt ab. Fast hätte sie ihr von den Augen erzählt.

Rachel beugte sich etwas nach vorne und ihre Stimme wurde leiser. „Es waren diese … ? Was waren diese … ? Und vielleicht zur Erklärung warum ich das unbedingt wissen will: diese Tür durch die du weggerannt bist, ist die einzige andere Möglichkeit das Grundstück zu verlassen außer dem großen Tor. Eigentlich kennt diesen Weg niemand. Außerdem ist noch nie jemand einfach so, ohne offensichtlichen Grund hier raus gerannt.“ Sie lachte leicht.

Syndra sah zu der Stelle, an der sie die Augen gesehen hatte, doch außer einer kleinen Gruppe Menschen, die sich unterhielten, war dort nichts Ungewöhnliches zu sehen.

„ Nichts, entschuldige bitte mein Gestammel. Ich wollte…. Ich versuche selbst noch zu verstehen, was wirklich passiert ist. Und ich weiß leider auch nicht, wie ich das Grundstück verlassen habe, oder von der Tür wusste. Ich kann mich einfach nicht erinnern, was geschehen ist.“

Syndra versuchte, sich verzweifelt herauszureden.

„Ich war bisher noch nie in einem Club oder etwas Ähnlichem. Und nun gehe ich das erste Mal aus und gleich passiert mir so etwas. Vielleicht hatten meine Stiefeltern wirklich recht und solche Orte sind nichts für mich. Auch wenn dieser Club natürlich wunderschön und besonders ist.“

Sie war irritiert, wie offen sie mit dieser doch vollkommen fremden Frau sprach, aber noch mehr irritierte sie der kurze Moment von Abscheu in Rachels Augen, als sie ihre Stiefeltern erwähnte.

„Das kann ich gut verstehen. Sehr schade, aber die Erinnerungen kommen bestimmt bald wieder. Wieso haben deine Stiefeltern dir denn verboten auszugehen und dich zu amüsieren?“

„Weil sie mich beschützen wollten. Sie waren der Meinung, dass die Welt außerhalb viel zu viele Ablenkungen bieten könnte.

Allerdings sind sie vor drei Wochen bei einem Autounfall ums Leben gekommen."

Syndra wusste, dass ihre Aussage über die Motive wohl nur die halbe Wahrheit war, wenn sie überhaupt wahr waren. Sie hatte die Ge- und Verbote ihrer Stiefeltern selten bis nie wirklich offen in Frage gestellt und doch wusste sie tief in ihrem Inneren, dass sie falsch waren und hauptsächlich ihrer Kontrolle und nicht ihrer Sicherheit dienten.

Die wenigen, um ehrlich zu sein, sehr wenigen Male, die sie versucht hatte, der strengen Kontrolle etwas entgegenzusetzen, hatten nicht gut geendet. Das erste Mal, sie war 11 und hatte gerade ein halbes Jahr zuvor ihre tote Mutter aufgefunden, verbrachte sie drei Wochen in ihrem bis auf ihre Matratze, vollkommen leer geräumten und verdunkelten Zimmer. Dreimal am Tag waren ihr kurze, überwachte Toilettengänge erlaubt und bis auf die Momente, wenn sie etwas zu essen und zu trinken hereingeschoben bekam, war sie dort vollkommen alleine. Und das, weil sie mit einem anderen Kind, einem Jungen, gespielt und, als ob das nicht schon genug wäre, dabei auch das Grundstück verlassen hatte.

Mit 14 steigerte es sich. Da verbrachte sie vier Wochen alleine in ihrem leeren Zimmer und selbst die Besuche des Badezimmers waren ihr nicht mehr gestattet. Irgendwann, wenn sie schlief, holte jemand den dafür zu nutzenden Eimer und stellte ihr Essen und Trinken hin. Nach vier Wochen gab sie auf, tat was ihre ‚Eltern' verlangt hatten. Sie rasierte sich selbst eine Glatze. Sie heulte bei jeder Strähne ihres langen, jetzt dunkelbraun gefärbten Haares, die auf den Boden fiel. Sie mochte die braune Farbe, doch ihre Eltern duldeten nicht, dass sie ihre Haare veränderte. Also musste sie sie abrasieren. Die nächsten zwei Jahre verließ sie das Haus nur noch mit einer Mütze, so sehr schämte sie sich für ihre fehlenden und struppigen Haare.

Später waren es eher mal winzige Kleinigkeiten, mit denen sie aufbegehrte, wie etwas bockig zu sein oder sich Kleidung anzuziehen, die ihre Eltern nicht duldeten. Aber selbst diese Begebenheiten wurden drastisch geahndet. Sei es, dass sie zusätzlich alle Kleidungsstücke zerschneiden musste, die sie mochte oder gezwungen wurde, hundert Mal auf ihre Tapete den Satz: ‚Du musst gehorchen!' zu schreiben und es erst nach Wochen wieder renoviert wurde. Irgendwann begehrte sie selbst in ihren Gedanken nur noch selten auf und ordnete sich, soweit ihre Eltern oder deren Aufpasser, es bemerken konnten unter.

„Man beschützt doch niemandem in dem man ihn unfrei macht." Rachel schüttelte den Kopf und Syndra spürte eine tiefe Traurigkeit in dieser Aussage.

„Dann ist ihr Tod ja vielleicht deine Chance, dein Leben nun endlich selbst zu bestimmen." Sie sah sie bei den Worten so eindringlich an, dass Syndra ihrem Blick nur schwer standhalten konnte.

„Aber um auf das ursprüngliche Thema zurück zu kommen. Ich denke du hast etwas gesehen was dir Angst gemacht hat. Möchtest du es mir nicht vielleicht doch erzählen?"

Die Aussage war zwar als Frage formuliert, doch es blieb klar bei einer Aussage. Sie saßen einige Zeit still nebeneinander und betrachteten die Anwesenden. Wie gerne hätte sie mit ihr über ihre Ängste und Erlebnisse geredet, diese Frau fühlte sich so seltsam vertraut an, aber sie war seine Cousine und was, wenn sie ihm sagen würde, dass sie verrückt wäre?

10.

Nach ein paar Minuten stand Rachel ohne Vorwarnung auf. „Lass uns tanzen."

Dicht gedrängt bewegten sich die zwei Frauen zum Rhythmus der Musik als Rachel ihr ins Ohr flüsterte: „Du hast jemanden gesehen. Waren es nur seine Augen? Oder vielleicht sogar sein ganzes Gesicht? Hat er sich wirklich hierher gewagt?"

Syndra blieb abrupt stehen und starrte sie an, während die neben ihr Tanzende meinte: „Ich wusste es. Tanz weiter, wir werden beobachtet. Finde ihn. Geh zu ihm. Er ist deine einzige Chance. Und behalte meine Worte solange du kannst für dich."

Sie lächelte offen und doch spürte Syndra Angst in ihr. Auch wenn sie ihren schockierten Blick nicht abwenden konnte, gehorchte sie und tanzte weiter. Sie wollte so gerne fragen, woher sie das wusste und was das alles bedeuten sollte, als einer der Türsteher zu ihnen kam und Rachel etwas zuflüsterte.

„Ich muss mich leider kurz verabschieden. Bleib doch einfach noch ein wenig hier unten und genieß die Musik. Mein verehrter Cousin wird sicherlich bald mit seinen Geschäften fertig sein. Falls du etwas trinken möchtest, bestell es einfach. Oder, wenn du magst, dann setze dich auf die Empore und warte dort."

Ohne ein weiteres Wort verließen die beiden die Tanzfläche und ließen Syndra alleine. Während sie noch über die letzten Sätze von Rachel nachdachte und sich unschlüssig von einer Seite des Raums zur anderen bewegte, spürte sie den unwiderstehlichen Wunsch in sich aufsteigen nach draußen zu gehen.

„Nicht schon wieder. Bitte, ich kann doch nicht wieder einfach so weglaufen." Ihre Schritte führten sie immer weiter in Richtung des Ausgangs. „Nein, bitte ich will nicht." Sie versuchte, sich zu wehren, doch der Drang war einfach stärker.

„Warum habt ihr sie nicht getötet? Sie war doch ganz in eurer Nähe." Der Mann in der braunen Kutte sah sein Gegenüber mit kaum verhohlenem Zorn im Gesicht aufmerksam an.

„Weil sie noch unschuldig ist."

„Sie ist nicht unschuldig, nichts an ihr. Ihre pure Existenz ist eine Beleidigung von Gottes Schöpfung."

„Das mag alles stimmen, aber sie selbst kann nichts dafür. Und vergiss nicht Bruder, unsere Existenz ist ebenfalls nicht unbedingt gottgefällig."

„Alles nur Ausreden. Ihr habt versagt."

Der Angesprochene drehte langsam seinen Kopf in Richtung des Mannes mit der Kutte und seine stahlblauen Augen blitzten gefährlich auf.

„Wähle deine weiteren Worte mit Bedacht, Bruder. Nicht, dass es deine Letzten sind."

Der Mann in der Kutte atmete kurz durch und senkte den Kopf. „Es tut mir leid, aber es war doch seit Jahren euer sehnlichster Wunsch sie endlich zu finden. Um, wie ihr selbst sagtet, es zu beenden und Rache zu üben."

Der Mann mit den stahlblauen Augen strich sich leicht über die Maske, welche sein ganzes Gesicht bedeckte, ließ ihn aber nicht aus seinem Blick.

„Ja, das war es. Aber sie ist es zwar, doch auch wieder nicht. Diese ist frei von Schuld und solange sie das bleibt, werde ich … ."

„Erinnert ihr euch nicht an den Tod euerer Brüder? An …." Weiter kam der Mann in der Kutte nicht, bis er an der steinernen Wand aufprallte und schmerzerfüllt jammernd auf den Boden liegen blieb. Während sein vorheriges Gegenüber jetzt über ihm stand und ihn anknurrte: „Ich sagte dir: Wähle deine Worte mit Bedacht! Und nun verschwinde, bevor ich mich noch mehr vergesse."

„Ich möchte nur ein wenig frische Luft schnappen."

Die zwei Türsteher betrachteten Syndra misstrauisch, hielten sie aber nicht auf. *Nein, ich möchte nicht raus gehen. Haltet mich fest.* Dachte sie in Wirklichkeit.

Vor der Tür bog sie, ohne nachzudenken oder es auch nur zu wollen, nach links ab und lief schnell um das große gläserne Gebäude herum in den menschenleeren Park. Sie hatte die hohe mit einer Hecke überwucherten Mauer fast erreicht, als sie umknickte und der Länge nach hinfiel. Unbewusst drehte sie sich gerade auf den Rücken, als ein dunkel gekleideter Mann mit Kapuze über dem Kopf und irgendeinem länglichen Gegenstand in den Händen sie anschrie: „Stirb du Verräterin!"

Syndra riss die Arme hoch. Ihr Körper gehorchte ihr jetzt zwar wieder, aber der Schlag beendete dieses kurze Gefühl der Kontrolle. Alles, was sie durch den Schleier von spritzendem Blut und dem Schmerz noch wahrnahm, bevor sie ohnmächtig wurde, war, wie der Mann zur Seite gerissen wurde und das Knurren eines oder mehrerer Hunde.

11.

Ein fahler Lichtschein ermöglichte ihr den Blick auf eine schöne stuckverzierte Decke. Die Sonne blendete sie zum Glück nicht, auch wenn es ihr zu hell war.

„Sie ist wach!“

Erschreckt sah Syndra sich nach links zu der Stimme um. Eine junge Frau um die zwanzig war gerade dabei hektisch aufzustehen, um sich über sie zu beugen.

„Der Arzt wird gleich da sein. Möchten Sie etwas zu trinken?“

Sie befand sich in einem großen Raum, links von ihr rahmten zwei expressionistische Bilder die geschlossene Tür ein. Ihr gegenüber waren die Vorhänge des großen Fensters weitgehend zugezogen und rechts hing ein überdimensionaler Spiegel. Das war nicht ihr Hotelzimmer und sicher auch kein Krankenhaus.

Nicht einmal eine Minute später kam ein älterer Herr um die sechzig herein und ohne sich vorzustellen, sah er sich kurz ihre Arme an.

„Es ist alles in Ordnung Frau von Tannenburg. Ihre Wunden waren zum Glück nicht allzu tief. Sie werden in ein paar Tagen verheilt sein und in ein bis höchstens zwei Jahren werden, bei guter Pflege, selbst die kleinen Narben nicht mehr zu sehen sein. Sie können von Glück sagen, dass nicht mehr passiert ist.“

„Wo bin ich? Und wer sind Sie?“ Vollkommen überrumpelt und noch nicht wach, zog Syndra ihre Arme an sich.

„Mein Name ist Dr. Gordon. Ich kümmere mich seit Ihrer Ankunft um Sie. Und Sie sind im Anwesen von Herrn von Black Castle.“

Syndra erinnerte sich an ihren Sturz, den Angriff und das Hundegebell. Sie sah sich ihre bandagierten Arme an.

„Was ist da passiert? Wie lange bin ich hier? Wo sind meine Sachen?“

„Mir ist klar, dass sie viele Fragen haben. Aber im Moment zählt nur, dass sie wach sind und ihre Wunden gut verheilen.“

Dr. Gordon lächelte beruhigend, während die dunkelhaarige Frau auf einen Sessel in der Ecke zeigte.

„Ihre Kleidung wurde, bis auf ihre Tasche, leider ruiniert, daher hat man ein paar neue Sachen für sie bereitlegen lassen.“

Nachdem die beiden Fremden auf ihren Wunsch und deutlichem Widerwillen das Zimmer verlassen hatten, sah Syndra sich kurz um und zog die Vorhänge ganz zu. Bis auf das, was sie schon gesehen hatte, war der Raum leer. Im angrenzenden Bad starrte sie sich im Spiegel an. Die Schatten unter ihren Augen waren zwar nicht tiefer geworden, aber einige behandelte Kratzer zierten ihre Wangen und Stirn.

Sie mussten beim Sturz entstanden sein und waren schon am verheilen. Es war nichts, was sie entstellte, doch erinnerte es sie an den Moment im Park. Und was noch schlimmer war, an die Momente davor. An ihre Unfähigkeit, Herr über ihren eigenen Körper zu sein. Tränen rannen ihr die Wange herunter.

Was geschah hier? War der Irrsinn der ihre leibliche Mutter in den Mord an ihrem Vater und ihren eigenen Selbstmord getrieben hatte, nun auch bei ihr ausgebrochen? Anscheinend wurde sie wirklich verrückt. Was würde den Herr von Black Castle, Alistair von ihr denken? Selbst wenn er vielleicht wirklich irgendein Interesse an ihr gehabt hätte, nach dieser Nacht würde er sie bestimmt nicht mehr in seiner Umgebung haben wollen.

Sie brachte seinen Club in Verruf und machte ihm nichts als Probleme. Aber warum griff sie jemand an? Warum nannte man sie Verräterin? Und warum konnte sie sich nicht dagegen wehren, etwas zu tun, was sie gar nicht tun wollte? Und wie konnte Rachel denn wissen, was sie gesehen hatte? Außer Ira wusste doch niemand etwas von dem Krieger. Und nicht einmal sie wusste von den Augen.

„Finde ihn.“

Das waren die Worte der Frau, die ihr immer noch so seltsam vertraut vorkam. Was meinte sie damit? Syndra fand sich weinend auf dem Boden des Badezimmers sitzend wieder. Das war alles zu viel. Sie musste mit jemandem reden. Sie wollte so gerne Ira anrufen, aber dann würde sie ihr alles zerstören. Vielleicht auch mit Rachel, immerhin schien sie ja etwas zu wissen?

Oder sollte sie in diese Kirche gehen und mit einem Priester sprechen. Die hörten bestimmt oft eigenartige Sachen und mussten die sich nicht an so etwas, wie ein Beichtgeheimnis halten? Sie war zwar noch nie in einer Kirche gewesen, aber sie hatte davon gehört. Doch was sollte es bringen, wenn sie einem fremden Mann erzählte, dass sie verrückt wurde?

„Ist alles in Ordnung bei Ihnen?“ Die Frau klopfte leise an die Tür.

„Ja.“ Syndra wischte sich die Tränen ab.

„Wissen Sie vielleicht, wo ich die Cousine von Herrn von Black Castle, ich meine Rachel finden könnte?“

„Frau Monceller wird erst morgen Abend wieder erwartet. Allerdings lässt sie Ihnen ausrichten, dass sie es sehr bedauert, nicht hier sein zu können und dass sie sich freut Sie schnell wiederzusehen.“

„Und was ist mit Herrn von Black Castle?“

„Aufgrund der Vorkommnisse muss er sich um einiges kümmern, wird aber voraussichtlich in ein paar Stunden zurück sein.“

„Danke. Ich brauche noch einen Moment.“

Nachdem Syndra sich frisch gemacht und eine Entscheidung getroffen hatte, zog sie sich an. Die Sachen waren nagelneu und passten perfekt. Es schien fast, als ob sie gerade für sie gekauft worden seien. Sie wollte eben das Badezimmer verlassen, als ihr wieder schwindelig wurde. Unsanft fiel sie gegen die Tür und rutschte zu Boden. Die junge Frau kam schnell herein und half ihr hoch.

„Sie sollten sich wieder hinlegen und etwas zu sich nehmen. Immerhin haben sie eine Menge Blut verloren.“

„Nein, ich möchte gerne ins Hotel und … .“

„Der Herr hat darauf bestanden, dass Sie bis zu seiner Rückkehr hierbleiben und sich ausruhen. Er macht sich große Sorgen um sie.“

„Wieso? Ich mache doch nichts als Probleme.“

Die Frau schüttelte mit dem Kopf. „Davon weiß ich nichts. Was ich jedoch weiß, dass er deutlich gemacht hat, dass Sie auf ihn warten sollen.“

Etwas wackelig durchquerte Syndra den Raum und öffnete die Tür. „Ich komme auch sofort wieder, aber ich muss jetzt…“

Die plötzliche Helligkeit verstärkte ihre Kopfschmerzen und den Schwindel ins unerträgliche.

12.

Als sie das nächste Mal die Augen aufschlug, war die Sonne schon untergegangen. Sie lag wieder in dem Bett und starrte den Stuck an. Diesmal allerdings angezogen und auf der Decke. In dem Sessel vor dem Fenster saß jemand.

Syndra wusste sofort, wer es war. Ihr Herz schlug schneller und sie versuchte, so schnell wie möglich, aufzustehen.

„Mach langsam. Oder möchtest du schon wieder weglaufen?“ Er klang belustigt.

„Nein, es tut mir leid.“ Ihre Worte waren zwar weder sonderlich kreativ und eher sinnlos, aber ihr fiel nichts Besseres ein.

„Es muss dir nichts leid tun. Mir sollte es leid tun, dass ich scheinbar solche Sicherheitslücken habe, dass sie dich zweimal aus meinem Haus holen konnten, ohne dass ich es vorhergesehen habe. Aber zum Glück ist dir beide Male nichts passiert und du liegst, zwar etwas verletzt, aber sonst gesund, vor mir.“

Er erhob sich und kam zu ihr herüber. Ihr Herz schlug bis zum Hals. Wäre es nicht so dämmrig hier, würde er bestimmt sehen wie rot sie war.

„Komm, ich möchte dir etwas zeigen.“ Er reichte ihr die Hand. Als sie sich berührten, verblassten wieder alle negativen Gefühle.

„Das könnt ihr nicht tun Bruder Tristan! Besinnt euch!“

Der Angesprochene ignorierte den Einwand des älteren Mannes mit den vollen grauen Haaren.

„Er ist ein Mitglied unseres Ordens. Er ist doch euer Bruder.“

„Er hat einem direkten Befehl zuwidergehandelt und damit alles aufs Spiel gesetzt!“ Tristans blaue Augen sahen den schwerverletzten und auf dem Boden liegenden Mann vor sich kalt an.

„Ja, aber seine Absichten waren ehrenwert." Der schwarzhaarige junge Mann versuchte sich schüchtern, zwischen den Verletzten und Tristan zu stellen.

„Ehrenwert? Ehrenwert? In dem er dabei helfen wollte, eine Frau zu töten, die er nicht einmal kennt? Eine Frau, die seit Jahrhunderten tot ist? Und das auch noch direkt in einem seiner Häuser? Einen Tag nachdem sein Jäger schon zwei unserer Brüder vernichtet haben? Das hat mit Ehre nichts, aber auch gar nichts zu tun. Das ist der vollkommene Irrsinn und absolute Dummheit! Jeder der nicht vollkommen verblendet ist, hätte diese Falle erkannt!" Der blonde Mann mit der Maske vor dem Gesicht brüllte voller Wut.

Die Anwesenden wichen unwillkürlich zurück. Selten hatte einer von ihnen ihn so in Rage erlebt.

„Du hast sie persönlich gesehen Abraham. Hatte sie dir den Eindruck gemacht verdorben zu sein?" Der angesprochenen Priester schüttelte den Kopf.

„Nein, sie war nur schockiert. Ich weiß zwar nicht was sie gesehen hat als sie vor eurer Statue stand, aber sie schien ernsthaft betroffen und erschüttert zu sein. Auch bei unserem Gespräch spürte ich keine Falschheit. Aber Bruder Tristan, es ist doch wirklich eigenartig, dass sie genau an diesem Tag dort aufgetaucht ist und jetzt ist sie bei ihm."

„Ihr habt sie ja nicht selbst getötet. Sie oder das was sie mal war hat den ganzen Orden schon einmal verraten und sie wird es wieder tun." Der Mann auf dem Boden spukte erschöpft aber trotzig Blut. „Ja, ich habe euren Befehl ignoriert und bin mit Bruder Christian meinem Gewissen gefolgt. Denn seit ihr vor ein paar Jahren von ihrer Existenz erfahren habt, habt ihr euch verändert. Eure ganze Aufmerksamkeit galt nur noch sie zu finden und nicht mehr eurer eigentlichen Aufgabe, nicht mehr dem Orden. Und seitdem sie plötzlich auch noch hier aufgetaucht ist, seid ihr absolut nicht mehr der, den ich kannte. Sie muss sterben, damit ihr wieder ihr selbst sein könnt. Ihr hättet sie töten sollen, es alles beenden. Ich hätte nie gedacht, dass ich das mal sagen würde, aber ich misstraue eurem Urteil. Ihr verratet eure, nein unsere, Ziele!"

Tristan riss ihn hoch und hielt ihn wie eine Puppe über sich.

„Ist noch jemand seiner Meinung?"

In einigen Gesichtern der siebzehn Männer erkannte er Unschlüssigkeit. Bis auf acht eingeweihte Menschen waren alle anderen Anwesenden, wie er selbst, Kreaturen der Nacht und keiner von ihnen war ihm im Kampf ebenbürtig.

Das, was sie alle zusammenhielt, war ihr unerschütterlicher Glaube an Gott und das Bekenntnis zu den Grundsätzen des Ordens.

Ein südländisch erscheinender Mann Mitte dreißig mit schwarzen Haaren und braunen Augen trat lautlos und geschmeidig nach vorne, sah kurz zu Thomas hoch und dann die Anwesenden an.

„Dieser Orden bekämpft seit nun fast 1000 Jahren solche wie uns und alle anderen Kreaturen der Hölle. Und erst vor einigen Jahrhunderten beschlossen einige weise Männer unseren Orden, und zwar hauptsächlich durch Bruder Tristans Taten und Worte, auch für wahre Gläubige unserer Art zu öffnen. Ich glaube an Gott und unser Werk. Aber ich vertraue Tristans Kraft, Weisheit und Verstand. Nur durch ihn bin ich hier und ich werde seinem Wort immer vertrauen."

Dann sah er jeden Einzelnen an und verbeugte sich angedeutet vor Tristan.

„Ich bin Raoul, ein Schwert in der Nacht, ein Licht in der Dunkelheit und das Schild gegen die Finsternis."

Einer nach dem anderen folgte dem Beispiel des schwarzhaarigen Mannes, verbeugte sich und sprach den Leitspruch des Ordens. Auch wenn vordergründig Einigkeit herrschte. Tristan wusste, dass sie gespalten waren. So lange hatten sie geplant, so lange auf den Moment gewartet und nun hatten sie alles für eine törichte und vor allem sinnlose Tat verspielt. Die Falle ihres Feindes war zugeschnappt. Er hatte sein Ziel erreicht und sie merkten es nicht einmal.

Er ließ Thomas achtlos fallen und verließ die Versammlung. Raoul folgte ihm.

Als sie die Treppe hinunter in das riesige Wohnzimmer kamen, sprang Ira von einem der zwei Sofas auf und rannte auf ihre Freundin zu. Alistair ließ Syndras Hand los und die beiden Frauen umarmten sich lange.

„Ich konnte es kaum glauben, als der Diener von Herrn von Black Castle an dein Telefon gegangen ist und mir erzählt hat, was passiert ist. Wir sind gleich zurückgekommen."

Chris setzte sich auf einen der Sessel, so dass die beiden nebeneinander auf dem Sofa Platz hatten. Syndra war unendlich dankbar ihre Freundin zu sehen und lächelte ihren Gastgeber voller Zuneigung und Hingabe an.

„Es tut mir leid, dass du nach nur einem Tag schon zurückkommen musstest."

„Heute ist Dienstag. Du hast fast drei Tage geschlafen. Aber bei so einem Angriff wohl auch kein Wunder." Sie sah sich besorgt die bandagierten Arme an.

Chris mischte sich ein. „Der Arzt meinte, dass du wirklich Glück hattest. Der Typ hat dich doch allen Ernstes mit einem Schwert angegriffen! Die Wucht eines solchen Schlags hätte dir die Knochen brechen können. Aber nichts. Und selbst die Schnittwunden waren scheinbar nicht wirklich tief. Nur der Fall auf den Kopf bereitete wohl etwas Sorgen. Aber wie man sieht, dir geht es gut."

Syndra sah immer wieder zu Alistair, der am Kamin stand und die kleine Gruppe still beobachtete.

Als Ira sie über die vergangenen Abende im Club ausfragen wollte, meinte Syndra nur kurz: „Über das, was am Freitag geschehen ist, weiß ich nichts Neues. Also nur das, was ich dir schon erzählt hatte. Und gestern, beziehungsweise am Samstag war alles perfekt und ich wollte eigentlich nur wieder nach oben auf die Empore gehen, aber irgendwie trieb es mich in den Garten. Dann bin ich gestolpert und der Mann war über mir. Er schrie mich an während, er zuschlug und dann kamen schon die Hunde."

Ira folgte ihrer Geschichte aufmerksam, doch selbst jetzt behielt Syndra den Auslöser der Angst für sich. Etwas in ihr wehrte sich, es auszusprechen.

Nach einer Stunde intensiven Gesprächen hatte sie ihnen dann doch erzählt, dass der Mann sie als Verräterin bezeichnet hatte, hatte erfahren, dass ihr Angreifer es geschafft hatte, die Hunde abzuschütteln und zu entkommen, dass Ira und Chris wohl wirklich ernst machen wollten, und ihre Freundin überlegte nach Irland zu ziehen. Weiterhin, dass Chris Eltern tolle Menschen waren, dass Iras Eltern auch schon Bescheid wussten und dass ihre Freundin einfach nur glücklich war, bis auf die Sorge um sie natürlich. Syndra freute sich wirklich für Ira und Chris, aber gerade geschah einfach zu viel und die beiden redeten zu schnell und viel zu viel.

„Das reicht fürs Erste." Alistair unterbrach das Gespräch abrupt.

„Ja, natürlich. Wir möchten Ihre Gastfreundschaft nicht zu sehr in Anspruch nehmen." Chris erhob sich etwas zu schnell und verbeugte sich leicht unterwürfig.

„Mein Fahrer wird Sie nach Dublin bringen. Wenn Sie möchten, dann sind Sie Frau Holzweisig, natürlich Morgen weiterhin ein gern gesehener Gast auf meinem Anwesen."

„Ich hole dann nur noch meine Tasche." Syndras Stimme verriet ihre Traurigkeit ihn zu verlassen, als er nur lachte.

„Meinst du, dass sie in deinem Zimmer abhanden kommt?"

Ihr Zimmer? Meinte er es ernst, dass sie hierbleiben durfte? Er nahm ihre Hand und alle Zweifel waren wieder augenblicklich verschwunden.

„Du wirst hierbleiben, bis du dich wieder vollkommen erholt hast."

Nachdem Ira und Chris nach draußen geleitet worden waren, saßen sie sich den Rest der Nacht alleine gegenüber und tranken Rotwein. Die einzigen Male, die sie gestört wurden, waren, wenn der Diener mit Namen Eduard die Gläser nachfüllte.

Syndra wollte alles über ihn wissen, doch war nur sie es, die seine Fragen beantwortete. Sie erzählte von ihren Stiefeltern, von deren Tod, ja selbst vom Tod ihrer leiblichen Eltern. Sie erzählte ihm viel mehr, als sie jemals irgendjemandem erzählen wollte.

Aber es fühlte sich richtig an. Es schienen zwar eher oberflächliche Fragen und doch gaben sie ihm offensichtlich die Antworten, die er wollte. Er wirkte zufrieden, als er sich irgendwann erhob und sich zu ihr setzte.

„Ich muss jetzt in die Stadt. Aber ich möchte, dass du hierbleibst. Ruh dich morgen einfach noch ein wenig aus oder geh Kleider für den Club oder andere Anlässe einkaufen. Wenn ich zurückkomme, sehen wir weiter. Aber was mir wirklich wichtig ist: Wenn dir etwas sonderbar vorkommt, dann zögere nicht und erzähl es Eduard. Es gab in den letzten Tagen einfach zu viele Vorkommnisse."

Diese Aufforderung klang sehr eindringlich und Syndra war sich klar, dass es kein Vorschlag oder eine Bitte, sondern ein Befehl war. Aber wenigstens schien er sie ernst zu nehmen.

Vor der Eingangstreppe wartete schon einer der Diener neben einem silbergrauen Aston Martin mit geöffneter Beifahrertür. Alistair hauchte ihr vor dem Einsteigen einen Kuss auf die Stirn. „Genieß diesen Tag."

Der Sportwagen hatte die Auffahrt schon längst verlassen, während Syndra immer noch verliebt an derselben Stelle stand und ihm nachblickte, während ihr das Herz bis zum Hals klopfte.

13.

„Komm zu mir.“ Sie sah sich suchend um. Niemand befand sich in ihrer Nähe.
„Ich weiß nicht, ob du noch Herrin über deine eigenen Sinne bist. Aber falls ja und du bist, wer ich denke, dann behalte meine Worte für dich und komm zu mir. Du findest den Weg zu mir bei der Statue.“

Eduard kam gerade die Treppen herunter, als die Stimme genauso schnell verstummte, wie sie aufgetaucht war.

„Ist alles in Ordnung Frau von Tannenburg?“

„Ich dachte kurz es wäre jemand hier bei mir gewesen.“

„Jemand den Sie kennen?“ Seine Mimik zeigte eher Interesse als Spott.

„Nein. Und wenn ich so darüber nachdenke, war das wohl nur Einbildung, wahrscheinlich noch Auswirkungen meines Sturzes.“

Sie lächelte gequält. „Es ist sehr spät. Ich würde mich jetzt, glaub ich gerne hinlegen.“

„Natürlich. Ich bringe Sie in Ihr Zimmer. Sollte noch etwas sein, dann zögern Sie bitte nicht, mich zu rufen.“

In ihrem Zimmer starrte Syndra zitternd aus dem Fenster hinaus auf den großen baumlosen Park und die mindestens drei Meter hohe Mauer, die das ganze Grundstück umgab. Schon von hier konnte sie, neben den ständig patrouillierenden Hundeführern, die Kameras auf der Mauer erkennen. Allerdings schienen ihr die zu offensichtlich für jemanden, der so viel Wert auf Sicherheit legte.

Sie hatte vorhin gelogen, natürlich kam ihr die Stimme bekannt vor. Sie gehörte zu dem Mann mit den eisblauen Augen und der Narbe. Auch wenn ihr klar war, dass sie seine Stimme noch nie gehört hatte, so war sie sich doch absolut sicher.

Während sie versuchte, sich an die Situationen am Brunnen zu erinnern, spürte sie, neben der immer noch vorherrschenden Angst vor ihm, eine tiefe Verbundenheit.

Es fühlte sich ganz anders an als mit Alistair. Sie vergötterte diesen eloquenten dunkelhaarige Mann mit den geheimnisvollen grünen Augen und dem fein geschnittenen Gesicht. Sobald er in ihre Nähe kam, existierte nichts mehr um sie herum. Sie würde alles für einen Moment seiner Aufmerksamkeit tun und jemanden ermorden, um von ihm berührt zu werden. Sie wusste, dass es keine Frau auf dieser Welt gab, die ihm nicht verfallen würde. Und ihr war bewusst, sie war ihm verfallen. Sie stand in seinem Haus, starrte auf seinen Garten und wartete einzig auf seine Rückkehr.

Aber warum dann diese Verbundenheit zu dem Krieger? Warum waren seine blauen Augen im Club so voll von Hass gewesen, wo sie am Brunnen so viel Liebe und Sanftheit gesehen hatte. Sie kannte ihn nicht. Sie hatte ihn bis zu den Augenblicken am Brunnen noch nie gesehen und garantiert hatte sie ihm nichts angetan, womit sie so etwas verdient hätte.

„Wenn du die bist, für die ich dich halte…?" Für wen hielt er sie denn? Sie war Syndra von Tannenburg. Stieftochter von Elsa und Samuel von Tannenburg. Tochter von Heinrich und Renate Brucher. Sie war 24 Jahre alt und noch nicht einmal ganz mit ihrem Studium fertig, auch wenn eigentlich nichts mehr fehlte außer ihrer Magisterarbeit.

Sie kannte eigentlich niemanden außer Ira, deren Eltern und ganz oberflächlich ein paar Kommilitonen. Sie hatte bis zu dem Tod ihrer Stiefeltern noch nie einen ganzen Tag oder auch nur eine Minute einer Nacht außerhalb ihres Elternhauses verbracht. Sie war niemand.

Während es langsam begann zu dämmern, zog sie die Vorhänge zu, setzte sich aufs Bett und zog sich aus. Dabei betrachtete sie ihre bandagierten Arme. Jemand hatte doch tatsächlich versucht, sie mit einem Schwert zu erschlagen, irgendwie wurde ihr das erst jetzt so wirklich bewusst. Nicht zu erschießen oder zu vergewaltigen, sondern wirklich mit einem Schwert zu erschlagen. Der Krieger hatte ein Schwert. Die Männer seines Ordens hatten

Schwerter. Was, wenn der Angreifer einer der Männer des Kriegers war? Oder vielleicht er selbst?

„Komm zu mir."

Wollte er sie, wie im Club, schon wieder von dem Mann, zu dem sie gehörte, fortlocken, um seine Tat zu vollenden? Irgendwann schlief sie erschöpft und ohne ein Stück weiter gekommen zu sein ein.

14.

„Es ist schon nach 14:00 Uhr“ Ira saß auf der Terrasse und zeigte demonstrativ auf ihre nicht vorhandene Armbanduhr. Syndra lächelte immer noch erschöpft.

Im Licht des Tages, mit dunkler Sonnenbrille auf der Nase, verblassten die negativen Gefühle der letzten Nacht. Verschwanden aber nicht vollständig.

„Aber erstmal etwas anderes. Was sind denn das für geniale Klamotten?“

„Alistair hat sie für mich bereitlegen lassen.“

„Dieser Mann sieht also nicht nur unbeschreiblich gut aus, ist charmant, gebildet, reich und einfach anbetungswürdig, nein er hat auch noch einen krass guten Kleidergeschmack. Glückwunsch zu dem perfekten Mann.“ Ira schüttelte ungläubig und bewundernd den Kopf. „Ach, und was wir auch nicht außer Acht lassen sollten ist, er ist nicht aus Stein!“

Syndra sah sie böse an.

Die beiden Freundinnen hatten die letzte halbe Stunde damit verbracht sich das Anwesen anzusehen und weiter, eher oberflächlich, über die Erlebnisse der letzten Tage auszutauschen. Schließlich standen sie vor einer verschlossenen Tür.

„Für diesen Trakt ist ihnen leider der Zutritt verboten.“

Eduard lächelte sie höflich an „Aber ich freue mich, dass Sie so munter sind und Ihnen das Frühstück geschmeckt hat. Wie sehen denn Ihre Wünsche für den weiteren Tag aus?“

„Ich würde gerne das Angebot des Hausherrn annehmen und in die Stadt zum Einkaufen fahren. Und in unser Hotel, wenn möglich.“ Syndra log ihn an. In Wahrheit wollte sie mit Ira in den Park und vielleicht, wenn sie noch Zeit hatte, sogar in die Kirche gehen.

Sie musste unbedingt über das Ganze reden und sie brauchte Antworten. Aber auch im Haus hatte sie die vielen

Überwachungskameras längst bemerkt. Definitiv waren das ganze Haus und die Umgebung noch besser gesichert als schon bei ihren Stiefeltern. Sie konnte nicht in die Gefahr laufen, dass Alistair sie doch für verrückt, oder gar für eine Lügnerin hielt. Nicht ausgerechnet jetzt.

„Natürlich. Aber wir können auch alles, was Sie wünschen, herbringen lassen, dann können Sie sich hier in aller Ruhe aussuchen, was Sie möchten."

„Hmm, ach Nein, ich möchte doch lieber in die Stadt."

„Gut, dann lasse ich den Wagen vorfahren und gebe den Leibwächtern die nötigen Anweisungen."

„Ich brauche doch keine Leibwächter?!"

„Der Herr hat mir strikte Order gegeben, für Ihre Sicherheit zu sorgen. Es gab schon zu viele Vorfälle und er könnte es sich nie verzeihen, wenn Ihnen doch noch etwas passieren sollte. Aber wenn Sie wirklich nicht wollen, ich kann Sie natürlich nicht zwingen."

„Aber es ist helllichter Tag und wir wollen doch einfach nur in die Stadt. Ich glaube, das ist zu viel Aufwand für jemanden wie mich."

Wie sollte sie mit Leibwächtern im Schlepptau in die Kirche gehen?

„Hiermit ist es amtlich: du bist wichtig." Ira machte sich im Auto über ihre Freundin lustig.

„Dein allerersten Freund im Leben ist, neben allem anderen, auch noch so reich und mächtig, dass er dir, neben einem Fahrer, einer Kreditkarte ohne Limit, sogar auch Bodyguards mitschicken würde. Dein Leben hätte ich gerne. Also zumindest dein jetziges und ohne die Sache mit dem Schwert. Ach und wenn da nicht noch Chris wäre." Sie lächelte verliebt.

„Ich hole Sie in drei Stunden wieder hier ab."

Die beiden nickten dem Fahrer zu, bevor sie in der großen Einkaufsstraße verschwanden.

„Ira, ich will nicht shoppen. Ich will zu der Statue an der Kirche, von der der alte Mann am Brunnen gesprochen hatte."

„Aber warum?" Ira war total verwirrt.

„Weil ich Antworten brauche. Ich war schon mal dort, aber hab mich nicht rein getraut. Hier passiert viel mehr, als ich dir erzählen wollte und eigentlich auch will. Und mittlerweile glaube ich nicht mehr, dass es nur daran liegt das ich vielleicht verrückt werde, sondern das wirklich mehr dahintersteckt.

Jemand hat mich mit einem Schwert angegriffen. Mit einem Schwert. Der Mann wollte mich töten. Und kurz vorher redete die Cousine von Alistair, irgendwas davon, dass ich den Krieger finden sollte. Sie wusste, was ich in der Nacht vorher gesehen habe. Woher wusste sie das? Ich habe es niemandem erzählt. Nicht einmal dir."

Syndra redete sich in Rage und viel zu schnell. Aber wenn sie es nicht jetzt machte, würde sie es wahrscheinlich nie mehr erzählen. Sie musste das Ganze endlich irgendjemandem mitteilen, der sie kannte und dem sie vertraute.

„Schatzi, du machst mir Angst. Was erzählst du da? Seit wir das erste Mal in dem Park waren verhält du dich echt eigenartig. Ich war ja wirklich erst nur der Meinung, dass es die, für dich, vollkommen ungewohnte Freiheit, gepaart mit der lebhaften Fantasie einer ungeküssten Jungfrau auf der Suche nach Liebe ist, die dich solche komischen Sachen sehen lässt. Aber das wird ja immer schlimmer. Liegt es vielleicht daran, dass deine Eltern tot sind? Dass dir niemand mehr sagt was du tun sollst? Suchst du nun eine imaginäre Person als Ersatz?

Dieser Krieger ist nicht real, er hat wahrscheinlich nie existiert. Das war nur eine Geschichte eines alten einsamen Mannes auf einer Parkbank. Und dann hat dir irgendein Arschloch Drogen in dein Glas gemischt. Das würde auch die Angst und deinen Erinnerungsverlust erklären. Das passiert in Clubs. Du wärst nicht die Erste.

Ja, okay, ein Mann hat dich angegriffen, aber das war bestimmt ein total durchgeknallter Spinner, der wohl ebenfalls die falschen Drogen erwischt hatte. Vielleicht hatte er vorher irgendein Film geschaut oder war auf einem bescheuerten Kostümabend. Dir geht es das erste Mal in deinem Leben wirklich gut. Vergiss das alles und genieß doch einfach, dass du den tollsten Mann der Welt kennengelernt hast, der dich scheinbar ebenfalls wirklich gern hat. Ich habe doch gesehen wie verliebt du ihn angesehen hast. Dieser Mann ist mehr als perfekt und er ist real, nicht nur ein Trugbild. Er macht sich ganz sicher Sorgen um dich. Rede mit ihm und verrenn dich nicht in diesen skurrilen Fantasien."

Syndra sah ihre Freundin trotzig an. „Du denkst also ich werde verrückt?"

Ihre schlimmsten Befürchtungen hatten sich soeben bewahrheitet. Gerade als sie endlich versuchte, eine andere Wahrheit zu suchen.

„Nein, ich glaube einfach, dass die letzten Wochen und das alles hier zu viel für dich ist. Ich kenne dich so überhaupt nicht. "

„Ich fahre jetzt. Du kannst mitkommen, oder es lassen, ganz wie du willst."

Syndra öffnete die Taxitür und nach kurzem Zögern stieg Ira mit ein.

15.

Der große Park um die Kirche war leer. An einem Mittwochmittag schienen sich hier wohl kaum Besucher hinzuverirren. Für Touristen war dieser Ort ohnehin zu weit abseits der Innenstadt.

Das Gebäude wirkte verlassen, als Syndra darauf zulief. Nichts erinnerte an die heimelige Stimmung vom letzten Mal, als sie hier gewesen war. Das große Eingangstor war verschlossen. Die schlanke Frau lief um das Gebäude herum. Es musste doch noch einen anderen Eingang geben.

„Hältst du das wirklich für eine gute Idee? Es scheint doch niemand hier zu sein. Komm lass uns doch lieber zum Hotel fahren.“ Ira folgte zögerlich.

„Wenn du mir nicht helfen willst, dann warte vorne am Haupteingang. Ich komme dann wieder zu dir.“ Syndra wollte nicht schon wieder ihren gerade erst entdeckten Mut verlieren.

„Ja okay, ich warte vorne auf dich.“

An der Rückseite der hohen Mauer fand sie endlich, was sie gesucht hatte, eine kleine nur angelehnte Pforte. Sie klopfte, trat hindurch und fand sich in einem kleinen Friedhof wieder. Außer ihr war scheinbar niemand hier und sie durchschritt die Reihen der Gräber auf der Suche nach der Statue, von der der alte Mann gesprochen hatte. Viele der Gräber mussten schon sehr alt sein. Ihre Steine waren verwittert und die Schrift nicht mehr lesbar, aber es gab auch neuere mit Holzkreuzen und sauberen Steinen.

Sie hatte schon mehr als die Hälfte des Weges zur Kirche zurückgelegt, als die hintere Tür geöffnet wurde und vier Männer in braunen Kutten das Gebäude in ihre Richtung verließen. Sie waren ungefähr zwischen Anfang zwanzig bis ungefähr Mitte vierzig und kamen direkt auf sie zu. Unwillkürlich wich Syndra zurück.

„Entschuldigung, dass ich einfach so hereingekommen bin. Ich hörte von einer Statue die sich hier befinden soll. Von einem Krieger."

Die Männer stoppten nicht. Ihre Gesichter wirkten hart und wenig freundlich. Die junge Frau bekam es langsam mit der Angst zu tun.

„Die Tür war offen. Und man hatte mich eingeladen."

Entweder verstanden sie ihre Worte nicht oder sie waren ihnen egal. Ohne zu wissen, was hier geschah, wich Syndra zurück zu der kleinen Pforte. Allerdings war sie zu langsam. Zwei der Männer erreichten den Ausgang vor ihr und versperrten ihr damit den einzigen Fluchtweg. Ein weiterer Mann kam gerade aus der Kirche und rief in lateinischer Sprache: „Lasst sie nicht entkommen."

„Ira!!! Hilfe!" Syndra versuchte den Händen, die nach ihr griffen, auszuweichen. Aber die Männer waren nicht nur schneller, sondern auch um einiges stärker als sie.

„Was wollen Sie von mir? Lassen Sie mich in Ruhe!"

Einer hatte sie gerade gepackt und wollte sie in Richtung der Kirche zerren, als die Tür unter lautem Getöse zerbarst. Sechs Männer in grauen Anzügen und Pistolen in der Hand stürmten nacheinander hinein. Ohne zu zögern, gingen die Mönche, oder was immer sie auch waren, in Deckung. Syndra traute ihren Augen nicht, als sie ebenfalls Waffen zogen.

Zwei der Anzugträger sahen zu der jungen Frau und schossen ohne Vorwarnung. Bevor Syndra reagieren konnte, sackte der 'Mönch', der sie gepackt hatte, in sich zusammen. Der Aufprall auf dem Boden war zwar unsanft, aber sonst war ihr nichts passiert. Das war mehr, als der Mann unter ihr sagen konnte, wie das große Loch in seinem Kopf vermuten ließ.

„Traut ihnen nicht." Seine Stimme klang schwach, eher wie ein Hauchen. Aber wie konnte er überhaupt noch reden mit solch einer Wunde?

„Nehmt den Kopf runter", brüllte der Schütze sie an.

Syndra gehorchte und versuchte von dem blutigen, jetzt definitiven Leichnam wegzukriechen, während um sie herum die Hölle ausbrach.

Sie hörte Schusssalven, die Einschläge von Kugeln in Stein und das Zersplittern von Fenstern.

Und zwischen alldem Schreie von getroffenen Menschen, die ihre Schmerzen heraus brüllten, um kurze Zeit später entweder nur noch zu wimmern, zu beten oder einfach zu sterben.

Dann wurde sie von zwei starken Händen gepackt und man zog sie hinter einem Grabstein in Deckung. Der graue Stoff seines Anzugs war rot verfärbt und Syndra sah Blut aus einer Wunde am Arm heraussickern.

„Keine Angst, wir sind zu eurem Schutz da."

Während er sie von Deckung zu Deckung zur Pforte brachte, schlugen weiterhin Kugeln um sie herum in alles ein, was die Geschosse aufhalten konnte. Ob Steine, Glas, Holz oder Menschen.

„Ich habe sie. Rückzug."

Sie duckten sich hinter den beiden Männern vorbei, die die Tür bewachten. Als Syndra sich kurz umsah, sah sie einen ihrer Retter blutend und wahrscheinlich tot auf dem Boden liegen. Nicht weit davon entfernt lagen die beiden Mönche von der Pforte. Der Mann, der sie gerade hielt, war ebenfalls verwundet und einer von denen die gerade ihren Rückzug deckten, würde es wohl ebenfalls nicht mehr weit schaffen.

Direkt neben der Pforte standen zwei Limousinen und ihr Beschützer warf Syndra auf den Rücksitz von einer, bevor er hinterher kletterte und sich vor ihr hielt. Nachdem die beiden eingestiegen waren, raste das Auto über die Grünfläche davon.

„Wir haben sie! Sie ist unverletzt. Zwei bestätigte Verluste. Sind auf dem Weg." Seine Stimme klag ruhig, während er scheinbar mit jemandem durch ein verstecktes Mikrophon sprach.

Die Schreie der Sterbenden, der Geruch von Blut und Ausscheidungen. Dieser Ausdruck in den Augen der Mönche. Sie wollte doch nur die Statue sehen und Antworten haben. Der alte Mann hatte sie doch eingeladen und nun waren alle tot.

Das Auto fuhr nun langsam durch die verstopften Straßen Dublins. Syndra rannen Tränen über die Wange.

„Sie hat einen Schock, aber sonst geht es ihr gut." Der Mann verarztete gerade seinen Arm, während er weiter mit der Person am anderen Ende der Leitung sprach.

„Nein, sie war noch auf dem Aussengelände, aber die hatten sie schon in ihrer Gewalt. Das kann ich Ihnen nicht beantworten. Nein, das wäre nicht ohne Gefährdung der Schutzperson gegangen. Gut."

Sie hatte keine Ahnung, wie lange sie in dem Auto gesessen hatte, bis man sie irgendwann schließlich hochhob und in ein Bett legte. Sie erkannte wie durch einen Schleier den Arzt wieder, der sie sorgenvoll betrachtet und ihr etwas einflößte.

„Sie sollte besser wieder bei sich sein, wenn der Herr nach Hause kommt." Eduards Stimme klang angespannt.

„Wird sie. Es war wohl einfach nur zu viel. Lasst ihre Freundin zu ihr. Ein vertrautes Gesicht wird helfen."

„Syndra?" Die roten Locken ihrer Freundin kitzelten ihre Nase. „Komm Schatzi, rede mit mir. Es tut mir leid, was ich vorhin gesagt habe. Du hattest vollkommen Recht. Es tut mir wirklich leid."

Syndra zog sie zu sich herunter und krallte sich an ihr fest. Sie spürte ihren warmen Atem, roch das leichte Parfüm und fühlte ihre sanften Berührungen. Sturzbäche von Tränen durchnässten die Haare der beiden jungen Frauen und erst nach ein paar Minuten setzte sie sich auf.

„Nein, ich hatte Unrecht. Du hattest Recht. Ich hätte da nicht hingehen dürfen. Auch wenn ich überhaupt nicht weiß, was sie von mir wollten. Aber das waren dieselben Kutten, die der Mann anhatte, der mich am Samstag angegriffen hat. Ira, was passiert hier nur mit mir?"

Ihre Freundin behielt sie im Arm. „Ich weiß es nicht. Ich hörte plötzlich nur, wie ein Auto an mir vorbeifuhr und mich jemand aufforderte mitzukommen. Dann setzten sie mich in ein anderes Auto und nach ein paar Minuten fuhren wir hierher. Was ist denn genau passiert."

Syndra rannte ins Bad und übergab sich.

„Jetzt geht es besser. Aber ich würde gerne duschen. Bleibst du bitte bei mir?"

Auf dem Sessel lagen weitere frische Sachen und Syndra setzte sich, nachdem sie geduscht hatte, mit Ira auf die Terrasse.

„Ich bin überglücklich, dass Ihnen nichts passiert ist." Eduard brachte ihnen zwei Gläser Rotwein und eine Tablette.

„Habe ich Ihnen meine, ich weiß nicht wie ich es sagen soll, Rettung zu verdanken?" Syndra sah den Diener schuldbewusst an.

„Nun, sagen wir es einmal so. Die Worte meines Herrn waren unmissverständlich. Ihr Schutz hat oberste Priorität. In seiner Position hat man viele Feinde. Und wenn diese nicht an ihn herankommen, dann suchen sie sich gerne etwas, das ihm etwas bedeutet. Daher war es selbstverständlich, dass Sie nicht ohne den passenden Schutz unterwegs sein durften."

„Aber das waren Männer der Kirche. Auf einem Friedhof. Am helllichten Tag. Mitten in einer Stadt. Mit Waffen!"

„Auch eine Kirche ist manchmal nur ein Gebäude, dass etwas anderes beherbergt als das, was man erwarten würde. In der Position meines Herrn muss man mit allem rechnen. Und man sagte mir, Sie hätten um Hilfe gerufen."

Syndra nickte zustimmend.

„Sehen sie. Daher war das Eingreifen Ihrer Bewacher gerechtfertigt."

„Aber es sind Menschen gestorben. Was ist mit der Polizei?"

„Machen sie sich keine Sorgen. Dieses Vorkommnis wird keinesfalls mit Ihnen oder gar meinem Herrn in Verbindung gebracht werden."

Syndra machte sich aber Sorgen. Sie verstand nicht, wieso sie so ruhig hier sitzen konnten und scheinbar niemand wirklich beunruhigt war. Solch ein Vorfall musste doch Konsequenzen haben. Es gab eine Schießerei mit Toten. Mitten am Tag und mitten in Dublin.

Der bevorstehende Sonnenuntergang, zwei hastig getrunkene Gläser Rotwein und die Tablette beruhigten sie allerdings zusehends.

„Ich möchte Sie nun bitten zu gehen, Frau Holzweissig. Mein Herr wird bald hier eintreffen und er mag es nicht, wenn fremde Menschen ohne seinen expliziten Wunsch anwesend sind."

Syndra sah Eduard etwas irritiert an, doch Ira beschwichtigte sie sofort. „Mach dir keine Sorgen. Ich wollte mich eh schon längst verabschieden. Chris erwartet mich und ich kann auch ein wenig Ruhe gebrauchen, bevor wir uns mit einem seiner Bekannten treffen. Das war ein wirklich aufregender Tag. Wir sehen uns bestimmt morgen. Und bitte, versuch bis dahin mal nicht ermordet oder entführt zu werden."

Syndra sah ihrer Freundin hinterher und als sie ihr noch bitter lächelnd einen Kuss zuwarf, beschlich sie das ungute Gefühl, Ira gerade das letzte Mal zu sehen.

Doch die Mischung von Alkohol und Medikamenten tat auch hier ihre Wirkung und so blieb sie stumm und dieses undefinierbare Gefühl löste sich in Wohlgefallen auf. Der Mond wurde von leichten Wolken verhüllt, als sie immer noch auf der Terrasse saß und ihr viertes Glas Rotwein gerade auf dem Tisch abstellte.

„Ich muss Ihnen leider mitteilen, dass mein Herr, aufgrund der heutigen Vorkommnisse, diese Nacht in der Stadt verbringen wird."

Syndra sah den Diener traurig an. Sie machte ja auch nichts als Ärger und den ganzen Aufwand, den man betrieben hatte, war sie auf keinen Fall wert. Wieso war sie nicht einfach einkaufen gegangen oder gleich ganz hiergeblieben. Sie wusste doch, was passierte, wenn man nicht gehorchte, sie hatte es oft genug erlebt. Immer folgten Konsequenzen, die sie nicht bedacht hatte. Wieso musste sie alles kaputt machen?

Als sie sich erhob, waren ihre Beine wie Gummi. Eduard hielt sie gerade noch fest und half ihr, sich wieder hinzusetzen.

„Entschuldigung. Ich bin so viel Alkohol nicht gewohnt. Aber ich schaffe es schon."

„Was möchten Sie schaffen?"

„Meine Sachen, also eigentlich nur meine Tasche, zu holen und das Anwesen zu verlassen."

„Warum sollten Sie das tun?"

Syndra sah ihn irritiert an.

„Sie sind natürlich weiterhin Gast hier. Mein Herr hat mir aufgetragen dafür zu sorgen, dass es Ihnen an nichts fehlt. Er bedauert den Vorfall zutiefst und wird sich persönlich darum kümmern, die Hintergründe aufzuklären und die Verantwortlichen zur Rechenschaft zu ziehen."

„Aber ich… ."

„Sollten Sie einen Wunsch haben, dann wissen Sie wo sie mich finden. Ich bitte Sie nur darum, das Haus nicht eigenmächtig zu verlassen."

Er verschwand ebenso schnell, wie er gekommen war. Ihr liefen Tränen über das Gesicht. Sollte sie noch irgendwelche Zweifel an Alistairs Gefühle gehabt haben, so waren sie in dem Augenblick verschwunden.

16.

Alistairs amüsierter Blick ruhte auf dem am Boden festgenagelten stämmigen Mann, während er ihn einmal umrundete. Große Stahlnägel ragten aus den Händen seiner ausgebreiteten Arme, seinen gestreckten Füssen, seinen Schultergelenken und beiden Seiten des Beckenknochens. Ein Teil seiner rechten Wange und seiner Brust fehlte, die Bissspuren waren deutlich zu erkennen, allerdings floss kein Blut aus ihnen heraus. Die ehemals braune Kutte hing in Fetzen von dem zerschundenen Körper.

„Wirklich?“ Er versuchte nicht mal, seinen Spott zu verheimlichen. „Wirklich? So einfach macht ihr es mir? Wo bleibt denn da der Spaß?“

Der am Boden liegende folgte ihm mit hasserfüllten braunen Augen, soweit er konnte.

„Dein Name ist Christian, Bruder Christian wie du wohl von den deinen genannt wirst. Du bist ein Sprössling von Torben Hunrig. Und scheinbar der Vater einer, nun ja, leider nicht mehr ganz so jungen Frau namens Myriam. Hält sich dein Erschaffer nicht in Stratford auf? Und deine Tochter nur zwei Stunden entfernt in einem kleinen Dorf an der Küste? Nun, ich denke das wird bald nicht mehr so sein.“

„Er hat nichts damit zu tun, genauso wenig wie sie oder der Orden. Das war ganz alleine meine Tat.“ So sehr Christian auch versuchte, die Verzweiflung in seiner Stimme durch Wut zu ersetzen, sie war greifbar.

Man hätte Alistairs Lachen fast für echt halten können, wenn es nicht genauso schnell wieder aufgehört hätte, wie es begonnen hat.

„Sage es ihnen, wenn sie vor deinen Augen den Preis dafür bezahlen. Vielleicht tröstet es sie ja.“

Er kniete sich neben ihn und sah sich die Bisswunde im Gesicht an. „Wie konnte dir dein Herr nur erlauben, einen solchen

Fehler zu machen? Deine Brüder eine Nacht vorher waren wenigstens noch so schlau es außerhalb zu versuchen und vor allem: nicht zu überleben."

„Ich habe nur einen Herrn und der heißt Gott." Er drehte den zerschundenen Kopf schmerzhaft um.

„Denkst du wirklich ich wüsste nicht, wer euer wahrer Herr ist? Er konnte sich lange im Verborgenen halten, aber jeder hat seinen Schwachpunkt und seiner seid Ihr. Meinst du er wird dir dankbar sein? Oder gar deine vollkommen törichte Tat in Ehren halten? Du wirst als Verräter in eure Geschichte eingehen, falls ihr überhaupt noch eine habt. Als derjenige, der den Waffenstillstand gebrochen hat. Niemand von den anderen wird etwas gegen meine Vergeltung einzuwenden haben und euer Herr wird nicht anders können, als sich mir endlich persönlich vorzustellen."

„Nein. Ich habe niemanden verraten, ich bin das Schwert in der Nacht, Das Licht in der Dunkelheit und das Schild gegen die Finsternis. Tötet mich doch einfach."

Alistair lächelte ihn kalt an, stand auf und verließ den Raum. Bevor es dunkel wurde, meinte er nur noch:

„Euer Versteck, diese kleine Kirche hier in Dublin, existiert übrigens nicht mehr… und das alles für eine Frau."

Weit nach Mitternacht und ein weiteres Glas Rotwein später begann Syndra sich das Haus weiter anzusehen. Ihre Schritte ähnelten eher einer Mischung von Storch und Ente mit der Geschwindigkeit einer Schildkröte, als dem anmutigen Gang, für den sie es selbst hielt. Aber es war sowieso niemand außer ihr anwesend, der es hätte sehen können. Sie hatte noch nie eine solche Menge Alkohol in Verbindung mit Medikamenten getrunken, wenigstens das war ihr bewusst, aber auch egal. Die zugänglichen Räume waren zwar alle edel und geschmackvoll eingerichtet, aber nie überladen, sondern eher spartanisch einfach. Wenn in einem Raum kostbar wirkende Teppiche ausgelegt waren, dann hingen keine Bilder an den Wänden und umgekehrt. Sie war fasziniert von diesen Details, die ihr mittags gar nicht aufgefallen waren. Und sie bemerkte ebenfalls, dass in allen Räumen an der Wand, der Tür gegenüber, ein überdimensionaler Spiegel angebracht war. Dieser Umstand allerdings offenbarte ihr ihren Laufstil und holte sie auf den Boden der Tatsachen zurück. Plötzlich stand sie wieder vor der Tür, die am Mittag schon versperrt war.

Ohne einen Gedanken zu verschwenden, drückte sie leicht dagegen. Sie erwartete nicht, dass sie offen sein würde, doch überraschenderweise schwang die Tür auf. Sie sah sich nach Eduard um, doch weder stand er schon hinter ihr, noch waren seine Schritte zu hören. Sie sah ins Dunkle und erinnerte sich daran, dass es verboten worden war, hier hineinzugehen. Aber galt das nur für Ira und sie gemeinsam, oder auch ihr alleine? Wenn die Tür doch offen war, warum sollte sie dann nicht hineingehen? Aber wenn Alistair es nicht wollte? Sie war immerhin sein Gast und das war nicht ihr Zuhause.

Unschlüssig öffnete sie die Tür etwas weiter und sah hinein. Das Licht erhellte nur einen kleinen Ausschnitt des Zimmers. Aber es fiel genug hinein, so dass sie einen großen Raum mit einem Schreibtisch in der Mitte und einem hohen Stuhl dahinter erkannte. An der Wand hinter dem Schreibtisch prangte ein großes Gemälde einer Person. Es musste eine Frau sein, da sie ein altertümliches Kleid trug. Syndra konnte das Gesicht der Frau nicht erkennen und wollte auch nicht noch unverschämter sein. Immerhin war das wohl scheinbar sein Arbeitszimmer. Als sie Eduards Schritte hörte, schloss sie schnell die Tür.

„Ah hier sind Sie."

„Die Tür war offen."

Der Butler sah auf die Tür und schloss sie ab.

„Mein Herr lässt Ihnen ausrichten, dass er morgen Abend gerne hier mit Ihnen und ein paar Gästen etwas trinken möchte.

Die Stilberaterin wird um 16.00 Uhr eintreffen. Wenn Sie keine weiteren Wünsche haben, dann würde ich mich gerne für heute zurückziehen. Sollte etwas sein, dann zögern Sie allerdings nicht, mich zu rufen."

Syndra versuchte sich zu merken, was er gesagt hatte, aber es brauchte ihre ganze Energie, um überhaupt auf den Beinen zu bleiben zu können.

„Ich denke vorher bringe ich Sie noch in ihr Zimmer, Sie sind ja ganz schwach."

Kaum hatte Eduard die Tür hinter sich geschlossen und Syndra sich auf das bequeme Bett gelegt, fiel sie in tiefen ohnmachtsähnlichen Schlaf.

17.

Das Klingeln des Handys riss Syndra aus ihrem kurzen Tagtraum. Warum kam Ira nicht einfach vorbei, sondern rief an? Syndra spürte schon nach den ersten Sätzen, dass etwas nicht stimmte.

„Also sehen wir uns heute nicht?"

„Nein, besser nicht."

„Aber ich weiß nicht, was ich machen soll?"

„Dann hör auf mich und vor allem auf Herrn von Black Castle. Er passt auf dich auf. Nimm die Tabletten und bleib, solange er nicht da ist, einfach im Haus. Erzähl ihm alles, was passiert ist und wander nicht mehr einfach irgendwo in der Gegend rum. Ich bin gestern nach dem Anruf auch nicht mehr ins Hotel zurück gegangen. Wir haben beschlossen, dass ich zu Chris ziehe. Scheinbar ist es ihm auch gerade zu heikel und er möchte nicht, dass mir noch mehr passiert."

„Du kommst nicht zu mir, weil dein Freund Angst hat, dass dir etwas passieren könnte, wenn du in meiner Nähe bist? Habe ich Recht?"

„Nein, so habe ich das nicht gemeint…du verstehst das falsch."

„Doch, genau das hast du. Hast du deinem neuen Freund etwa auch erzählt was mit meinen leiblichen Eltern passiert ist? Was meine Mutter getan hat?"

Die Stille am anderen Ende des Telefons reichte als Antwort. „Wie konntest du nur? Ich habe dir vertraut!"

Tränen rannen ihr die Wangen herunter. Sie verstand Ira, sie verstand sogar die Angst von Chris, um seine Freundin, aber sie hatte doch sonst niemanden.

„Was ist mit unseren Sachen im Hotel?"

„Deine Sachen sind alle noch da, Schatzi. Ich werde immer deine Freundin sein und es tut mir leid, aber das gestern hat mir furchtbare Angst gemacht. Vor allem dieser Anruf als ich fast im

Hotel war. Ich möchte da nicht in etwas mit reingezogen werden das ich nicht mal verstehe. Chris hat mir auch gesagt, dass es besser ist, erstmal ein zwei Tage ins Land gehen zu lassen. Bis klar ist was mit der Kirche ist. Heute stand zumindest nichts darüber in den Zeitungen."

„Was hat der Anrufer dir denn nun wirklich gesagt?"

„Das habe ich dir doch schon gesagt. Er wusste meinen Namen und teilte mir sehr ruhig mit: Wir wissen, wer sie sind. Halten sie sich fern. Mehr war es nicht."

Die Tränen vernebelten Syndra die Sicht.

„Ich werde auch erstmal mein Handy ausgeschaltet lassen. Chris meinte, sie könnten mich sonst vielleicht darüber finden. Ich habe ja deine Nummer vom Anwesen und sobald ich eine neue Karte habe, sag ich dir Bescheid. Und wenn irgendwas ist, dann hinterlasse eine Nachricht im Hotel. Ich werde dort zweimal am Tag anrufen und nachfragen."

„Ja, gut. Ich verstehe. Pass auf dich auf. Ich habe dich lieb." Sie legten auf und Syndra starrte das Telefon in ihrer Hand an. Jetzt war sie allein.

Nein, das stimmte nicht. Sie hatte Alistair. Sie würde ihm heute endlich alles erzählen. So viel Ärger wie er mit ihr schon hatte, sollte sie endlich ehrlich zu ihm sein. Er würde sie garantiert nicht für noch verrückter halten als bisher. Sie hoffte nur, dass sie die Chance dazu bekommen würde, bevor seine Gäste da waren.

18.

Die Visagistin war gerade mit ihrer Arbeit fertig geworden, als Syndra sich in ihrem großen Spiegel ansah. Sie erkannte sich kaum wieder. Wahrscheinlich galt sie schon vorher als einigermaßen attraktiv, aber jetzt kam sie sich vor wie ein Topmodel. Selbst die Spuren der Tränenbäche von heute Nachmittag waren verschwunden.

Eduard hatte auf ihre Einwände gegen eine solche, für sie jedenfalls offensichtliche, Veränderung ihres Aussehens immer gleich reagiert: „Der Herr erwartet heute besondere Gäste und er legt sehr viel Wert auf das passende Erscheinungsbild. Genauso wie auf ein tadelloses Benehmen, aber da muss ich mir bei Ihnen ja keine Sorgen machen. Sie scheinen, zumindest was ich bisher sehen konnte, sehr gut erzogen und ausgebildet zu sein. Nur sollten Sie endlich diese Eskapaden unterlassen und tun, was man Ihnen sagt."

Syndra wunderte sich über die Wortwahl: ausgebildet?

Aber irgendwie hatte er Recht. Bei ihren Eltern lernte sie schon sehr früh, sich angemessen bei Tisch zu verhalten. Sie musste schon mit fünf Jahren absolut gerade sitzen und perfekt das Essen von Fleisch und Fisch mit Messer und Gabel beherrschen. Machte sie einen Fehler, dann bekam sie von ihrem Vater entweder ein Hieb in den Rücken oder ihr wurde einfach das Essen weggenommen.

Das steigerte sich von Jahr zu Jahr. Am Anfang war es hauptsächlich das korrekte Sitzen und Essen bei Tisch, dann ihr Gang. Aufrecht musste er sein, niemals die Schultern hängen lassen oder gar mit krummen Rücken stehen oder sitzen. Ihre Ausdrucksweise war schon als Neunjährige besser als die der meisten Hochschulabsolventen. Dass es Menschen gab, die keine perfekten Manieren hatte, konnte sie sich lange gar nicht vorstellen.

Ihre Mutter versuchte zwar manchmal, ihr ein paar Freiheiten zu gönnen, wie sich mit ihr auf dem Boden zu setzen und einfach mal etwas zu spielen, ihr zu erlauben, eine Kartoffel zu zerquetschen oder sich auch mal die Finger abzulecken. Doch sobald ihr Vater es bemerkte, oder etwas davon erfuhr, waren die Strafen drakonisch. Nur einmal hatte sie erlebt, dass ihre Mutter sich deshalb mit ihrem Vater stritt ihm Widerworte gab, danach nie wieder.

Doch das war alles nichts zu dem, was ihre Stiefeltern mit ihr machten. Dort waren diese vollkommen normalen Formen einer anständigen Erziehung endgültig aufgehoben worden, dort grenzte es wirklich an eine Ausbildung. Schon in den ersten Tagen, als sie zu ihnen kam, war klar, dass diesmal beide Elternteile keinerlei Ausnahmen duldeten. Nach einem halben Jahr beherrschte sie sogar schon dic hohc Kunst, Hummer perfekt zu essen. Mit dreizehn Jahren zwang man sie nur noch auf Zehenspitzen zu laufen. So gewöhnte man sie an einen wirklich aufrechten und perfekt ausbalancierten Gang.

Syndra atmete tief durch, um die Erinnerungen zu vertreiben. Sie waren alle tot und niemand sagte ihr mehr, was sie zu tun hatte. Außerdem, warum sollten ihre Stiefeltern nicht recht gehabt haben? Sie sah ja, was passierte, wenn man nicht gehorchte.

„Frau von Tannenburg. Ich würde dann noch gerne einmal Ihre Haare kontrollieren, bevor der Herr ankommt."

Sie ließ die Friseurin ihre Arbeit machen, während die Visagistin zum wiederholten Male ihr Gesicht abpuderte. Syndra fühlte sich unwohl mit so viel Aufmerksamkeit und, dank der auch noch für sie ausgesuchten Kleidung, irgendwie eher wie eine lebende Anziehpuppe.

Die beiden Frauen verschwanden und sie bewunderte noch einmal die vielen Kleider, Schuhe, Handtaschen und anderen Sachen, die sich auf mehreren Kleiderstangen und vielen Regalen in einem Raum neben ihrem Zimmer befanden. Da hörte sie ein Auto die Auffahrt heraufkommen.

Nach einem letzten prüfenden Blick in den Spiegel, bei dem sie das weiße, lange und schmal geschnittene Kleid aus reinster Naturseide mit den aufgereihten Perlen als Träger und den perfekt auf die Farbe abgestimmten High Heels noch einmal bewunderte, lief sie zur großen Treppe.

Alistair kam gerade zur Tür herein, als Syndra die unterste Stufe erreicht hatte. Bei seinem Anblick blieb sie stehen und ihr Herz schlug ihr bis zum Hals, während er sie von oben bis unten kalt musterte. War etwas nicht in Ordnung? Stand sie nicht gerade genug? War irgendwas an ihrer Kleidung unordentlich? Wollte er doch etwas anderes an ihr sehen?

Sein kurzes Nicken beendete die Zweifel. Er streckte seine Hand nach ihr aus und sie lief, so schnell es gerade noch schicklich war, auf ihn zu. Er nahm ihre Hand, küsste sie auf die Stirn und flüsterte ihr zu:

„Meine Liebste. Ich bin glücklich, dass es dir gut geht. Komm lass uns hineingehen. Ich will noch kurz mit dir reden bevor meine Gäste kommen."

„Ich, ich weiß nicht, was ich sagen soll. Ich wollte keinen Ärger machen. Ich wollte doch nur nach Antworten suchen. Ich dachte in der Kirche würde ich sie finden."

Er hielt seinen Finger in Höhe ihres Mundes. „Darüber können wir gleich reden."

Sie gingen an den zusätzlichen Dienern vorbei in das Kaminzimmer. Er setzte sich ihr gegenüber auf einen Sessel und nahm das von Eduard dargereichte Glas.

„Nun, was den gestrigen Tag angeht. Dir geht es gut und das ist alles, was im Moment zählt. Aber was für Antworten auf welche Fragen hast du denn an diesem Ort gesucht?" Seine grünen Augen musterten sie eindringlich.

„Vor einigen Tagen, kurz nachdem ich in Dublin angekommen bin, war ich hier in einem Park. Dort stand ein Brunnen mit der Statue eines Kriegers. Die zwei Male, die ich davorstand, hatte ich das Gefühl, dass die Figur lebendig geworden sei und mit mir interagiert hätte. Allerdings nicht wirklich interagiert, sondern es war eher so, als ob ich Fragmenten irgendeiner Vergangenheit zusehen konnte. Ein alter Mann, der zufällig dort saß und der über meine Fähigkeiten Gälisch zu sprechen begeistert war, gab mir die Information, dass es noch so eine Statue bei dieser Kirche geben würde. Und nachdem wir darüber geredet hatten, habe ich mich am nächsten Tag wieder daran erinnert, was mir bei dir im Club solche Angst gemacht hatte. Es war dieser Mann. Denke ich zumindest. Daher dachte ich, dass ich vielleicht verstehen könnte, was das alles sollte, wenn ich diese andere Statue finden würde oder ob ich einfach nur verrückt wurde. Aber ich habe die Statue nicht gefunden und dann haben mich diese Männer angegriffen. Sie hatten die selben Kutten an, wie der Mann mit dem Schwert."

Er trank einen Schluck. Syndra hatte nicht das Gefühl, als ob ihm ihre zusammenhanglose Offenbarung irgendwie beeindrucken würde.

„Ist das alles?"

Sollte sie ihm von den Stimmen in ihrem Kopf berichten? Oder von den Gefühlen über Rachel? Was wenn sie ihm weiter etwas verheimlichte?

„Manchmal habe, ich das Gefühl, dass ich jemand kenne, obwohl ich mir sicher bin, ihn noch nie gesehen zu haben. Und, bitte halt mich nicht für verrückt, ab und zu höre ich Stimmen in meinem Kopf, so als ob sie mir etwas sagen wollen. Bitte, ich bin wirklich nicht verrückt."

„Was sagen die Stimmen denn? Und was hast du bei der Statue gesehen?" Alistairs Stimme war kühl und sein Blick verriet keine Emotion.

„Ich verstehe sie nicht wirklich. Irgendwas von zu jemand kommen, aber es könnte auch etwas anderes heißen. Ich bin mir nicht sicher." Sie wusste auch nicht, warum sie gerade den wahren Inhalt verheimlichte, aber es fühlte sich plötzlich falsch an ihm davon zu erzählen. „Und ich sah, wie der Mann starb. Wie er ermordet wurde."

„Kennst du seinen Namen?"

Jetzt war sie irritiert. Er stellte ihre Aussage nicht auch nur eine Sekunde in Frage. „Nein."

„Schade, sonst hätte ich einfacher etwas über seine Geschichte in Erfahrung bringen lassen können. Aber das klingt alles sehr spannend. Und es macht dich nur noch interessanter." Weiterhin konnte Syndra seine Gefühle nicht erkennen, während er einen erneuten Schluck trank.

„Nun gut, über alte tote Krieger, Statuen und ähnliches, können wir uns vielleicht morgen unterhalten. Heute bekommen wir Besuch von vier, nennen wir sie mal, Bekannten oder Geschäftspartner. Rachel wird sich dann auch zu uns gesellen. Ich habe sie hergebeten, um ihnen die Frau an meiner Seite vorzustellen und ein paar wichtige Angelegenheiten zu besprechen. Danach werden wir in den Club fahren. Ich erwarte, dass du dich dem Anlass entsprechend verhältst."

Syndra fiel fast ihr Glas aus der Hand. Die Frau an seiner Seite? Er lächelte amüsiert, stand auf und gab ihr einen Kuss auf die Stirn „Ja, du bist wieder zuhause."

Sie blieb auf demselben Platz sitzen, während Alistair sich zurückzog, um sich umzuziehen. Langsam trank sie das Glas aus und nahm die ihr dargereichte Tablette. Nach kurzer Zeit hörte sie, wie der Besuch eintraf, doch noch kam niemand, um sie zu holen, also blieb sie so lange sitzen, bis Eduard sie aufforderte ihm zu folgen.

Draußen kam gerade Alistair die Treppe herunter und Syndra verschlug es den Atem. Dann nahm er ganz selbstverständlich ihre Hand und sie schritten gemeinsam in das große Wohnzimmer. Die Anwesenden drehten sich augenblicklich zur Tür um und sahen, erst die beiden an, bis sich ihre Aufmerksamkeit dann aber schnell direkt auf Syndra richtete.

Fast hätte sie gemeint, so etwas wie Erstaunen in einigen Gesichtern erkennen können, bis das Interesse der Personen sich schließlich wieder dem Gastgeber zuwendete und die Männer sich leicht verbeugten, während die Frauen angedeutet knicksten.

Syndra kannte diese Höflichkeitsformen von Filmen über Königshäuser. Aber sie hatte es bisher noch nie im realen Leben gesehen. Diese deutliche Aufmerksamkeit an ihrer Person macht sie unsicher, doch seine Hand gab ihr den Halt, den sie benötigte, um nicht zu straucheln.

Was war das hier? Sagte er nicht, es wären Bekannte und Geschäftspartner?

„Ich freue mich, dass ihr es einrichten konntet, heute hier zu erscheinen."

Alistair sah jeden Einzelnen direkt an und fuhr dann fort:

„Aufgrund der Ereignisse in den letzten Nächten habe ich mich entschieden, euch, vor allen anderen, den Grund der jüngsten Begebenheiten persönlich vorstellen."

Er sah kurz zu Syndra und sprach dann weiter. „Syndra von Tannenburg."

Alle musterten sie aufmerksam. In den Augen von zwei der Männer stand so etwas wie Erkennen, während sie bei dem Dritten eher Neugier bemerkte. Die Frau schien irritiert und Rachels Blick konnte sie nicht deuten.

Syndra wagte es aber eh kaum, die Anwesenden direkt anzusehen. Sie fühlte sich immer mehr wie ein Lamm, dass von einem Rudel Wölfe umzingelt war. Sie spürte die Gefahr, die von diesen Menschen ausging, geradezu körperlich. Aber Alistairs Hand gab ihr weiterhin Sicherheit. Solange sie bei ihm war, konnte ihr nichts geschehen.

„Ich hatte das große Vergnügen sie vor einigen Tagen als Gast in meinem Club begrüßen zu dürfen und durch die, von mir schon angesprochenen Begebenheiten, sind wir uns so nah gekommen, dass ich keine Zweifel mehr daran hege, dass sie genau die ist, auf die ich so lange gewartet habe."

Syndra spürte förmlich die Spannung in der Luft um sie herum. Es war totenstill. Alistair lächelte großzügig und gab ihr einen angedeuteten Kuss auf die Hand.

Die Anwesenden sahen sie weiterhin an, dann wechselten sie zu ihrem Gastgeber und nickten.

„Glückwunsch mein Herr, aber wie habt Ihr das geschafft?"

Der Fragende war ein junger Mann Mitte zwanzig mit wachen blauen Augen, einem schmalen Gesicht mit einer leicht nach oben gebogenen kleinen Nase und dünnen Lippen. Man konnte ihm, wie allen anderen hier außer dem alten Mann, das Vorhandensein von viel Geld, dem Wissen der eigenen Macht und großem Einfluss förmlich ansehen. Seine ganze Haltung verriet eine Arroganz und ein Selbstverständnis, dass mit seinem Alter eigentlich unvereinbar sein müsste.

„Nun, ich denke dafür ist später noch Zeit. Fürs erste möchte ich gerne mit Ihnen auf diese lang erwartete Rückkehr anstoßen."

Eduard und sechs weitere Bediensteten des Hauses brachten auf dieses Stichwort hin für jeden Gast separat ein Tablett mit einem Glas herein.

„Alles auf Erden und in der Hölle lässt sich finden, wenn man nur zu suchen sich nicht verdrießen lässt."

Jeder, bis auf einen um einiges älteren Mannes mit schütterem Haaren, bleichem Teint und eingefallenen Augen stellte sich Syndra vor, doch sie konnte die Namen einfach nicht behalten. Das Einzige, was ihr im Gedächtnis blieb, war das alle, bis auf einen grobschlächtigen Mann, der sie an einen Bodybuilder erinnerte, adeliger Abstammung sein mussten. Sie sprachen zum Teil englisch, zum Teil aber auch mit italienischem oder französischem Akzent.

Was Ihnen allen gemeinsam war, dass sie sie von Kopf bis Fuß musterten und betrachteten wie ein exotisches Tier, dass eigentlich ausgestorben sein sollte.

Allerdings wahrten sie dabei eine deutliche Form von Höflichkeit, wobei das wahrscheinlich eher dem Mann neben ihr geschuldet war als ihr selbst. Rachel hielt sich leicht auf Abstand und kam als letzte an die Reihe. „Schön dich so gesund wieder zu sehen. Ich hoffe es geht dir gut?"

Syndra lächelte sie an. „Ja, danke. Meine Arme schmerzen kaum noch und meinem Kopf geht es auch gut."

Wieder verspürte sie diese eigenartigen Gefühle von Zugehörigkeit jetzt allerdings gemischt mit Abneigung dieser Frau gegenüber, was irgendwie keinerlei Sinn machte.

Die dichten Bäume und Hecken gaben der zerschundenen Frau Sicherheit, nicht entdeckt zu werden. Es war fast Vollmond und sie konnte durch die offenen Fensterläden sehen, was die Menschen im Inneren des Hauses taten. Sie sah ihre Tochter mit schmerzverzerrtem Gesicht durch das Zimmer im Erdgeschoss humpeln.

Ihr liefen die Tränen über das Gesicht, als sie daran dachte, wie diese Monster ihrem kleinen Mädchen am gestrigen Tag jeden einzelnen Fußzeh gebrochen hatten und sie ihr nicht helfen konnte. Sie war doch nur eine Frau und da waren dieser große kräftige Mann, seine Frau, ihre zwei Töchter, von denen eine viel älter war als ihr kleines Mädchen und die Knechte. Was wollten sie von ihrer Tochter? Warum hatten diese Männer sie ihr vor zwei Jahren weggenommen und hierhergebracht? Eigentlich war es ihr egal warum, sie wollte sie zurückhaben.

Heute Nacht würde sie es endlich versuchen.

Sie wartete auf den Moment, als die Lichter gelöscht wurden und Ruhe im Haus einkehrte. Vorsichtig und leise lief sie auf das Haus zu. Ihr Herz schlug ihr bis zum Hals und die Angst hatte sie fest im Griff. Bevor die Frau das Haus erreichte, packte sie jemand von hinten und hielt ihr den Mund zu. Sie hatte ihm körperlich nichts entgegenzusetzen, es fühlte sich fast so an, als wäre sie eine Puppe. Er riss sie herum und zog sie ein Stück zurück, bevor er ihr ins Ohr flüsterte: „Was willst du hier Frau? Solltest du schreien, reiße ich dich in Stücke, bevor du das erste Wort aus deinem Hals gepresst hast.“

Als er ihren Mund losließ schluckte sie kurz. „Sie haben meine Tochter. Bitte ich will sie zurück.“

Er lachte höhnisch auf. „Soso, du bist also die Mutter der Kleinen. Die Hure, die sich von einem Priester schwängern ließ und einen Pakt einging.“

Sie versuchte, sich zu befreien. Was allerdings bei einem lächerlichen Versuch blieb.

„Er hat mich gegen meinen Willen genommen. Bitte, ich mache alles, was Ihr wollt, alles. Nur helft mir meine Tochter wieder zu bekommen.“

Sein Lachen wurde böser. „Oh… wahre Mutterliebe. Ich bin mir sicher, das wird meinem Herrn viel Vergnügen bereiten.“

Sie versuchte noch den Sinn seiner Worte zu verstehen, als es dunkel um sie wurde und ihre Sinne schwanden.

„Es ist wirklich schön zu hören, dass es dir wieder so gut geht.“ Rachel senkte Alistair gegenüber unterwürfig ihren Kopf. Daraufhin ließ er Syndra´ s Hand los, um zu den anderen zu gehen. Sie sah ihm wehmütig hinterher, wusste aber instinktiv, dass sie nicht folgen sollte. Also widmete sie ihre Aufmerksamkeit der Frau ihr gegenüber.

„Ich hatte gehofft, dich die letzten Tage zu sehen. Leider war unser Gespräch im Club ja so schnell vorbei. Aber man sagte mir, du hättest zu viel zu tun.“

Rachel nickte bestätigend.

„Ja, leider musste ich mich um ein paar … geschäftliche Angelegenheiten kümmern. Aber wie ich sehe, hatte ich vollkommen Recht. Mein verehrter Cousin hat sich für dich entschieden. Also ist es wirklich wahr. Ich freue mich sehr für euch beide.“ Ihre Worte klangen wie einstudiert.

Syndra wusste nicht, ob sie es wagen sollte, Rachel zu fragen. Doch wenn nicht jetzt, wann dann?

„Darf ich dich über eine Sache aus der Nacht fragen, als wir uns kennengelernt haben?“ Rachel sah kurz zu Alistair, der sich scheinbar nicht um die beiden kümmerte.

Rachel antwortete überraschend schnell. „Du darfst mich alles fragen. Du gehörst ja nun schon fast zur Familie. Aber wollen wir vielleicht ein wenig in den Garten gehen, es ist eine so sternenklare und warme Nacht.“

„Ich weiß nicht. Ist es nicht unhöflich, einfach so weg zu gehen? Aber ich frage Alistair, ob er es erlaubt.“

„Nein, du hast Recht, es wäre unhöflich. Was möchtest du wissen?“

„In dieser Nacht, in der der Mann mich angegriffen hat, da sagtest du auf der Tanzfläche etwas zu mir. Ich bin mir nicht sicher, ob ich es richtig verstanden habe oder was du damit meintest. Würdest du es mir vielleicht erklären?“

Rachel sah wieder zu Alistair, der den beiden Frauen zunickte.

„Ich kann mich leider nicht mehr genau erinnern, was ich dir da gesagt haben sollte. Vielleicht habe ich dir eine meiner verrückten Theorien über die Nacht davor erzählt. Mein verehrter Cousin wird dir bestätigen, dass ich manchmal über ein wenig zu viel Fantasie verfüge. Und ich ab und an Dinge vergesse… ich nehme Medikamente solltest du wissen.“ Sie lächelte entschuldigend.

„Aber … .“

„Es tut mir leid, aber ich kann dir nicht mehr dazu sagen! Allerdings bin ich wirklich dankbar, dass dir nichts weiter passiert ist. Vor allem in der Situation bei der Kirche. Aber die Männer meines verehrten Cousins sind absolute Profis und man kann sich wirklich sicher sein, dass sie ihre Aufträge sehr ernst nehmen. Sie machen niemals Fehler.“

Sie umarmte Syndra kurz. „Komm, lass uns zu den anderen gehen. Es wäre ebenfalls unhöflich sie deiner Anwesenheit noch länger zu berauben."

Als sie sich nährten, hörte Syndra Wortfetzen wie:

„Sie ist ihr wirklich wie aus dem Gesicht geschnitten. Nur älter."
„Nach so langer Zeit, wie ist ihnen …"

„Weiß sie …?" „Nein, noch …" „Was ist mit dem…" „Darüber… später."

Alistair nahm sie in den Arm.

„Schön, dass ihr euch zu uns gesellt."

Das Gespräch verstummte einen kurzen Moment, bis eine wunderschöne Frau Anfang zwanzig mit Namen Mirabell du Lac Noir unterkühlt meinte: „Die Überraschung unseres verehrten Herrn ist wirklich gelungen. Damit hätte ich niemals gerechnet."

Die Eifersucht in ihren Augen durchbohrte sie förmlich.

Die nächsten zehn Minuten beantwortete Syndra höflich und immer mit Rückversicherung bei Alistair die interessierten Fragen der Anwesenden über ihre Herkunft und ihren Werdegang. Sie war sehr dankbar, dass das Interesse an Dingen wie Familie oder dem Tod ihrer Eltern sehr oberflächlich blieb. Es drehte sich hauptsächlich um ihre Interessen und ihre Meinungen zu gewissen gesellschaftlichen Umständen in der Gegenwart und Vergangenheit.

Auch wenn Syndra sich oft nicht sicher war, was diese Fragen bedeuten sollten, so versuchte sie doch, sie so wahrheitsgetreu und angebracht wie möglich zu beantworten. Des Öfteren konnte sie bei ihrem Gegenüber eine gewisse Form der Irritation spüren, die aber nie offen zur Schau getragen wurde. Es wirkte wie eine Scharade. Wie ein Spiel von Raubkatzen mit einer Maus. So als ob sie versuchten, etwas herauszufinden, sie dazu zu bringen etwas zu tun, was Syndra aber nicht greifen konnte.

„Meine Liebste, ich habe mit meinen Gästen noch kurz etwas zu besprechen. Sobald wir fertig sind, werden wir in den Club fahren. Geh doch mit Rachel noch einen Moment in das Kaminzimmer."

Rachel sah kurz irritiert hoch, folgte aber sofort seiner Anordnung. Eduard ließ die Tür offen, während die beiden Frauen sich in dem gemütlich eingerichteten Zimmer auf die zwei gegenüberstehenden Sofas setzten.

„Es tut mir leid, dass du dich schon wieder um mich kümmern musst."

„Das muss dir nicht leidtun. Ich denke, mein verehrter Cousin hat Dinge zu besprechen, die nicht für meine oder deine Ohren gedacht sind. Und außerdem freue ich mich, noch ein wenig mit dir alleine sein zu dürfen." Sie sah sich kurz im Raum um.

Syndra folgte ihrem Blick, doch sie sah nichts, was ihr Interesse hätte wecken können.

„Wir werden zwar nicht mehr viel Zeit haben, aber erzähl mir doch ein wenig mehr über deine ersten Eltern. Wir hatten im Club ja so wenig Möglichkeiten uns darüber zu unterhalten."

„Über meine leiblichen oder meine Stiefeltern?"

„Über deine ersten Eltern."

Syndra überlegte kurz, ob es wirklich angebracht war, doch dann erzählte sie dieser eigentlich vollkommen fremden Frau von ihren Eltern. Sie riss kurz ihre strenge Erziehung an und dann, obwohl sie es eigentlich nicht wollte, sprach sie von dem Mord, den ihre Mutter an ihrem Vater begangen hatte, nur um sich dann selbst umzubringen. Auf Rachels direkte Nachfragen über die Tage davor erzählte sie ihr sogar von den seltsamen Telefonanrufen ihrer Mutter, bei denen sie leise und weinerlich gesprochen hatte. Syndra hatte diese Begebenheit, bis zu dem Augenblick, in dem die Worte aus ihrem Mund sprudelten, selbst vollkommen vergessen.

Sie erinnerte sich plötzlich daran wie, nur einen Tag vor der Tat, ihr Vater zufällig einen dieser Anrufe mitbekommen hatte. Wie er ihre Mutter daraufhin quer durchs Zimmer warf und sie selbst sofort weggebracht wurde. Bis eben hatte sie das alles vergessen, doch auf einmal fiel es ihr wieder ein. Auch, dass sie einige Tage bei fremden Menschen war und von ihnen gesagt bekommen hatte, dass ihre Eltern tot waren. Dass diese Personen sie daraufhin in ein Krankenhaus, oder so etwas Ähnliches gebracht hatten. Dass sie dort viel geschlafen hatte und dann ihre neuen Eltern kamen, um sie abzuholen.

Entsetzt blickte sie zu Rachel hinüber. Wie konnte sie das alles vergessen haben? Bisher dachte Syndra immer, sie wäre direkt nach der Tat ihrer Mutter zu ihren Stiefeltern gekommen.

„Entschuldige. Ich wollte dich nicht mit solchen Sachen belästigen. Es tut mir wirklich unendlich leid. Bitte, nimm es mir nicht übel, dass ich dich mit so etwas belästige."

Rachel sah sie nur traurig an.

„Ich sagte dir doch, deine Erinnerungen werden wieder kommen. Erinnerst du dich noch daran, mit wem *deine Mutter* telefoniert hat? Hast du irgendetwas von den Gesprächen mitbekommen?"

Syndra versuchte angestrengt, sich zu erinnern.

„Sie sprach von einem Vater oder so. Ich hörte noch, wie sie etwas sagte wie, *„Ich werde dorthin kommen."*, und, *„Sie redet von den schlimmsten Mordfantasien, die ich je gehört habe. Dass sie Blut getrunken hat, und ständig davon, dass sie zu jemandem muss. Ich glaube sie ist besessen.*" Aber es sind nur lose Erinnerungen und sie ergeben überhaupt keinen Sinn. Das ist dreizehn Jahre her."

Was waren denn das für Erinnerungen? Syndra schüttelte vehement den Kopf. Sie war das erste Mal in ihrem Leben glücklich und wollte keine solchen Gedanken haben. Vor allem, da sie sich garantiert täuschte. Das konnten keine echten Erinnerungen von wahren Begebenheiten sein. Sie musste sich beherrschen. Syndra trank schnell ihr Glas aus und schob es beiseite.

„Es ist eine so wunderschöne Nacht und ich erzähle dir solche schaurigen Kindheitsgeschichten. Ich denke du hast bestimmt besseres zu tun. Ab sofort reden wir nur noch über schöne Sachen."

Rachel lächelte bitter. „Ich höre dir gerne zu. Aber wollen wir nicht doch ein wenig im Garten spazieren gehen? Ich würde gerne noch einmal die Sterne sehen."

„Du kannst doch noch ganz oft die Sterne sehen."

Die Frau ihr Gegenüber nippte an ihrem Glas, lächelte sie liebevoll und unendlich traurig an. „Ich denke nicht."

Wie auf ein Stichwort erschien Eduard in der Tür.

„Die Herrschaften sind bereit zur Abfahrt."

19.

„Komm rein."
Raoul betrat den großen Raum mit den grauen Wänden und der tiefen Decke. Die, von der indirekten Beleuchtung angestrahlten, Waffen und Rüstungen aus so vielen Epochen und Kulturen beeindruckten ihn jedes Mal aufs Neue. Sie wirkten wie voll einsatzbereite Krieger, denen nur Körper und Seele fehlte, um sofort wieder ihr tödliches Werk zu beginnen.

Er lief durch die stummen Reihen hindurch zu dem gläsernen Tisch vor dem Tristan stand. Sofort fielen ihm die neben der stählernen Maske, die normalerweise immer das Gesicht seines Freundes verhüllte, liegenden Bilder der Frau auf. Fotos von ihr in der Stadt, im Park und auch aus einem Pub.

„Was möchtest du?" Tristan sah nur kurz nach oben.

„Ich möchte mit dir reden."

„Dann rede."

„Wir kennen uns schon so lange, dass es kaum mehr lohnt es zu beziffern. Wir haben so viele Schlachten geschlagen. Brüder verloren und selbst schon mehr als einmal an der Schwelle der ewigen Verdammnis gestanden und doch stehen wir immer noch hier …"

„Lass die Höflichkeiten. Dafür ist weder die Zeit noch der Ort passend."

„Gut, dann ganz direkt. Was ist in den letzten Tagen geschehen? Wie konnte alles, was wir geplant hatten, so grandios scheitern?"

Tristan lächelte bitter. „Er hat es geahnt oder vielleicht auch schon längst gewusst."

„Er konnte es nicht wissen! Außer uns wusste niemand von dem ganzen Plan."

„Vielleicht lag genau da das Problem. Hätten sie ihn gekannt, dann wären sie vielleicht nicht so dumm gewesen. Dann wären sie noch am Leben und… . Das führt zu nichts, es ist vorbei, sie sind tot und wir haben unsere bisher beste Chance verspielt. Aber du willst doch eigentlich etwas ganz anderes wissen."

Raoul fiel, wie schon unzählige Male zuvor auf, dass er vor seinem Freund wenig verheimlichen konnte.

„Warum hast du sie vor der Kirche nicht getötet? Sie war alleine. Versteh meine Frage nicht falsch. Ich akzeptiere deine Entscheidung und ich stehe hinter dir, aber ich verstehe es nicht. Sie war es doch, die deine damaligen Brüder in die Falle gelockt hatte, du hast mir die Geschichte selbst mehr als einmal erzählt. Seit wir von ihrer möglichen Rückkehr gehört hatten, gab es für dich kaum ein anderes Thema mehr."

„Ja, du hast Recht." Tristan überlegte kurz, ob er weiter reden sollte. „Aber gewisse Aspekte der Geschichte habe ich dir verschwiegen. Auch wenn ich bestimmte Teile davon selbst, bis vor kurzem noch nicht wusste."

Raoul sah ihn erstaunt an.

Tristan schob zwei der Bilder beiseite und zeigte auf einen Ausdruck einer sehr schönen Kohlezeichnung im Stile des frühen Mittelalters, die fein säuberlich restauriert worden war. Das Bild zeigte eine junge Frau von vielleicht 17 bis 19 Jahren mit langen hellen Haaren, einem schmalen zierlichen Gesicht, das wie durchscheinend wirkte und barfuß in einem weißen Leinenkleid unter einem Mond.

Auf den ersten Blick erkannte Raoul die Ähnlichkeiten mit der jungen Frau, die er vor dem Club gesehen hatte. Auf dem Gemälde war sie zwar jünger, wirkte zierlicher und ihre Haare waren länger, aber es war definitiv dieselbe Frau.

„Möchtest du mir das erklären, Tristan?"

„Ich kenne ihren Namen nicht. Niemand wusste ihn damals. Die Überlieferung besagt, dass mitten in der Nacht eine junge Frau zum ersten Kloster gekommen war, um mit unserem Gründer zu sprechen. Erst nach diesem Gespräch rief er unsere damaligen menschlichen Brüder zum ersten Gefecht gegen unsere

Art. Dieses Bild wurde von einem der Überlebenden dieser ersten Schlacht gezeichnet und sollte den Bruder wohl an sie und diese verhängnisvolle Nacht erinnern. Allerdings hatte ich das Bild als ich noch Mensch war, nie zu Gesicht bekommen. Ich kannte damals nur Bruchstücke von dieser Legende aber nichts Genaues. Ich habe sie als das abgetan, als was sie mir erschien: eben eine Legende. Ähnlich, wie du es immer empfunden hast."

Der Spanier nickte zustimmend und betrachtete Tristan weiterhin sehr aufmerksam.

„Als ich vor ungefähr hundert Jahren die erste Abtei gefunden und gekauft hatte, wollte ich sie eigentlich nie betreten. Ich wollte einfach nur dafür sorgen, dass sie nie vollkommen verschwindet. Doch dann entschied ich mich anders. Immerhin wurde unser Orden hier gegründet und welcher Ort wäre passender, wenn wir endlich gesiegt hätten? Wie auch immer.

Vor einigen Jahren fand ich dieses Bild zusammen mit ein paar alten Schriften in den eingestürzten Katakomben. Als ich damals ihr gezeichnetes Antlitz erblickte, hätte ich es um ein Haar vernichtet. Aber ich entschied mich anders und hielt es unter Verschluss.

Von den Schriften war leider nur noch wenig brauchbar und ich konnte kaum neue Erkenntnisse aus ihnen ziehen. Außer vielleicht, dass das Bild schon über 300 Jahre vor meiner Geburt gezeichnet worden ist. Es grenzt schon an ein Wunder, dass es die Zeiten in so gutem Zustand überstanden hatte.

Allerdings fragte ich mich seither immer wieder: warum hat sie scheinbar dabei geholfen unseren Orden überhaupt zu dem zu machen, was er ist. Nur um dann mich und meine Brüder lange Zeit später in eine Falle zu locken. Oder ob ich in meinem Hass auf sie nicht etwas Entscheidendes übersehen hatte. Ich habe die letzten Jahrhunderte so viel gesehen und erlebt, was ich damals nicht mal erahnen konnte. Ich suchte schon so lange nach Antworten und vor ein paar Wochen bekam ich die letzten die mir noch fehlten."

„Warum hast du mir nie von dem Bild und deinen Zweifeln erzählt?“

„Es gab keinen Grund. Sie wurde nur kurz nach dem Verrat an meinen Brüdern vernichtet. Sie ist in meinen Armen zu Asche geworden.“

„In deinen Armen?“ Raoul trat einen Schritt zurück. „Du warst dabei als sie starb?“

„Ja, ich habe sie damals getötet.“

Tristan dachte darüber nach, ob er weiter reden sollte. Aber der Spanier war sein ältester und treuester Freund. Er wusste, dass er sein Geheimnis bewahren würde, und irgendwann musste es einmal jemand erfahren. Wenn er es jetzt nicht tat, würde er vielleicht nie wieder die Gelegenheit dazu bekommen, vor allem nach dem, was er in den letzten Tagen erfahren hatte. Sollte ihm etwas geschehen, dann musste Raoul seinen Weg weiter gehen.

„Sie hatte mich, nachdem sie meine Brüder und mich getötet hatte, in eine Höhle bei den Klippen gebracht, wohl um mich vor ihrem Herrn - und wir beide wissen, wer ihr Herr ist - zu verstecken.

Aber egal was sie tat oder sagte, ich wollte ihr nicht zuhören. Ich war so voll von blindem Hass und Wut über das, was wegen ihr aus mir geworden war, dass ich sie anschrie und angriff. Sie hätte mich jederzeit davon abhalten, ja mich jederzeit noch einmal töten können, doch sie ließ mich gewähren. Sie bat mich nur zu fliehen und dafür zu sorgen dass er niemals von mir erführe. Und etwas das ich niemals vergessen habe, niemals vergessen kann: sie flehte mich an, ihr die Absolution zu erteilen. Dieser grausame Vampir, diese Verräterin bettelte nicht um ihr Leben, sondern um die Vergebung ihrer Sünden.

Ich werde sie stets vor mir sehen wie sie mich, obwohl ich ihr diesen, ihren einzigen Wunsch abschlug, noch anlächelte und ihre letzten Worte, während sie starb: ‚Bitte flieh!‘ waren.“

Der große Mann stützte sich kurz auf dem Tisch ab, nur um dann gleich wieder militärisch gerade zu stehen.

Ihre wahren letzten Worte waren zwar in Wirklichkeit: „Ich habe dich vom ersten Augenblick an geliebt. Lass ihn dich nicht finden. Sei nicht weiter dumm. Bitte flieh!“ Und das ‚Bitte flieh‘ war mehr als ein Wunsch. Es als Befehl ausgesprochen und auch von ihm so ausgeführt.

Doch diesen Teil behielt er lieber für sich.

„Kurz nachdem sie gestorben war, sah ich schon die Häscher kommen. Widerwillig befolgte ich also ihren letzten Wunsch und rannte davon, um mich, wie eine feige Ratte, auf einem Handelsschiff zu verstecken, das in der selben Nacht noch ablegte. Den Rest meiner Gesichte kennst du. Immerhin warst du es, der mir als Erster am Ende dieser Seereise über den Weg gelaufen ist. Und mir die Welt der Nacht in allen ihren Facetten offenbart hat.“

Raoul ließ die Worte seines Bruders, nein, seines Freundes auf sich wirken. Jetzt wurde ihm einiges klarer und er wollte gerade ansetzen, als Tristan seine Hand hob.

„Ich bin noch nicht fertig. Die Antworten, die ich vor sehr kurzer Zeit erhalten habe, und die meine Meinung endgültig verändert haben, sind für dich wichtiger als alles andere. Sie hat meine Brüder und mich damals nicht verraten, sie hatte nicht einmal davon gewusst, was geschah. Sie kam erst, als es zu spät war und das auch nur, weil er sie dazu zwang, es sich anzusehen. Weil er ihr damit zeigen wollte, dass sie niemals etwas tun konnte, ohne dass er davon wusste. Und dass ihre Zuneigung für mich, der Grund für den Tod all jener war. Er hat ihre Gefühle zu mir bestraft und zwar mit meinem Tod und dem meiner damaligen Brüder. Und das war wohl nicht das erste Mal. Er ist von ihr besessen. Sie ist seine wichtigste Trophäe, aber auch sein schlimmster Misserfolg. Er wird erst zufrieden sein, wenn sie genau das ist, was er haben will. Und nun, wie auch immer er es gemacht hat, hat er sie sich zurückgeholt.

Sie ist ihm damals nur durch ihren Tod entkommen. Und bis heute konnte er diese Niederlage nicht akzeptieren.“

Raoul nickte. Das würde wirklich eine ganze Menge verändern.

„Woher hast du diese Informationen?"

„Von derjenigen, die mir damals in dieser alles verändernden Nacht wirklich gegenüberstand, von Rachel."

Jetzt war der Spanier ehrlich überrascht.

„Glaubst du wirklich Informationen einer seiner ältesten Sklavinnen? Und wie konnte sie dir all das überhaupt übermitteln? Habt ihr euch getroffen? Weiß sie, wo du bist?"

Tristan schüttelte den Kopf. „Außer dir weiß niemand wo meine Zuflucht liegt. Sie hat einen der Körper getroffen, den ich manchmal nutze. Einer ihrer Lakaien kam zur Kirche und bat um ein Treffen. Alleine das zeigte mir schon, dass sie und dann natürlich auch er mehr wissen als sie sollten. Aber ich bin mir sicher, dass ihre Informationen wahr sind. Sie wusste alles von dieser Nacht."

„Aber warum sollte sie so etwas tun? Das ist ihr Todesurteil."

„Das habe ich sie auch gefragt und die Antwort hat selbst mich überrascht: Sie war einmal ihre leibliche Mutter."

Jetzt war es Raoul, der sich auf dem Tisch abstützte. Das klang alles total verrückt, würde aber auch vieles erklären. Konnte das wirklich stimmen oder spielte ihr alter Feind wieder ein neues Spiel mit ihnen?

„Hast du noch Gefühle für diese Frau?"

Tristan sah auf die Bilder. Er hatte so viele Jahrhunderte versucht, die Wut und den Hass auf sie aufrechtzuerhalten, nur um seine anderen Gefühle nicht ertragen zu müssen. Er durfte sich jetzt nicht die Blöße geben, ihnen nachzugeben. Aber er konnte sie auch nicht verleugnen. Sie hatte seinen Hass nicht verdient und er wäre dankbar gewesen, es schon vor der Nacht im Club gewusst zu haben. Dann hätte er vielleicht eine andere Möglichkeit gewählt, als ihr Angst einzujagen, um sie dort hinauszubekommen.

„Dein Schweigen reicht mir als Antwort."

Raoul sah sich nochmal in dem Raum um, bevor er weitersprach. „Er hat Bruder Christian in seiner Gewalt. Außerdem hat er seinen Erzeuger und seine menschliche Tochter gefangen nehmen lassen. Unsere Brüder aus der Kirche sind tot. Wir müssen etwas tun. Wenn nicht, dann verlieren wir unser Gesicht und unser Orden wird auseinanderbrechen. Keiner unserer Brüder würde es dir oder sich selbst verzeihen können, tatenlos zugesehen zu haben, wenn er Christian und seine Familie einfach so tötet. Sie würden lieber, bei dem Versuch es zu verhindern sterben."

„Du weißt selbst, dass wir ihn so nicht besiegen können. Keiner von uns ist ihm gewachsen und nicht einmal wir alle zusammen sind ihm gewachsen. Gemeinsam mit Marius ist er vollkommen unbesiegbar. Und selbst wenn, in dem Club sind hunderte Menschen. Was tun wir, wenn bei dem Angriff etwas schief geht?"

„Ich gebe dir Recht. Aber wenn wir nichts unternehmen, dann verlieren unsere Brüder den Glauben an unsere Sache."

„Ich weiß, aber es hätte einfach nie dazu kommen dürfen. Ich hatte sie gewarnt. Nun hat er alle Trümpfe in der Hand." Tristan nahm kopfschüttelnd und doch entschlossen seine Maske vom Tisch und setzte sie auf: „Lass uns zu den anderen fahren."

20.

Vor dem Club zeigte sich dasselbe Bild wie die Male davor. Dutzende junge Menschen harrten vor dem großen Tor aus, um vielleicht doch die Chance zu ergattern, hineingelassen zu werden. Diesmal sah niemand von den Türstehern in die drei Autos, als sie, ohne anzuhalten, die Einfahrt durchquerten und direkt vor dem Club hielten.

„Meine Liebste, nach so langer Zeit wirst du nun endlich wieder den Platz einnehmen, der dir gebührt. Und niemand wird das jemals ändern können. Nicht einmal der Tod."

Syndra sah ihm in die Augen und auch wenn seine Worte sie irritierten und sie nicht wirklich verstand, was Alistair ihr damit sagen wollte. Etwas in ihr verstand. Sie würde ihn immer lieben, ihm immer gehören. Immer.

Alistair reichte ihr seinen Arm und sie stieg mit wackligen Beinen aus. Die anderen fünf hatten die Autos schon verlassen und warteten am Eingang. Während sie den Club durchquerten, registrierte Syndra zwar die neidvollen und bewundernden Blicke der Gäste, aber es war ihr egal. Alles, was jemals zählte, befand sich an ihrer Seite.

Auf der Empore standen noch weit mehr als ein Dutzend weiterer Personen. Sie alle knieten sich hin, als die Gruppe oben ankam. Syndra war irritiert und fasziniert zugleich. Langsam und bedächtig schritten sie an den Knienden vorbei, bis sie auf der anderen Seite der Empore angekommen waren und Alistair sie an den grobschlächtigen Mann direkt hinter sich weiterreichte und in der Nische auf dem großen Sessel, nein immer noch dem Thron, Platz nahm. Der Mann, namens Marius stellte sich, mit Syndra an seiner Seite, schräg hinter ihn.

Dann erhob sich einer nach dem anderen, trat vor und nannte in verschiedensten Sprachen oder Dialekten seinen Namen und bedankte sich dafür, hier sein zu dürfen.

Syndra war über dieses Benehmen verwundert. Es wirkte wie ein groteskes Schauspiel. Alles folgte ganz bestimmten Abläufen und Syndra spürte, dass diese schon Dutzende, wenn nicht sogar hunderte Male genau so durchgeführt worden waren. Doch diese Menschen schienen weder adelig noch eine solche Umgebung gewöhnt zu sein. Sie wirkten hier, genau wie sie selbst, falsch am Platz. Nur dass sie, im Gegensatz zu all diesen, überhaupt nicht hier hingehörte. Sie hatte absolut keine Ahnung, was hier los war. Und doch kam ihr alles irgendwie seltsam vertraut vor. Wie man vielleicht nicht wusste, dass man atmen konnte und es doch automatisch tat. Nach dieser Vorstellung sah Alistair sich die Anwesenden kurz an.

„Ich weiß, dass ihr euch fragt, warum ich euch die Ehre erweise, euch hier aufhalten zu dürfen. Nun, es gibt Zeiten, in denen reden ein Ende hat und Handlungen die Vorherrschaft übernehmen müssen. Solch eine Zeit ist eingetreten.“

Die Gesichter der Anwesenden spiegelten neben Unterwürfigkeit ihm gegenüber, hauptsächlich Genugtuung, gierige Entschlossenheit und pure animalische Freude. Bei manchen sah man vielleicht auch ein wenig Irritation, Nachdenklichkeit oder einfach Kälte.

„Der Orden hat eine Linie überschritten und meine Duldung ihm gegenüber verspielt. Hiermit ist euch und allen der unseren geboten, jedes Mitglied des Ordens zu vernichten, dessen man habhaft werden kann.“

Auch wenn es bis dahin keine verbalen Äußerungen gegeben hatte, ging jetzt ein freudiges Raunen durch die Anwesenden.

„Ihr seid, aufgrund eurer Loyalität und Fähigkeiten, die Ersten, denen ich dieses Privileg zuteilwerden lasse und für die ich später noch eine besondere Attraktion habe.“

Er lächelte kalt und sein Blick wanderte über das versammelte ‚Gefolge‘.

„Doch bevor wir uns nach unten begeben…“ Er streckte seine Hand in Syndras Richtung aus. Als ob sie wusste, was er von ihr erwartete, ging sie zwei Schritte nach vorne, legte ihre Hand in die seine und stellte sich einen halben Schritt hinter ihn.

„Jeder von euch wird heute Nacht sein Leben opfern, wenn das ihre bedroht ist!“

Er küsste ihre Hand, während sie spürte, dass seine Worte so eindringlich waren, dass sie sogar selbst ihr Leben für sich opfern würde, auch wenn das absolut keinen Sinn machte.

Ein weiteres dumpfes Raunen ging durch die Anwesenden. Syndra spürte förmlich die gefährliche Anspannung und die kaum verhüllte Mordlust um sich herum. Die Gesellschaft folgte Alistair und seinen privaten Gästen in einigem Abstand durch den Ausgang am hinteren Ende der Empore. Am Ende einer schmalen und vollkommen schmucklosen Steintreppe, die weit nach unten führte, standen zwei Wachen an einer Metalltür. Sofort als sie Alistair erblickten, öffneten sie den Durchgang.

Dahinter offenbarte sich ein sehr großer Raum voller tanzender Menschen. Obwohl es warm war und sich in dem, wie aus Silber gegossenen Boden warmes Licht spiegelte, wirkte der Raum bedrohlich kalt. Als ob er schon viel Leid gesehen hätte. Die anwesenden Frauen und Männer schienen die eintreffende Gruppe nicht zu registrieren. Sie bewegten sich wie in Trance zu der Musik aus dem Club über ihnen. Syndra sah erst zu ihnen hinab und dann nach oben.

Gerade konnte sie einen der Haifische dabei beobachten, wie er einen blutigen Fischkadaver in Stücke riss und dabei von einem der anderen Haie attackiert wurde. Das klare Wasser wurde durchzogen von blutigen Fäden, während die Raubfische über ihr um ihre Mahlzeit kämpften.

Die Szene wirkte wie ein böses Omen, als Alistair stehen blieb und nach links sah. Sie folgte seinem Blick und blieb ebenfalls irritiert stehen. Die Gruppe hinter ihnen hatte sich schon in einer Art Halbkreis um die drei dort befindlichen Personen aufgestellt.

Zwei davon, ein Mann und eine Frau, hingen an Ketten an der Wand, während der Dritte auf einem großen Kreuz auf dem

Boden festgenagelt war. Auch wenn dem Mann auf dem Boden fast das halbe Gesicht fehlte, erkannte Syndra sofort ihren Angreifer aus dem Park wieder.

Die Person rechts von ihm hatte sie noch nie gesehen. Er schien ungefähr im selben Alter zu sein und war übel zugerichtet. Die Frau links sah um einiges älter aus, so um etwa Anfang fünfzig und schien bisher unverletzt, wenn man von ihren verquollen und feuerroten Augen absah. Sie versuchte, die Gruppe anzusehen, schien aber kaum den Kopf heben zu können.

Der Mann auf dem Boden krächzte Alistair entgegen: „Lasst sie gehen. Sie haben nichts damit zu tun."

Daraufhin herrschte der Mann in Ketten ihn nur an: „Spar dir deine Worte. Jedes Flehen oder Bitten gibt ihm nur noch mehr von dem, was er will."

Alistair stoppte kurz vor dem in Ketten gelegten Mann und hob tadelnd seine Augenbraue. „Ist das nicht die Aufgabe eines guten Kindes, seinen Vater zu beschützen? Oder ist es doch eher die Aufgabe eines Vaters, sein Kind zu schützen? Nun, wie dem auch sei, er hat bei beidem versagt."

Syndra starrte den festgenagelten Mann entsetzt an. So wie er zugerichtet war, hätte er tot sein müssen. Kein Mensch konnte so etwas überleben, ihm fehlte die Hälfte seines Gesichts und große Eisennägel waren durch Körperstellen geschlagen worden. Unwillkürlich wich sie schockiert zurück, doch sie kam nicht weit. Alistair hielt sie fest.

„Meine Liebe, ist das der Mann, der dich angegriffen hat?" Die Frage bedurfte keiner Antwort und doch sah er sie auffordernd an. Sie wollte nur weg, alles in ihr schrie nach Flucht, aber sein Griff war unerbittlich. „Muss ich dich wirklich ein zweites Mal fragen?"

Sie spürte die latente Drohung in seiner Stimme und nickte zustimmend. „Ja, das ist der Mann, der mich angegriffen hat. Aber was ...?"

„Das reicht schon.“ Er unterbrach sie und zog sie wieder dichter zu sich.

„Hier, werte Gäste, seht ihr eins der verblendeten Werkzeuge des Ordens. Ein junges Mitglied unserer Art, das weder von seinem Erschaffer, noch von seinen Anführern die wahren Werte oder Traditionen unserer Gesellschaft erlernt hat.“

„Der Zorn Gottes wird euch richten. Ihr seid alle verblendet. Gott ist mein Zeuge. Ich habe in freiem Willen und ohne Auftrag gehandelt. Keiner meiner Brüder oder meiner Angehörigen war eingeweiht. Ich habe sie nicht verraten.“

Alistair lächelte bei den Worten, ließ ihn ausreden und sprach einfach weiter. „Dieser unhaltbare Umstand, diese Ignoranz des Ordens und ihre Unfähigkeit, ihre Jungen im Sinne unserer seit Jahrtausenden geltenden Gesetzte zu erziehen, entschuldigt natürlich nicht im Geringsten sein Vergehen, sondern zieht vielmehr weitere Konsequenzen nach sich. Daher weite ich das Recht der Vernichtung auch auf die direkten Angehörigen aller dieser Verräter aus.“

Zwei der Männer aus der Gruppe lösten sich und befreiten die Frau von den Ketten. Sie stürzte unsanft auf den Boden, als das Eisen sie nicht mehr aufrecht hielt. Ihre Arme zeigten deutliche Abschürfungen, während sie langsam versuchte, auf den Liegenden zu zukriechen.

Syndra sah allem zu, als ob sie in einem Albtraum gefangen war. Sie war vollkommen unfähig, sich zu rühren oder irgendwie zu agieren. Sie wollte so gerne etwas sagen, ihn bitten, dass sie aufhören sollten, doch sie blieb stumm.

„Va t er ....Was ...?“ Die Stimme der Frau war so brüchig und heiser wie die eines Verdurstenden in der Wüste.

Die beiden Männer stellten sich ihr in den Weg, während der Mann am Boden Alistair anflehte. „Lasst sie gehen, sie ist doch nur ein Mensch. Sie weiß gar nichts.“

Alistair nickte den beiden Männern zu, die sie daraufhin unsanft hochrissen und ihren Kopf direkt vor den am Boden Liegenden hielten.

„Sag es ihr ins Gesicht. Lüg sie an, dass du nicht für das verantwortlich bist, was jetzt geschieht. Dass du nicht versucht hast, meine Liebste zu töten, obwohl du die Konsequenzen deines Handelns kanntest." Seine Stimme klang gefährlich sanft.

Tränen tropften auf das halbe Gesicht des Mannes. „Es tut mir so leid, meine Tochter. Ich wollte nie, dass dir etwas geschieht. Ich … ."

„Wieso Vater…, wieso?" Ihre tränenerstickte Stimme war nicht mehr als ein Flüstern, als der Jüngere der beiden Männer ihr mit seinen Fingernägeln die Kehle aufriss. Ihr Blut ersetzte die Tränen und floss über das Gesicht des Mannes unter ihr, während ihre Stimme erstickte. „Vater im Himmel, bitte… Es tut mir leid…", als das Blut in den Wellen ihres Herzschlages ihren Körper verließ und ihre Augen voller Entsetzen geweitet waren, öffnete er seinen Mund und schluckte es herunter.

Syndra zitterte am ganzen Körper. Ihr Magen rebellierte und sie spürte, wie sein Inhalt einen Weg nach draußen suchte. Sie wollte das nicht sehen, sie wollte nicht Zeugin einer solchen Tat sein. Was waren das für Menschen? Nein, das waren keine Menschen, das waren Monster. Hilfesuchend sah sie zu dem Mann neben sich. Wie konnte er das zulassen? Wieso beendete er es nicht. Ja, er hatte sie angegriffen, aber diese Frau hatte doch gar nichts damit zu tun.

„Wage es nicht wegzusehen."

Sie wollte ihm gehorchen, wollte seinem Wunsch entsprechen. Es dauerte ein, bis zwei Minuten, bis die Augen der Frau erstarben und das Blut langsam versiegte. Doch Syndra erschien es wie eine Ewigkeit. Irgendwann hielt sie es nicht mehr aus, drehte den Kopf weg und schloss die Augen, als sie Alistairs Stimme in ihrem Kopf hörte: „Haben dir diese Menschen, bei denen du aufgewachsen bist, nicht beigebracht, was passiert, wenn du nicht gehorchst?"

Sie war immer noch nicht in der Lage zu sprechen. „Denkst du, ich dulde solch einen Ungehorsam, nur weil du es bist? Gerade du solltest es besser wissen."

Sie starrte ihm entsetzt in die Augen. Was geschah hier?

Die Männer ließen die Frau einfach neben den Mann auf den Boden fallen. Ihre toten Augen starrten ihn an.

„Das Kind hat dem Vater also doch noch, wenigstens für einen Moment, gedient. Lassen wir diesen Moment der innigen Zweisamkeit von Vater und Tochter doch eine Zeit lang als Inspiration auf uns wirken."

Alistair sah abschätzig zu den Menschen unterhalb der Empore.

„Mein Liebste hat entschieden: Sie gehören euch."

In den Gesichtern der Angesprochenen spiegelte sich eine animalische Freude.

Bis auf den jungen Mann mit dem schmalen Gesicht namens Porticus, Mirabell de Lac Noir, deren hasserfüllte Augen Syndra förmlich zu ermorden versuchten, und einem sehr alten Mann der sie schon in dem Anwesen ständig gemustert, aber bisher kein Wort zu ihr gesagt hatte, gingen oder sprangen alle anderen hinunter und mischten sich unter die Tanzenden.

Alistair hielt Syndra weiterhin an der Hand, während er mit ihr an den Rand schritt und das Kommende auf sich wirken ließ. „Betrachte die Folgen deines Ungehorsams"

Dann ließ er sie los.

21.

Drei der Männer liefen langsam auf eine der Tänzerinnen zu und ohne dass sie sich wehren konnte, packten zwei von ihnen sie an den Armen. Während diese noch versuchte, zu verstehen, was gerade geschah, stellte sich der Dritte vor sie, packte ihre Haare mit einer Hand, riss ihren Kopf zurück, zerfetzte mit der anderen Hand ihre Kehle, um sich dann ihr Blut auf sein Gesicht spritzen zu lassen und seine blutige Hand genüsslich abzulecken. Während die Frau auf dem Boden noch kraftlos versuchte, ihren Hals zu zuzuhalten, und offensichtlich immer noch nicht begriffen hatte, was mit ihr geschah, gesellte sich schon der Nächste zu ihr. Die erste Frau starb, während sich eine Dritte gerade auf dem blutgetränkten Boden in Todesqualen hin und her wälzte.

Eine Gruppe von acht oder neun menschlichen Männern und Frauen begannen eine zierliche ältere Frau zu umzingeln. Waren sie vorher eher wie in Trance, so benahmen sie sich plötzlich wie die Verrückten. Alle griffen nach ihr und versuchten, etwas von ihr zu ergattern oder sie einfach nur berühren zu dürfen. Um noch näher bei ihr sein zu können, stießen sie sich selbst zur Seite, schlugen, kratzen und bissen sich sogar. Sie versuchten alles, um der Frau in ihrer Mitte so nah wie möglich zu kommen und räumten dabei jedes Hindernis aus dem Weg. Doch die Hindernisse waren andere Menschen.

Je näher sie ihr kamen, desto mehr verletzten sie sich gegenseitig. Sie schlugen auf die vor und neben sich Stehenden ein. Wer stürzte, wurde erbarmungslos niedergetrampelt. Die ältere Frau lachte nur, während die Fingernägel und Zähne der zwei letzten Männer sich in ihr Fleisch gruben und sie ihnen über die Köpfe streichelte.

Einen Moment ließ sie die beiden gewähren, bis sie dann beide abschüttelte. „Nur einer." Sie sprangen sich augenblicklich gegenseitig an. Der Kräftigere von beiden schlug den Kopf seines Gegners mehrfach so hart auf den Boden, bis diesem der Schädel brach. Wie ein Hund hechelte der Überlebende zu seiner Herrin, um dort seine Belohnung zu bekommen.

Überall in dem Raum schrien Menschen vor Lust oder in Todesqualen, doch immer noch tanzten einige von ihnen, als ob sie nichts von dem Grauen um sie herum mitbekommen würden.

„Gefällt dir, was du angerichtet hast?"

Syndra war von all dem, was sie sah, hörte und roch vollkommen überfordert, und zitterte, als er seine Hand an ihre Wange legte.

„Erkennst du die Konsequenzen deines Ungehorsams. Es ist, wie schon immer, das Leid und der Tod von anderen. Sieh hin."

Sie versuchte alles, um sich von dem schrecklichen Geschehen um sich herum zu distanzieren, aber sie fühlte sich wie eine Puppe. Und auf einmal wusste sie ganz instinktiv: Es würde noch schlimmer werden, wenn sie nicht gehorchte.

Plötzlich sah sie vor ihrem geistigen Auge den leblosen Körper eines jungen Burschen von dem Baum baumeln, an dem sie doch nur einen Tag vorher so unschuldig nebeneinandergesessen hatten. Seine vormals lustigen braunen Augen, in schlimmsten Qualen gebrochen, starrten sie anklagend an. Er hatte niemandem etwas getan. Ihr doch nur ein Stück Apfel angeboten. Wieso hatte sie diesen Apfelschnitzer angenommen? Wieso mit ihm geredet? Sie wusste doch, dass es ihr verboten war, mit irgendwem außerhalb des Hauses zu sprechen. Dieser junge Bursche war der erste Tote, den ihr Ungehorsam verursacht hatte. Niemals würde sie seine Augen vergessen.

Die nächsten Jahre folgten noch viele. Sie hatte nie verstanden warum, sie liebte ihn doch mit jeder Faser ihres Körpers und ihrer Seele. Sie hätte alles für ihn getan. Er hätte sie nicht zwingen müssen. Doch er tat es. Manchmal war sie zu dumm, ihren Fehler vorher zu erkennen, und manchmal konnte sie einen Befehl einfach nicht so ausführen, wie er gegeben wurde. Das Ergebnis war immer dasselbe, bis sie es gelernt hatte. Bis sie ihre Zeit in der Art von innerlicher Einsamkeit, Voraussicht und Selbstkontrolle verbrachte, die keinen Platz für irgendetwas anderes, außer ihrem geliebten Herrn, mehr zuließ.

So viele Jahrhunderte, in der sie sich nicht erlaubte, jemanden mehr als ein abschätziges Lächeln zu schenken, sollte er es nicht von ihr erwartet haben.

22.

„Sie erinnert sich! Ihre Erinnerungen kommen stückweise zurück. Ich sehe den Kampf in ihrer Seele. Sie versucht, sich zu befreien, aber ein Teil weigert sich noch, es zu akzeptieren." Der alte Mann stockte kurz in seiner Rede und musterte Syndra wie ein ausgestorbenes Insekt, während er mit Alistair in einem eigenartigen gälischen Akzent sprach.

„Ihre Leute haben fast zu gute Arbeit geleistet, sie vergessen zu lassen, wer sie ist. Sie war noch zu frisch wieder da. Aber ihr Wille ist stark. Viel stärker als ich es bisher je erlebt habe. Ich bin wirklich fasziniert von diesem Subjekt und hoffe, sie gestatten mir weiterhin, ihre Entwicklung zu beobachten."

„Natürlich werden sie, soweit nötig, über ihre Entwicklung auf dem Laufenden gehalten. Ohne ihre Fähigkeiten wäre sie nicht hier."

„Und ohne eure Zuwendungen und euren Schutz wären meine Studien nie so schnell vorangekommen. Dann hätte ich ihre Seele nie zurückholen und so weit wieder herstellen und gefangen halten können, um sie zurück in einen Körper zu bringen. Viele hätten mich für solch ein Unterfangen versucht zu vernichten. "

„Sehen sie mich als ihren Gönner und einen Bewunderer ihrer Fähigkeiten."

Der alte Mann verzog sein Gesicht zu einer Art Lächeln, aber eigentlich sah es eher wie das boshafte Grinsen eines Totenschädels aus.

„Aber wo haben sie dieses Mal diesen perfekten Körper herbekommen? Er zeigt keinerlei Anzeichen von Zersetzung oder Zerfall wie die letzten. Er scheint sogar ihre Seele ohne Probleme aufgenommen zu haben."

„Nicht jetzt!"

Der ältere Mann verstummte bei den scharfen Worten sofort und ging zwei Schritte zurück.

Der ganze Raum war angefüllt mit dem Geruch von Blut, körperlichen Ausdünstungen, Angst und Leidenschaft. Überall schrien Menschen. Alles um sie herum wirkte wie ein Schlachtfest.

Syndra ließ ihre Augen offen, aber sie versuchte, nicht hinzusehen. Sie suchte nach einer schönen Erinnerung, an der sie sich festkrallen konnte. Doch da war nichts. Nichts in ihrem bisherigen Leben war positiv genug gewesen, um diesen Grausamkeiten etwas entgegensetzen zu können.

Ungefiltert sah sie diesem unfassbaren Abschlachten von Menschen zu. Sie hatte Angst, was er tun würde, sollte sie es nicht tun.

Nein, sie wusste, was er tun würde: Ira.

Sie erinnerte sich an die Nacht, als er erfuhr, dass sie bei dem jungen Priester war. Sie erinnerte sich, wie er sie zu sich zitierte und zwei Kinder seiner Untergebenen, die einzigen Personen in ihrem Alter, mit denen sie reden durfte, eine nach der anderen vor ihren Augen ausbluten ließ. Dabei zwang er sie, ihr Blut vom Boden aufzulecken, während die beiden Kinder sterbend dabei zusahen. Doch damals hieß er noch nicht Alistair.

Damals nannte er sich Symion von Canterbury, und er war auch kein Mensch, sondern ein Wesen, das die Menschen einfach nur ängstlich Teufelsbrut nannten. Eine verfluchte Kreatur der Nacht. Ein Vampir.

Sie war sein Kind. Von ihm erschaffen, einzig um ihm mit jeder Faser ihres seins zu dienen.

Die Erkenntnis traf Syndra wie ein Blitz und sie hörte schlagartig auf sich zu wehren.

In dem Augenblick nahm Alistair ihren Kopf in beide Hände, drehte ihn von dem Massaker weg und sah ihr in die Augen.

„Willkommen zu Hause, Aurora."

23.

Unbeschreibliche Schmerzen durchzuckten sie, als ihr Kopf nach hinten gezogen wurde und sich lange spitze Zähne in ihren Hals bohrten. Sie spürte, wie das Leben sie langsam verließ, wie sie immer schwächer wurde, und doch war sie nie glücklicher gewesen. Unfähig, sich noch aufrecht halten zu können, sackte sie in seinen Armen zusammen. Er hielt sie fest. Er würde sie niemals loslassen. Sie gehörte ihm. So war es immer und so würde es immer sein. Alles um sie herum verschwamm und dann herrschte dort nur noch Dunkelheit.

Doch hinter der Dunkelheit offenbarte sich ein gleißend helles Licht. Es strahlte eine solche Ruhe und Glückseligkeit aus, wie sie es noch nie gespürt hatte.

Syndra lief darauf zu.

Sie hatte es fast erreicht, als sie dort die lachenden Gesichter des Jungen mit den braunen Augen, ihres Vaters und noch einiger anderer Menschen, die sie einmal gekannt hatte, sah. Alle winkten ihr freudig zu, um sie willkommen zu heißen, als sie mit brutaler Gewalt zurück in die Dunkelheit gerissen wurde.

„Herr, sie sind da.“

Alistair hielt den leblosen Körper von Syndra noch in den Armen, während sein Blut schon dabei war, ihr totes Fleisch zu transformieren. Doch sie würde erst in einigen Stunden oder morgen Nacht wieder erwachen.

„Gut. Nehmt sie und bringt sie weg.“

„Aber Herr, was ist mit euch?“

Der Mann entschuldigte sich sofort, während Alistair ihn ignorierte und Porticus Syndras Leiche in die Arme legte.

„Er hat Recht, verehrter Herr. Ihr solltet euch nicht für solch eine Kleinigkeit in Gefahr begeben."

Alistair bleckte belustigt seine Fangzähne. Porticus war dankbar ihn scheinbar nicht beleidigt zu haben.

„Gefahr? Ich habe sie persönlich eingeladen, auch wenn sie das noch nicht wissen. Was wäre ich denn für ein Gastgeber, wenn ich dann einfach gehen würde, ohne sie zu begrüßen? Mein Enkel hat jetzt so lange gewartet, sich mir endlich persönlich vorzustellen, da möchte ich ihm diese Ehre doch nicht versagen. Und nun geht."

Während man über ihnen schon das Zerbersten von verschiedenstem Interieur, Kugelsalven und die gellenden Schreie in Panik verfallender Menschen hörte, eskortierten zwei der Sicherheitsleute die drei mit der leblosen Syndra durch die Tür hinaus. Die übrigen Vampire stoppten ihre Handlungen und sahen mordlüstern zu ihm hoch, offensichtlich gierig auf einen richtigen Kampf.

„Ich versprach euch doch eine besondere Attraktion."

Er lächelte kalt und seine ganze Ausstrahlung offenbarte eine Mordlust, die selbst den hier anwesenden Raubtieren einen Angstschauer über den Rücken laufen ließ und sie zwang zurückzuweichen und sich entweder zu ducken oder hinzuknien.

„Sie ist soeben eingetroffen."

Während die Anwesenden die Waffen entgegennahmen, die ihnen von den eintretenden Leibwächtern gereicht wurden, fügte er noch hinzu:

„Die einzige Regel in dieser Nacht für euch lautet: der Mann mit der Maske gehört einzig und alleine mir!"

Mit Maschinenpistolen, Schwertern, doppelläufigen Schrottgewehren, Dolchen oder einfach den eigenen Krallen und Zähnen bewaffnet, rannte die Meute aus den nun offenen Türen in der Mitte des Raums nach oben.

Alistair schritt zu dem am Boden gekreuzigten hinüber, stellte sich direkt über die Leiche der Frau und seine Stimme wirkte wie die eines liebevollen Vaters.

„Ich sagte dir doch, ihr seid seine Schwäche. Ihr Jungen seid so langweilig berechenbar.“

Der Mann unter ihm wand sich in den schlimmsten Qualen.

„Lasst ihn endlich in Ruhe. Ihr habt doch, was Ihr wolltet. Ihr seid ein Monster und irgendwann werdet Ihr den Preis bezahlen für alles, was Ihr getan habt.“

Man sah dem Mann an den Ketten an, dass er alle seine Willenskraft aufgebracht hatte, um diese Worte zu sprechen. Den letzten Funken davon nutzte er, um Alistair direkt anzusehen, noch während sein Kopf vom Körper getrennt wurde und zu Boden fiel.

„So viel Mut. So viel Trotz. Und doch so viel Dummheit. Ihr hättet vielleicht interessant sein können. Aber wenn das Kind es nicht wert ist, dann vernichte das Kind und den Vater, der so töricht war, es zu erschaffen.“

24.

„Was war das denn gerade? Hast du gesehen, wie die Autos in die Luft geflogen sind? Was für eine Scheiße. Das, das sind schwer gepanzerte Luxuslimousinen."

Die beiden jungen Männer sahen sich panisch auf der menschenleeren Straße um. „Vielleicht sollten wir lieber abhauen."

„Und was wenn die Hilfe brauchen?"

„Als ob wir da noch helfen könnten."

„Scheiße was ist das? Was macht sie da?"

„Verdammte Scheiße, nein nein nein …Versteck dich."

Nur Sekunden später hielten drei weitere Autos direkt neben den zerstörten Wracks. Während die neu dazugekommenen Limousinen noch versuchten, die zwei Fahrzeuge abzuschirmen, legte auf der anderen Straßenseite ein Mann eine Panzerfaust an.

Ohne abzuwarten, eröffneten nun beide Seiten das Feuer aus vollautomatischen Waffen und um die beiden Freunde herum schlugen überall Kugeln ein. Die beiden jungen Männer versuchten, unter eines der am Straßenrand geparkten Autos zu kriechen.

Das Feuergefecht lief noch nicht mal eine Minute, während die dazu gekommenen Sicherheitsleute Personen von der Straße aufsammelten und einige von ihnen dabei selber getroffen zu Boden gingen. Die Panzerfaust verfehlte ihr Ziel, als ihr Träger getroffen zu Boden ging und riss mit einer enormen Explosion ein Auto in der Nähe in Stücke.

„Wo ist sie?"

Zwei der Männer in den grauen Anzügen schrien sich gegenseitig an und suchten die ganze Umgebung ab. „Wir können nicht ohne sie gehen."

„Bringt die Überlebenden in Sicherheit, wir suchen weiter."

Personen wurden in ein Auto gezerrt.

„Zwei Zivilisten gefunden."

Der Bewaffnete riss einen der jungen Männer aus seinem Versteck in die Höhe. „Habt ihr eine junge Frau in einem weißen Kleid gesehen?“

Der Angesprochene nickte.

„Wo ist sie?“

„Sie ist nicht mehr da.“

Der Lauf der Pistole brach ihm die Nase. „Ich fragte nicht nach deiner Meinung. Wo ist sie?“

„Sie war da vorne.“, antworte sein Freund zittrig für ihn, während der Angegriffene sich verzweifelt bemühte bei Bewusstsein zu bleiben.

„Wo genau?“

Der junge Mann versuchte weiter, sich hinter dem Auto zu verstecken, als der zweite Leibwächter ihn herauszog und auf die Füße stellte. „Sofort!“

Während die Schießerei auf der Straße noch vereinzelt weiter ging, stolperten die beiden Burschen zu der Stelle, an der sie die junge Frau gesehen hatten. Am Boden lag ein blutüberströmter toter Mann.

„Hier, hier war sie. Also hier hab ich sie gesehen. Nachdem das Auto in die Luft geflogen ist, hat einer, der so aussah wie sie, sie hier hinter das Auto gezerrt und dann … dann ….“

„Was dann?“

Als der zitternde junge Mann nicht sofort reagierte, schoss er seinem Freund in den Kopf. „Was dann…“

„Dann hat sie ihn einfach angegriffen und ihm den Hals aufgerissen. Warum haben sie…?“

„Wohin ist sie gelaufen?“

Der junge Mann zeigte fahrig in eine Richtung. „Was…?“ Weiter kam er nicht, bis er neben seinem Freund tot zu Boden ging.

„Sie scheint wach zu sein. Ja, wir suchen sie.“

Die Gruppe rannte in die angegebene Richtung. Das Gefecht hinter ihnen schien weiter abzuebben.

„My Lady. Wir sind zu Ihrem Schutz hier. Wo sind Sie?", riefen sie nach ihr. Sie konnte sie hören. „My Lady, es ist zu gefährlich. Machen Sie irgendwie auf sich aufmerksam."

„Hier sind blutige Fußspuren."

„Ja, natürlich, Sir. Wir werden sie finden."

Syndra kroch tiefer unter die Hecke. Sie wusste, sie würden nicht aufgeben. Die Dornen rissen ihr Kleid und ihre Haut in Fetzen. Sie musste hier weg. Aber wo war hier? Auf der anderen Seite des Gebüschs war ein Zaun.

Gefangen. Verzweifelt riss sie an dem Geflecht. Zu ihrer Verwunderung gab es nach. Sie schlüpfte durch das Loch in den ungepflegten kleinen Vorgarten und rannte geduckt auf das dunkle, verlassen wirkende Haus zu.

Hinter ihr ertönten keine Schüsse mehr. Also war sie entweder ihre Verfolger los oder sie waren nun alle hinter ihr her.

„Sie muss hier sein."

„Die Spuren führen hier her. Sucht sie. Die Sonne geht bald auf."

„Ja, Sir. Einer der Gäste ist bei dem Angriff ums Leben gekommen. Ja Sir, ich weiß, was geschieht, wenn wir sie nicht finden. Machen sie sich keine Sorgen. Wir werden sie finden!"

Syndra hatte Angst. Sie wusste, sie würde nicht lange durchhalten. Was war passiert?

Sie sah den Bodyguard vor sich, roch seine blutigen Wunden und erinnerte sich an den unbändigen Hunger in ihr. Sie schmeckte sein süßes Blut auf ihren Lippen, sah immer noch das entsetzte Gesicht als er realisierte, was geschah.

Sie hatte ihn getötet, sein Blut getrunken. Sie wollte sich übergeben, sich entschuldigen, doch sie musste schnell weg. Sie durften sie nicht finden. Warum eigentlich nicht? Sie wollte doch zu ihrem Herrn, wollte die Sicherheit seiner Nähe spüren, die Geborgenheit seiner Führung und das Wissen, dass er sie nie alleine lassen würde, solange sie ihm nur gehorchte. Unschlüssig blieb sie stehen.

„Wir haben die Autos erwischt. Genau wie wir geplant hatten. Aber sie waren noch besser gepanzert, als wir dachten. Wir hätten Raketen gebraucht. Und die Verstärkung war zu schnell vor Ort."

„War er dabei?"

„Nein, nur drei der Auswärtigen und Sie."

„Sie? Ohne ihn?"

„Ja."

„Verluste?"

„Vier Brüder auf unserer Seite. Davon drei Menschen." Der Funk stoppte kurz, als ob der Berichterstatter überlegte, was er genau sagen sollte.

„Tristan. Sie ist jetzt eine von uns. Und sie ist entkommen. Wir haben gesehen, wie sie weggerannt ist. Seine Männer sind hinter ihr her."

„Sie lebt?"

Tristan hielt kurz inne. Etwas in ihm verspürte Erleichterung und doch herrschte eigentlich nur unendliche Trauer. Der ganze Club war zu einem Schlachtfeld geworden. So hatten sie das nicht geplant. Aber genau das hatte er erwartet.

Während Menschen um ihn herum schreiend nach Schutz suchten, wurden sie entweder von Kugeln getroffen oder einfach in Stücke gerissen. Die anwesenden Vampire benötigten ihr Blut, um ihr grausames Gemetzel an Ihresgleichen mit allem durchzuführen, was ihnen die unheiligen Gaben ihrer Art zur Verfügung stellte. Und natürlich um die Wunden zu heilen, die Kugeln oder anderen Waffen anrichteten.

Raoul stand direkt neben ihm. „Wir müssen endlich nach unten. Unsere Brüder werden auch ohne uns siegreich sein."

Tristan sah sich um und fragte sich, woher sein Freund diesen Optimismus nahm.

„Nein, werden sie nicht. Sieh dir an, wer hier ist. Es sind nicht die, die wir erwartet hatten, sondern seine schlimmsten Monster und gefährlichsten Krieger. Die meisten von ihnen warten seit Jahrzehnten oder sogar Jahrhunderten darauf, uns angreifen zu dürfen. Wir sind in eine Falle gelaufen, ich sagte es dir doch schon."

„Wir müssen trotzdem versuchen, es zu Ende zu bringen. Sonst sind alle umsonst gestorben."

„Fangt die Frau, aber tötet sie nicht." Tristans Befehl an den Mann in seinem Ohr war scharf.

„Verstanden."

Der Funk stoppte und Tristan brüllte die Umstehenden an.

„Zieht euch zurück. Ich suche Bruder Christian und den Rest."

„Das kannst du nicht alleine. Ich komme mit dir."

Tristan wollte keine Diskussion mit seinem Freund, während er gerade einem der Wachmänner die Waffe entriss, ihm damit in den Kopf schoss und nickte.

„An alle im Club: Rückzug! Sofort!"

Er konnte sehen, dass seine Brüder in der direkten Umgebung den Befehl erhalten hatten, und widerwillig begannen zu gehorchen. Jedenfalls soweit sie noch dazu in der Lage waren.

Unbehelligt ließen die anwesenden Vampire Tristan und Raoul ziehen und konzentrierten sich auf die anderen Männer des Ordens. Sie schienen nicht gewillt den gegebenen Rückzugsbefehl zu tolerieren. Einer von ihnen knurrte Raoul an. „Von dir war nie die Rede. Warum versteckst du dich hinter ihm? Aber gut, noch gibt es ja genug andere."

Beiden Männern war vollkommen klar, dass diese Monster einzig einem klaren Befehl folgten, und jeder einzelne gerne versucht hätte, sie anzugreifen und zu vernichten. Selbst wenn sie bei diesem Kampf selbst gefallen wären.

Die Schreie der Verwundeten und Sterbenden klangen hier unten gedämpfter. Während das Licht durch das ganze Blut über ihnen rötlich eingefärbt wurde, waren die anwesenden Menschen hier entweder schon tot, starben gerade oder saßen einfach panisch zitternd inmitten ihrer eigenen Exkremente auf dem Boden.

25.

„In all den Jahrhunderten nicht eine Nachricht?" Alistair stand auf dem Boden vor der Empore, sah die beiden Männer gespielt tadelnd an und schüttelte langsam seinen Kopf.

„Und das, obwohl ich dir gestattet hatte, den Orden wieder hier her zu bringen, und euch sogar unter meinen Schutz gestellt habe. Auch nach allem, was du getan hast. Und nun, nun kommst du einfach so mit Waffen in mein Haus? Greifst meine Gäste an und beschmutzt die von euch so hoch geschätzten Traditionen und tötest einfach so unschuldige Menschen? Was soll ich denn davon halten?" Er bewegte sich, geschmeidig wie eine Raubkatze, zwei Schritte auf sie zu.

Raoul wich sofort instinktiv zurück. Tristan blieb stehen. Alistair lächelte zufrieden.

„Gut, wenigstens muss ich mir keine Gedanken machen, ob du wirklich von mir abstammst."

„Wo ist mein Ordensbruder? Und seine Familie?" Tristan musste sich unglaublich anstrengen, diese Worte auszusprechen und nicht davon zu laufen, oder sich einfach, um Gnade bettelnd, vor seinem Gegenüber auf den Boden zu werfen.

„Kein Austausch von Höflichkeiten? Nicht einmal ein: *Guten Abend*? Ich frage mich wirklich, wer dich erzogen hat." Er kam noch einen Schritt näher. Mittlerweile war es Tristan kaum mehr möglich, dem Drang der Flucht oder der Unterwerfung zu widerstehen.

„Zieh deine Maske ab, dann kannst du deinen Ordensbruder haben. Falls du ihn wirklich noch willst."

„Tu es nicht." Raouls Stimme erstarb augenblicklich, als Alistair plötzlich wie aus dem Nichts vor ihm stand und ihn mit solcher Wucht gegen die Wand schleuderte, dass die meisten seiner Knochen brachen. Dann zog er ihn an nur einem Finger am Kinn hoch, während er Tristan nicht aus den Augen ließ.

„Lasst ihn gehen." Tristan nahm langsam seine Maske ab.

„Nei… !" Alistairs Finger durchbrach den Unterkiefer und beendete das Wort.

„Interessant."

Alistair musterte den Mann Anfang Mitte 30 mit dem harten kantigen Gesicht kurz.

„Du bist doch so gar nicht ihr Geschmack. Sie mag es eigentlich jünger und weicher."

Eine Explosion erschütterte die Wände und das Aquarium über ihnen. Tristan sah irritiert nach oben.

„Nun, ich denke, unser Gespräch ist, für heute, beendet. In einigen Minuten wird von dem Gebäude und allem was sich darin befindet nicht mehr viel übrig sein." Alistairs Worte klangen ruhig.

„Lasst ihn los. Und wo ist Bruder Christian?" Tristan presste die Worte heraus.

„Er ist dort oben." Er nickte kurz in Richtung der Empore.

„Aber den hier behalte ich. Oder möchtest du lieber deinen Freund als den Verräter?" Er sah ihn gelangweilt und doch auffordernd an.

Eine weitere Explosion verursachte die ersten Risse in der Decke über ihnen und Teile der oberen Stockwerke begannen einzustürzen.

„Wenn ihr uns töten wollt, warum reden wir dann noch."

„Wenn ich dich nur vernichten wollen würde, dann wärst du schon seit Jahrhunderten nicht mehr auf dieser Welt und ganz sicher heute Nacht nicht mal in die Nähe des Clubs gekommen. Denkst du, ich mache es dir so einfach? Also wer von beiden? Du hast die freie Wahl."

Die dritte Explosion ließ das Aquarium zerbersten und den ganzen Raum erzittern. Unwillkürlich duckte Tristan sich vor den herabstürzenden Wassermassen und Steinen, während Alistair aufrecht da stand und Raoul in der Hand hielt.

„Ihn.", schrie er dem Uralten entgegen.

Alistairs grüne Augen blitzten vor Belustigung auf, während er ihm den zerstörten Körper entgegenschleuderte.

„Hast du seine Wahl vernommen Bruder Christian?“ Der Mann mit dem halben Gesicht trat auf der Empore an den Rand hervor. Seine Augen waren gebrochen und leer.

„Ja, habe ich mein Herr.“

„Sagte ich es dir nicht?“

Der halbe Kopf nickte wie in Zeitlupe.

26.

„Ich sehe sie."

„Wir haben sie gefunden. Sie kann stehen und sieht so weit in Ordnung aus."

Drei der Männer in den grauen Anzügen rissen den Zaun nieder und rannten auf Syndra zu, während die übrigen die Umgebung absicherten. Immer noch unschlüssig, was sie tun sollte, starrte sie den Männern entgegen, als plötzlich Kugeln in deren Körpern einschlugen und zwei davon zur Seite geworfen wurden. Syndra rannte los. Sie hörte die Männer hinter ihr schreien, hörte die Schüsse und spürte, wie sie getroffen wurde. Sie erwartete den Schmerz, den so etwas auslösen müsste, doch außer einem dumpfen Gefühl war dort nichts.

Verwirrt rannte sie einfach weiter. Irgendwann war es still um sie herum. Sie hatte keine Ahnung, wohin sie sollte und wie lange sie überhaupt schon lief, aber sie wusste, stehen bleiben war keine Option. Als sie in eine der kleinen Seitengassen abbog, rannte sie direkt in ein Pärchen hinein. Die Frau wäre dabei fast zu Boden gegangen, wenn ihr Freund sie nicht festgehalten hätte.

„Spinnst du?" Seine Wut verflog aber sofort, als er Syndra genauer ansah. „Was ist denn mit dir passiert? Bist du überfallen worden?"

Ihre blauen Augen fixierten seinen Pulsschlag. Sie wollte, nein sie brauchte.

„Wo bin ich?"

„Booterstown, aber Mädchen…, du bist voller Blut und hast ein Loch in der Schulter. Wir müssen dich ins Krankenhaus bringen."

Sie konnte ihren Blick nicht von seiner Halsschlagader abwenden. „Nein …."

Seine Freundin zog ängstlich an seinem Arm. „Komm, sie will doch nicht. Lass uns lieber gehen."

„Aber, wir müssen ihr doch helfen."

Syndra riss ihren Blick los und rannte weiter.

Sie brauchte einen Ort zum Verstecken. Die aufsteigende Müdigkeit symbolisierte, die Sonne würde bald aufgehen. Sie wusste zwar nicht wirklich, warum das eine Gefahr darstellte und doch war ihr vollkommen bewusst, dass sie in Lebensgefahr schwebte.

Nach einigen Minuten fand sie einen der kleinen Parks, die über ganz Dublin verstreut waren. Sie rannte zu einer der zum Glück recht dichten Hecken, die entlang der Mauern wuchsen, und kroch so weit wie möglich hinein.

Das würde nicht reichen. Das war nicht dicht genug.

Syndra grub ihre Nägel in den Boden und kämpfte wie besessen um jeden Zentimeter Erde. Irgendwann war die Müdigkeit übermächtig. Jetzt konnte sie nur noch hoffen. Erschöpft legte sie sich in die flache Kuhle unter der dichten Hecke und schaufelte die Erde und die abgerissenen Stöcke über sich.

27.

Zwei der überlebenden Leibwächter knieten auf dem Boden von Alistairs Arbeitszimmer. Auch wenn ihre Schusswunden grob verbunden waren, so bildete ihr auslaufendes Blut schon große Lachen auf dem Teppich. Ein dritter, ebenfalls stark blutender Mann, wurde gerade von ihrem Herrn an die Wand gedrückt. Dessen Gesicht lief schon blau an und die Äderchen in seine Augen begannen zu platzen, während seine Beine 20 Zentimeter über dem Boden schlaff hinunter hingen.

„Ihr wagt es, hier zu erscheinen und mir das zu sagen?"

Eduard stand neben der Tür und beobachtete die Szene. In den dreihundert Jahren, die er seinem Herrn nun diente, hatte er diesen noch nie so ungehalten gesehen. Aber es wunderte ihn auch nicht. Immerhin konnte er sich auch an kein Versagen, in solch einem Ausmaße, erinnern.

„Herr, wir hatten sie schon in unserer Gewalt. Dann wurden wir angegriffen und sie rannte davon. Als das Gefecht vorbei war, hatte sie einen derartigen Vorsprung, dass wir sie in unserem Zustand nicht einholen konnten. Durch den einsetzenden Regen wurde die anfängliche Spur leider ebenfalls unkenntlich. Bitte Herr, die anderen suchen noch. Gebt uns noch eine Chance, wir werden sie finden."

Einer der knienden Männer sah ihn direkt an, während seine Stimme versuchte, fest zu klingen, und doch vor Panik und Angst eher einem Flüstern ähnelte.

„Wir werden nicht versagen. Bitte Herr."

„Ihr habt schon versagt."

Der Mann an der Wand starb leise und still, ohne den geringsten Versuch einer Gegenwehr.

„Raus mit euch. Wenn sie morgen Nacht nicht hier ist, werde ich bei euch nicht so gnädig sein!"

Die Männer rutschten auf Knien rückwärts aus der Tür.

„Sind meine Gäste versorgt?“

Eduard nickte.

„Alle?“

„Ja Herr. Euren neuen Gast hab ich in einer der Zellen unterbringen lassen.“

„Gut. Schick meine Bluthunde zu der Stelle, wo sie zuletzt gesehen wurde. Es ist mir egal, ob die Sonne aufgeht.“

Eduard nickte erneut, dann ließ er seinen Herrn alleine. Der Tag brach an.

28.

Syndra wachte auf. Sie war nicht verbrannt, obwohl sie das Gefühl hatte, dass Teile ihrer Haut sich abgelöst hatten.

Endlich von der Erde befreit und aus der Hecke gekrochen, sah sie, dass ihr Gefühl sie nicht getrogen hatte. Ihre Hände, die sie zum Schutz vor ihr Gesicht gelegt hatte, und Teile ihrer Beine zeigten starke Anzeichen eines schweren Sonnenbrands. Ihre Haut löste sich an manchen Stellen sogar wirklich schon vom Körper ab.

Ihr ehemals weißes Kleid war blutgetränkt und durch die Äste der Hecke zerrissen. Sollte sie bisher noch nicht gewusst haben, was Schmerzen bedeuteten, jetzt wusste sie es.

Aber viel schlimmer als die Schmerzen war dieser unbändige Hunger. Er verbrannte sie von innen. Sie konnte sich kaum mehr konzentrieren. Sie musste essen.

„Wendy, komm her. Lass die Frau in Ruhe."

Ein mittelgroßer Mischlingshund schnüffelte gemütlich an den Hecken und kam in ihre Richtung. Als er sie bemerkte, blieb er stehen und knurrte die junge Frau an. Ohne nachzudenken, rannte Syndra auf ihn zu, packte ihn und riss ihm die Kehle auf. Sie trank das Blut nicht, sondern schüttete es sich in den Mund und übergab sich sofort wieder. Tierblut half nicht. Sie konnte es nicht brauchen. Der Hunger wurde langsam übermächtig.

„Wendy? Weeennnddyyyy …! Hilfe!" Die Frau stand wie angewurzelt da und begann hysterisch zu kreischen.

Syndra hatte sie gepackt und hielt ihr den Mund zu, während sie ihr die Halsschlagader aufbiss und gierig ihr Blut trank. Als das Elixier des Lebens in ihren Körper überging, spürte sie, wie ihre Haut sich heilte, wie die Schusswunde sich mit neuer Haut verschloss und ihr Kopf klarer wurde. Syndra hatte keine Ahnung, was hier vor sich ging und doch war ihr vollkommen klar, dass sie selbst diese Heilung hervorgerufen hatte. Dass sie instinktiv wusste, was sie tun musste, so als ob es schon immer so gewesen war.

Die Frau starb lautlos und ohne echte Gegenwehr in ihren Armen. Syndra weinte blutige Tränen während sie sie neben ihrem Hund in der Hecke versteckte, in der sie den Tag verbracht hatte.

„Es tut mir leid, es tut mir so unendlich leid."

Sie hatte wieder einen Menschen getötet. Einfach so getötet. Warum hatte sie das getan? Natürlich war ihr klar, dass dieser schreckliche Hunger und ihr Geschrei ihr keine andere Wahl gelassen hatten, aber sie hatte sie getötet. Was war aus ihr geworden?

Während Syndra noch kurz innehielt und versuchte, sich zu sammeln und irgendwas zu verstehen, wurde ihr wieder bewusst, in welcher Lage sie sich befand. Sie hatte gerade jemanden getötet, hatte Blut getrunken und war auf der Flucht vor Alistairs Schergen und diesen gefährlichen Irren.

Hektisch sah sie sich um. Glücklicherweise war niemand in der Nähe. Bevor sie sich endlich losreißen konnte, nahm sie sich noch die Jacke der Frau, allerdings vermied sie es dabei, in deren toten Augen zu sehen. Sie musste hier weg, sicher würde bald jemand nach den beiden schauen oder einfach auch nur andere Menschen ihre Hunde an dieser Stelle ausführen.

Aber wo sollte sie hin? Sie kannte doch niemanden. Sie wusste nicht mal, wo in Dublin sie sich befand. Während sie sich schnell von dem Ort ihrer Gräueltat entfernte, spürte sie ein ungeheures Verlangen nach Alistair, nach seiner Nähe, seinen Berührungen und nach der Sicherheit, die er ihr gab. Vielleicht sollte sie einfach zurück zum Club gehen, er würde sie garantiert finden. Immerhin war sie ja vor seinen Männern weggelaufen, also suchte er sie.

Im Moment konnte sie sich nichts Schöneres vorstellen, als in seinen Armen zu liegen und diese Angst und Verzweiflung zu verlieren. Vielleicht endlich zu begreifen, was mit ihr geschah. Einen Moment lang verlor sie sich in diesem Gefühl, bis sich eine andere Erinnerung einschlich:

Eine sehr frische und schonungslose Erinnerung an den Moment, an dem er sie zwang, diese ganzen Grausamkeiten mit anzusehen. Als er sie dafür bestrafte, nicht gehorcht zu haben. Was würde er dann erst jetzt mit ihr machen? Sie war ja vor seinen Männern weggelaufen.

„Wenn du die bist, die ich denke, komm zu mir.“ Die Worte formten sich in ihrer Erinnerung. *„Du findest den Weg bei der Statue.“*

Der Krieger. Nein, selbst wenn sie es wollte, sie konnte nicht zu ihm. Er und seine Leute hatten gerade mehrfach versucht, sie zu töten. Plötzlich fühlte es sich an, als würde ihr Kopf vor Schmerzen explodieren. Schmerzerfüllt sackte sie zusammen und Erinnerungen versuchten sich einen Weg in ihr Bewusstsein zu bahnen. Visionen von der Nacht als sie, nein nicht sie, oder doch sie, ihn zum letzten Mal gesehen hatte. Sie konnte die Erinnerungen nicht greifen oder einordnen. Wo kamen diese Bilder her?

„Nein. Hört auf!“ Langsam erlangte Syndra die Kontrolle über ihre Sinne zurück. Die Schmerzen ließen nach. Allerdings fand sie sich jetzt in einer kleinen Gasse auf dem Boden wieder. Sie hatte keine Idee, wie sie hier her gekommen war, aber sie konnte auch nicht hierbleiben.

Ziellos lief sie einfach weiter und versuchte sich in den kleinen Gassen so unauffällig zu bewegen, wie das einer Frau in einem weißen, blutigen, dreckigen, zerrissenen Kleid ohne Schuhe und einer viel zu großen Jacke auch immer gelingen konnte.

Dublin schlief nicht und selbst hier, scheinbar am Rand der Stadt, waren noch Leute unterwegs. Ab und an erntete sie bei einer der unausweichlichen Begegnungen irritierte oder mitleidige Blicke, aber scheinbar waren die meisten Menschen eher mit sich selbst beschäftigt und hatten kein gesondertes Interesse an dieser verwahrlosten Gestalt.

Ich muss Ira anrufen, sie kann mir helfen. Syndra sah sich nach einem Telefon um, bis sie das leichte Klappern in der Jackentasche bemerkte.

Die tote Frau hatte, neben ihren Schlüsseln, auch ein Handy dabei gehabt. Schnell wählte sie mit zitternden Fingern die Nummer ihrer Freundin. Aber was, wenn er sie schon geholt oder Alistair schon mit ihr geredet hatte?

Es klingelte.

„Hallo?"

Syndra überlegte kurz, ob sie einfach auflegen sollte, aber sie brauchte einfach jemanden, der ihr half.

Und ihre Freundin war die einzige, die ihr jetzt helfen konnte.

„Hallo, Ira?"

„Syndra! Gott sei Dank. Wo bist du? Wie gehts dir? Was ist das denn für eine Nummer?" Iras Stimme klang ernsthaft besorgt.

„Ich.... Ich...."

Was sollte sie ihr nur sagen? Wie sollte sie ihr denn erklären, dass sie jetzt wohl kein Mensch mehr war? Dass sie gerade eine Frau und ihren Hund getötet hatte, um ihr Blut zu trinken? Dass die Sonne sie nun verbrennen würde und sie auf der Flucht war? Dass Alistair sie getötet hatte und sie Grausamkeiten gesehen hatte, von denen sie nicht einmal dachte, dass so etwas überhaupt existierte? Dass sie sich plötzlich an viele Begebenheiten erinnerte, die sie niemals erlebt hatte?

„Syndra? Red mit mir. Wo bist du? Was ist los?" Iras Stimme wurde immer eindringlicher, doch Syndra brachte kein Wort hervor. „Syndra. Egal, was passiert ist, setz dich in ein Taxi und komm zum Hotel. Oder sag mir, wo du bist, damit wir dich holen können. Ich hab in den Nachrichten gehört, dass im Club irgendwas explodiert ist. Ich hatte schon solche Sorgen, dass dir etwas passiert ist."

Der Club ist explodiert? Sie blieb weiterhin wortlos, bis eine männliche Stimme ruhig aber bestimmt meinte:

„Syndra, bist du es? Wenn ja, dann sag etwas. Du machst deiner Freundin, deiner einzigen Freundin, Angst." Es war Chris.

Entweder sie legte jetzt auf, oder sie musste etwas sagen: „Es tut mir leid. Ich weiß nicht, wo ich bin. Ich weiß nicht, was passiert ist. Und ich weiß absolut nichts von einer Explosion…“

„Siehst du ein Straßenschild? Oder ein besonderes Gebäude?“

Syndra sah sich kurz um. Sie wollte nicht mit ihm reden. Sie wollte nur mit Ira reden.

„Gib mir bitte Ira zurück.“

„Sag mir, was du siehst.“

Warum wollte er ihr nicht mehr Ira geben?

„Gib mir bitte Ira.“

„Hallo? Schatzi, sag mir, wo du bist. Ich mach mir wirklich Sorgen.“

„Hat Alistair bei dir angerufen?“ Syndra musste es wissen. Kurze Stille.

„Wieso fragst du das?“

„Ja oder Nein?“

„Wir machen uns Sorgen. Und nein, hat er nicht.“ Das klang ehrlich.

„Ich kann es dir nicht erklären, aber ich…, ich. Bitte pack deine Sachen und flieg sofort zurück nach Hause.“

„Wieso sagst du solche Sachen?“ Syndra hörte, wie ihr das Telefon aus der Hand genommen wurde.

„Syndra du brauchst scheinbar dringend Hilfe. Sag uns, wo du bist, und wir holen dich ab. Oder möchtest du Ira nicht wieder sehen? Möchtest du etwa, dass sie leidet? Sie macht sich schreckliche Sorgen.“

Die letzten Sätze klangen irgendwie bedrohlich. „Gehörst du zu ihm? Lass sie in Ruhe.“

„Was passiert, liegt ganz an dir. Sag uns, wo du bist, oder fahre ins Hotel. Aber in deinem Zustand solltest du nicht alleine irgendwo in Dublin sein.“

„Lasst sie in Ruhe.“ Sie konnte die, nun sehr deutliche Drohung, nicht mehr ignorieren.

War der junge lustige Mann, in den sich Ira verliebt hatte, etwa auch einer von Ihnen?

„Solltet ihr ihr etwas antun, werdet ihr mich nie wieder sehen." Sie wusste selbst, dass es eher eine schwache Drohung war. Sollte er doch nicht zu ihnen gehören, würde er sie für vollkommen verrückt halten. Aber ihr fiel einfach nichts anderes ein.

„Von was redest du? Ich will dir doch nur helfen."

„Lasst sie in Ruhe…." Syndra war der endgültigen Verzweiflung noch näher gekommen. Jetzt war die einzige Person, der sie noch hätte vertrauen können, für sie nicht nur unerreichbar, sondern auch noch in Gefahr.

„Syndra, ich glaube, du bist krank. In solch einem Zustand könnten deine Handlungen unvorhersehbare Konsequenzen haben. Also entweder sagst du mir nun, wo wir dich finden, oder du kommst sofort ins Hotel. Wir wollen dir doch n…."

Syndra warf das Handy kurzerhand in einen nahen Gully.

„Warum hast du so mit ihr geredet? Du hast doch gemerkt, dass sie total durch den Wind war." Ira sah ihren Freund geschockt an.

Schon während des Telefonats hatte er jemanden angerufen. Aber er sprach Gälisch und Ira konnte kein Wort verstehen. Allerdings schien es kein erfreuliches Telefonat zu sein, denn seine Miene verdüsterte sich von Sekunde zu Sekunde. „Wir fahren sofort ins Hotel. Sie kommt bestimmt dort hin und braucht ganz sicher Hilfe."

Ira sammelte schnell ihre wichtigsten Sachen zusammen.

„Mit wem hast du denn telefoniert? Und sollen wir nicht lieber die Polizei anrufen?"

Er schüttelte vehement den Kopf. „Wir haben keine Ahnung, was da wirklich vor sich geht. Wir müssen sie erst mal finden und mit ihr reden. Sie klang total durchgeknallt."

Ira wunderte sich, warum er nicht auf ihre Frage antwortete. Ihr ging die Warnung nicht aus dem Kopf.

„Was denkst du, meinte sie mit ‚Lasst Sie in Ruhe'? Und dass ich sofort verschwinden sollte?"

Chris schüttelte den Kopf. „Ich hab keine Ahnung. Sie scheint irgendwie auf Drogen gewesen zu sein. Wir können nur hoffen, dass wir sie schnell finden, bevor noch mehr passiert."

Keine zehn Minuten später hatten die beiden das Hotel erreicht. Ira hatte ihren Freund noch nie so angespannt gesehen. Jeder Versuch, seine Hand zu nehmen oder ein liebes Wort zu erhaschen, scheiterte an seiner vollkommen ausdruckslosen Miene.

Vielleicht hatte Syndra doch recht? Warum hatte sie ihre Freundin in den letzten Tagen nur alleine gelassen? Zum Glück hatte sie daran gedacht, ihr altes Handy nochmal einzuschalten.

Sie hoffte so sehr, dass es ihr gut ging.

29.

Syndra versuchte, weiterhin im Schatten der Häuser zu bleiben. Sie musste es ins Hotel schaffen. Er würde Ira sonst genauso foltern, wie den gekreuzigten Mann auf dem Boden. Aber würde er das nicht ohnehin machen? Immerhin war sie geflohen. Was waren das für Gedanken? Woher kam dieses Wissen?

Aurora. Bei dem Namen hatte Alistair sie genannt. Wer ist Aurora? Diese Kopfschmerzen machten sie wahnsinnig. Es war, als würde irgendwas versuchen, von innen ihr Gehirn zu zerbrechen. Als wären dort Erinnerungen und Wissen gefangen, das mit aller Macht versuchte herauszukommen. Sie brauchte Antworten und irgendwo einen Ort, an dem sie nachdenken konnte, aber woher sollte sie das bekommen?

Zwei Straßen weiter stand gerade ein Taxi vor einem der Häuser. Ohne sich sicher zu sein, ob das klug war, stieg sie ein und hörte sich selbst, zu ihrer eigenen Verwunderung, sagen:

„Zum Iveag Park."

„Guten Abend junge Lady. Sie sehen aus, als sollte ich sie lieber in ein Krankenhaus bringen." Die Stimme des Taxifahrers klang eher besorgt als verängstigt, auch wenn ihm sichtlich nicht wohl war, so eine dreckige und scheinbar blutende Person im Fond seines Taxis sitzen zu haben.

Syndra sah im Rückspiegel ihr mit Erde und Blut verschmiertes Gesicht, selbst ihre Haare waren vollkommen verklebt. Hektisch versuchte sie, mit dem Jackenärmel etwas wegzuwischen, was es nicht wirklich besser machte. Sie sah ihre Fingernägel an. Diese hätten vollkommen abgerissen sein müssen, waren aber genauso perfekt manikürt wie die Nacht davor, nur viel dreckiger.

„Das? Ach, ich bin nur hingefallen. Fahren sie mich bitte einfach zu dem Park."

Es schien ihm immer unangenehmer zu werden.

„Ich sollte das lieber melden. Und können sie mir sagen wie ich den Dreck wieder aus den Polstern bekommen soll? Lady, das ist auf der anderen Seite der Stadt. Können sie sich das überhaupt leisten? Ich bringe sie wirklich lieber in ein Krankenhaus.“ Er wollte gerade sein Handy nehmen, da schrie sie ihm entgegen,

„ Fahren sie los. Jetzt!“

Ihre Stimme klang nicht nur sehr eindringlich, sondern sie spürte, dass etwas Unbekanntes in ihrer Stimme lag.

Es war nicht mehr nur eine normale Aussage, sondern es wurde zu einem Befehl, dem sich der Mensch, als sich ihre Augen im Rückspiegel begegneten, nicht entziehen konnte.

Offensichtlich hatte sie durch ihre neue Existenz eine besondere Macht erlangt. Die Erkenntnis erfüllte sie kurz mit einem Hochgefühl.

Während sie den Mann weiterhin betrachtete, wie er skeptisch ihrem Befehl folgte, tauchte etwas im Rückspiegel auf. Männer in grauen Anzügen, die gerade in die Straße einbogen. Sie folgten offensichtlich einem Mann in weiten Hosen und einem schlabbrigen Pullover, der oft stehen blieb und seinen Kopf in die Höhe hob. Fast sah es aus, als würde er nach etwas wittern.

Der Taxifahrer startete den Motor und gab Gas. Langsam verschwanden die Verfolger im Dunkel hinter ihnen. Sie war sich nicht sicher, ob die Verfolger sie schon bemerkt hatten, aber selbst wenn, dann hatte sie jetzt durch das Taxi einen guten Vorsprung.

Am Park angekommen, gab Syndra ihm das Kleingeld, was die Frau in ihrer Jacke gehabt hatte.

„Warten sie hier und rufen sie niemanden an!“ Sie versuchte es wieder in diesem besonderen Befehlston und der Fahrer machte den Motor aus. Allerdings war sie sich nicht sicher, ob er es wegen ihres Befehls oder einfach aus Angst tat.

Langsam lief sie auf den Brunnen zu. Niemand war zu sehen, als sie sich kurz das Gesicht und die Hände wusch, während sie versuchte, zu verstehen, was die Stimme in ihrem Kopf gemeint hatte. Wo sollte hier ein Hinweis sein? Hektisch suchte sie den

Stein nach verblassten Schriften ab, aber da war nichts. Was sollte sie wissen? War es nur eine weitere Falle? Jemand kam ein Stück vor ihr aus dem Schatten.

Gerade wollte sie wegrennen, als neben ihr vier weitere Männer ihre Deckung aufgaben und sie umzingelten.

„Guten Abend." Der Mann vor ihr kam näher.

Die Stimme kam ihr bekannt vor und als er in den Schein einer Laterne trat, erkannte sie einen älteren Mann mit grauen Haaren. Es war derselbe, der ihr vor einiger Zeit die Geschichte der Statue erzählt hatte.

„Wir wollen kein weiteres Blut vergießen, wenn es nicht sein muss."

Syndra sah sich ängstlich nach den anderen Männern um.

„Ihr habt schon zweimal versucht, mich zu töten. Wieso sollte es diesmal anders sein?" Sie versuchte, weiterhin ihre Gegner im Auge zu behalten.

„Weil unser Bruder Tristan, mit dir sprechen möchte. Der Mann, dem diese Statue gewidmet ist. Der Mann, dessen Geschichte ich dir erzählt habe."

„Habt ihr vergessen, dass auch dieser Mann schon versucht hat, mich zu töten. Wieso lasst ihr mich nicht einfach wieder gehen und sagt eurem ‚Bruder Tristan', dass ich wohl nicht die bin, für die er mich hält."

Sie wusste, dass ihre Worte gelogen waren. Sie erinnerte sich an Gefühle für diesen Mann, doch das musste schon lange her sein. Es war fast, als wäre es in einem anderen Leben gewesen. Wieder sackte sie kurz unter den Schmerzen in ihrem Kopf zusammen. Wie könnte sie diesen Männern vertrauen? Warum war sie überhaupt hier hergekommen? Das war doch alles nur eine Falle!

„Wir können dich nicht einfach so gehen lassen. Daher bitte ich dich, freiwillig mit uns zu kommen."

„Mein Herr, ich meine Alistair…, Herr von Black Castle, sucht mich und er wird nicht erfreut darüber sein, wenn ihr mich entführt oder ich mit euch rede. Und ihr möchtet nicht erleben, was geschieht, wenn er nicht erfreut ist. "

Der Mann nickte.

„Das wissen wir. Und wir wissen auch, was für ein Monster dein Herr ist. Daher musst du dich auch jetzt entscheiden, bevor seine Verstärkung erscheint. Sie wissen schon, dass du hier bist und ihre Leute tot sind."

„Nein! Sagt mir, wo ich diesen Tristan finde. Aber ich werde sicher nicht mit euch gehen. Ich traue euch nicht."

„Ich habe keine Ahnung, was in dir vorgeht oder wer oder was du überhaupt bist. Ich weiß nur, dass du irgendwie für unseren Orden wichtig sein musst. Als ich dich das erste Mal gesehen habe, warst du auf jeden Fall ein Mensch. Und du hast damals etwas in der Statue gesehen, etwas das weder ich noch ein anderer je sehen konnte. Jetzt bist du, allem Anschein nach, kein Mensch mehr, sondern eine von ihnen.

Vielleicht hätten wir dich töten sollen, bevor du zu dem geworden bist, was du jetzt bist, wie einige unserer Brüder verlangt hatten. Doch nun ist es so, wie es eben ist. Tristan sieht etwas in dir, was wir anderen nicht verstehen. Aber er ist auch einer von euch und daher wird er wohl mehr wissen als wir. Doch wir …."

Seine Stimme blieb ruhig, auch wenn er viel schneller und nervöser sprach als bei ihrem letzten Treffen. Die Männer um sie herum kamen immer näher. Während Syndra sich auf einen Kampf oder eine mögliche Flucht gefasst machte, brach plötzlich Hektik aus. Der alte Mann beendete seine Ausführung abrupt.

Die lauten Schusssalven gepaart mit weißen Lichtblitzen, ließen sie erstarren.

„In Deckung! Sie sind schon hier!" Einer der Männer brüllte den Befehl zu irgendwem hinter ihr.

Syndra stand mitten auf dem Weg und sah zu der Statue vor ihr. Die Männer um sie herum rissen hastig ihre Waffen hoch und erwiderten das Feuer, während sie sich so schnell wie möglich in die Deckung der Bäume zurückzogen.

Nur der alte Mann stand ihr noch geduckt gegenüber und brüllte sie an: „Komm mit! Oder bleib eine Sklavin."

Sie starrte ihn an, während um sie herum Kugeln ihre weißen Spuren durch die Nacht zogen. Dann spürte sie die Einschläge. Fast hätte die Wucht der Treffer sie umgerissen, doch der Ordensmann hatte sie am Arm gepackt und hielt sie aufrecht. Syndra bemerkte die in ihren Körper einschlagenden Kugeln und spürte auch Schmerzen, aber wieder wusste sie, dass sie dadurch nicht sterben konnte.

Ein Mann, ein paar Schritte von ihnen entfernt, hatte nicht so viel Glück. Bevor er die Bäume erreichte, wurde sein ganzer Oberkörper, seine Arme und der Kopf getroffen. Sie sah, wie er hin und her geschüttelt wurde, wie die Geschosse sein Fleisch durchdrangen, und roch das frische Blut. Sofort machte sich ihr Hunger wieder bemerkbar und Syndras Starre löste sich. Doch anstatt zu dem Sterbenden zu laufen und ihren Hunger zu befriedigen, ließ sie sich von dem alten Mann aus der Schusslinie bringen. Sie rannten an der Statue vorbei, den Weg tiefer in den Park hinein. Hinter ihnen war das Gefecht jetzt in vollem Gang. Sie hörte gebrüllte Befehle und sogar jemanden ihren Namen schreien.

„Ich habe keine Ahnung, was ihr von mir wollt, aber hier soll irgendwas sein, was mir einen Hinweis geben kann." Stücke der Statue wurden von einschlagenden Kugeln an ihnen vorbeigeschleudert.

„Ich weiß nicht, ob das der Hinweis sein soll, aber Tristan gab mir etwas, dass ich dir geben sollte, falls …."

Der Satz wurde durch seinen schmerzverzerrten Schrei unterbrochen. Eine Kugel musste den alten Mann getroffen haben. Jetzt war es Syndra, die ihn weiter schob und ihn soweit wie möglich mit ihrem Körper schützte, bis sie zwischen den Bäumen ein wenig Deckung fanden.

Er biss die Zähne zusammen, während er versuchte, sich weiter zu schleppen. Syndra starrte auf das, aus seiner Schulter, auslaufende Blut. Sie verspürte eine unbändige Lust, ihre Fangzähne in sein Fleisch zu schlagen und seinen Lebenssaft in sich aufzunehmen. Doch noch konnte sie sich beherrschen.

„Ich weiß nicht, ob ich es schaffe… An der Mauer, ein Stück weiter rechts vorne, ist ein alter verwitterter Stein, fast wie ein Grabstein. Dort drück auf den Buchstaben R und dann auf L, der Gang führt dich raus aus der Stadt."

Er kramte kurz in seiner Jacke und zog eine Rolle hervor. „Das soll ich dir geben, falls du noch etwas Menschlichkeit in dir hast. Ich hoffe, ich habe mich nicht geirrt."

Die Schüsse hinterließen abgerissene Zweige und splitternde Baumstämme. Sie waren hier alles andere als in Sicherheit. Doch nicht nur die Schüsse machten ihr Sorgen. Syndra konnte Männer brüllen hören.

„Sie ist dort hinten hin. Holt sie."

Sie wusste, dass sie nur noch wenig Zeit hatten.

„Sie darf nicht noch einmal entkommen."

Dann brüllte jemand: „Gott will es!"

Kurz drauf ließ eine mächtige Explosion Syndra innehalten.

„Was war das?" Sie sah den Priester an.

„Eine Bombe. Sie wollen uns Zeit geben, um zu entkommen."

Nachdem er endlich den richtigen Stein gefunden hatte, öffnete der Priester den Geheimgang. Eine alte brüchige Leiter führte nach unten.

„Geh!" Er sah sie panisch an.

„Nein, nicht ohne euch!"

Er nickte resignierend. Die beiden kletterten die Leiter hinunter.

„Zieh an dem Seil."

Syndra schloss den Eingang hinter sich. Nach zehn Sprossen kamen sie unten an. Gerade als sie sicher auf dem steinernen Boden des Ganges angekommen waren, ließen zwei weitere Detonationen sie innehalten.

„Sie werde es trotzdem schnell finden. Wir haben keine Zeit. Lauf.“

Vampir hin oder her, auch wenn sie scheinbar nachts nun besser sehen konnte, im Stockdunkeln konnte auch sie nichts erkennen. Als ob er es geahnt hatte, hob der Priester zwei Taschenlampen vom Boden auf. Vor ihnen lag ein schmaler, grob ausgebauter Gang, gerade mal so breit und hoch, dass ein normaler Mensch unter eins achtzig ohne Probleme aufrecht laufen konnte. Nach rund einer halben Stunde standen sie vor der Abzweigung zweier vollkommen gleich aussehender Gänge.

„Geradeaus oder rechts?“

„Rechts“ Sie zog den blutenden Mann weiter mit sich.

Syndra konnte nicht sagen, was ihr schwerer fiel, den Mann zu schleppen oder ihn nicht aufzufressen.

Nach mindestens einer weiteren Stunde und zwei weiteren Abzweigungen führte eine Leiter nach oben. Bisher hatte sie nicht das Gefühl, dass sie verfolgt würden. Nach kurzem Kampf mit der Abdeckung lauschte Syndra kurz und steckte dann ihren Kopf hinaus.

Alles in ihr machte sich auf einen Angriff gefasst. Doch alles war ruhig. Keine Geräusche ließen Angreifer oder überhaupt andere Menschen erahnen. Schnell erkannte sie, dass sie wohl am Rande eines Friedhofs gelandet waren.

30.

Der Mond beleuchtete alten Grabsteine und umherliegende Blumen. Nur entfernt klingender Straßenlärm durchbrach die friedliche Stille dieses Ortes.

Den ganzen Weg über hatte sie darüber nachgedacht, was sie hier eigentlich tat. Manchmal schob sie es auf den Zustand, in dem sie sich so plötzlich befand, dann wieder auf die Bilder der letzten Nacht, dann auf das, was sie alles gesehen und gespürt hatte oder auch einfach nur auf ihre Angst und Panik.

Doch im Moment war Syndra sich gar nicht mehr sicher, vor wem sie mehr Angst hatte. Vor den Ordensleuten oder den Häschern von Alistair. Die einen würden bestimmt sofort wieder versuchen sie zu töten, während die anderen sie wahrscheinlich nur gefangen nehmen und zu Alistair zurückbringen würden. Alles in ihr wollte zu ihm zurück, wollte in seine grünen Augen sehen und die Welt um sich herum vergessen. Doch warum war sie dann hier? Hier auf einem Friedhof mit Einschusslöchern in ihrer Schulter und ihrem Rücken? Die kleinen Löcher konnte sie zwar nicht sehen, spürte sie aber und konnte sogar ihren Finger hinein stecken. Sie versuchte instinktiv, die Wunden zu heilen, und, auch wenn sie sich nicht sicher war, wie genau das klappen sollte, so funktionierte es.

Neue Muskeln, Sehnen und Haut bildete sich in Sekunden und verschlossen die Schusswunden, als ob sie nie existiert hätten.

„Wir müssen weiter."

Die Stimme hinter ihr riss Syndra aus ihren Überlegungen. Sie verließ vorsichtig ihre Deckung und machte den Weg frei. Der Priester kroch hinter ihr aus dem Boden und zeigte in die Richtung eines Gebäudes. Es war die Kirche.

Die Kirche, vor der es vor einigen Tagen zu dem heftigen Gefecht gekommen war. Jetzt wirkte alles so verlassen und still. Syndra sah sich trotzdem unsicher um.

Es war ihr ein Rätsel, warum hier nichts abgesperrt war? Hatte sich die Polizei so gar nicht mit einer Schießerei mitten in Dublin beschäftigt? Sie sah vor sich wieder die Pforte, durch die sie gekommen war und einige der Grabsteine, die durch die Kugeln zerstört oder beschädigt worden waren. Sie konnte fast die Schreie der Sterbenden hören.

„Es ist niemand hier. Die gestrige Nacht hat viele von uns das Leben gekostet. Der Rest hat sich erst mal aus Dublin zurückgezogen."

Die Stimme des Priesters klang schwach und brüchig. Er brauchte schnell Hilfe.

Syndra riss sich zusammen und biss sich in die Hand. „Trinkt!"

Der Mann sah sie traurig an.

„Nein. Wenn Gott mich zu sich ruft, dann werde ich folgen. Ich werde nicht zu einer von euch unheiligen Kreaturen werden. Das ist nur ein Durchschuss, der wird mich nicht umbringen, solange ich ihn bald verbinde und nicht noch mehr Blut verliere. Und nennt mich Abraham."

Syndra nickte und beließ es dabei.

Die Kirche schien wirklich verlassen zu sein. Sie half Abraham vor dem Eingang in eine halbwegs bequeme Lage.

„Wieso habt ihr mir geholfen?"

„Ich sagte dir schon warum. Tristan sieht etwas in dir und ich vertraue seinem Wort. Aber du solltest vor dem Rest von uns auf der Hut sein, nach der gestrigen Nacht folgen viele der Brüder ihm nicht mehr. Sie machen dich dafür verantwortlich, dass unser Plan gescheitert ist, und wollen nun wirklich nur noch deinen Tod. Manche halten ihn jetzt sogar für einen Verräter."

„Dann sagt ihnen, ich hab nichts mit allem hier zu tun. Ich habe absolut keine Ahnung, was hier eigentlich geschieht. Und schon gar nicht weiß ich, warum mich irgendjemand töten will. Ich verstehe gar nichts!" Syndra sah sich aufgebracht um.

„Ich habe euch hier her gebracht und bin euch dankbar, dass ihr mir da weggeholfen habt. Aber ich muss jetzt weiter. Ich …."

Der Priester drückte weiter auf seine Wunde und seine Stimme klang müde: „Die Sonne geht bald auf. Erinnere dich, die Nächte sind kurz im Sommer. Wo willst du denn hin?"

Syndra hatte keine Antwort. Sie spürte die beginnende Müdigkeit schon, aber noch hatte sie etwas Zeit.

Sie musste weg von hier. Ihre Verfolger würden bestimmt bald auftauchen. Vielleicht konnte sie irgendwo klingeln oder einbrechen? Diese Idee war dämlich, das war ihr auch klar. Aber was sollte sie denn sonst machen? Und woher sollte sie die Antworten bekommen, die sie so dringend suchte? Würde sie die bei Alistair bekommen? Sollte sie einfach aufgeben und sich fangen lassen? Sie sah den Priester vor sich misstrauisch an. Konnte sie ihm wirklich trauen? Nein, wahrscheinlich nicht, aber hatte sie den eine andere Wahl?

„Ich weiß nicht, wer ihr seid, oder was ich noch glauben soll. Aber falls es wahr ist, was ihr gesagt habt, dann bitte ich euch, mir zu helfen. Gibt es hier in der Nähe einen sicheren Ort, an dem ich den Tag verbringen kann?"

„Ja den gibt es. Unter der Kirche sind Katakomben, und sie wurden schon von Wesen deiner Art genutzt. Folge mir."

Durch eine überraschenderweise unverschlossene Seitentür betraten sie das Gebäude. Hier drinnen wirkte es so, als ob die letzten Besucher in Eile aufgebrochen waren und niemand den Raum danach wieder in seinen eigentlichen Zustand zurückversetzt hatte. Stühle standen wahllos herum, zwei Kleidungsstücke hingen über einer der Kirchenbänke und vollständig herunter gebrannte Kerzen in den Kerzenhaltern und auf dem Altar boten ein geradezu falsches und trostloses Bild.

Der Priester durchquerte den Innenraum und bedeutete ihr, zu folgen.

Syndra hatte das ungute Gefühl, nicht hier sein zu dürfen. Das Gebäude fügte ihr sogar leichte körperliche Schmerzen zu, doch sie nahm allen Mut zusammen und folgte ihm.

Der alte Mann deutete auf ein kleines halbhohes Metallgitter, das einen Weg nach unten offenbarte. Als er hinabstieg, folgte sie dem Priester, ohne zu zögern, die drei Stufen hinab.

Unten standen sie in etwas wie einer kleinen Grabkammer mit großen Steinplatten an den Wänden und auf dem Boden. Ohne anzuhalten, ging er weiter zu einer Stelle am Boden. Syndra sah nicht, was er tat, doch plötzlich öffnete sich eine Treppe in die Tiefe.

Der Weg hinunter war eng und düster. Ohne die Taschenlampen wäre sie wohl mehrfach die wenigen, aber sehr krummen Stufen runtergestürzt.

Unten angekommen stand sie in einem sehr übersichtlichen Raum. Ein Metallkreuz hing an der Wand über einem schmucklosen Altar mit zwei Lampen im Stil von Kerzen. Eine Steinbank und zwei Stahlpritschen in kleinen Alkoven schienen die einzigen Einrichtungsgegenstände zu sein.

„Ich werde ihnen helfen, sich zu verbinden, und dann werde ich sie fesseln. Ich hoffe sie verstehen das, aber ich kann ihnen nicht trauen."

Der Priester sah sie mit glasigen Augen an und nickte. Syndra hatte ihn gerade nach seinen Angaben verbunden, und dabei immer wieder beständig diesen starken Drang unterdrückt, ihn einfach leer zu trinken. Und war gerade dabei, ihn zu ihrer Sicherheit so fest an die Pritsche zu fesseln, wie es ihr möglich war, ohne irgendein Verständnis von Knoten und das Fesseln von Menschen, als sie der Meinung war, über sich Geräusche zu hören.

Jetzt saß sie wie eine Ratte in einer Sackgasse und es gab keinen Ausweg. Wie konnte sie nur so dumm gewesen sein, ihm zu trauen und hier hereinzugehen? Sie sah wütend zu dem Gefesselten und wollte gerade ihrem Hunger nachgeben, als er schwach flüsterte:

„Selbst wenn sie unserer Spur bis in die Kirche gefolgt sind, werden sie den Eingang hier herunter nicht so einfach finden."

Syndra erinnerte sich an den Mann mit den weiten Klamotten, er hatte etwas von einem Spürhund an sich. Als sie ihn beobachtet hatte, schien es fast, als würde er sie wittern können. Hoffentlich war er nicht unter den Häschern. Er würde sie garantiert finden. Oder zumindest wissen, dass sie hier war.

„Wie können sie sich da so sicher sein?“, flüsterte sie in seine Richtung.

Er lächelte. „Weil auch wir unsere Möglichkeiten haben.“

In seinem Ausdruck lag eine Sicherheit, die Syndra eher beängstigte als beruhigte.

Gespannt lauschte sie weiter, doch entweder hatte sie sich verhört oder es war ruhig geworden. Dann setzte sie sich auf die zweite Pritsche und versuchte, langsam wieder zur Ruhe zu kommen. Die Schmerzen, die das Gebäude ihr verursachten, waren hier unten weit erträglicher als noch im Kirchenschiff und Syndra betrachtete sich zum ersten Mal die zerknitterte Rolle näher, die Abraham ihr gegeben hatte.

„Was ist das?“

Der Mann schüttelte matt den Kopf. „Ich weiß es nicht.“

Sie war mit einem filigranen Muster eines Wappens versiegelt. Vorsichtig zerbrach sie das blaue Wachs. Im Inneren offenbarte sich ein Bild und ein Schriftstück.

Als sie sich das Bild im Schein der Taschenlampe genau ansah, erschien es, als ob sie das Motiv kannte. Allerdings war sie sich ganz sicher, dass sie die Zeichnung noch nie in Händen gehalten hatte. Aber etwas in ihr spürte, dass sie ganz genau wusste, was sie da sah.

„Dieser junge neue Priester ist ein wirklich guter und wahrhaft gläubiger Mann.“ Ihr Pflegevater spuckte die Worte mit so viel Abscheu in Richtung ihrer Pflegemutter aus, dass das junge Mädchen verstohlen in Richtung des Dorfes und der sich dort gedachten Kirchturmspitze schielte.

„Wir müssen aufpassen, dass er von unserem Haus fern bleibt. Also Mädchen, benehmt euch ja anständig, wenn ihr in der Kirche oder im Dorf seid.“

Die beiden angesprochenen Töchter nickten missmutig, aber unterwürfig wie immer.

„Darf ich vielleicht auch mal in diese Kirche?“

Das dritte Mädchen sah ängstlich aus der Ecke zum Tisch hinüber. Alle acht Augen starrten sie an und der Vater lachte nur boshaft.

„Was willst du denn in der Kirche? Niemand dort will einen Bastard wie dich. Du hast kein Recht, eine Kirche zu betreten. Und außerdem, wer hat dir erlaubt, zu sprechen? Dreh den Kopf zur Wand und sei still, bis wir dir etwas anderes sagen.“

Ohne eine Erwiderung gehorchte sie und drehte den Kopf wieder um. Allerdings hatten sich die Worte und die Angst vor diesem Mann, die in der Stimme ihres Pflegevaters mitschwang, in ihrem Gedächtnis eingebrannt. Bisher hatte sie noch nie erlebt, dass er vor jemanden Angst hatte.

Ein halbes Jahr später sah das junge Mädchen ihn dann das erste Mal durch das Fenster, als er ihr Haus besuchte. Er hatte etwas Magisches an sich. Es schien fast, als ob ihn eine leuchtende Aura umgab.

Ihre Pflegeeltern ließen ihn nervös herein, während sie selbst vollkommen still in ihrem Verschlag unter dem Dach sitzen musste. Aber sie hörte seine weiche Stimme und die Hoffnung, die seine Worte beinhalteten. Sie wusste, wenn, dann würde nur er ihr helfen können. Aber bisher wusste er ja nicht einmal, dass es sie gab. Und wenn es stimmte, was man ihr sagte, dann würde er mit jemandem wie ihr gar nicht erst reden.

Doch es sollten noch einige Jahre vergehen, bis sie ihm, eines Nachts, das erste Mal persönlich gegenüberstehen würde. Bis sie ihn anflehte, ihr zu helfen. Und noch so viele Jahrzehnte mehr, bis dieses Bild entstanden sein musste, auf dem er schon so alt wirkte.

Als Syndra wieder zu sich kam und die Kopfschmerzen verebbten, hob sie das Bild auf. Diesmal erkannte sie die Personen auf dem Bild sofort. Das war sie! Auch wenn sie das Gesicht nicht wirklich erkennen konnte. Die Frau, also sie, stand im Mondlicht in einem weißen Kleid vor einem alten Mann in der Kleidung eines Mönches. Sie hatte solche Kleidung schon auf anderen Bildern gesehen. Im Hintergrund befand sich ein großes dunkles Gebäude umgeben von Mauern mit einem Glockenturm.

Immer noch war ihr nicht vollkommen klar, was sie da sah, doch sie wusste genau, dass es dieser Ort sein musste, den er ihr zeigen wollte. Ein Ort, den sie kennen sollte und der soviel Bedeutung hatte, dass sie scheinbar wissen müsste, wo er sich befand. Doch sie hatte keine Ahnung. Sie verstand überhaupt nichts mehr.

Was passierte hier? Sie erinnerte sich an Momente, die sie nicht kannte. Sollte sie nicht einfach hochgehen, sich den Männern ihres Herrn stellen und zu ihm bringen lassen? Wenn sie es ihm erklären könnte, ihn um Verzeihung bitten, dann …

Wie konnte ich nur so undankbar sein? Ich muss nach Hause.

Der schwache Strahl der Taschenlampe beleuchtete das Bild und das Schriftstück auf dem Boden.

31.

Das Haus war vollkommen still.

Jeder, der konnte, versuchte, sich soweit wie möglich irgendwo außerhalb oder zumindest so weit entfernt aufzuhalten, wie es die Aufgaben zuließen.

Eduard konnte und wollte sich diesen Luxus nicht leisten. Er verehrte seinen Herrn und ihn störten das halbe Dutzend Leichen nicht sonderlich, die im ganzen Untergeschoss verteilt lagen. Ab und an musste er vorsichtig sein, nicht in den großen Blutlachen auszurutschen oder über ein Körperteil zu stolpern, aber das war ein geringer Preis dafür, dass er seinem Herren noch mit beiden Armen und Beinen dienen durfte. Die Nacht war bald vorüber und er war gespannt, wie viele Körper er nach Sonnenaufgang wirklich würde, entsorgen lassen müssen.

Im Moment saß sein Herr gerade mit zweien der Besucher zusammen im Arbeitszimmer. Eduard hörte, als er sich dem Arbeitszimmer mit dem zerschundenen Körper nährte, Porticus beschwichtigend auf Alistair einreden.

„Ihr ist garantiert nichts passiert. Sie ist eine viel zu wertvolle Geisel."

Eduard war sich ganz sicher, dass solche Worte oder überhaupt Worte keine gute Idee von ihm waren.

„Was mit ihr geschieht, hat dich nicht zu interessieren. Du hast versagt." Die Stimme seines Herrn klang beunruhigend ruhig.

Eduard wartete vor der halb offenen Tür.

„Bring ihn rein."

Der Diener legte den Körper vor dem Schreibtisch auf den Boden und wartete, ob er sich entfernen sollte.

„Wie soll er mir in diesem Zustand von Nutzen sein?"

Schnell flößte Eduard dem Mann Blut aus einer bereitstehenden Karaffe ein und dessen eines Auge öffnete sich langsam. Er starrte leer ins Nichts.

„Wo ist seine Zuflucht?“

Nach einem kurzen Moment der Orientierung antwortete der Ordensbruder. „Ich, ich… ich weiß es nicht. Er hat es niemals preisgegeben.“

Die Antwort schien Alistair nicht zu gefallen und doch nickte er nur.

„Wo habt ihr euch mit ihm getroffen?“

„Er ist nie persönlich nach Dublin gekommen. Es gibt Menschen, die ihm dienen und deren Körper er nutzt, um in die Kirche zu kommen. Wenn wir außerhalb waren, dann ist er manchmal dort erschienen.“

„In welcher Kirche außerhalb der Stadt habt ihr jemals zusammen gebetet.“

„In der St. Bonifatius Kathedrale und der Abtei St. Christopher“

Alistair sah auf den Monitor vor sich. Zum wahrscheinlich zwanzigsten Mal betrachtete er den kurzen Zusammenschnitt von Filmsequenzen, wie sie vollkommen dreckig, abgerissen und mit einer widerlichen Jacke aus einem Taxi stieg, den Park betrat, vor dem Brunnen stand und dann, kurz nachdem der Kampf begonnen hatte, mit dem alten Priester zwischen den Bäumen verschwand.

Seine Leute waren schon daran, den ganzen Park abzusuchen und sich alles an Überwachungsmaterial der Umgebung anzusehen. Leider hatten die Ordensbrüder, vor ihrem Tod noch für einiges an Chaos gesorgt. Sie hatten sich wirklich geopfert. Doch für was? Man würde sie sowieso bald gefunden haben.

Alistair schaltete ab und zog den vor sich knienden Leibwächter an den Haaren hoch, sah ihm in die Augen, setzte sich auf seinen Stuhl und bohrte seinen kleinen Fingernagel langsam in dessen Halsschlagader. Gelangweilt sah er ihm dabei zu wie er in seinen Händen ausblutete und seine Augen Alistair mit einer Inbrunst anflehten ihn zu verschonen, die Worte kaum hätten ausdrücken können.

Als der Körper erschlaffte, ließ er ihn fallen.

„Sie sollen alle Menschen, die meinem Enkel gedient haben finden und töten. Und auch deren kompletten Familien.“

Eduard nickte und brachte den Mann zurück in die Zelle, um ihn dort weiter zu befragen.

32.

Porticus und Mirabell sahen dem Schauspiel aufmerksam zu. Während Porticus beschloss, dass es besser wäre, jetzt nichts mehr zu sagen, nippte Mirabell nur an ihrem Glas und plapperte darauf los.

„Dass dieser Totenbeschwörer vernichtet wurde, ist kein schwerwiegender Verlust, aber wo ist Marius? Er sollte doch schon längst wieder da sein? Oder ist er etwa auch vernichtet worden?"

„Schön, dass wenigstens einer nach mir fragt."

Der große breitgebaute Mann mit den groben Zügen stapfte mit vollkommen zerfetzter Kleidung herein, verbeugte sich tief vor Alistair und sah dann die zierliche junge Frau arrogant lächelnd an.

„Natürlich, werter Freund.", gab sie süffisant zurück.

„Seit wann sind wir Freunde?" Er nahm sich eins der Gläser und trank es in einem Zug aus. „Während ihr eure gepuderten Hintern auf weiche Ledersitze gesetzt habt, habe ich meinen Tag unter Steinen verbracht. Es tut mir übrigens wirklich leid um das schöne Gebäude."

Alistair hob kurz eine Augenbraue.

„Aber, ich hatte schon lange nicht mehr so einen Spaß."

Er trank das nächste Glas. „Und der Alte ist tot? Hat ihn eines seiner Gespenster zu Tode erschreckt?"

„Nein, wir sind angegriffen worden und das Auto, in dem er saß, ist explodiert, bevor er es heraus geschafft hatte." Mirabell antworte ihm hochnäsig wie immer.

Marius lachte. „Na mal sehen, ob er sich auch selbst zurückholen kann. Aber meine Hochachtung, dass ihr beiden noch so munter hier sitzt. Dann habt ihr ja doch einmal etwas erlebt. Oder waren so viele Leibwächter um euch herum, dass nicht mal eine Rakete durchgekommen wäre?"

Mirabell funkelte ihn nur böse an, während Porticus so aussah, als würde er ihn jeden Moment angreifen wollen.

„Marius." Alistair sah kurz hoch.

„Natürlich mein Herr. Verzeiht, aber das war seit Langem einmal wieder eine Nacht nach meinem Geschmack. Auch wenn ich, ehrlich gesagt, mit diesem totalen Einsturz so nicht gerechnet hatte. Ich bin wohl noch etwas aufgedreht. Aber warum herrscht hier solch eine angespannte Stimmung? Euer Plan ist doch vollkommen nach Wunsch aufgegangen? Der Club wurde zerstört und der Orden steht als Schuldiger da."

Alistair ließ das Video mit Syndra auf einem der großen Bildschirme laufen.

„Oh. Genauso selbstständig wie früher. Glückwunsch, zur Rückkehr eurer Atropa Belladonna."

Porticus und Mirabell sahen den groben Mann aufmerksam an. Niemand außer ihm hätte sich so eine Aussage erlauben dürfen. Mirabell war noch viel zu jung, um ihre Schwester persönlich zu kennen, und Porticus war erst kurz vor ihrer damaligen Vernichtung von seinem Erzeuger, als Zeichen der guten Beziehungen, zum Herrn von Canterbury geschickt worden. Er war selbst erst einige Jahre zuvor in die Nacht geholt worden und erinnerte sich nur noch, dass er von ihrer Hingabe zu ihrem Herrn, ihrem starken Willen und ihrer Schönheit beeindruckt war. Ihre damalige Vernichtung hatte einen blutigen Rachefeldzug unter den auch nur im entferntesten beteiligten Menschen nach sich gezogen.

Aber am meisten war Porticus in Erinnerung geblieben, dass er sich in der Nähe dieser Frau immer gefühlt hatte, als müsste er eine bessere Version von sich selbst sein. Nein, vielleicht nicht besser, sondern einfach gut. Aurora war so ganz anders als ihre junge Schwester. Mirabell war schon immer arrogant gewesen. Sie war boshaft und erfüllt von solch einer Überheblichkeit, dass es sogar ihm ab und an übel aufstoß. Aber so kannte er sie seit ihrem ersten Treffen in Frankreich vor über hundert Jahren. Allerdings hatte er auch noch nie erlebt, dass sie etwas getan hätte, was ihr Erzeuger ihr nicht vorher befohlen hatte. Ihm gegenüber war sie so unterwürfig wie ein Teppich.

Allerdings schien Alistair sich auch nicht sonderlich für sie zu interessieren und so genoss sie meistens nur die Vorzüge eines reichen und privilegierten Lebens unter dem Schutz eines solch mächtigen Vaters.

„Wisst ihr schon, wo sie ist?“

„Noch nicht, aber es wird nicht mehr lange dauern.“

„Und? Ist er wirklich ihr Kind?“

Alistair nickte.

„Ja, ist er.“

Nicht, dass er das nicht schon seit Jahrhunderten wusste. Niemand außer Aurora hätte diesen Ordensbruder damals vor seinem Tod bewahren können. Niemand außer ihr hätte es gewagt. Nur sie war zu so etwas in der Lage. Er hatte ihn schon einige Jahrzehnte nach seiner Flucht gefunden und ihn beobachten lassen. Er hatte seinen Weg verfolgt, ihm sogar mehrfach geholfen und gewartet. Gewartet, bis er sein einzig wahres Kind zurückhatte.

Mirabell sah irritiert hoch. „Aber Herr? Ich dachte…“

„Du sollst nicht denken, sondern gut aussehen und gehorchen.“

Sie verstummte und senkte den Blick.

„Lasst uns alleine.“

Marius sah die beiden spöttisch an.

„Ihr solltet vielleicht mit euren Designern mal über gepanzerte Kleidchen und Hemden reden. Oder was auch immer die Mode derzeit für angemessen hält. Die Zeit dafür hättet ihr jetzt.“

Alistair sah ihn kopfschüttelnd an, wollte sich ein zynisches Lächeln aber nicht verkneifen. Beiden jungen Vampiren war die Wut deutlich anzumerken, doch sie knieten sich nur hin und verließen dann den Raum.

„Meint ihr, sie will zu ihm?“

„Ja. Die Informationen, die er die letzten Tage und Wochen erhalten hat, sollten ausgereicht haben, dass er bestimmt mit ihr reden will."

„Wieso habt ihr ihn eigentlich nicht einfach gefangen oder vernichtet? Sondern ihm auch noch die Wahrheit gesagt?"

„Weil Wahrheit, Schuld, Zweifel und Unschuld nicht zu unterschätzende Waffen in einem Kampf sind. Wenn sie treffen, zerstören sie nämlich nicht nur den Körper, sondern auch die Seele."

Marius nickte bewundernd. „Diesen Kampf der Geister beherrscht ihr wie kein anderer. Zum Glück interessiert mich die Wahrheit der anderen nicht und unschuldig bin ich schon seit Äonen nicht mehr."

„Warst du es den je?"

Marius runzelte kurz die Stirn: „Ich glaube nicht. Immerhin hab ich schon bei meiner Geburt meine Mutter zerrissen." Er lächelte amüsiert. „Aber meint ihr, es war gut, sie jetzt schon zu ihm zu lassen? Was, wenn er ihr doch etwas antut?"

Alistair sah ihn kalt an. Marius kannte ihn lange genug um die wirkliche Wut, hinter der ausdruckslosen Fassade, zu bemerken, und wusste, dass es besser war nicht weiter zu fragen. Scheinbar war dieser Umstand so nicht geplant gewesen. Etwas war vollkommen anders gelaufen, als sein Herr es sich gewünscht hatte.

„Was erwartet ihr als Nächstes von mir?"

„Du kannst dich in den nächsten Nächten gerne austoben. Erledige die versprengten Reste, die sich noch auf der Insel aufhalten. Halte dich nur so weit zurück wie notwendig. Interessant wird es erst wieder, wenn wir wissen, wo er und die anderen Anführer sich treffen. Nach meinen Informationen ist auch Tacitus involviert. Ich werde ihnen in den nächsten Nächten eine passende Antwort auf die Zerstörung eines meiner Gebäude und die Entführung meines Kindes zukommen lassen."

Bei der Nennung des Namens des alten Römers Tacitus versteiften sich die Züge des muskulösen Mannes und er zerdrückte die Armlehnen des Sessels in feinstes Sägemehl.

33.

Syndras Finger zitterten vor Anspannung, als sie die Schriftstücke aufhob. In schnörkelloser und klarer Handschrift stand dort:

Wenn du die bist, für die ich dich halte, dann solltest du das Gebäude von der Zeichnung kennen. Du hast zwei Nächte Zeit dort hinzukommen. Wenn nicht, dann werden wir dich genauso jagen wie deinen Herrn. Und diesmal werden wir nicht so unvorsichtig sein wie in der Nacht am Strand.

Sie verstand die Worte zwar, aber ihr Sinn erschloss sich ihr nicht. Das Bombardement von Erinnerungsfetzen, Momenten und Gefühlen machte es ihr unmöglich klar zu denken. Alles drehte sich. Sie wünschte sich Ruhe, Vergessen oder einfach nur den Tod.

Der Priester beobachtete sie. Er hatte seine Fesseln schon gelöst, bevor sie den Brief zu Ende gelesen hatte. Wenn sie etwas garantiert nicht konnte, war es Menschen fesseln. Doch er rührte sich nicht. Er spürte die Qualen der jungen Frau fast am eigenen Körper. Der ganze Raum war angefüllt von Schmerz und Verzweiflung.

34.

„Die Sonne geht schon bald auf. Wir warten seit Stunden auf sie. Sie kommt sicher nicht mehr. Was ist denn nur passiert?“ Iras Augen waren rot vor Tränen, doch Chris schien es gar nicht wahrzunehmen. Entweder schwieg er sie an oder sprach am Handy mit einem Mann in der Muttersprache der Iren, die Ira einfach nicht verstand.

„Ich geh jetzt in unser Zimmer und schaue, ob ich etwas finde. Vielleicht ist ja irgendwas da. Vielleicht hat jemand etwas gebracht? Oder sie ist durch einen anderen Eingang hineingekommen? Vielleicht liegt sie im Bett und wartet auf mich?“

Chris sah sie angespannt an. „Sie ist nicht da! Scheinbar ist sie wohl doch nicht deine Freundin, jedenfalls nicht so, wie du dachtest.“

„Wie meinst du das?“

Er schüttelte nur den Kopf. Ira wollte gerade die Autotür öffnen, als sein Handy wieder klingelte. Das Gespräch war nach zwanzig Sekunden beendet und seine Stimmung endgültig am Tiefpunkt. Er zischte sie herrisch an: „Mach die Tür zu! Sie ist nicht hier!“

Ira zuckte zusammen. Warum war er so aggressiv?

„Ich möchte doch nur schauen.“

Genervt startete er das Auto.

„Und sie wird auch nicht kommen!“

Ohne auf ihre Einwände einzugehen, raste er los.

Abraham betrachtete sich Syndra genauer.

Vor einigen Tagen war dieses Mädchen für ihn einfach nur eine attraktive junge Frau gewesen, die sich in einem Park erholen wollte. Er hatte sie und ihre Freundin mit ihren Einkaufstaschen beobachtet, ihr Lachen gehört, hatte die Lebensfreude der beiden jungen Frauen gespürt. Es war wie die meisten der Tage, die er dort verbrachte. Menschen kamen, liefen spazieren, unterhielten sich und gingen dann weiter. Nichts deutete an diesem Tag darauf hin, dass es diesmal anders sein würde.

Doch dann, dann sah er diese Angst in ihren Augen. Diese geistige Abwesenheit als sie vor der Statue stand. Dieser Moment eines Erkennens. Er hatte keine Ahnung, was sie dort sah, nur das es sie sehr mitgenommen hatte.

Jetzt lag sie vor ihm wie eine Leiche, scheinbar war die Sonne aufgegangen. Das war bei diesen Kreaturen so. Sobald die Sonne aufging, schliefen sie ein. Er wusste, er könnte sie jetzt einfach töten. So stark und mächtig sie auch in der Nacht waren, so verwundbar und schwach waren sie am Tag.

Es schmerzte ihn, sie so zu sehen, so ohne jedes echte Leben. Er seufzte leicht, es würde wohl keine weiteren Tage mehr am Brunnen für ihn geben. Sein Warten war beendet. Er hatte es dort genossen. Versuchte er doch, mit der Statue vor Augen, immer wieder die Geschichten des Ordens und seine eigenen Gedanken zu sortieren, sich in Erinnerung zu rufen, dass manche seiner Brüder, die eigentlich doch gar nicht seine Brüder sein durften, auch einmal Menschen waren. Dass sie nicht immer diese unheiligen Kreaturen der Nacht waren.

Als er damals, als junger Priester, voller Ideale und unrealistischen Vorstellungen, genau diesem Orden beitreten wollte, wusste Abraham schon von einigen Geschöpfen die nicht dem Himmel, sondern der Hölle entsprungen waren. Er hatte sich bewusst entschieden, diesen Gottverfluchten entgegenzutreten und sie zu bekämpfen. Er fragte sich immer wieder, ob er es auch getan hätte, wenn er damals schon gewusst hätte, dass diesem Orden genau solche Geschöpfe angehörten, dass sie ihn zum großen Teil sogar anführten.

Dass er immer noch hier saß und die junge Frau nur ansah, anstatt sie einfach zu töten, gab ihm endlich seine letzte Gewissheit. In den vergangenen 34 Jahren hatte er den Mann, den sie Tristan nannten, kennenlernen dürfen und auch wenn Abraham nicht alle Taten dieses Vampirs verstand, so erkannte er doch in den meisten einen tieferen Sinn.

Wie sollte man die Geschöpfe der Nacht finden und vernichten, wenn man sie nicht wirklich kannte? Wenn man mit seinem menschlichen Verstand kaum nachvollziehen konnte, wie sie dachten oder wo sie zu finden waren? Die Aufzeichnungen und mannigfaltigen Erfahrungen des Ordens halfen zwar, aber auch sie waren zu großen Teilen eher theoretischer Natur.

Bei den Kleineren und weniger Mächtigen war es recht einfach. Ob sie einen Wechselbalg aus einer Kneipe zogen und ihn der gerechten Strafe Gottes übereigneten oder eine Fee dabei erwischten, wie sie gerade versuchte, ein Kind zu fressen. Diese niederen Wesen waren zumeist einfacher zu finden, wenn man wusste, wo man suchen musste.

Aber bei den Vampiren war es etwas anderes. Die Alten von ihnen waren so mächtig, dass keiner von ihnen so einfach an sie herankommen konnte, mal ganz davon abgesehen, dass sie kaum wussten, wer sie waren. Daher war es ein Fluch und ein Segen für den Orden, als vor ein paar hundert Jahren dieser Mann, der sich Tristan nannte, auftauchte und mit anderen seiner Art, ein Treffen mit den Ordensführern vorschlug.

Er überlegte, wie es sich für seine damaligen Brüder angefühlt haben musste, mit ihren Erzfeinden an einem Tisch zu sitzen und zu reden, anstatt sich gegenseitig umzubringen.

Doch Abraham erkannte den Sinn dahinter und war froh, dass eine Einigung erzielt wurde und seit dem auch Vampire dem Orden angehörten. Auch wenn sie alle unheilige Kreaturen waren, so gab es doch auch welche, die auf Gottes Seite standen und Menschen nicht nur als Nahrung und niedere Wesen ansahen.

Er überlegte wohin diese junge Frau wohl gehörte, zu ihnen oder zu ihren Gegnern?

Die Wunde schmerzte und Abraham zog sich aus seinen Gedanken. Wenn er hier nicht sterben wollte, dann sollte er jetzt endlich handeln. Die Häscher waren in der Kirche über ihm. Auch wenn er sie nicht mehr hören konnte, so war ihm klar, dass sie den Eingang irgendwann finden würden und wenn sie alles auseinandernahmen. Ihre verzweifelten Schreie waren kaum zu überhören gewesen.

Er zog Syndra das weiße Kleid und die Jacke aus und verstecke ihre Sachen unter der Pritsche. Dann nahm er seinen Mantel, wickelte sie hinein und öffnete einen Geheimgang hinter dem kleinen Altar. Die Dunkelheit, die Spinnweben und die stickige Luft waren unangenehm und die Schmerzen machten sein Unterfangen auch nicht gerade leichter. Er zog die lebende Leiche hinter sich her und hoffte inständig, er würde genug Vorsprung generieren können.

35.

Eduard zählte neun tote menschliche Körper. Sie lagen kreuz und quer im ganzen Untergeschoss verteilt und hatten mit ihrem Blut so viele Teppiche ruiniert, dass er sich fragte, wie er das an nur einem Tag wieder hinbekommen sollte. Er wusste, er hatte nur bis Sonnenuntergang Zeit. Wenn sein Herr bei seinem Erwachen solch ein Durcheinander vorfinden würde, dann würde er sich als zehnter Leichnam keine Sorgen mehr darum machen müssen. Wenn er überhaupt so viel Glück hätte.

Die neuen Teppiche würden in einer bis zwei Stunden eintreffen, bis dahin mussten die Leichen verschwunden sein. Mit leichtem Kopfschütteln sammelte er zuerst die zwei vollkommen zerfetzten Torsos und zerdrückten Köpfe von den armen Tröpfen ein, die seinem Herrn noch kurz vor Sonnenaufgang Bericht erstatten mussten. Einer von ihnen hätte die erlittenen Schusswunden wahrscheinlich ohnehin nicht überlebt, aber das konnte Eduard nur ahnen. Jetzt war in jedem Fall nicht mehr viel von ihm übrig. Zumindest hatten diese beiden hier nur den Boden und nicht noch alles darum herum ruiniert, wie die Getöteten im Eingangsbereich.

Der andere Vampir, er hieß Marius, hatte an sich nur drei blutleere Kadaver übrig gelassen. Doch vorher hatte er ihnen erst einmal die Köpfe abgerissen und sich ihr Blut über das Gesicht laufen lassen. Solch eine Aktion hinterließ, verflucht noch mal überall in der Umgebung kleine und große Blutspritzer. Die armen Männer wussten gar nicht, wie ihnen geschah, dachten sie doch, sie wären der Rache des Herrn entkommen. Eduard war nur froh, dass er erst dazu kam, als der Schlächter schon bei dem zweiten Mann angekommen war.

„Wir wollen doch nichts verschwenden.“, lachte dieser grobe Mann nur in seine Richtung.

Eduard ging ihm lieber aus dem Weg. Er hatte etwas so unglaublich Brutales an sich. Nicht diese feine, ehrfurchtgebietende Art, die er an seinem Herrn so liebte. Im Vergleich dazu war er ungehobelt, ja geradezu animalisch und wild.

Müllsäcke voll mit menschlichen Überresten und den komplett ruinierten Teppichen stapelten sich schon in den Kofferräumen und Fonds der zwei Limousinen. Noch drei oder vier Säcke, und er hatte es geschafft.

Um die Verbrennung kümmerten sich andere und die hauseigenen Maler hatten die meisten Flecken auch schon wieder sorgfältig ausgebessert. Es blieb noch etwas Zeit, bis die Sonne unterging, also konnte er sich jetzt endlich dem vergnüglichen Teil des Tages zuwenden und die Gefangene besuchen.

Sie hatte bestimmt Hunger und Durst. Gestern musste sie ja auf diese Annehmlichkeiten verzichten. Er lächelte grausam. Eigentlich hatte er nichts gegen Rachel. Sie war wie er, nur schon viel, viel älter.

Aber, im Gegensatz zu ihm, musste sie nicht das Haus sauber halten, oder sich um irgendwelche Angelegenheiten kümmern, die einem Diener eigentlich zustanden. Sie durfte schon immer die große Dame spielen, mit ihrem gemeinsamen Herren ausgehen und sogar mit ihm reden.

Eduard beneidete sie unsäglich und daher konnte er seine Freude über ihre jetzige Situation nicht verheimlichen. Seit vorgestern saß sie im Keller in einer der Zellen. Sie hatte sich leider kaum gewehrt, als man sie dort hinbrachte, so als ob sie aufgegeben hatte.

36.

Rachel saß mit dem Rücken zur Wand, auf dem Boden der Zelle. Der Vampir im Verlies neben ihr schlief, also musste es Tag sein. Sie wusste nicht, wie lange ihr noch bleiben würde. Nie hätte sie gedacht, dass es nach kaum mehr zählbaren Jahren noch etwas ausmachen würde, ob sie einen Tag mehr oder weniger lebte.

Doch nun machte es ihr etwas aus. Sie hoffte so sehr darauf, zu erfahren, was mit ihrer wiedergekehrten Tochter geschehen war. Ob sie es geschafft hatte, zu entkommen? Natürlich hatte sie es geschafft, sonst wäre Alistair nicht so wütend gewesen und sie wäre nicht mehr am Leben. So sehr sie sich auch Antworten wünschte, so klar war sie sich auch darüber, dass sie keine erhalten würde. Diese Genugtuung würde er ihr niemals geben.

In den Jahrhunderten, die sie ihm nun schon diente, hatte sie lernen müssen, dass sie nur noch da war, weil sie ihn an ihre Tochter erinnerte und weil er ihre permanenten Qualen genoss.

Rachel schloss die Augen und versuchte, sich ihre geliebten Erinnerungen wieder wach zu rufen. Sie spürte fast die sanfte Berührung ihres geliebten Ehemannes, als er vorsichtig über ihren straffen Bauch streichelte. Er war so voller Vorfreude auf ihr erstes Kind gewesen. Sie waren damals immerhin seit über einem Jahr verheiratet und endlich war sie schwanger geworden.

Doch dann erinnerte sie sich daran, als er eines Nachmittags auf den Hof kam. An seine starren Augen, das harte Gesicht, dass nichts mehr von dieser liebevollen Weichheit erkennen ließ, für das sie ihn so liebte. Seine kleine Tochter strahlte ihn aus ihren großen blauen Augen an, doch er ignorierte sie.

Noch nie hatte Rachel ihn so erlebt. Noch nie hatte das Lächeln seiner Tochter seine Stimmung nicht innerhalb von Sekunden aufgehellt.

„Das lasse ich nicht zu! Er wird sie nicht bekommen. Wie kann er glauben, dass er mit so etwas durchkommen kann?" Seine Worte würde sie nie vergessen und auch nicht die Entschlossenheit mit der er sie aussprach. Er würde dem Befehl seines Herrn nicht folgen. Und sie war unendlich dankbar für seine Entscheidung. Doch sie wusste auch, was das bedeuten würde. Sie wusste, dass der Lehnsherr ihres Mannes ein rachsüchtiger und von Hass und Neid zerfressener Despot war, der keine Widerrede duldete.

Wie oft hatte Rachel im Laufe der Jahre schon über diesen Tag nachgedacht und sich gefragt, wie ihr Leben verlaufen wäre, wenn sie und ihr Gatte damals eine andere Entscheidung getroffen hätten. Wenn sie ihrem Lehnsherrn einfach ihre Tochter gegeben hätten? Doch sie wusste, dass ihr Ehemann es niemals gekonnt hätte. Sein Glaube und seine Liebe zu ihr und ihrer beider Tochter hätte es nicht erlaubt. Sie war Gott bis heute unendlich dankbar, dass er nicht mehr erleben musste, was nach seinem Tod mit ihr und ihrem Kind geschehen war.

Wie nur zwei Tage danach ihr ganzes Anwesen den Flammen zum Opfer gefallen war, und seine Männer und Frauen einfach weggeschleppt wurden. Wäre sie doch besser damals auch gestorben. Das, was folgte, war schlimmer. Ohne den Schutz eines Mannes war sie zur Jagd freigegebenes Freiwild. Doch sie stand ihrem Mann in Entschlossenheit und Gottvertrauen in nichts nach.

Aber so sehr sie sich auch bemühte zu fliehen und allen Menschen zu entgehen, sie fanden sie. Rachel würde nie vergessen, wie diese Monster ihr ihre Tochter entrissen. Wie sie jeder Einzelne gegen ihren Willen nahm und dann mehr tot als lebendig auf dem Boden des vollkommen verwüsteten Hauses mitten im Wald zum Sterben zurückließen.

An ihre verhöhnenden Worte: „Du hättest lieber gehorchen sollen. Was ist schon ein Mädchen? Du hättest ja noch mehr Kinder bekommen können. Unser Herr bekommt immer, was er will!"

Doch sie tat ihnen den Gefallen nicht. Sie starb nicht. Ihr Wille ließ es einfach nicht zu. Nach ein paar Monaten war sie wieder in der Lage zu laufen, doch es dauerte Jahre, bis sie ihre Tochter endlich fand.

Aber es war viel zu spät. Sie war nun eine von einem Dutzend kleinen Mädchen, die er sich hatte - ihr fiel kein besseres Wort ein - züchten lassen.

Er, dieser große wunderschöne Mann mit der Ausstrahlung kalter Erhabenheit, den feinen Kleidern und dem Gesicht eines Engels. Als sie ihn das erste Mal traf, betrachtete er sie wie ein außergewöhnliches Insekt, doch ihre Geschichte schien ihn zu interessieren und so ließ er sie am Leben.

„Solltest du ein Wort mit deiner Tochter wechseln, dann wird sie den nächsten Morgen nicht erleben. Und du wirst diejenige sein, die ihr den schrecklichsten Tod bringen wird, den du dir ausmalen kannst."

Auch wenn seine Stimme dabei eher belustigt klang, würde sie diesen Satz und seine tiefe Kälte niemals aus ihrem Gedächtnis streichen können.

So oft wollte sie sich der jungen Frau nähern, die einmal ihre kleine Tochter gewesen war. Sie in den Arm nehmen und ihr sagen, dass alles gut werden würde. Doch sie wusste, es wäre ihr Todesurteil.

Im Laufe der nächsten Jahre sah sie, wie ein Mädchen nach dem anderen eine der gestellten Aufgabe nicht erfüllen konnte, dem Charme einer seiner Leute erlag, oder einfach nur noch gebrochen in einer Ecke saß. Jedes dieser Mädchen sah sie kurz darauf mit schreckensverzehrten blutleeren Gesicht in den Flammen verbrennen.

Bis am Schluss nur noch eine von ihnen übrig blieb - ihre Tochter. Sie hatte weder den Verlockungen der jungen Männer nachgegeben, noch sich durch die vielen Grausamkeiten brechen lassen.

Rachel sah, wie unschuldig und rein sie immer noch war, und sie sah etwas, dass nur eine Mutter erkennen konnte und von dem sie sich wünschte, es nicht zu sehen. Sie sah Liebe in ihrer Tochter. Liebe zu diesem Mann, der selbst niemals solch ein Gefühl kennen würde.

„Ich wusste, dass von all jenen, wenn überhaupt, nur sie es schaffen könnte. Bei ihrer Schönheit und diesem Willen, den sie ihrer Mutter verdankt und der Sturheit des Vaters. Nun, schätze dich glücklich, deine Tochter wird eine von uns“, lächelte er verächtlich.

Untätig musste Rachel dabei zusehen, wie er ihre Tochter zu einem der Geschöpfe der Nacht machte. Wie er sie Gott entriss, um ihr ein ewiges unheiliges Leben zu schenken. Sie konnte es weder damals noch heute verhindern.

Sie hätte sie besser töten sollen, um wenigstens ihre Seele zu retten, aber sie war doch immer noch ihre Tochter. Aber nicht nur allein, dass sie einfach nur zusah, sie tat noch viel Schlimmeres. Sie erzählte ihr die Lügen, zu denen er sie zwang. Lügen über ihre Verdorbenheit schon seit ihrer Geburt, Lügen über die Kirche, von schwarzen Messen, von Taten durch Priester, die nie geschehen waren. Lügen darüber, dass ihre Mutter eine Dirne und Teufelsanbeterin war und an diesen ketzerischen Ritualen teilgenommen habe.

Aurora hatte nie erfahren, dass ihr Vater sie mehr geliebt hatte als sein eigenes Leben. Dass er lieber starb, als sie fortzugeben. Dass ihre Mutter Gevatter Tod einen Handel anbot, nur um sie wieder zu sehen. Dass sie ihr eigenes Seelenheil geopfert hatte, um vielleicht noch ihres zu retten. Das Einzige, was sie wenigstens heimlich versuchte war, ihr Kind dazu zu bringen, an Vergebung zu glauben.

Doch irgendwann glaubte Aurora ihr auch das nicht mehr. Sie wurde wirklich zu einer von ihnen. Sie wurde wie der Mann, an dessen Seite sie stand. Rachel war sich sicher, sie endgültig verloren zu haben.

Doch in dem Augenblick, als sie den einzigen Mann töteten, der ihre Tochter jemals wirklich zu lieben wagte. In dem Augenblick, als sie in Auroras Augen den Schmerz erkannte, den nur ein gebrochenes Herz hervorrufen konnte. In dem Augenblick wusste sie, dass ihre Tochter noch existierte. Er hatte sie doch nicht vollkommen gebrochen. Etwas in ihr war noch nicht verloren. Doch es war zu spät, denn in dieser Nacht starb ihre Tochter zum zweiten Mal.

Sie erinnerte sich, wie ihr Herr ihre blutigen Kleider in die Burg gebracht bekommen hatte. Wie alle Diener und sogar die anderen Vampire sich versteckten und an das blutige Gemetzel, das in den Tagen und Wochen danach herrschte. Sie selbst versteckte sich nicht, denn sie konnte sich nicht allzu weit von ihm entfernen. Außerdem wollte etwas in ihr sterben.

Doch diesen Gefallen tat er ihr nicht. Sie wusste, durch ihre Schmerzen war auch ihre Tochter noch bei ihm. Und Rachel war ja keine von ihnen, sie war nur ein Mensch. Nur seine Sklavin. Sie atmete, aß, trank, sah die Sonne und lebte, wenn man es so nennen konnte. Über die Jahrhunderte trank sie immer wieder sein Blut, das hielt sie zwar am Leben, aber es band sie auch an ihn. Gab ihm unbeschreibliche Macht über sie. Denn ohne ihn war sie verloren, doch mit ihm hatte sie sich von Gott so weit entfernt, dass sie sich selbst nie mehr würde vergeben können.

Aber das würde nun enden. Sie hatte eine zweite Chance erhalten. Rachel hoffte nur, dass sie diesmal diese Chance genutzt hatte.

37.

Es war dunkel.

Nur ein sanfter Lichtschein, der durch die Schlitze in der Tür hinein fiel, gab Syndra die Möglichkeit, ihre Umgebung überhaupt wahrzunehmen. Sie lag auf dem Boden. Ihre Hände waren auf dem Rücken gefesselt, ihr Beine hatte man verschnürt und sie hatte eine Art Knebel im Mund. Über ihr hingen eine Jacke und ein Mantel. Scheinbar hatte man sie in eine Garderobe gelegt. Kein wirklich glamouröser Ort, aber immerhin auch kein echtes Gefängnis. Sie erinnerte sich daran, unter der Kirche gewesen zu sein, wie konnte sie von dort gefesselt in eine Garderobe kommen? Hatten die Häscher sie gefunden?

Nein, Alistair würde sie niemals in eine Garderobe sperren. In das tiefste Kellerverlies oder einen fensterlosen Raum, der gerade mal so groß war wie sie selbst oder in ein Aquarium als Ausstellungsstück, ja. Allerdings in keine kleine schäbige Garderobe, in der sonst nur zwei Kleidungsstücke hingen. Irgendwas anderes musste passiert sein. Aber während die Sonne schien, war es für sie, als ob sie tot war. Sie bekam nicht mit, was um sie herum geschah. Syndra robbte herum, sie konnte nicht einfach hier liegen bleiben. Vorsichtig schob sie mit ihrem Kopf die Tür auf und sah auf einen kleinen schmalen Gang hinaus. Direkt gegenüber befand sich der Ursprung des schwachen Lichts. Ein Mann stand mit dem Rücken zu ihr vor einem Sofa. Scheinbar musste das dort das Wohnzimmer sein. Er drehte sich genau in dem Augenblick um, als sie versuchte, ihn genauer zu betrachten.

In seinen Augen lag hauptsächlich Verachtung und doch konnte sie auch eine Spur Angst erkennen. Bisher hatte sie noch nie solch einen Ausdruck in den Augen von Fremden ihr gegenüber erkannt. Aber war das verwunderlich? Sie war kein Mensch mehr. Unwillkürlich erinnerte Syndra sich an die Frau und ihren Hund der letzten Nacht. Doch dieses Mal verspürte sie nicht diesen unbändigen Hunger. Nicht, dass sie keinen Hunger hatte, aber er war nicht so übermächtig, dass sie dafür töten würde.

„Die Leiche ist wirklich wieder zum Leben erwacht." Der Mann kam auf sie zu.

Syndra schätzte ihn auf rund einen Meter siebzig. Er war drahtig und wahrscheinlich circa 40 Jahre alt. Bevor er bei ihr war, nahm er sich eine Art großes Messer von einem kleinen Beistelltisch, auf dem sonst wahrscheinlich eher Schlüssel lagen.

„Ich werde dir den Knebel rausnehmen, wirst du nach mir beißen? Oder vielleicht diese Bodyguards um Hilfe rufen?" Syndra schüttelte den Kopf.

„Ich schlage dir den Kopf ab, wenn du es versuchst. Egal, was Abraham dazu meint."

Nachdem er ihr den Knebel gelockert hatte, spukte sie das Stück Stoff aus.

„Wo bin ich? Wo ist der Priester?" Syndra versuchte, an dem Mann vorbei in das Wohnzimmer zu sehen.

„Ich habe getan, was ich tun konnte. Der Rest liegt in Gottes Hand."

„Ich kann helfen!" Syndra versuchte, aus dem Wandschrank zu robben.

„Du hast ihn doch überhaupt erst in diese Situation gebracht." Die Stimme des Mannes klang wütend.

„Ich habe gar nichts gemacht. Ich habe ihn nicht um seine Anwesenheit gebeten." Syndra war der Verzweiflung nah. Sie hatte keine Zeit für das alles. Was, wenn gleich Alistairs Männer hier hereinstürmen und sie einfach mitnehmen würden?

Sie konnte sich ja nicht einmal verteidigen oder weglaufen.

„Und du wirst auch weiterhin gar nichts machen. Ich hab keine Ahnung, wie er darauf gekommen ist, hier mit dir aufzutauchen. Aber solange er nicht wieder wach ist, bleibst du genau dort, wo du bist."

„Ich kann nicht hierbleiben. Sie suchen mich. Ich muss jemanden finden. Jemand, den man Tristan nennt. Nur der Priester kann mir helfen."

Der Mann trat einen Schritt zurück und gab die Sicht frei. Auf dem Sofa lag der alte Mann mit einem Verband über den Brustkorb und die Schulter. Er schien zu schlafen, doch Syndra sah, dass er extrem flach atmete.

„Er wird dir garantiert nicht helfen können. Er hat zu viel Blut verloren. Ich weiß noch nicht einmal, ob er es überleben wird. Das wird Gott entscheiden. Aber bevor er zusammengebrochen ist, hat er mich angefleht, dir zu helfen."

Syndra versuchte, aus der Wandgarderobe zu kommen.

„Ich kann ihm helfen. Mein Blut kann ihm helfen."

Der Mann schüttelte den Kopf. „Das wird niemals passieren. Ich weiß, was du bist. Und ich weiß auch, dass er lieber sterben würde, als zu einem eurer Diener zu werden."

Syndra versuchte, den Mann genauer anzusehen, doch er wich ihrem Blick geschickt aus.

„Ich sagte dir doch, ich weiß, was du bist. Lass die Spiele, oder du wirst morgen noch ein letztes Mal die Sonne sehen."

„Wo sind meine Sachen? Der Brief?" Erst jetzt realisierte sie, dass man sie umgezogen hatte. Sie hatte einen viel zu weiten Pulli und eine graue Jogginghose an.

Er dachte kurz nach, sah zu Abraham und rief sich dessen Worte noch einmal in Erinnerung.

„Ich werde dich losbinden. Aber ich warne dich. Du wärst nicht der Erste eurer Art, den ich ins Jenseits befördere, oder wo immer ihr auch hinkommt. Du lebst nur noch, weil ich Abraham noch nie so erlebt habe."

„Ich werde euch nichts antun. Ich will nur meine Sachen und …" Sie brach ab. Ohne den Priester wusste sie nicht, was sie tun sollte. Ihr war nur klar, dass sie den Ort auf dem Bild finden sollte. Aber sie hatte leider überhaupt keine Ahnung, wo dieser Ort lag. Und hatte nicht gerade dieser Tristan vor einigen Tagen versucht sie umzubringen? Sie konnte ihm genauso wenig vertrauen, wie allen anderen.

„ Und …?“ Der Mann hatte ihre Handfesseln gelöst und durchschnitt gerade die an den Beinen.

Syndra sah ihn geistesabwesend an.

„Ich weiß es nicht. Ich hatte gehofft er wüsste es. Aber ich bin mir ganz sicher, dass ich nicht hierbleiben kann. Auch wenn ich gerne erst mal wüsste, wo diese Wohnung eigentlich liegt.“

„Wir sind in einem Vorort von Dublin. In meiner Wohnung. Einer Wohnung, die eigentlich niemand kennen sollte. Und jetzt mal eins nach dem anderen. Wer bist du genau und wieso jagen sie dich?“

Syndra sah ihn verwundert an. „Ich bin Syndra.“

„Nein, vergiss es!“, unterbrach er sie rüde. „Ich will es gar nicht wissen. Deine Sachen sind da vorne.“ Er nickte in Richtung des Esstischs.

Die kleine Wohnung wirkte schäbig. Scheinbar hatte hier seit Monaten niemand mehr sauber gemacht. Drei kaum noch nutzbare Stühle standen um den großen cremeweißen Tisch herum. Die Tapeten wirkten vergilbt und der Herd war garantiert seit Jahren nicht mehr benutzt worden. Beim Betreten des kleinen Raums hätte sie schwören können, Kakerlaken auf dem Boden gesehen zu haben. Syndra nahm sich die Rolle vom Esstisch und sah sich das Bild noch einmal genau an. Wieder spürte sie, während diese schrecklichen Kopfschmerzen sie durchzuckten, dass sie den Ort kannte. Doch ihr fiel einfach nicht ein, woher. Sie krallte sich an einem der Stühle fest, um nicht umzufallen.

„Brauchst du Hilfe?“ Die Stimme des Mannes klang nicht wirklich beunruhigt aber leicht irritiert. Sie schüttelte nur den Kopf und ließ sich auf den Boden sinken.

Erinnerungen kamen über sie wie Blitzlichter. Gedanken, Gefühle, Orte, Menschen, Taten, ja ganze Handlungen, in die sie involviert war oder welche, die sie nur beobachtet hatte. Diese Fülle an Eindrücken überflutete Syndra. Es war, als ob ein Damm Stück für Stück brach und sich Erinnerungen in immer größeren Ausmaßen in ihren Verstand ergossen.

Eine Hand auf ihrer Schulter riss sie ohne Vorwarnung aus diesen schmerzhaften Visionen in die Realität zurück. Instinktiv griff sie an. Der Mann hatte wohl damit gerechnet, denn er sprang gerade noch rechtzeitig zurück. Agiler als sie es für möglich gehalten hätte, machte er einen Satz über den Tisch und brachte ihn als Barriere zwischen sich und seine Angreiferin. Syndra setze hinterher, sie war einfach viel schneller und stärker als er. In wenigen Sekunden hatte sie ihn zu Boden gerissen und saß animalisch knurrend und ihre Fangzähne fletschend auf ihm.

„Lass ihn in Ruhe." Abrahams Stimme klang schwach und brüchig.

„Den Teufel werde ich. Er hat mich angelogen und angegriffen." Die junge Vampirin zischte die Worte hervor, während sie ihre Hände um seinen Hals fester zusammendrückte. „Das ist niemals seine Wohnung. Hier hat seit Monaten niemand mehr gewohnt. Er weiß zu viel und außerdem."

Sie sah seinen Hals an. Das Herz schlug enorm schnell und drückte das Blut in Wellen durch den ganzen Körper. Syndra verspürte wieder diesen kaum zu bändigenden Hunger. Wie ein Wurm wand er sich unter ihrem schmalen Körper, doch er hatte keine Chance. Wäre sie ein Mensch, wäre sie ihm weit unterlegen. Aber sie war kein Mensch mehr.

Ein Vorteil ihres jetzigen Zustands war: Sie war schneller, kräftiger und widerstandsfähiger als ein normaler Sterblicher. Außerdem verfügte sie über gewisse geistige Kräfte, die Menschen niemals begreifen konnten. Sie konnte ihnen ihren Willen aufzwingen, oder sie dazu bringen sie anzusehen und ihr gewogen zu sein. Sie wusste, sie konnte so einiges, aber noch fehlte Syndra das wirkliche umfassende Verständnis für alle diese Fähigkeiten und wie man sie bewusst einsetzte. Plötzlich fiel ihr der Name Aurora ein.

Sicher, Alistair hatte ihn im Club genannt, aber das war nicht alles. Sie war tatsächlich diese Aurora.

„Nein, ich heiße Syndra." Sie brüllte die Worte dem Mann vor ihr ins Gesicht.

Doch ihr war klar, dass das gelogen war. Sie wusste, dass sie nur jetzt diesen Namen trug. Das ihr Name einst Aurora war.

„Ja, du heißt Syndra. Aber lass ihn bitte in Ruhe. Er hat uns geholfen." Der Priester stütze sich an der Wand ab und kam einen Schritt auf die beiden zu.

„Und auch ja, es ist tatsächlich nicht seine Wohnung. Es ist eine Schattenwohnung, eine Wohnung in der eigentlich niemand lebt, die aber genutzt werden kann, wenn man sich verstecken muss oder jemanden ungestört befragen will."

Syndra zwang sich, den Blick vom Hals abzuwenden.

„Und für welchen Zweck soll sie jetzt dienen? Mich zu befragen? Oder mich zu verstecken?"

„Hätte ich deinen Tod gewollt, dann hatte ich meine Chance, oder?" Abrahams Schritte waren genauso unbeholfen wie seine Stimme. Jedes Wort kostete ihn Mühe.

Syndra nickte und lockerte den Griff um den Hals. Sie zog sich von dem auf dem Boden Liegenden zurück, nahm ihre Sachen und lief Richtung Ausgang. Der laute Husten füllte für einen Moment den Raum.

„Sie wollte mich umbringen. Schaff sie sofort hier raus, sonst …."

Der Mann wirkte eher wütend als ängstlich. Abraham sah ihn erschöpft an, während er sich wieder am Türpfosten abstützte.

„Ich geh schon von alleine. Ich…" Syndra wusste immer noch nicht wirklich, wo sie hinsollte, aber es war ihr inzwischen völlig egal. Sie konnte nicht hierbleiben. Alistairs Häscher würden nicht lange auf sich warten lassen und die beiden Menschen konnten sie nicht aufhalten.

„Aber wo willst du denn hingehen?“ Die Stimme des Priesters klang so furchtbar schwach.

Syndra zuckte mit den Schultern. Das war alles zu viel. Sie wusste nicht, wo sich dieser Ort auf dem Bild befand. Außerdem, selbst wenn, konnte sie diesem Tristan nicht trauen. Sie wollte zurück zu Alistair, doch ihre Flucht würde er ihr nicht so einfach verzeihen. Sie könnte ihm vielleicht erklären, dass sie einfach Panik bekommen hatte, und nicht wusste, was sie tat. Doch ihre Erinnerungen und Gefühle sagten ihr, dass sie dafür trotzdem bitter leiden würde.

Sie musste hier raus. Sie brauchte Nahrung und sie brauchte Zeit.

„Du kannst nicht einfach gehen.“ Syndra ignorierte Abraham und wollte gerade die Tür öffnen, als ein stechender Schmerz sie von hinten durchbohrte.

Hilflos fiel sie auf den Boden.

„Warum hast du das getan?“ Abraham sah den Mann mit der Armbrust neben sich schockiert an.

„Wolltest du wirklich einen vollkommen verrückten Vampir auf die Straße lassen? Was ist mit dir passiert? Ich dachte, du jagst diese Monster und hilfst ihnen nicht auch noch?!“

„Sie ist … sie ist etwas Besonderes. Das hättest du nicht tun sollen.“

Die Stimme des alten Priesters brach ab. Syndra konnte hören, wie Schritte sich entfernten. Sie lag auf dem Bauch und wunderte sich, warum sie nicht starb, als eine Erinnerung ihr die Antwort lieferte.

Eine Art Holzpflock steckte ihr im Herz. Die einfachste und effektivste Methode, einen Vampir handlungsunfähig zu machen. Sie würde nicht daran sterben, aber sie würde sich auch nicht von alleine befreien können. Sie würde nur hier liegen, hören und sehen, jedenfalls solange man nicht ihre Augen schloss oder die Ohren verstopfte.

Wie hatte sie nur so dumm sein können, auch nur für einen Augenblick in Betracht gezogen zu haben, ihnen zu vertrauen? Wieso hatte Abraham sie erst hier her gebracht und nicht gleich getötet als er die Chance hatte?

38.

Um Syndra herum herrschte Stille und dämmriges Licht. Der Untergrund war weich und über sich starrte sie auf eine steinerne Decke. Immer noch war es ihr unmöglich, sich zu bewegen oder irgendwie auf sich aufmerksam zu machen. Kein Geräusch verriet, ob sich jemand in ihrer Nähe befand, oder ob sie alleine hier lag und diese schmucklose Oberseite eines Raums betrachtete.

Angst und Verzweiflung waren die vorrangigen Gefühle, die sie verspürte, seit sie in der Wohnung zu Boden gegangen war. Man hatte sie eingepackt, weggetragen und dann verbrachte sie einige Zeit in einem sich bewegenden Gefährt. Wieso hatten sie ihr begonnenes Werk noch nicht beendet und sie getötet? Was wollten sie noch von ihr? Sie hätte doch einfach nur gehorchen müssen, dann wäre alles gut geblieben.

Grelles Licht durchbrach einen Moment lang die Dämmerung. Eine Tür wurde kurz geöffnet und wieder geschlossen. Schwere Schritte kamen näher, sie spürte, dass jemand neben ihr stehen geblieben war und sie betrachtete. Sie wollte so gerne den Kopf drehen, um zu sehen, wer dort stand, doch das einzige was sie ihr blieb, war diese verfluchte graue Decke anzustarren.

„Sechshundert Jahre. …, Sechshundert Jahre lang habe ich dich verflucht, dich für alles verantwortlich gemacht, was geschehen ist. Habe mich selbst dafür gehasst, dich so schnell und schmerzlos getötet zu haben. Den Tod meiner Freunde betrauert. Gebetet und um Vergebung gefleht. Deinen Verrat verflucht und nach Antworten gesucht. Und nun, nun liegst du vor mir. Oder wenigstens jemand, der aussieht wie die Frau, die ich damals kannte. Auch wenn du jetzt älter bist, als sie es war.“

Seine Stimme klang hart, gewohnt Befehle zu geben und unglaublich traurig. Kurz herrschte Stille, bevor er weiter sprach.

„Abraham meinte, du würdest dich teilweise an das erinnern, was er dir überbringen sollte. Aber auch wieder nicht. Ich weiß nicht, ob es die richtige Entscheidung war, dich hier her zu bringen oder ob es sich als ein weiterer Fehler im Zusammenhang mit dir offenbaren wird. Aber ich habe nicht mehr die Zeit, darauf zu warten, ob du den Ort findest. Daher blieb mir keine andere Wahl. Ich werde dir jetzt den Pflock entfernen. Wenn du Hunger hast, dann sag es sofort. Und ich warne dich: Da ich immer noch nicht sicher bin, wer du wirklich bist, werde ich dich ohne zu zögern vernichten, solltest du versuchen, mich anzugreifen.“

Es tat weh, als er ihr das Ding aus dem Körper riss, während er sie mit der anderen Hand festhielt. Ohne dass sie wusste, was sie tat, biss sie sofort nach ihm. Sie spürte wieder diesen unbändigen Hunger, der sie fast wahnsinnig machte und ihr gar nicht die Chance ließ, diesen Drang zu unterdrücken.

Kaltes Blut rann ihre Kehle herab. Syndra schluckte es gierig. Als nichts mehr kam, schrie sie nach mehr. Es reichte einfach nicht, um diesen furchtbaren Hunger enden zu lassen. Doch zumindest war es für den Moment ausreichend genug, damit sie langsam die Kontrolle über ihren Körper und ihren Geist zurückerlangte.

Immer noch hielt er sie auf das Bett gedrückt und unterband so jede Möglichkeit, sich zu befreien. Sie war ihm körperlich weit unterlegen und erst als sie selbst merkte, wie sie sich ganz langsam beruhigte und sich das Loch in ihrer Brust schloss, gab er ihr den Rest aus der metallenen Flasche und nahm seine Hand weg. Dann stand Tristan auf und entfernte sich drei Schritte. Langsam setzte Syndra sich auf und versuchte dabei ihre Angst und Verzweiflung unter Kontrolle zu bringen.

Nach ein paar Sekunden nahm sie ihren Mut zusammen und sah zu ihm hoch. Er maß circa einen Meter achtzig und war bekleidet mit Stiefeln und einem weißen T-Shirt, das in einer blauen Armeehose steckte. Das Auffälligste an ihm war die fein gearbeitete eiserne Maske, die nur seine misstrauisch dreinblickenden, blauen Augen, und seine blonden, zu einem Zopf gebunden Haaren erkennen ließ.

Ein rasender Schmerz in Syndras Kopf beendete alle weiteren Betrachtungen. Sie brach zusammen und durchlebte erneut den Moment, als der letzte Tropfen ihres Blutes ihren Körper verließ und sie in seinen Armen starb. Als sie ihm dabei in die Augen sah, diesen so geliebten warmen blauen Augen, die nun voller Hass auf sie herabblickten. Sie fühlte, wie ihr Körper sich auflöste und sie sich in Asche verwandelte.

Aurora schrie in Todesqualen.

Die Dunkelheit war nicht dunkel, sie war eine Ansammlung von Schatten. Einer schwärzer als der andere. Nur durch ihre ständigen Bewegungen waren sie überhaupt voneinander abgrenzbar. Hier gab es kein Licht. Licht könnte Hoffnung schenken und hier gab es keine Hoffnung mehr. Hier herrschte nur Angst, Verzweiflung und ständiger Kampf.

Frische Seelen schrien oft noch vor Panik und suchten nach einem Ausweg. Das half ihnen aber nicht, es gab keinen Ausweg aus der Hölle. Sie zogen mit ihrem Handeln nur die alten Jäger auf sich. Und selbst in der Hölle gab es noch Schlimmeres, als sich feige in der Dunkelheit zu verstecken.

Wie lange sie sich hier aufhielt, wusste sie nicht. Zeit spielte keine Rolle.

Am Anfang hatte man dieses Konzept noch in seinen Gedanken, aber es verblaßte immer mehr. So wie alles das einmal existierte, bevor man hier her kam. Dafür wuchs etwas anderes: der Wille, stärker zu werden oder auch die Feigheit, sich zu verstecken.

Stärker wurde man, wenn man andere besiegen konnte, sie förmlich auffraß. Sie wusste, wie man andere Wesen tötete. Das war für sie keine neue Erfahrung und sogar irgendwie vergleichbar mit ihrer Zeit vor dem Hier. Auch wenn das vorher sich nur noch wie eine quälende Illusion anfühlte.

Fressen oder gefressen werden, galt also auch in der Hölle. Was geschah mit den Seelen, die gefressen wurden? Gab es noch etwas Dunkleres als das Dunkel?

„Nein …. Ich will das nicht …, hör auf ….“

Etwas berührte sie, packte ihren Kopf und zwang ihn zur Ruhe.

„Schau mich an.“

Die Worte klangen unendlich weit entfernt.

„Mach die Augen auf.“

Sie wollte ja gehorchen, aber diese Schmerzen, dieser Moment des Todes und dessen, was dann folgte, hielt sie gefangen. Er öffnete ihre Augen für sie.

„Beruhig dich.“

Sein metallenes Gesicht war dicht vor ihrem, während er über ihr saß und auf ihren Armen kniete.

„Wenn du mich noch einmal töten willst, dann mach es sofort. Aber quäle mich nicht länger“, brüllte sie ihm voller Verzweiflung entgegen und versuchte, sich zu befreien. „Mach schon. Einmal hast du mich der Verdammnis ja schon ausgesetzt. Ein weiteres Mal sollte dir nicht schwer fallen.“

Ihre Augen blitzen ihn wütend und gefährlich an, während er seine Maske abnahm. Sie sah seine feinen und doch harten Züge und die große, nie verheilte Narbe, die vom Auge bis zum Kinn die linke Gesichtshälfte beherrschte.

Doch woran sie wirklich kurz hängen blieb, waren seine Augen. Diese Augen, denen plötzlich der schon fast wahnsinnige Hass fehlte.

„Ich werde dich nicht töten.“

Wie besessen versuchte sie ihn von sich herunter zu bekommen, doch es war aussichtslos.

„Hör mir zu, ich werde dich nicht töten. Schau mich an.“ Er zwang ihren Kopf direkt vor seinen. „Ich bereue, was ich dir damals angetan habe. Es hätte nie geschehen dürfen und es wird sich nicht wiederholen. Hörst du mich?“

Ja, sie hörte ihn, aber wie sollte sie ihm glauben?

„Lügner! Du hattest es wieder versucht. Gerade vor ein paar Nächten.“

„Nein, das war nicht ich.“

„Es war einer wie du.“

„Ja, es war einer aus meinem Orden. Aber er war verblendet. Und es geschah ohne mein Wissen.“

Syndra kämpfte weiter, während er sie festhielt.

„Bei Gott und den Gefühlen, die wir einst füreinander hatten, ich schwöre, dass dir hier nichts geschehen wird. Wenn du gehen möchtest, steht es dir jederzeit frei. Ich möchte nur erst mit dir reden. Gib du mir die Chance, die ich dir damals verwehrt hatte.“

Sie sah ihm direkt in die Augen und schrie ihn an.

„Nein! Ich werde dir nicht zuhören. Ich habe den Fehler einmal gemacht, dich zu nah an mich heran zu lassen. Töte mich oder lass mich gehen.“

„Ich werde dich gehen lassen, aber erst wenn du dich beruhigt und mir zugehört hast.“

39.

Syndra saß mit dem Rücken an die Wand gelehnt und sah sich um. Der kleine Raum war genauso schmucklos wie die Decke, wenn man von dem hölzernen Kreuz über dem schmalen Bett absah. Es gab kein Fenster, sondern nur die geschlossene Tür mit einem Sichtgitter. Daher kam auch das schummrige Licht.

Tristan stand ein Stück entfernt, direkt neben dem Ausgang und betrachtete sie aufmerksam. Er war zwar dankbar, dass sie sich so weit beruhigt hatte und scheinbar wieder hier in dem Moment angekommen war, doch konnte er die Schmerzen und den Kampf erkennen, den sie in sich ausfocht. Sie war diejenige, die er gekannt hatte und doch steckte da jetzt auch noch jemand anderes in ihr.

Er wusste seit Jahrhunderten das erste Mal nicht, was er sagen, wie er mit ihr umgehen sollte oder was seine nächsten Schritte sein würden. Er verspürte das erste Mal, soweit er sich erinnern konnte, so etwas wie Angst vor ihr. Er würde ihr gerne die Zeit geben, die sie bräuchte. Ihr helfen, sich zu erinnern. Doch sie hatten diese Zeit nicht. Sie konnten nicht hierbleiben, er würde sie bald aufgespürt haben. Vielleicht schon diese aber spätestens nächste Nacht würde Alistair wissen, wo sie sich befand.

So unglaublich lange hatte der Orden geplant, ihn zu stürzen, alles minutiös vorbereitet und nun, nun war alles umsonst gewesen. Und nicht nur das, sie hatten diesem Monster zusätzlich noch einen Grund geliefert, Vergeltung zu üben. Jetzt würde kein anderer Herrscher auch nur noch ein Wort dagegen sagen. Nein, er konnte jetzt sogar die dazu bringen, dem Orden offen entgegenzutreten, die eigentlich nie etwas gegen sie unternommen hätten. Die sogar selbst Alistairs Sturz herbeigesehnt hatten.

Wie konnte nur alles so schief gelaufen sein? War das alles wirklich nur seine Schuld? Weil ihre Rückkehr ihn einen Moment lang vom Eigentlichen abgelenkt hatte? Weil seine Brüder sich daher genötigt sahen zu handeln? Wie konnten die Ereignisse von ein paar Tagen eine Planung von fast 50 Jahren einfach zunichtemachen?

Die anderen Anführer wollten Antworten und erwarteten seine Rückkehr, doch anstatt dass er sich darum kümmerte, stand er hier vor ihr und konnte an nichts anderes denken, als dass er mit ihr eine Sache vor sechshundert Jahren klären wollte?

Es vergingen einige Minuten, während Syndra versuchte, sich zu konzentrieren, diese speziellen Erinnerungen wieder an den Ort zu verbannen, an dem sie auch die letzten Jahre eingesperrt waren. Doch wirklich gelingen wollte es ihr nicht. Sie blieben weitgehend in ihr, aber sie übernahmen gerade immerhin auch nicht die Kontrolle. Sie wagte es nicht, den Mann an der Tür direkt anzusehen. Zu groß war die Angst, wieder von diesen Gefühlen überwältigt zu werden.

Aber scheinbar meinte er es zumindest ernst, sie nicht töten zu wollen. Immerhin saß sie noch hier. Sie wusste nicht wie viel Zeit vergangen war, bis sie sich entschließen konnte, ihren Kopf in seine Richtung zu heben.

„Ihr sagtet, ich darf gehen, wenn ich es will?“

„Ja. Du bist nicht meine Gefangene. Auch wenn es den Eindruck macht. Aber das dient einzig deinem und meinem Schutz. Ich kann ohne gewisse Sicherheitsmassnahmen nicht mit dir reden.“

Syndra schüttelte den Kopf. Wie oft hatte sie schon gehört, dass sie eingesperrt und überwacht wurde, weil man sie beschützen wollte.

„Natürlich. Meinem Schutz. Ich verstehe.“

Tristan ging einen Schritt auf sie zu, überlegte es sich dann aber anders, kehrte auf seinen Platz zurück und öffnete die Tür.

„Wenn du gehen möchtest, dann werde ich dich nicht mehr aufhalten. Ich werde dich auch nicht daran hindern oder dich verfolgen. Ich bin nicht dein Kerkermeister, oder gar dein Herr.“

Die junge Frau sah erst ihn, dann die offene Tür misstrauisch an.

„Aber hör mir bitte noch zu, lass mich dir kurz etwas erklären: Vor langer langer Zeit liebte ich eine Frau mehr als ich sie hätte lieben dürfen. Mehr als ich jemals irgendetwas geliebt habe. Mehr als Worte, jedenfalls zu denen ich fähig wäre, beschreiben könnten. Für sie hätte ich meinen heiligen Schwur gebrochen, wäre mit ihr bis ans Ende der Welt gegangen, nur um bei ihr sein zu dürfen. Ich hätte alles aufgegeben, an was ich geglaubt habe. Und das obwohl ich nicht einmal ihren Namen kannte. Doch soweit kam es nicht. Sie hat mich verraten, hat mich in eine Falle gelockt und mich dann noch zum Hohn zu dem gemacht, was ich mein Leben lang bekämpfen wollte."

„Nein! Das habe ich nicht!" Sie schrie ihn wütend und verzweifelt an.

Syndra konnte die Erinnerungen an ihre letzte Nacht in dieser Höhle mit ihm und den Monaten davor nicht mehr unter Verschluss halten. Aber diesmal hielten die Schmerzen in ihrem Kopf sie nicht auf, weiter zu reden.

„Ich habe dich in dieser Nacht nicht verraten. Aber ja, ich habe dich zu einem von uns gemacht. Aber nur weil ich es nicht ertragen konnte, dass die Welt oder ich, dich verlieren könnten. Du warst so unschuldig, so rein und so voller Überzeugung für deine Sache. Warum denkst du, habe ich nie Blut von dir getrunken oder dir welches von mir gegeben? Warum dich nie wirklich geküsst oder andere Dinge gemacht die Menschen so machen, um sich zu vergnügen? Weil es alles zerstört hätte, für was du gestanden hast. Ja, ich hätte dich in Ruhe lassen müssen, jedenfalls als ich merkte, was ich für dich empfand. Aber da war es zu spät. Ich hab dich nicht aufgehalten in der Nacht in der Höhle, denn ich war Schuld, dass mein Herr so handeln musste. Ich wusste genau, was passieren würde, wenn er merkt, dass es kein Spiel mehr ist. Und doch habe ich, wider besseres Wissen, weiter gemacht. Ich habe ihn damals dazu gezwungen, meine Vergehen zu bestrafen."

Blutige Tränen liefen ihr über die Wange und sie sackte kraftlos in sich zusammen. Diese Erinnerungen waren so geballt intensiv und emotional, dass ihr Gehirn sie kaum verarbeiten konnte. Aber sie wusste, es waren ihre und sie musste irgendwie lernen, damit umzugehen, falls sie überleben wollte. Hände berührten erst ihr Gesicht und hoben sie dann sanft hoch. Als sie die Augen wieder öffnete, saß er neben ihr und sah sie an.

„Ich habe keine Ahnung, wie er das gemacht hat. Wie er entweder nur einzelne Erinnerungen oder wirklich dich zurückgebracht hat. Aber er hat es geschafft. Es wundert mich nicht einmal."

Er nahm ihren abgewendeten Kopf und drehte ihn zu sich.

„Aber an was du immer denken musst: Du bist nicht schuld. Es ist sein Spiel und du spielst eine Rolle darin. Nicht du hast damals meine Brüder und mich getötet, sondern er."

„Doch habe ich. Denn ich wusste, dass er meinen Ungehorsam nicht dulden konnte. Ich wusste ganz genau, was geschehen würde. Es zahlen immer die anderen."

„Und doch ist es seine Tat gewesen, nicht deine."

„Seine Tat war eine direkte Reaktion auf die meine."

„Ich weiß nicht, wie genau du dich wirklich erinnerst, aber ich möchte dir kurz etwas erzählen. Scheinbar hast du oder die, die du einmal warst, unserem Orden vor fast 1000 Jahren schon einmal geholfen. Du warst es, die ihnen verraten hat, wo sie euch finden. Wir haben damals den Kampf gewonnen, wenn auch unter schwersten Verlusten. Aber wir haben gewonnen. Und aus den Überlebenden ist ein kleiner, aber mächtiger Orden geworden. Einer, der sich sogar vor einigen Jahrhunderten mit einer Gruppe Vampire zusammengeschlossen hat, die dieselben Ziele hatten, die brutalen gierigen Monster aufzuhalten und die Menschen vor unsereins zu schützen. Dein Herr, wie du ihn nennst, ist einer der schlimmsten von allen. Seit ich weiß nicht wie vielen Jahrhunderten versucht man, ihn zu stoppen. Doch er ist immer einen Schritt voraus. Er ist ein Meister der Manipulation und für ihn zählt nur er selbst und uneingeschränkte Macht."

„Nein, sagt das nicht über ihn. Ich bin wichtig für ihn. Warum sonst hätte er mich zurückholen sollen? Du kennst ihn nicht."

„Nein, du hast recht. Ich habe ihm bisher nur einmal persönlich gegenübergestanden. Aber ich kenne viele der Taten, die ihren Ursprung in ihm haben. Und ich weiß auch nicht, warum er dich zurückgeholt hat. Aber ich weiß, dass er damit gegen alles verstoßen hat, woran wir glauben. Doch natürlich wird - außer uns - niemand etwas dagegen sagen oder tun. Und wir haben durch die übereilten und sinnlosen Aktionen der letzten Nächte enorm an Glaubwürdigkeit und Rückhalt eingebüßt. Aber das ist gerade unwichtig. Was zählt, ist, scheinbar wolltest auch du, jedenfalls irgendwann einmal, dass er aufgehalten wird."

„Nein. Das glaube ich nicht. Ich könnte, ich würde nichts tun, was ihm schaden könnte."

„Ich glaube es sehr wohl. Würde ich es nicht glauben, dann müsste ich mein Wort dir gegenüber brechen und dich auf der Stelle vernichten."

Syndra zuckte zurück, er ließ sie los.

„Du brauchst keine Angst zu haben. Auch wenn die anderen entweder deine Vernichtung oder Gefangennahme verlangen. Ich werde diesen Fehler kein zweites Mal machen. Zu lange habe ich damals gebraucht, um mich mit dem abzufinden, was ich geworden war und was ich getan habe. Ich stand oft davor, freiwillig in die Sonne zu gehen, um meiner Existenz ein Ende zu setzten, aber irgendwann habe ich verstanden, dass es auch eine Chance ist. Und ich habe begriffen, dass ich meiner eigenen Überzeugung folgen muss."

Syndra sah ihn misstrauisch an. Doch sie verspürte plötzlich eine solche Verbundenheit mit diesem Mann, dass sie, ohne nachzudenken, über seine Narbe strich.

Jetzt war er es, der zurückzuckte.

„Das geschah in der Nacht, in der ich dich verwandelt habe. Ich konnte sie nicht heilen, denn als ich dich fand, warst du schon tot. Ich musste mich beeilen. Ich hatte vorher noch nie jemanden zu einem von uns gemacht. Es war mir nicht gestattet. Ich hätte sie doch so gerne noch geheilt, damit du nicht immer daran erinnert werden würdest.“

Ihre Berührung war kalt und doch ließ er sie zu.

„Tristan? Ich muss mit dir sprechen.“

Syndra zog ihre Hand zurück und Tristan stand auf.

„Komm herein.“

Raoul stellte sich in die Tür. Er musterte Syndra aufmerksam.

„Leider muss ich deine Unterhaltung unterbrechen. Einer der anderen hat sich gemeldet und er wünscht, nein, diesmal sogar verlangt, erneut unsere sofortige Rückkehr und …“, er unterbrach sich und sah noch mal kurz zum Bett, auf dem die junge Frau jetzt saß.

„Sie können verlangen, was immer sie wollen. Ich bin ihnen zu nichts verpflichtet.“ Tristans Stimme klang hart.

„Tristan, ist es das wirklich wert?“

Der blonde Mann nickte. „Aber natürlich steht es dir frei zu versuchen, ihrem Wunsch folge zu leisten. Allerdings wirst du dann erst an mir vorbei müssen.“

Raoul nickte belustigt.

„Ich sagte dir vor kurzem, ich stehe immer hinter dir. Und das wird sich nicht ändern, auch wenn ich dich manchmal wirklich nicht verstehe. Allerdings ist das hier auch deine Sache. Und zwar nur deine Sache. Du wirst ihnen das erklären müssen. Aber wir müssen trotzdem die Insel verlassen. Wenn die wenigen Informationen stimmen, die wir noch bekommen, dann weiß er sehr bald, wo wir sind. Die meisten Brüder sind schon auf dem Festland und wir haben höchstens noch zwei bis drei Stunden, bevor er sich sicher sein wird.“

Syndra war aufgestanden und hinter Tristan getreten.

„Oh wie unhöflich ich doch bin. Mein Name ist Raoul. Wir hatten bisher ja noch nicht die, ich nenne es mal, Ehre uns kennenzulernen."

„Aurora. Auch mir ist es eine besondere Form der Ehre!"

Die Miene des Spaniers wurde hart.

„Ich weiß zwar nicht, was du bist, aber ich rate dir nicht die zu sein, die ich befürchte. Denn im Gegensatz zu meinem Freund hier, würde ich dich mit Freude gefangen halten oder vernichten, wenn ich damit deinen Erzeuger auch nur ein wenig Schaden zufügen könnte. Aber solange Tristan noch irgendetwas in dir sieht, auch wenn ich es nicht sehen kann, werde ich seinem Urteil vertrauen."

Aurora ging an Tristan vorbei und stellte sich Raoul trotzig gegenüber.

„Ich bin was ich bin. Und mein Herr hat mich von den Toten zurückgeholt, was glaubst du, was er mit dir und allen die du kennst machen würde, wenn du mich weiterhin gefangen nimmst oder gar tötest? Aber du kannst es gerne versuchen. Ich entbinde dich von dem Wort deines Freund mir gegenüber. Ich stehe dir jetzt und hier zur Verfügung."

Tristan zog sie unsanft zurück, während Raoul angriffslustig und doch beeindruckt lächelte.

„Sie ist wirklich ihres Vaters Tochter und doch hat sie mehr Rückgrat als ich gedacht hätte."

Tristan hielt die junge Frau fest, während er sich auf Raoul konzentrierte.

„Machst du die restlichen Sachen zur Abreise bereit? Ich komme gleich."

Der Spanier nickte und ließ die beiden wieder alleine. Tristan sah Aurora direkt ins Gesicht.

„Was sollte das?"

„Denkst du ich bettele um mein Leben?"

„Nein, aber du weißt, dass du ihm nicht im geringsten gewachsen bist? Du verfügst bei weitem nicht über die Fähigkeiten die du einmal hattest."

„Das weiß ich, aber..."

Ohne Vorwarnung nahm er sie in den Arm.

„Komm mit mir. Nicht als meine Gefangene, sondern weil du es willst."

Sie genoss seine Nähe, schmiegte sich an ihn, spürte seinen plötzlich warmen Körper und sah an ihm hoch.

„Du weißt, dass das nicht geht. Ich gehöre ihm."

„Du gehörst dir."

Sie stellte sich auf die Zehenspitzen und küsste ihn.

„Nein! Ich gehöre nicht mir. Sollte ich auch nur daran denken, ihn zu verlassen, würde er alles vernichten, was ich mögen oder auch nur freundlich ansehen würde. Und danach würde er mich jahrhundertelang quälen, bis ich mir wünschen würde, ich wäre nie geboren worden."

Er küsste sie zurück, hob sie leicht hoch, während sie ihre Beine um seine Hüften schlang. „Nur wenn er dich findet." Sie streichelte sein Gesicht, während ihr Kuss fordernder wurde. „Er wird mich immer finden. Er hat mich sogar in der Hölle gefunden."

Er zog ihr die Überreste ihres Sweatshirts über den Kopf und sie warf sein T-Shirt hinterher. „Aber du liebst ihn nicht."

Mit ihr zusammen kniete er sich auf den Boden und küsste ihren nun ebenfalls warmen Hals, ihren Mund, ihre Brüste.

„Er ist mein Herr." Sie öffnete den Gürtel und nachdem sie ihre Beine gelockert hatte, zog sie seine Hose herunter.

„Was war oder besser bin ich dann für dich?" Sie spürte, wie er ihr das gab, was sie sich so unendlich wünschte. Was sie sich so viele Jahre in ihren geheimen Träumen vorgestellt hatte und was nun erst nach ihrem Tod Wirklichkeit wurde.

„Du warst der erste Mann, über den ich heimlich mit einem Lächeln auf dem Gesicht nachgedacht habe. Der Erste, von dem ich nichts anderes wollte als seine Anwesenheit. Der Erste, bei dem ich nachts darauf hoffte, keine Aufgaben erfüllen zu müssen, um dich sehen zu können, und Traurigkeit empfand, wenn du nicht heraus kamst. Der erste Mann in so vielen Hinsichten damals und heute. Und auch der Letzte."

Eng umschlungen wälzten sie sich auf dem Boden. Sie spürte ihn in sich, spürte ein Gefühl, das sie noch nie kannte und von dem sie doch schon so viel gehört hatte. „Dann komm mit mir."

Sie wollte ihn nicht loslassen, sich an ihm festkrallen, ihn ganz für sich haben.

„Das wäre eine wirklich schöne Vorstellung. Doch du weißt, dass es unmöglich ist. Aber diese Nacht wird mich immer an dich erinnern. Auch wenn sie viele eine Menge kosten wird."

Kurze Zeit später lag sie glücklich in seinem Arm auf seiner warmen Brust und strich ihm über sein Gesicht.

„Es tut mir unendlich leid. Aber es geht nicht anders." Seine Stimme klang seltsam, während ihr Körper in dem Moment erschlaffte, als sie den stechenden Schmerz in ihrer Brust wahrnahm.

Nein… nein… das hatte er nicht getan? Er hat sein Wort gebrochen!

Der geistige Schmerz übertraf den körperlichen bei Weitem.

„Denk immer daran, du gehörst niemandem."

Sie lag auf dem Rücken und sah wieder diese schreckliche Decke, bis ihr jemand die Augen schloss. Kurz darauf wurde ihr etwas über den ganzen Körper und das Gesicht gezogen und man trug sie weg.

40.

„Kanntest du Aurora?“ Mirabell sah Porticus an, während sie gemeinsam im Wohnzimmer saßen und warteten, ob sie gebraucht wurden. Keiner von beiden wusste, wie sie die Ereignisse der gestrigen Nacht einordnen sollten, aber ihnen war klar, dass sie auch besser nicht nachfragen würden. Die Nacht war schon weit vorangeschritten und seit Alistair sie gestern entlassen hatte, waren sie ihm und Marius noch nicht wieder begegnet.

Die Leichen waren verschwunden und die Böden glänzten frisch poliert. Verdreckte Teppiche waren ersetzt und ramponiertes Inventar erneuert worden. Das Haus wirkte fast so, als wäre hier nichts geschehen. Eduard war ein Meister seines Fachs.

Noch nie hatte Mirabell Alistair in solch einer Stimmung erlebt. Nicht dass sie ihn in den letzten Jahrzehnten überhaupt irgendwie erlebt hatte. Er schätzte ihre Anwesenheit nicht sonderlich. Immer wieder fragte sie sich, warum er sie überhaupt erwählt hatte. Nur um dann keine Antwort zu finden, die sie nicht verletzte.

„Ja, aber das ist wirklich sehr lange her und auch nur sehr kurz. Warum fragst du?“

„Seit ich mich erinnern kann, hängt ihr Gemälde in dem Arbeitszimmer meines Vaters. Aber er hat nie auch nur ein Wort über sie gesprochen. Einmal wollte ich danach fragen, habe es dann aber doch lieber gelassen. Sie jetzt plötzlich so leibhaftig vor mir zu sehen, war … . Ich weiß nicht, wie ich es sagen soll. Es war irgendwie sehr verwirrend.“

„Ich bin mir nicht sicher, was du von mir erwartest Cousine. Ich maße mir bestimmt nicht an, etwas über die Beweggründe des Herrn sagen zu können. Ich weiß ja nicht einmal warum er mich hat herbestellen lassen und nicht meinen Erzeuger.“

Sie zuckte mit den Schultern. „Nun, dann halt nicht. Ich bin jedenfalls sehr glücklich, dass er mich wieder einmal um sich haben möchte. Ich hätte mir nur einen erfreulicheren Anlass dafür gewünscht."

Sie war eifersüchtig. Er konnte es in ihrem Gesicht sehen, auch wenn sie vollkommen gelassen wirken wollte.

„Und auch dich endlich wieder zu sehen, erfreut mich. Du bist mir wie ein Bruder."

Porticus war von ihren Plattitüden genervt.

„Mirabell, das sagtest du schon. Gibt es in deiner Welt keine anderen Themen als sinnlose Höflichkeitsbekundungen? Vielleicht solltest du versuchen, einmal nicht nur hohle Phrasen zu rezitieren, sondern eigenständig zu handeln. Geh deine Schwester suchen oder besser noch, geh dich noch schöner machen. Vielleicht kann dir ja der Ordensmann im Keller Antworten geben, die er bisher noch nicht preisgegeben hat. Ihr Frauen habt da ja gewisse Vorteile, und er ist noch sehr jung. Handle doch einmal aus eigenem Antrieb, ohne vorher einen Befehl erhalten zu haben."

Mirabell sah ihn kurz trotzig an, kehrte dann aber schnell wieder in ihre gespielte Gelassenheit zurück.

„Wenn mein Herr wollte, dass ich den Mann betöre, dann würde er es mir sagen. Er kennt meine Fähigkeiten in dem Bereich."

Porticus schüttelte den Kopf. Was hatte er von ihr auch anderes erwartet. Sie war, was sie war. Allerdings fragte er sich auch selbst, was eigentlich in dieser Lage von ihm erwartet wurde. Schon vor der gestrigen Nacht war es ihm ein Rätsel, warum er hergerufen worden war. Er war vollkommen unsicher, ob Herr von Black Castle ihm den Verlust seiner Tochter als persönlichen Fehler anrechnete oder als Folge der unglücklichen Umstände. Er hoffte nur, dass er die Antwort noch in einem Stück erleben würde.

„Meinst du, er wird Aurora auch wegschicken?"

Gerade wollte er ihr deutlich machen, dass sie sich benahm wie ein eifersüchtiges und verwöhntes Kind, als Eduard das Zimmer betrat und Porticus direkt ansah.

„Sie wurde gefunden!"

Beide standen unverzüglich auf.

„Der Herr erwartet, dass sie sich seinen Einsatzkräften anschließen, um sie zu holen."

Mirabell griff nach ihrer Handtasche, als Eduard eine abwehrende Geste machte.

„Nein, nicht ihr, Madame. Ihr sollt einfach still hier sitzen bleiben und warten."

Porticus nahm seinen Mantel und ging zu den zehn Männern hinaus, die dort auf ihn warteten.

„Der Rest der Einheiten ist schon auf dem Weg."

Der Mann im grauen Maßanzug hielt ihm die Tür auf. Alistair sah dem Aufbruch der Männer aus dem Fenster zu, während Marius neben ihm böse lächelte.

„Ihr schickt wirklich den Kleinen?"

„Wenn er es überleben wird, gut. Wenn nicht, dann ist er ein weiteres Opfer des Ordens und in Ausübung seiner Pflicht gestorben. Sein Vater wird sich so oder so beim nächsten Mal gut überlegen, ob er mir gewisse Informationen vorenthält. Denn völlig unbeschadet wird er ganz sicher nicht zurückkehren."

Während die beiden Männer sprachen, lief auf mehreren großen Bildschirmen an der Wand des Arbeitszimmers die Verfolgung eines Speedboots vor der irischen Küste. Die Helmkameras der Soldaten boten erstaunlich gute Bilder.

„Wieso haben sie denn keinen Helikopter genommen?"

„Weil die Überwachung von Fluggeräten zu einfach ist. Wo auch immer sie landen würden, es wäre offensichtlich. Auf dem Wasser können sie ganz anders agieren. Sie könnten einfach irgendwo abspringen und meine Männer würden sie Kilometer weiter entfernt suchen, wenn das Boot dann mal zum Stillstand kommt."

Marius war immer wieder von seinem Herrn beeindruckt. Vor fast 2000 Jahren hatte er den Mann das erste Mal getroffen, der sich heute Alistair nannte. Er selbst war damals im Haus seines Erzeugers schon länger nur noch als würdiger Gegner für die wilden Tiere gehalten worden. Sein Besitzer bewunderte zwar seine Kraft, aber sonst hielt er nicht viel von ihm. Er war eben nur sein Sklave. Nicht dass Marius das wirklich etwas ausgemacht hätte, er kannte es nicht anders. Er genoss es sogar, die Tiere zu zerfetzen, ihr Blut zu trinken und sie leiden zu lassen.

Aber als dieser feine Mann in den edlen und teuren Gewändern ihn eines Nachts zu sich bringen ließ und ihm anbot, von nun an ihm zu dienen, da spürte er das erste Mal so etwas wie die Hoffnung auf ein besseres Leben. Er stimmte zu, auch wenn die Ausbildung seines neuen Herrn härter und brutaler war, als mit wilden Tieren zu kämpfen, hatte er es nie bereut. Menschen und Vampire waren viel bessere Opfer als dumme Tiere. Als er dann ein paar Jahrzehnte später die Erlaubnis bekam, seinen verhassten Erzeuger in Stücke zu reißen, wusste er endgültig, dass er niemals einem anderen Herrn dienen würde.

Ihre Schiffe hatten das andere Boot fast eingeholt und eine wilde Schießerei war zu hören.

Alistair schien es nicht sonderlich zu interessieren. Seine Aufmerksamkeit war auf einen weiteren Bildschirm in seinem Schreibtisch gerichtet. Plötzlich sprach er in einer Sprache, die selbst Marius nicht verstand. Sein Tonfall war klar und vollkommen gleichgültig. Dann stoppte er kurz, als ob er Antworten bekam, die aber nur er hören konnte, bevor er weiter sprach.

Während dieser fünf oder sechs Minuten sah der breit gebaute, braunhaarige Mann sich die Verfolgungsjagd auf dem Wasser weiter an und überlegte, ob er jetzt gerne dabei wäre. Doch eigentlich bevorzugte er das direkte töten. Die Nutzung von Schusswaffen gab ihm nicht den richtigen Kick. Er sah seinen Opfern dabei gerne ins Gesicht wie sie, voller Schmerzen und Angst, ihre letzten Momente erlebten.

41.

Als ihr der Pflock wieder entfernt wurde, befand Aurora sich gefesselt auf dem Rücksitz eines Autos. Ihr Kopf lag auf Tristans Schoss. Wütend sah sie zu ihm hoch. „Warum hast du das getan? Mach mich los."

„Es tut mir leid. Aber ich konnte dich einfach nicht so gehen lassen. Wie ich dir schon sagte, ich hätte nie wirklich daran geglaubt, dich noch einmal wieder zu sehen. Und wenn doch, dann in der Hölle. Aber bestimmt nicht so."

„Mach mich los."

„Du weißt, dass das nicht geht."

„Du hattest mir versprochen, mich gehen zu lassen. Er wird mich sowieso finden und dich töten."

„Er wird mich auf jeden Fall töten. Aber glaubst du, dass er begeistert ist, dass du weggelaufen und zum Brunnen gegangen bist? Und dann noch von dort mit einem von uns geflohen bist, anstatt dich seinen Leuten zu stellen?"

„Nein, das wird er nicht. Aber er wird mir bestimmt verzeihen."

Sie wusste, dass ihre Worte jeder Wahrheit entbehrten. Verzeihung war ein Wort, das es in seiner Welt nicht gab.

Tristan schüttelte leicht resignierend den Kopf.

„Ich möchte dir etwas geben. Vielleicht hilft es dir, dich ein wenig mehr zu erinnern, wer er wirklich war und ist. Und ich glaube, du solltest ihn bekommen."

Er setzte Aurora auf, band ihre Hände los und nahm einen Zettel aus einer seiner Taschen.

„Hier, lies diesen Brief."

Dort stand in einer fahrigen, teilweise nur schwer lesbaren Schrift:

Meine geliebte Tochter,

so unendlich lange habe ich getrauert und niemals geglaubt, dir je sagen zu können, wie sehr ich alles bereue, was ich dir angetan habe.

Wie hätte ich es auch für möglich halten können, dass seine ganzen Experimente wirklich einmal mit Erfolg gekrönt sein würden. Zu viele vor dir waren Fehlschläge. Doch du bist perfekt.

Du bist wirklich du. Ich erkenne es in deinen Augen und in deinem Lächeln, auch wenn du jetzt älter bist als damals. Hätte ich noch ein Herz, würde es zerreißen, weil ich dich weder berühren noch richtig mit dir sprechen darf. Aber mein fühlendes Herz hat er mir schon vor vielen Jahrhunderten genommen und nur noch ein tiefes Loch der Verzweiflung und des Schmerzes hinterlassen.

Doch damit ist jetzt Schluss.

Ich habe leider nicht die Zeit und den Raum dir in diesem Brief alles zu erklären, daher nur das wichtigste: trau Alistair nicht. Er ist der Teufel in der Gestalt eines Engels. Wenn du noch kannst, dann renn weg. Versteck dich und suche einen Mann mit blauen Augen und einer großen Narbe im Gesicht. Er wird dir viele deiner Fragen beantworten können, wenn auch wahrscheinlich nicht alle.

Ich kann dich nicht um deine Verzeihung bitten, da meine vielen Taten das niemals zulassen würden, aber du hast eine zweite Chance bekommen und ich werde, wenigstens diesmal, versuchen es richtig zu machen.

Rachel - Deine Mutter, auch wenn ich diese Bezeichnung nicht verdient habe.

Sie begann dreimal zu lesen, bevor sie es trotz ihrer Kopfschmerzen schaffte, bis zum Ende des Briefes zu kommen.

„Meine Mutter?“ Sie erinnerte sich an die zwiespältigen Gefühle, die sie der Frau gegenüber hatte, die Ähnlichkeit und ihre letzten Worte. „Wo ist sie?“ Aurora presste die Worte hervor.

„Ich weiß es nicht.“, antwortete Tristan.

„Sie hat mir den Brief vor ein paar Tagen zukommen lassen. Ich denke nicht, dass sie noch lebt.“

„Das kann nicht stimmen. Ich … .“

Aurora wusste, wenn es diesmal wieder schief ging, wäre ihre endgültige Vernichtung noch das harmloseste, worauf sie hoffen dürfte. Als sie das letzte Mal nach Hilfe suchte, sperrte er sie drei Jahre in einen kleinen Raum und ließ sie immer wieder so lange hungern, bis sie fast den Verstand verlor. Dieser unkontrollierbare Hunger brachte sie dazu, kleine Kinder, die er ihr vorsetzte, bis auf den letzten Tropfen zu leeren.

Damit nicht genug, ließ er sie ihre Schmerzensschreie hören und hinderte sie daran, ihnen wenigstens einen friedvollen und schmerzlosen Tod zu bereiten. Bis heute verfolgten sie die angsterfüllten, gequälten Schreie ihrer Opfer.

Am Tage ließ er immer wieder die Tür zu ihrem Gefängnis öffnen, nur einen spaltweit. Sie sollte nicht die Möglichkeit haben sich selbst zu verbrennen, sie sollte nur die Schmerzen spüren, die das gleißend helle Licht der Sonne ihr bereitete.

Dutzende Male lag sie nächtelang mit Brandwunden auf dem kahlen Boden ihres kalten Zimmers. Er genoss es, sie zu quälen, ihr klar zu machen, dass sie seinem Willen vollkommen ausgeliefert war.

Ab und zu ließ er ihre Mutter bei ihr sitzen. Ließ ihr die Geschichte ihrer Zeugung erzählen. Ließ sie wissen, dass sie schon durch unheilige Begebenheiten auf diese Welt gebracht wurde. Sie wollte es nicht hören, wollte nicht wissen, was ihre Mutter getan hatte. Wenn sie versuchte, sich die Ohren zuzuhalten, fesselte man ihr die Hände auf den Rücken.

Sie wollte nicht daran erinnert werden, wie man sie abgeholt hatte. Wie man sie ihrer Mutter entrissen und der anderen Familie brachte. Sie konnte sich noch gut daran erinnern. Erinnerte sich noch an die Qualen, an die gebrochenen Füße als sie versucht hatte wegzulaufen. Träumte noch von den Nächten, in denen die beiden Mädchen, die man ihre Schwestern nannte, ihr gezeigt hatten, was man mit einem Mann machen musste, damit dieser glücklich wurde. Welche Stellen zu berühren waren und wie.

Sie hatte niemanden in solch einer Weise angerührt, doch alleine es zu sehen, bereitete ihr schon unvergleichbares Unbehagen. Doch sie musste es sehen, es dann selbst an den Mädchen ausprobieren. Sie drehten ihr die Finger um, wenn sie nicht gehorchte. Sie musste lernen, wie man am Tisch saß, wie man seine Haare machte und wie man sich angemessen unterhielt. Nicht, dass diese Menschen sich angemessen unterhalten konnten. Aber für solche Lektionen kamen extra Lehrer ins Haus.

Niemand redete mit ihr über ihre Gefühle, über ihre Ängste oder über das, was vor ihr lag. Man sagte ihr nur immer wieder, dass sie auserwählt sei. Aber eigentlich redete man gar nicht mit ihr, solange man nicht wollte, dass sie etwas tat.

Oft sah sie in den Nächten, in denen sie alleine auf dem Boden in ihrem kahlen Zimmer kauerte, das Bild eines jungen Mannes mit lustigen braunen Augen vor sich. Sie hatte ihn vor langer Zeit ganz in der Nähe des Hauses ihrer ersten Peiniger gesehen. Er saß unter einem der Bäume im Schatten, pfiff ein Lied und aß einen Apfel. Sie versteckte sich, doch er sah sie und winkte lächelnd zu ihr hinüber. Sie machte den Fehler und lächelte zurück. Obwohl man ihr strengstens verboten hatte, mit irgendjemandem zu reden, ließ sie zu, dass er ihr ein Stück seines Apfels abgab. Zwei Tage später hing sein lebloser Körper bleich und starr von dem Baum, unter dem sie nur für einen kurzen Moment zusammen gesessen hatten.

Nach diesem Tag verstand sie. Jeder würde sterben, der ihr zu nah kommen würde. Diese Erkenntnis brannte sich unwiderruflich in ihr Bewusstsein ein.

Irgendwann hielt Aurora es nicht mehr aus und als ihr Herr das nächste Mal in ihr Zimmer kam um nach ihr zu sehen, flehte sie ihn um Vergebung an, küsste ihm die Hände und bat auf dem Boden liegend um seine Verzeihung.

Sein Antlitz, so wunderschön und kalt, lächelte sie milde von oben herab an und gab ihr einen Kuss auf die Stirn. Als ob sie eine Feder wäre, hob er sie hoch und trug sie auf seinen eigenen Armen hinaus. Vor allen anderen heilte er ihre Wunden, gab ihr ihre Schönheit wieder und während sie vor ihm auf dem Boden kniete, war ihr und allen klar, dass sie immer ihm gehören würde. Niemals würde es ein anderer wagen, ihr zu nahe zu kommen.

Die Jahre vergingen, sie war so grausam, wie sie es irgendwie konnte, ließ sich nichts anmerken, tat wie ihr geheißen, tötete ohne langes Zögern und betörte fremde Männer, wie sie es gelernt hatte, wenn er es von ihr verlangte. Doch nicht eine Nacht vergaß sie den jungen Mann mit dem lustigen Lied auf den Lippen. Seine vormals so warmen braunen Augen, die gebrochen und leblos auf sie hernieder starrten. Auch die panischen Schreie der Kinder, wenn sie erkannten, dass sie nun ihrem Schöpfer gegenüber treten würden, verfolgten sie. Etwas in ihr wollte ihr einfach nicht die Ruhe des Vergessens schenken.

Ihr Herr kannte solche Zweifel und Schmerzen nicht. Er selbst bevorzugte junge Mädchen am Ende ihrer Pubertät. Er genoss es, mit ihnen zu spielen, ihnen das Gefühl zu geben sicher zu sein und von ihm begehrt zu werden. Er genoss den Übergang ihrer überschwänglichen Freude, ihrer hingebungsvollen Leidenschaft zu blankem Entsetzen. Sein Gefolge war nicht besser, und selbst wenn, wer würde es schon wagen, sich ihm zu widersetzen?

Aurora wusste, dass sie ihm gehörte. Schon seit dem Moment ihrer Zeugung bis zum Zeitpunkt, an dem sie endgültig vernichtet sein würde.

Aurora schlug mit voller Wucht ihren Kopf gegen die Scheibe. Die Erinnerungen überfluteten sie und sie konnte sie nicht ordnen. Es waren Jahre, Jahrzehnte oder sogar Jahrhunderte, die auf einen Schlag auftauchten. Ihre Hände trommelten zusätzlich auf ihren Schädel ein und sie schrie vor Schmerzen.

„Was hast du mir angetan?“ Jetzt wimmerte sie nur noch vor sich hin, während die Scheibe einen Sprung bekam.

Tristan versuchte sie festzuhalten.

„Nichts. Ich habe nichts getan. Das sind deine Erinnerungen. Das ist deine Vergangenheit.“

„Das kann nicht sein.“ Doch sie wusste, dass es stimmte. „Aber wenn, dann…“

Es war zu viel.

42.

Wie lange sie bewusstlos war, konnte sie nicht sagen. Aber als sie wieder klar sehen konnte, stand das Auto still. Sie war wieder gefesselt und hörte Stimmen von außerhalb. Aurora erkannte die Stimme des Mannes, dem sie für einen Moment zu lange vertraut hatte. Die anderen waren ihr unbekannt, auch wenn eine die dieses Spaniers sein könnte.

„Wieso hast du dich doch umentschieden?"

„Das habe ich nicht. Ich werde sie niemandem ausliefern und sie wird auch nicht gefangen gehalten wie ein wildes Tier." Das war Tristans Stimme.

„Meinst du, sie sieht es auch so? Immerhin scheint sie ja nicht freiwillig hier zu sein."

„Bring sie zu den anderen. Sie werden wissen, was mit ihr zu tun ist." Die Stimme war ihr vollkommen unbekannt.

„Nein, das werde ich nicht. Sie hat sich entschieden."

Die Autotür öffnete sich und sie sah in die blauen Augen, die sie durch die Maske anblickten. Hätte sie gekonnt, hätte sie sie ihm am liebsten abgerissen. Er war der Grund, warum sie ihren Herrn schon einmal hintergangen hatte, der Grund warum sie vernichtet wurde und wieso sie in der Hölle diese unsagbaren Qualen erleiden musste, er hätte ihr damals doch nur die Absolution erteilen müssen, ihre Seele befreien, aber nicht einmal diesen kleinen Gefallen hatte er ihr erfüllt. Nein, er hatte sie beschimpft und ihr die unsäglichsten Beleidigungen an den Kopf geworfen.

Wieso redete er jetzt ständig davon, dass sie sich selbst gehörte? Sie hatte noch nie sich selbst gehört und sie hatte das akzeptiert, jedenfalls bis sie damals ihn traf. Gerade jetzt wünschte sie sich so sehr, sie hätte ihn nie getroffen. Nie seine Güte und Wärme kennengelernt.

„Ich weiß, dass du mich jetzt hasst. Ich weiß, dass ich dich in deinen Augen verraten habe, dass ich wortbrüchig geworden bin.

Aber ich konnte nicht anders handeln. Ich brauchte die Zeit zum Nachdenken. Du hast keine Ahnung, was wirklich alles um dich herum geschieht, was in den Jahrhunderten geschehen ist, in denen du nicht da warst, und ich habe keine Zeit, es dir begreiflich zu machen. Sie sind uns auf der Fährte und es gleicht einem Wunder, dass sie uns nicht schon längst haben.

Aber auch wenn es besser gewesen wäre, ich konnte dich dort noch nicht einfach gehen lassen. Nicht so wie ich dich in der Höhle damals habe gehen lassen. Wie ich dich getötet habe, ohne zu begreifen, was ich tat. Nur aus einem Gefühl der Wut und der Verzweiflung heraus. Ich weiß nicht, wie ich damit umgehen soll, denn auch wenn unsere Gefühle schon so lange erloschen schienen, hat scheinbar doch noch irgendwas davon die Zeiten überdauert." Er stockte kurz.

„Doch leider wohl nicht genug. Ich musste mich entscheiden, genau wie du. Du hast dich für ihn und deine Knechtschaft entschieden und ich respektiere dich zu sehr, um weiter zu versuchen, es dir auszureden. Irgendwie bin ich dir sogar dankbar, denn das hat mir gezeigt, dass ich beinahe wieder die falsche Wahl getroffen hätte. Daher erfülle ich jetzt mein Wort, verschone dein Leben und lasse dich gehen. Aber wenn wir uns das nächste Mal gegenüberstehen, dann werden wir auf zwei verschiedenen Seiten stehen.

Dann wird es keine Rolle mehr spielen, was wir einmal hatten, was wir einmal füreinander empfunden haben. Dann wird mich nichts mehr ablenken. Dann werde ich deinen Herrn und wenn du ihm beistehst, auch dich vernichten. Ich bereue, dass du hier bist. Es wäre besser gewesen wir hätten uns niemals wieder getroffen. Du hattest deine zweite Chance. Hättest du sie wenigstens einmal genutzt."

Sie sah ihn nur ausdruckslos an, doch in ihren Gedanken stimmte Aurora seinen Worten zu. Auch wenn sie mehr schmerzten, als sie es für möglich gehalten hatte. Doch sie musste dieses Gefühl der Schwäche unterdrücken. Er löste die Fesseln und zog sie aus dem Auto.

„Sie werden bald hier sein, du musst nur warten. Oder renne ihnen doch gleich entgegen, wenn du es gar nicht erwarten kannst wieder als Sklavin zu existieren."

Aurora funkelte ihn an und war kurz versucht, ihn anzugreifen, bis sie die Blicke der anderen Männer spürte, die ihre Waffen auf sie gerichtet hatten. Sie schienen absolut nicht damit einverstanden zu sein, dass er sie frei ließ und Aurora konnte sich nicht sicher sein, ob nicht doch einer von ihnen seine Meinung ändern würde. Also rannte sie los.

„Du hast dich richtig entschieden. Na ja hoffentlich."

Raoul nickte ihm kurz wissend zu. Tristan starrte wortlos in die Richtung, in die sie geflohen war, und stieg dann in den schwarzen Transporter. Die fünf Männer folgten ihm und das Auto raste davon. Die Limousine, mit der der Spanier und er her gekommen waren, blieb neben der Kirche stehen. Vielleicht hielt sie das verlassene Auto einen Moment auf.

„Warum hast du sie denn nicht den anderen gegeben? Sie hätten sie sicher nutzen können." Ein großer schlanker Mann mit dunklen Haaren sah zu Tristan hinüber. Der Mann mit der Maske starrte aus dem verdunkelten Fenster. „Gerade jetzt hätten wir wirklich etwas gegen ihn gebrauchen können."

„Halt deinen Mund. Jetzt ist nicht die Zeit dafür. Was wären wir wert, wenn nicht mal wir unser Wort halten würden?" Raoul zischte den schlanken Mann an.

Er wusste, wie schwer es seinem Freund gefallen war, sie gehen zu lassen. Und er wusste, dass es jetzt nichts mehr geben würde, das ihn davon abhalten könnte, Alistair von Black Castle zur Strecke zu bringen. Aber dem Spanier war auch klar, dass die Wahrscheinlichkeit dafür gegen null tendierte. Vor allem jetzt, da der Orden zersplittert worden war. Sie waren nicht mehr auf der Jagd nach ihm, sondern auf der Flucht vor ihm.

Viele Städte machten, aufgrund der Sache im Club, Jagd auf die Mitglieder ihres Ordens. Und selbst einer der Ältesten ihres Ordens war in seinem eigenen Hoheitsbereich von einer Armee Menschen und Vampire angegriffen und gefangen gesetzt worden. Tristan hatte sie ja gewarnt. Er wusste, dass der Versuch ihren Ordensbruder zu befreien eine strategisch unkluge Idee war, doch auch er konnte natürlich nicht ahnen, dass Alistair gleich den ganzen Club in die Luft jagen und damit die Vernichtung von einigen, ihm treu ergebenen Weggefährten und anderen angesehenen Vampiren so einfach in Kauf nehmen würde. Aber sie hätten damit rechnen müssen.

Welchen besseren Weg hätte es geben können, sie nicht nur aufzuhalten, sondern komplett in der ganzen Gesellschaft zu diskreditieren? Immerhin hatten sie den Club angegriffen und für die meisten musste es ja so aussehen, als ob sie dann auch für alles, was folgte, verantwortlich waren. Wieso waren sie nur auf diese dumme Idee gekommen? Wieso gerade dort?

Raoul überlegte, wie lange dieses Monster schon von ihren Plänen gewusst haben musste und vor allem, woher. Die Rückkehr seiner Tochter und ihr Besuch im Park genau zu dem Zeitpunkt war jedenfalls garantiert nicht zufällig. Er sah sich seine Brüder an. Was wenn wirklich einer von ihnen ein Verräter war? Er hoffte nur, dass die Geschehnisse seinen Freund nicht innerlich zerstörten und dass sich dessen Hoffnung in diese Frau erfüllen würde.

43.

Helles Scheinwerferlicht strahlte ihr direkt in das Gesicht. Autos rasten mit hoher Geschwindigkeit auf sie zu. Aurora stolperte auf der schlecht asphaltierten Fahrbahn und riss die Arme hoch. Auch wenn sie keine Ahnung hatte, wer oder was sich ihr da näherte, konnte sie nicht hier mitten im Nirgendwo bleiben. Sie hatte weder eine Ahnung, wie spät es war, noch wo sie sich überhaupt befand. Seit mindestens einer halben Stunde hatte kein Fahrzeug oder lebendes Wesen ihren Weg gekreuzt. Sie brauchte Hilfe.

Das erste Auto legte kurz vor ihr eine gekonnte Vollbremsung hin. Doch die drei nachfolgenden hatten damit wohl nicht gerechnet und fast sah es aus, als würde ihre Aktion einen heftigen Auffahrunfall provozieren. Doch nach protestierendem Kreischen von bremsenden Reifen und aufgewirbelten kleinen Steinen kamen alle Autos ohne einen Kratzer zum Stehen.

Seitentüren wurden aufgerissen und Personen mit Maschinenpistolen sicherten die Umgebung. Zwei Männer rannten auf sie zu.

„Auf den Boden. Legen sie sich sofort hin und zeigen sie mir ihre Hände." Der Kleinere von beiden brüllte sie an. Seine Waffe war auf sie gerichtet und seine Stimme klang entschlossen. „Sofort. Sonst eröffnen wir das Feuer."

„Ich heiße Aurora, ich will nur nach Hause."

Aurora stotterte nur noch, während sie sich langsam hinkniete. Sie überlegte, ob sie kämpfen sollte, aber für was?

„Zeigen sie mir ihre Hände."

Der Mann blieb ein paar Schritte vor ihr stehen. Scheinbar war er sich nicht vollkommen sicher, was diese Situation bedeuten sollte. Der andere leuchtete ihr direkt ins Gesicht. Aurora blinzelte nicht, während sie ihre Hände nach oben ausstreckte und ihn direkt ansah. Sie musste ein schreckliches Bild abgeben.

„Also ich glaube, dass sie es ist. Sie sieht allerdings absolut zerstört aus. Gebt es weiter. Ja, scheinbar haben wir sie gefunden. Ja, Sir. Natürlich. Nein, die anderen Flüchtigen sind nicht vor Ort. Natürlich. Wir bringen sie wohlbehalten zurück."

Der kleinere Mann kam auf sie zu, nahm seine Waffe runter und reichte ihr die Hand. „Entschuldigung meine Dame. Wir haben Sie nicht sofort erkannt und mussten erst sichergehen. Sind Sie wohlauf? Wir bringen Sie zurück nach Irland."

Aurora nahm die Hand des Mannes und nickte nur.

„Wo sind Ihre Kidnapper? Wie konnten Sie entkommen?"

„Sie haben mich dort vorne frei gelassen. Es waren fünf oder sechs. Aber ich weiß nicht, wo sie hin sind. Das Einzige, was ich gesehen habe, ist, dass sie einen dunklen Transporter benutzt haben."

„Ihr folgt ihnen weiter. Wir bringen die Dame nach Hause."

Die Angesprochenen nickten, stiegen zurück in zwei der Autos und fuhren in hohem Tempo in die angezeigte Richtung.

„Leider müssen wir Ihnen das anlegen. Es ist ein Befehl des Herrn zu Ihrem und unserem Schutz."

Er holte Handschellen hervor. Aurora war kurz versucht zu protestieren, überlegte es sich dann aber anders. Sie wollte nur noch hier weg. Nach kurzer Fahrt bemerkte sie schon die beginnende Schläfrigkeit des herannahenden Tages. Leichte Panik breitete sich in ihr aus und sie versuchte, in den Fußraum zu rutschen.

„Machen sie sich keine Sorgen. Die Scheiben lassen kein Sonnenlicht hindurch."

Es war, als erahnte der Mann auf dem Beifahrersitz ihre Gedanken. Noch bevor sie sich sicher war, was sie antworten sollte, schlief sie ein.

Der Transporter raste über die kleinen schlechten Straßen Frankreichs. Noch hatten sie genug Vorsprung.

„Hoffentlich geben sie ihre Jagd erst mal auf. Sie haben ja jetzt was sie wollen."

Der Mann neben Raoul starrte auf die fensterlose Seitenwand und überprüfte zum wiederholten Male seine halb automatische Pistole.

„Sie wollen nicht nur sie. Sie wollen uns alle. Aber ja, es wird sie verlangsamen und ihre Truppenstärke minimieren. Sie werden kein Risiko eingehen, um sie zurück nach Irland zu bringen."

Raoul sah zu Tristan nach vorne.

„Bald sind wir in der Schweiz, dort sollten wir erst mal etwas sicherer sein."

Der rothaarige Mann direkt hinten an der Tür sah sich auf seinem Laptop Überwachungsbilder der Bunkeranlagen in den Schweizer Alpen an.

„Bisher scheint dort noch alles ruhig zu sein. Ich kann nur drei Personen erkennen. Und die kommen mir alle bekannt vor."

„Meint ihr wirklich, er kennt alle unsere Verstecke?"

Ein weiterer Mann mit einer modifizierten Armbrust zog immer wieder schnell einen der Pflöcke aus seinem Halfter, legte ihn auf und steckte ihn dann wieder weg.

„Wir müssen damit rechnen. Aber wer weiß das schon."

Raoul stand auf und ging zu seinem Freund.

„Ist alles ok mit dir?"

„Natürlich." Tristans Stimme klang monoton.

„Es wird klappen. Aber du solltest nach hinten kommen. Die Sonne geht bald auf."

Kurz darauf tauschte Tristan mit einem dunkelhaarigen Mann mit braunen Augen und Glatze die Plätze.

44.

Als Aurora wieder erwachte, saß sie nackt und gefesselt auf einem Stuhl. Ein Mann mittleren Alters mit Halbglatze stand ihr gegenüber und als er bemerkte, dass sie bei Bewusstsein war, sah er sie gleichgültig an.

Sie fühlte sich so unglaublich dumm. Doch etwas in ihr weigerte sich, es weiterhin einfach so hinzunehmen. Sie zerrte an den Fesseln und versuchte sich zu befreien. Der Mann kam zwei Schritte in ihre Richtung.

„Gut, Sie sind wach. Dann können wir ja beginnen."

„Wo bin ich? Wo ist Alistair?" Ihre Wut und die Angst der letzten Tage entlud sich in diesem Moment. Sie schrie ihm die Fragen fast schon entgegen.

Sie musste nicht an den Fesseln reißen. Es war ihr klar, dass sie garantiert stabil genug waren sie zu halten, doch alles in ihr wollte es. Sie hatte schon lange nichts mehr so gewollt, wie sich von diesen Fesseln zu befreien. Sie hatte genug davon, hilflos zu sein. Wieso war jeder der Meinung, ihr seinen Willen aufzwingen zu können? Sie war freiwillig zurückgekommen. Oder wenigstens soweit freiwillig, wie es ihr möglich gewesen war. Sie hatte nicht verdient, so von einem Fremden gedemütigt zu werden.

Aber was hatte sie denn erwartet? Sie war geflohen, mehr als nur einmal. Sie konnte schon froh sein, noch in einem Stück hier zu sitzen. Der Mann sah sie weiterhin ungerührt an und wartete, bis sie es endlich aufgab, an den Fesseln zu zerren. Dann zog er sich einen Stuhl heran und setzte sich ihr gegenüber.

„Können wir dann beginnen?"

„Wer sind Sie? Und was wollen Sie von mir?"

Aurora versuchte, ihm in die Augen zu sehen. Sie wusste, dass sie ihm befehlen könnte, sie loszubinden. Doch scheinbar war ihrem Gegenüber das auch klar und auch wenn er sie anblickte, so sah er ihr nie direkt in die Augen.

„Nun, zum ersten möchte ich erst einmal, dass Sie sich beruhigen. Wenn Sie das geschafft haben, dann würde ich Ihnen gerne im Auftrag meines oder besser unseres Herrn ein paar Fragen stellen. Und falls Sie mir diese, zu meiner Zufriedenheit, beantwortet haben, dann wird entschieden was weiter geschieht. Wer ich bin, ist im Moment vollkommen unwichtig."

Am liebsten hätte die junge Frau vor Verzweiflung angefangen zu weinen, doch sie konnte sich einen solchen Ausdruck von Schwäche nicht erlauben. Sie hatte gelernt, dass es dadurch nur schlimmer wurde. Keiner der in Alistairs Diensten stand, hatte ein Verständnis für emotionale Schwächen. Oder besser gesagt, alle hatten ein großes Vergnügen an den emotionalen Schwächen ihrer Opfer. Sie durfte ihm nicht die Genugtuung geben, sie als sein Opfer zu sehen.

„Ist Ihr Name Syndra?"

„Wo bin ich?"

Er wiederholte die Frage und egal was sie ihm auch als Antwort entgegen warf änderte nichts. Nach dem zehnten oder fünfzehnten Mal sah sie ihn nur noch stumm an.

„Wir können das so lange machen, bis Sie entweder antworten oder irgendwann in den nächsten Nächten hungrig und verrückt werden. Ich habe alle Zeit die ich will. Also noch einmal: Ist Ihr Name Syndra?"

Zähneknirschend antworte sie: „So hat man mich genannt, aber nein!"

„Ist Ihr Name Aurora?"

Sie nickte.

„Sie müssen mir die Frage schon beantworten. Ein Nicken reicht nicht aus."

Aurora funkelte ihn an: „Ja!"

„Sind Sie in der Nacht nach Ihrer Flucht freiwillig in den Park gegangen? Oder hat man Sie dort hin gerufen?"

„Das werde ich Ihnen nicht beantworten."

„Haben Sie sich nach dem Besuch in diesem Park einen Mann mit Namen Tristan getroffen."

„Auch dazu werde ich nichts sagen."

„Wie ich Ihnen schon sagte: Sie können mir entweder jetzt antworten oder solange hier sitzen bleiben, bis der Hunger Sie in den Wahnsinn treiben wird und mir dann antworten. Oder ich könnte Sie natürlich auch anders dazu zwingen mir meine Fragen zu beantworten, allerdings glaube ich nicht, dass es meinem Herrn gefallen wird, wenn Sie nicht vollkommen freiwillig kooperieren."

„Ich werde Ihnen diese Fragen nicht beantworten."

Sie sah ihn entschlossen an. „Wenn Sie versuchen mich zu zwingen, werde ich alles, was ich kann nutzen, um Sie zu zerstören."

Sie wusste, dass sie keine Chance hatte, hier jemals herauszukommen, wenn sie nicht antworten würde, doch was sollte sie sagen? Ihr war vollkommen klar, dass Lügen ihr nichts helfen konnten. Ihr Gegenüber würde jede bewusste Lüge erkennen. Er war einer von ihnen, Aurora bemerkte, dass er nicht atmete. Doch dass sie überhaupt noch hier saß und die Chance hatte zu reden, sagte ihr, dass Alistair sie, jedenfalls noch nicht, vernichtet haben wollte.

Er stand auf und stellte sich direkt neben sie.

„Sie werden mir antworten. Alle antworten mir. Sie sind weder die erste, noch werden Sie die letzte sein, die mir Ihre tiefsten Geheimnisse offenbart. Auch wenn Sie natürlich etwas sehr besonderes und einzigartiges sind und ich nie gedacht hätte, das aus der Verdammnis zurückgekehrte Kind des Herrn befragen zu dürfen. Gerade Sie müssten doch wissen, dass Sie es sich selbst nur schwerer machen und das das Ergebnis doch das selbe bleiben wird. Möchten Sie den Herrn wirklich noch mehr verärgern?"

Aurora versuchte nicht mal, ihn anzusehen. Sie wusste, dass er recht hatte. Aber sie wusste auch, dass sie nicht so einfach nachgeben konnte. Sie durfte ihm die Genugtuung nicht geben aufzugeben. Irgendwann verließ er den Raum und sie schlief auf dem Stuhl gefesselt ein. Das Ganze ging noch zwei Nächte so weiter. Er saß oder stand ihr gegenüber und stellte immer dieselben Fragen und Aurora gab ihm dieselben Antworten.

Als sie sich, nur zur eigenen Ablenkung, in dem kahlen Raum genauer umsah, bemerkte sie die vielen tiefen rötlichen Kratzer an den weiß gekalkten Wänden. Scheinbar hatten hier schon mehrere Personen mit ihren Fingernägeln und Fingerkuppen blutige Spuren hinterlassen. Sie fragte sich, wer hier schon alles gesessen hatte und was mit ihnen geschehen war. Denn auch wenn der Raum, abgesehen von den Spuren an den Wänden extrem sauber wirkte, konnte sie immer noch die Ausdünstungen von Blut, Exkrementen, Angst und Tod riechen.

Dann kam der Hunger. Es war, als ob ein wildes Tier in ihr erwachte. Erst beschwerte es sich nur, forderte gefüttert zu werden. Es wollte Blut, doch niemand gab ihr welches.

Dann aber begann es fordernder zu werden, bis es irgendwann vollkommen aggressiv wurde und sie ihre Kontrolle verlor.

Der Mann saß ihr während des ganzen Prozesses teilnahmslos gegenüber und stellte währenddessen weiterhin seine Fragen. Alles, an was sie dachte, war Blut. Sein Blut, das wenige an den Wänden, vollkommen egal. Doch sie konnte sich nicht befreien und er hörte nicht auf zu fragen.

Irgendwann wusste Aurora nicht mehr, ob sie sie beantwortet hatte oder nicht.

45.

„Sie haben sie wirklich gefunden? Geht es ihr gut?" Ira strahlte vor Glück, als Chris an den Esstisch zurückkehrte und ihr die freudige Nachricht überbrachte.

„Ja man hat sie gefunden. Aber scheinbar geht es ihr wohl nicht so gut. Nach dem Anschlag war sie wohl kurze Zeit später aufgegriffen und in ein Krankenhaus gebracht worden. Aber da sie keine Papiere bei sich hatte und sich nicht an ihren Namen erinnerte, brauchte es eine Zeit lang bis man rausfand, wer sie ist. Jetzt haben sie Syndra aber in eine Privatklinik gebracht. Scheinbar hatte sie einen Nervenzusammenbruch."

Die rothaarige Frau sah ihn ängstlich an. „Sie klang am Telefon aber eher ängstlich und gar nicht, als ob sie nicht wüsste, wer sie ist. Weißt du, wo sie jetzt genau untergebracht ist? Kann ich sie besuchen gehen? Sie hat doch außer mir niemanden."

Er schüttelte den Kopf. „Nein, kannst du nicht. Aber Herr von Black Castle war schon bei ihr. Sein Sekretär war es auch, der eben angerufen hat, um es uns mitzuteilen. Aber wir haben die große Ehre erhalten, heute Abend zu dem Herren eingeladen worden zu sein. Dort wird besprochen, was weiterhin passieren soll."

Ira sah ihn verwundert an. „Wieso darf Herr von Black Castle zu ihr und ich soll nicht hin? Er kennt sie gerade mal einige Tage und ich ihr halbes Leben. Sie ist meine beste Freundin."

Chris sah sie abschätzig an.

„Ihr Onkel hat ihm die Erlaubnis erteilt. Und da er der einzige noch lebende Anverwandte ist, ist er auch als einziger berechtigt solche Entscheidungen zu fällen. Und er hat es nicht dir erlaubt, oder? Sei froh, dass man sie überhaupt gefunden hat und uns so schnell Bescheid gibt."

Ira duckte sich innerlich vor der latenten Boshaftigkeit in der Stimme ihres Verlobten. Seit Syndra vor über einer Woche verschwunden war, benahm er sich schon so ekelhaft. Es schien, als würde er ständig unter Strom stehen und sie wäre nur noch ein lästiges Anhängsel. Als sie mit ihren Eltern telefonieren wollte, hatte er ihr sogar ihr Handy abgenommen und gemeint: „Nein, was, wenn Syndra genau jetzt anruft?“

Sie wollte so gerne mit ihren Eltern sprechen. Sie fragen was sie tun sollte. Ihnen von ihrer Sorge bezüglich Syndra erzählen. Von dem Terroranschlag auf einen Club, in welchem sie gerade ein paar Nächte zuvor gefeiert hatte. Aber was würden sie denn sagen? Warum sie nicht bei der Polizei gewesen ist? Vielleicht war es ja wirklich besser, gerade nicht mit ihnen zu reden. Sie würden sich eh nur Sorgen machen. Chris hatte schon vollkommen recht. Und nachdem Syndra jetzt ja wieder da war, hoffte sie, dass alles wieder besser werden würde. Hauptsache es ging ihrer Freundin bald wieder gut.

„Mach dich zurecht. Du möchtest ja wohl nicht so vor Herr von Black Castle treten! Übrigens wird Mirabell auch anwesend sein.“

Ira nickte erfreut. Die junge Frau hatten sie zwei Nächte nach Syndras Verschwinden getroffen. Sie hatte Ira getröstet, mit ihr geredet und ihr geholfen, sich etwas zu beruhigen. Alleine ihre Anwesenheit und ihre offensichtliche Ähnlichkeit mit ihrer Freundin half Ira schon eine ganze Menge. Nach dem Gespräch waren viele ihrer Sorgen auf einmal nicht mehr so groß. Ira freute sich, sie so schnell wieder zu sehen.

Chris sah ihr genervt hinterher, während sie ins Badezimmer verschwand. Warum hatte man gerade ihn dafür ausgesucht, dieses unnütze Ding zu beschäftigen? Warum musste er ihr die große Liebe vorspielen und das auch noch so lange? Und wann würde sein Meister ihm endlich erlauben, damit aufzuhören, immer so freundlich und liebevoll sein zu müssen?

Er hasste es, wenn sie ihn an der Hand hielt und ihn mit ihren verliebten Augen ansah. Am liebsten hätte er sie in einer ihrer Liebesnächte ans Bett gefesselt und dann Stück für Stück ihre Haut vom Fleisch abgeschält. Ganz langsam, damit sie ja nicht zu schnell starb. Erst nur die Beine. Dann, einen Tag später vielleicht die Arme und ganz am Schluss den Körper. Ob ihre Augen dann immer noch diesen dämlichen verliebten Ausdruck haben würden? Chris lächelte bei der Vorstellung.

Irgendwann würde sein Meister es ihm bestimmt gestatten. Es war ja nicht das erste Mal, dass er ihm dabei behilflich sein durfte, ihm Opfer zu liefern. Dass er die Frauen und Männer dazu brachte, ihm zu vertrauen. Sein Meister hatte diese Fähigkeit nicht. Bei ihm spürte man sofort, dass man ihm besser aus dem Weg gehen sollte. Doch dieses Mal würde er bestimmt endlich den Spaß haben dürfen, es selbst zu tun. Sie einmal nicht nur emotional zu quälen, sondern auch körperlich. Sie selbst, mit eigenen Händen, zu töten. Marius hatte es ihm versprochen.

Als er damals vor rund drei Jahren von dem großen Mann dabei erwischt wurde, wie er sich gerade an einer Prostituierten verging, wie er ihr die zuckenden Beine aufschlitzte, die Sehnen herauszog und ihren panischen angstverzerrten und vor Schmerzen schon fast wahnsinnigen Blick in sich aufnahm. Sie war schon sein zweites Opfer gewesen, doch bei dieser Gelegenheit hatte er es das erste Mal wirklich genossen.

Er dachte schon, das wäre sein Ende. Doch genau das Gegenteil geschah. Dieser angsteinflößende Mann nahm ihn mit, gab ihm sein Blut zu trinken und zeigte ihm, was wirklich alles möglich war. Chris hätte sich nie vorstellen können, dass seine Passion von anderen noch so weit übertroffen werden konnte.

46.

Mit einem dunkelroten, langen Seidenkleid bekleidet, erwachte Aurora auf dem Boden liegend.

Panisch sprang sie auf, voller Furcht, gleich aus dem nichts angegriffen zu werden. Doch nichts geschah. Sie stand vollkommen alleine in einem sehr großem, geschmackvoll eingerichteten Raum. Vier gemütliche Sessel und zwei Sofas mit den dazu gehörigen Beistelltischen. Die Wände aus hellgrauem Stein und auf dem Boden fein gewebte Teppiche. Der Stil erinnerte sie sofort an das Anwesen von Alistair, doch diesen Raum hatte sie noch nie gesehen.

Als sie zwei Schritte nach vorne ging, knallte sie unsanft gegen etwas Hartes. Glas. Sie tastete die Fläche ab. Über die ganze Breite des Raums konnte sie zwischen der Wand und der Glasfläche drei Schritte nach vorne und 26 Schritte zur Seite gehen. Egal wie sehr sie auch suchte, es gab keinen Ausgang, keine Einbuchtung oder Schalter. Wie die Fische in dem Club, war nun auch sie in einem engen durchsichtigen Gefängnis gefangen. Fahles Mondlicht schien durch die bodentiefen und nicht verhüllten Fenster auf der anderen Seite des Raumes.

Sie sah Lichter in einiger Entfernung, aber keine Sterne. So wie das aussah, schien sie sich hoch über der Stadt zu befinden. Aurora suchte nach Kameras, irgendwas das ihr verriet, von wo aus sie beobacht wurde, doch sie fand nichts. Einige Zeit stand sie verloren an der Glasmauer und starrte aus dem entfernten Fenster, bis plötzlich die Tür geöffnet und das Licht angeschaltet wurde.

Alistair kam Hand in Hand mit Mirabell in den Raum, gefolgt von Marius diesem grobschlächtigen sadistischen Riesen, dem Mann der ihr die Fragen gestellt hatte und einem weiteren Mann um die dreißig mit blonden kurzen Haaren und einem Gesicht wie ein Fuchs, den sie bisher noch nicht gesehen hatte.

Die eintretende Gruppe ignorierte die junge Frau hinter dem Glas vollkommen und unterhielt sich, während sie es sich auf den Sitzplätzen gemütlich machten. Aurora konnte zwar nichts hören, aber alles sehen. Mirabell setzte sich neben Alistair auf eines der Sofas und himmelte ihn an, während er einmal zärtlich über ihre Wange streichelte. In Aurora machte sich Eifersucht bemerkbar.

Aurora sah dabei zu, wie ein Diener ihnen etwas zu trinken brachte und die Gruppe anstieß. Wie sie sich entspannt unterhielten. Es schien so, als ob sie gar nicht anwesend wäre. Niemand nahm auch nur die geringste Notiz von ihr, obwohl alle bis auf Alistair ab und an in ihre Richtung sahen. Allerdings erschien es eher so, als ob sie sich dabei selbst betrachteten.

Als Alistair Mirabell, die wie ihr jetzt erst wirklich auffiel, irgendwie ähnlich sah, auch noch auf die Stirn küsste, stand sie erst regungslos in ihrem Gefängnis, starrte ihn an und schlug dann mit ihren Fäusten so lange auf die Scheibe ein, bis ihre Finger blutig wurden und ihr die Haut von den Knöcheln platze.

„Nein!!!“

Sie raste vor Eifersucht. Wie konnte er sie so einfach ersetzen? Keiner der nur wenige Meter von ihr entfernten Anwesenden schien ihren Gewaltausbruch zu bemerken. Und Alistairs kurzes Lächeln galt wohl eher der Frau an seiner Seite, als ihrem verzweifelten Versuch ihrem Gefängnis zu entkommen.

Irgendwann verließ die Gruppe den Raum und Aurora stand wieder alleine in ihrem gläsernen Gefängnis im Mondlicht. Warum tat er ihr das an? Langsam ließ sie sich zu Boden sinken. Sie kannte die Antwort. Sie hatte dem Mann gesagt, dass sie bei Tristan war. Sie hatte ihm gesagt, was sie getan hatte. Alistair würde sie hier nie mehr heraus lassen. Sie musste eine Möglichkeit finden, es ihm zu erklären, doch würde das wirklich etwas ändern? Sie hatte getan, was sie getan hatte.

„Warum existiere ich überhaupt noch?“

Aurora sah an den Wänden hoch, sich sicher, dass er sie beobachten ließ. Es kam keine Antwort. Aber diese Frage hätte sie sich auch selbst beantworten können. Sie einfach zu töten wäre ein viel zu leichtes Ende.

In den nächsten Nächten saß sie weiterhin alleine in ihrem Gefängnis. Nur eine Karaffe mit Blut, die jeden Tag frisch aufgefüllt wurde, ließ darauf schließen, dass immer wieder jemand bei ihr war. Doch egal was sie auch versuchte, sie fand den Ausgang nicht. Irgendwann wusste Aurora nicht mehr, wie oft sie schon versucht hatte, um Aufmerksamkeit zu bitten. Doch niemand antwortete, bis sie endlich nur noch still in der Ecke saß.

Plötzlich fiel Licht durch die sich öffnende Tür. Ira und Chris wurden von einem Bediensteten hereingeführt. Beide setzten sich auf eins der Sofas, während sie sich im Raum umsahen.

„Ira! Ich bin hier."

Aurora stand auf und trommelte mit ihren Händen auf die Scheibe ein, auch wenn ihr klar war, dass es, genau wie beim letzten Mal, nichts bringen würde. Kurze Zeit später folgte eine gut gelaunte Mirabell und setzte sich zu den beiden. Die drei redeten eine Zeit lang und Aurora konnte sehen, wie Ira, ihre beste und einzige Freundin, diese fremde Frau mit solch einer Zuneigung ansah, als ob sie ihre neue beste Freundin wäre. Es schien ganz so, als ob sie schon öfter miteinander geredet hatten.

„Nein. Sie ist nicht deine Freundin. Geh weg von ihr!" Aurora kniete sich hin. „Bitte, geh weg."

Sie lachten gemeinsam. Als noch Marius dazu kam, bekam Aurora wirklich Angst. Sie hatte gesehen, was dieser Mann mit Frauen im Club gemacht hatte. Sie hatte schon zu oft erlebt, was er in der Vergangenheit mit Frauen und auch Männern getan hatte.

„Es tut mir leid, dass ich zur Statue gegangen bin. Aber ich wollte nicht mit ihm fliehen", sie versuchte, ihre Stimme nicht zu verzweifelt klingen zu lassen, was ihr allerdings gründlich misslang.

Marius setzte sich direkt neben Ira. Wie zufällig legte er seine Hand auf ihre Schulter, während Chris die ganze Zeit Mirabell mit einer Mischung aus Faszination und Begierde ansah.

„Bitte nicht!“

Die Unterhaltung schien sehr ausgelassen und angeregt zu sein. Ira bemerkte nicht einmal, dass dieser große Mann seine Hand auf ihre Schulter gelegt hatte. Aurora wusste nicht über was sie redeten, als Marius sich plötzlich erhob und gemeinsam mit Mirabell den Raum verließ. Ira und Chris küssten sich. Fast schien es, als ob sie nur auf die Rückkehr der anderen beiden warteten.

Aurora sah den Ring mit dem kleinen funkelnden Stein an der Hand ihrer Freundin. Offensichtlich hatten die beiden sich verlobt. Wie lange war sie fort gewesen? Waren es nur Tage, Wochen oder sogar schon Monate? Ira wirkte so glücklich und Aurora war dankbar, dass ihre Freundin lebte und es ihr gut ging. Aber hatte sie sie nicht vermisst? Hatte sie nicht nach ihr gesucht? Und warum war sie hier? Was hatte sie mit dieser Frau und diesem Monster zu tun?

„Töte ihren Freund.“ Sie erkannte Alistairs Stimme sofort.

Ein Teil der Wand neben ihr öffnete sich. Sie sah in den Gang mit der halb geöffneten Tür, hinter der sich ihre Freundin befinden musste.

Einen Moment blieb sie vor der Zimmertür stehen und zögerte. Konnte sie wirklich einfach so Chris töten? Er war so nett und freundlich. Sie war hin- und hergerissen. Aber was sollte sie machen? Sie wusste, was passieren würde, wenn sie es nicht tat. Als sie die hineinkam, sah Ira erschrocken nach oben.

„Syndra!?“ In ihrem Gesicht spiegelte sich deutlich Überraschung, gepaart mit Unglauben, Irritation und echter Freude.

„Ich hab ja schon langsam nicht mehr geglaubt, dass ich dich wirklich wiedersehe. Geht es dir gut? Wieso bist du hier? Haben sie dich entlassen?“

Iras Stimmlage veränderte sich, als ihre beste Freundin erst einen kleinen Moment zögerte und dann auf Chris zu rannte.

Der versuchte noch aufzustehen, aber sie war schneller. „Hallo, ich freue mi….“ Sein Ausdruck war eher verwundert als ängstlich, als sie auf ihn zu sprang und die Wucht ihres Aufpralls ihn in die Kissen drückte. Jetzt versuchte er endlich, sich zu wehren.

„Warum?“

Er war kräftiger, als sie dachte und kämpfte verbittert. „Meister, ich habe doch alles getan was ihr wolltet.“

Seine Aussage verwundert Aurora während er versuchte sie von sich runter zu bekommen.

„Was habe ich falsch gemacht?“ Seine immer panisch werdenden Worte und seine Blicke Richtung Tür verunsicherten Aurora noch mehr, doch sie ließ sich nicht abschütteln und biss zu.

Während sie ihm den Hals aufriss, drückte sie ihm ihre Finger in die Augen. Sie spürte, wie die Augäpfel dem Druck nach hinten auswichen, Blut an ihren Fingern herabfloss und seine Schreie nach einem kurzen Moment verebbten, als ihr Biss eher Ekstase als Schmerz auslöste.

„Syndra? Nein.... Nein.... Was machst du?“ Iras Stimme verriet ihre Panik und ihr Entsetzen. Nachdem Chris Herz aufgehört hatte zu schlagen, ließ Aurora von ihm ab. Die rothaarige Frau schlug auf sie ein.

„Was hast du getan?“

„Ich....“

Marius zerrte die blutverschmierte Aurora unsanft von dem toten Körper herunter und schleifte sie mit sich neben die Tür.

„Ich musste.... Ich will dir doch nur helfen.“

Aurora hatte nicht einmal bemerkt, dass die beiden wieder hereinkommen waren. Und so sehr sie auch zappelte, der Griff des bullig gebauten Mannes war unerbittlich.

Mirabell ging zu Ira und streichelte sie sanft, während die weinend über Chris zusammengebrochen war.

„Es wird alles gut.“

„Glaub ihr nicht. Komm zu mir.“

In Iras Gesicht spiegelten sich pure Verzweiflung und Unverständnis, als sie sich zu Aurora umdrehte.

„Zu dir? Du hast Chris getötet. Du hast ihn einfach so getötet…“ Sie spuckte ihr die Worte hasserfüllt entgegen „Du bist ein Monster. Du bist genauso verrückt wie deine Mutter. Ich hätte nie nach dir suchen dürfen. Ich wünschte ich hätte dich nie kennengelernt. Du kannst es einfach nicht ertragen. Deine Eltern wussten schon, warum sie dich eingesperrt haben. Du hättest für immer weggesperrt gehört. Ich hätte nie deine Freundin sein sollen. Alle hatten mich gewarnt. Du bist geisteskrank. Wieso haben sie dich nur aus der Anstalt entlassen?!“

„Nein. Ich….“

Aurora wusste, dass sie gerade ihre einzige Freundin für immer verloren hatte, und dass keine Worte der Welt das ändern würden. Aber wenigstens war sie am Leben. Mirabell lächelte ihre Kontrahentin kalt an und nahm dann Ira mitleidvoll in den Arm. Aurora erahnte, was sie vor hatte und schrie ihre Gegnerin an.

„Lass sie los. Ich werde dich töten. Ich reiße dich in Stücke, du elendes Miststück.“

„Lass sie los!“ Alistairs Befehl beinhaltete keine Emotionen, während er gerade mit dem Mann aus dem Verhörzimmer den Raum betrat.

Sofort ließ Mirabell von Ira ab. Die junge Frau mit den ehemals so lustigen grünen Augen sah vollkommen verstört zwischen ihrem toten Freund und Mirabell hin und her.

„Aber? Ich….“ Er unterbrach Mirabells Worte mit einer Handbewegung. Fast im selben Augenblick lockerte Marius seinen Griff gerade so weit, dass Aurora sich befreien konnte.

Ohne zu zögern, stürmte sie auf ihre Gegnerin zu. Mirabell wich zurück und versuchte sich, gegen den Angriff mit einem zuckersüßen Lächeln zu wehren. Einen winzigen Moment zweifelte Aurora an ihrem Vorhaben. Es fühlte sich an, als würde sie gerade ihre liebste, treuste und verbundenste Freundin vor sich haben. Doch Aurora kannte diesen Trick. Nur einen kurzen Augenblick später hatte ihr eigener Wille wieder die Oberhand gewonnen.

„Deine Ausstrahlung nutzt dir gar nichts. Bevor ich darauf eingehen muss, dich zu mögen, bist du schon Geschichte."

Kurz bevor sie sie erreicht hatte, hörte sie den Befehl Alistairs.

„Schluss jetzt."

Abrupt brach Aurora ihren Angriff ab und drehte sich zu ihm um. Er musste gar nicht mehr sagen oder tun, sie ging einfach nur auf die Knie.

„Ich, es…, es tut mir leid. Ich weiß…. Bitte…, bitte verzeiht mir." Sie stammelte die Worte leise vor sich hin, während sie kaum wagte, ihn anzusehen.

Mirabell stolzierte arrogant an ihr vorbei.

„Glaubst du wirklich, was du da sagst?"

Triumphierend blieb Mirabell neben Alistair stehen und betrachtete die kniende blutüberströmte junge Frau von oben herab. Ira saß immer noch, vollkommen unter Schock, neben der Leiche.

„Ich, ich wusste nicht…. Ich hatte so viele Fragen, Erinnerungen und konnte sie nicht einordnen."

Sie stoppte kurz. Die plötzlich eintretenden Kopfschmerzen waren so überwältigend, dass Aurora zusammen brach.

Der große Raum war durch hunderte Kerzen hell erleuchtet. Es roch unglaublich schwer nach allen möglichen frischen Blüten, Früchten und Parfüms. In den perfekt platzierten und klarpolierten Oberflächen spiegelten sich die kleinen Flammen der Kerzen so mannigfaltig, dass alles in einem goldenen, geradezu magischen Licht erstrahlte. Zwei große Tische mit dem frischesten Obst und dem leckersten, was eine Küche zu zaubern in der Lage war, standen mitten im Raum.

Alle vier Mädchen waren in sündhaft schöne Kleider gehüllt worden, ihre Haare waren frisch geflochten und sie hatten das erste Mal seit ihrer Ankunft in warmem Wasser mit duftenden

Zusätzen gebadet. Die Jüngste von ihnen zählte erst sechzehn Jahre und die Älteste stand kurz vor ihrem achtzehnten Lebensjahr. Alle vier hatten schon seit Wochen kaum etwas gegessen. Ein wenig Haferbrei oder einen Kanten Brot und Wasser waren alles, was man ihnen zugebilligt hatte. Ihre Mägen knurrten unerbittlich bei dem Geruch und dem Anblick. Unsicher sahen sie sich um. Außer ihnen war niemand anwesend.

„Meint ihr man nimmt uns nun in die Gesellschaft auf?“ Marias Stimme klang ängstlich.

„Die Herren haben es doch versprochen. Wenn wir gehorsam sind, dann werden wir belohnt werden.“

Das kleine zierliche Mädchen mit den großen blauen Augen und dem Namen Lisbeth, strich um den Tisch und streichelte einen der Äpfel.

Aurora blieb als Einzige in der Nähe der Tür stehen und sah sich nur aufmerksam um. Die anderen drei umrundeten die Tische und Aurora konnte ihnen ansehen, dass sie sich nicht lange, würden beherrschen können. Erinnerten sie sich nicht an seine Worte?

„Ihr werdet nur essen, was ich euch geben lasse!“

Auch ihr Magen knurrte und schmerzte, während sie versuchte, sich mit irgendwas abzulenken. Nach ein paar Minuten hatte Lisbeth den Apfel gegessen. Sie sah so glücklich aus, als weitere Personen den Raum betraten. Einige davon hatten sie schon gesehen, Andere waren Aurora vollkommen unbekannt. Schöne junge Männer und Frauen in Unterhaltungen vertieft oder einfach neugierig auf einen besonderen Abend. Doch ihn sah sie nicht.

Nach kurzer Zeit war der Raum mit 30 bis 40 Personen angefüllt. Barden begannen anrüchige Lieder zum besten zu geben und Diener offerierten den Anwesenden Tabletts mit Weinkelchen. Aurora sah, wie Maria sich von einem der Männer mit Trauben füttern ließ und mit ihm lachte, während sich ihr Hunger in die wohlige Wärme der Sattheit verwandelte. Auch sie schien glücklich zu sein.

Wo war Amelie? Die junge Frau wurde gerade von zwei der neu anwesenden Damen und einem Herrn umringt, als Aurora plötzlich selbst zum Objekt der Begierde zweier Herrn wurde. Bevor die beiden sie jedoch in ein Gespräch verwickeln konnten, wich sie aus.

Sie suchte nach ihm. Nur er war wichtig für sie. Sie wollte keine Gespräche mit jemand anderem. Gespräche mit anderen waren nicht erwünscht. So weit hatte sie es schon begriffen. Die Männer blieben hartnäckig, doch Aurora war ihnen immer ein Schritt voraus. Nach einiger Zeit wurde die Stimmung in dem großen Saal immer aufgeheizter.

Die Frauen, ohnehin schon sehr anrüchig gekleidet, verloren immer mehr ihre Hemmungen und die Männer standen ihnen in nichts nach. Aurora hatte mittlerweile nun schon zum vierten Mal den ganzen Raum auf der Flucht vor den Männern durchquert, als sie ihn endlich zu Gesicht bekam. Er saß direkt an der Wand auf einem großen Stuhl und betrachtete mit kalter Überlegenheit die Menge vor sich.

Wie konnte sie ihn bisher übersehen haben?

Aurora versuchte, in seine Nähe zu gelangen. Auf dem Weg sah sie aus den Augenwinkeln, wie Maria nun keine Trauben mehr gefüttert bekam, sondern in den Armen des jungen Mannes lag und ihre Münder sich so intensiv miteinander beschäftigten als wollten sie sich gegenseitig auffressen. Und auch Lisbeth war in ihrer Ecke, hinter zwei jungen Männern, kaum noch zu erkennen. Aurora erkannte sie nur an den wunderschönen langen dunkelbraunen Haaren, die nun offen und frei den Boden bedeckten.

Doch eigentlich interessierten sie die Eskapaden der Mädchen nicht. Sie wollte zu ihm. Aber als sie versuchte, sich dem Herrn zu nähern, hielten zwei Wachen sie auf.

„Was bildest du dir ein, Mädchen?“

Der Griff des drahtigen Kerls war hart und schmerzte, doch sie gab nicht auf. Sie versuchte sich an ihm vorbei zu schlängeln.

Erst der Schlag ins Gesicht hielt sie auf und beförderte Aurora zu Boden. Sie schluckte das Blut ihrer aufgeplatzten Lippe herunter und stand wieder auf.

In dem Augenblick drehte er seinen Kopf und sah sie direkt an. Dieser wunderschöne Mann mit den grünen Augen und den feinen Gesichtszügen. Aurora vergötterte ihn, seit er sie das erste Mal angeblickt hatte. Sein Lächeln ließ sie jeden Schmerz vergessen und selbst als man sie unsanft aus dem Raum zerrte, starrte sie nur zu ihm. Die Wache verpasste ihr noch einen weiteren Schlag und höhnische Sprüche, bevor sie hungrig und voller Schmerzen in ihr Zimmer gesperrt wurde.

„Hier Mädchen, für dich."

Die ältere Magd hielt ihr einen Teller mit Suppe hin. Aurora gähnte kurz, stand vom Boden auf und nahm nur das Brot vom Tellerrand, während sie dankbar lächelte. Sie hatte die ganze restliche Nacht nur von ihm geträumt und versucht ihre Schmerzen zu ignorieren. Die Alte schüttelte den Kopf, verschloss die Tür wieder und verschwand nach unten.

Als Aurora immer noch von ihrem schönen Traum gefangen, aus dem winzigen Loch in der Wand sah, schlug das trockene Brot achtlos auf dem Boden auf. Lisbeth und Maria. Es mussten die beiden sein, auch wenn sie ihre geschwollenen Gesichter kaum erkennen konnte. Aber das waren ihre Kleider, die dort in Fetzen von ihren vollkommen zerschundenen und an Kreuzen festgebundenen Körpern herabhingen.

Waren sie tot? Aurora hoffte es fast, denn kein Mensch sollte so ausgestellt werden und das dann auch noch mitbekommen. Die nächsten Minuten saß die junge Frau zitternd auf dem Boden. Es waren zwar längst nicht die ersten Toten, die sie gesehen hatte, aber sie kannte die beiden Mädchen gut.

Doch sie musste sich beherrschen, musste sich zusammenreißen, sie hatte noch ihre täglichen Aufgaben vor sich. Hier gab es keine Entschuldigung für Versagen und schon gar keine Zeit für Trauer. Also aß sie ihr Brot, wischte sich die Tränen aus dem Gesicht und wartete darauf, abgeholt zu werden.

„Vergebung gibt es nicht und Verzeihen ist ein Zeichen von Schwäche. Jede nicht direkt befohlene Tat oder Ungehorsam fordert Konsequenzen."

Aurora sah Alistair offen in die Augen.

„Ja, ich bin freiwillig zur Statue gegangen. Ich bin dafür sogar vor euren Wachen geflohen. Ich habe mit Tristan geredet und ihn berührt ohne die Absicht ihn zu töten. Ich habe ihn damals ohne Erlaubnis erschaffen und damit euren Wunsch seines Todes hintergangen. Es gibt keine Entschuldigung für meine Taten. Und Erklärungen sind nur der Versuch einer Entschuldigung. Ich erwarte die Konsequenzen für meine Handlungen. Einmal bin ich schon für meine Verfehlungen gestorben. Ich wollte nie bei ihm bleiben, auch wenn er es sich gewünscht hätte. Ich weiß, wo ich hin gehöre. Aber bitte denkt auch daran: ich bin das, was Ihr aus mir habt werden lassen."

Marius ließ eine gewisse Form von Neugier erkennen, während Mirabell wirkte, als ob sie gerade eine riesige ekelige Spinne betrachten würde. Der unscheinbare Mann zeigte keine Reaktion, aber sein Blick blieb starr auf sie gerichtet.

Alistair sah sie kalt an.

„Vater, darf sie so mit dir reden?" Mirabells Stimme klang wie ihr Blick.

„Ich hab dir weder erlaubt zu reden, noch dich nach deiner vollkommen irrelevanten Meinung gefragt."

Er würdigte die Frau neben sich keines Blickes und sie senkte sofort ihren Kopf. Alistairs Blick blieb weiter kalt auf Aurora gerichtet: „Du hast gezögert."

„Ich diene und gehorche. Aber ich muss eigene Entscheidungen, natürlich in eurem Sinne, treffen können. Sonst bin ich keine Hilfe, sondern nur ein beliebiges Werkzeug. Ich versuche eure Wünsche zu interpretieren und nicht sie einfach sklavisch zu befolgen. Denn sonst wäre ich euer Blut nicht wert, dann hättet ihr euch die Falsche ausgesucht. Und ihr macht keine Fehler."

Außer Iras leises Schluchzen war alles totenstill, die Anspannung der Anwesenden war fast greifbar.

„Du bist nichts anderes als ein Werkzeug und ja, du hast genauso gehandelt, wie ich es von dir erwartet habe. Allerdings hast du gezögert."

„Ja."

„Ihr Tod ist also deine Entscheidung."

Aurora sah ängstlich zu Ira.

„Mirabell. Bring es zu Ende."

Die Angesprochene ging voller abschätziger Arroganz zu der rothaarigen Frau hinüber, die immer noch leise weinend neben ihrem toten Freund kauerte.

„Bitte nicht." Auroras Augen flehten ihn an, doch sein Blick blieb starr und erbarmungslos.

Iras Augen wirkten immer noch nicht klar, aber sie erkannte die Frau, die sie als ihre Freundin ansah und versuchte hilfesuchend, ihre Hand nach ihr auszustrecken. Die blonde Frau setzte sich neben sie und nahm ihren Oberkörper schon fast zärtlich in die Arme.

„Du hast dir leider die falsche Freundin ausgesucht. Man sollte sich immer zweimal überlegen, wen man in sein Leben lässt." Dann biss sie ihr in die Halsschlagader.

Als nach einer gefühlten Ewigkeit der letzte Tropfen Blut den Körper verlassen hatte und Ira still und tot in Mirabells Armen lag, lief Aurora eine blutige Träne über die Wange.

„Raus. Und nimm das mit."

Alistairs Stimme blieb weiterhin ruhig.

Marius packte sich Iras Leiche. Und während alle Anwesenden zügig den Raum verliessen, blieb Aurora kniend an Ort und Stelle.

47.

„Tja, Kleine. Das war es dann mit den wenigen Nächten an der Seite deines Vaters. Das Original ist zurück." Marius lächelte amüsiert.

Mirabell sah ihn überheblich an. Was bildete sich dieser ungehobelte Kerl eigentlich ein? Sie hatte ihrem Vater immer gedient, alle seine gestellten Aufgaben erfüllt.

„Pah. Ich bin viel besser, als dieses ‚Original'. Ich war nie so ungehorsam. Ich habe nie auch nur einen seiner Befehle angezweifelt, oder gezögert sie zu erfüllen." Sie war eindeutig mehr wert, als diese Frau. „Ich bin besser als sie. Ich werde es ihm schon noch beweisen."

Aber diese Ähnlichkeit war schon irritierend. Sie war fast gleich groß, hatte dieselbe Haar- und Augenfarbe. Selbst ihre Gesichtszüge ähnelten sich. Wobei das nicht immer so gewesen war. Aber Mirabell hatte gelernt, ihre Haare zu färben und ihre Mimik so zu verändern, bis alles den expliziten Wünschen ihres Herrn angepasst war. Der Mann mit der Halbglatze zog bei ihrem Geplänkel kurz die Augenbraue hoch.

„Ich schätze, der Herr benötigt meine Anwesenheit heute nicht mehr. Ich werde mich daher wieder den anderen Objekten widmen."

„Ich denke der Herr benötigt heute gar nichts anderes mehr." Marius sah Mirabell herausfordernd an.

„Aber ich hab ja auch noch was zu tun. Und du Kleine?"

„Natürlich." Ihre Lüge war offensichtlich.

„Ach wirklich? Na ja, du könntest dich vielleicht ein wenig zu Porticus setzen und ihn mit Blut füttern. Vielleicht kommt er durch dein mildtätiges Zutun schneller wieder auf die Beine. Obwohl? Hat er schon neue Beine? Immerhin sah er wirklich übel aus, als sie ihn unter den Trümmern gefunden hatten.

War schon etwas ungeschickt von ihm, dort hinein zu gehen. Eigentlich hätte er sich doch denken können, dass sie ihre Zuflucht nicht einfach so zurücklassen werden. Ich hörte die Explosion war noch heftiger, als die im Club. Dieser Orden scheint mit Sprengstoff wirklich gut umgehen zu können. Aber er hat es ja überlebt. Und nun kann er gleich von zwei Abenteuern berichten. Also falls er mal wieder zu Bewusstsein kommt."

Er lachte, während er den Mann mit der Halbglatze zu dem Aufzug begleitete. Mirabell schäumte vor Wut.

48.

„Du wusstest doch was geschehen würde wenn du nicht gehorchst. Du hattest deine Chance.“

Er hatte vollkommen Recht. Ira wäre noch am Leben, wenn sie seinem Befehl nur schneller gefolgt wäre. Aurora wünschte so sehr, sie hätte sie nie mit nach Dublin genommen. Warum war sie nur so unfähig, einfach zu gehorchen? Sie war die einzige Freundin gewesen, die sie je hatte.

Alistair kam auf die am Boden Kniende zu, zog sie hoch und wischte ihre Träne weg. Die Berührung seiner Hand ließ wieder alles um sie herum unwichtig werden. Seine Nähe war alles, was sie brauchte.

„Hör auf zu trauern! Sag mir lieber, wieso denkst du lebt dieser Bastard noch? Wieso hab ich ihn nicht, nachdem ich von seiner Existenz erfahren habe, schon vor langem vernichten lassen?“

Aurora versuchte, sich zu konzentrieren. Sie wusste nicht, was sie sagen sollte. Die Frage kam so überraschend und ohne Vorwarnung.

„Ich weiß es nicht. Vielleicht weil er mein Kind ist? Weil er dein Blut in sich trägt?“

Er lachte. „Nein, das wären alles Gründe ihn sofort zu vernichten. Er lebt nur noch weil sein Tod mir einfach nichts genutzt hätte.“

„Aber, ich....“

„Schweig! Diese lächerlichen Versuche seines Ordens, mich zu vernichten waren ja eine Zeit lang ganz amüsant. Durch ihren Fanatismus haben sie mir mehr geholfen, als sie es sich je vorstellen könnten. Ich war von einigen Sachen, die er geplant und durchgeführt hat, sogar recht angetan. Und auch wenn er es nicht weiß, manche ihrer Hinweise haben sie sogar durch mich bekommen. Aber nun ist Schluß damit.“

„Was erwartest du von mir?“

„Weißt du das nicht? Hast du, wie du gerade so fast perfekt gelogen hast, doch nicht gelernt, meine Wünsche zu erkennen?“ Er lächelte amüsiert.

„Er wird sich dir nicht unterordnen. Er würde eher sterben.“

„Bist du dir sicher?“

Aurora erinnerte sich an Tristans letzte Worte an sie.

„Er sagte mir, dass er mich in dem Augenblick an dem wir uns noch einmal gegenüberstehen werden, wieder vernichten wird.“

„Dann stelle dich ihm gegenüber und wir schauen was passiert.“

Er strich ihr über die Wange und sie fühlte nichts mehr außer absoluter Hingabe.

„Aber nicht heute oder morgen.“

Mit einem letzten traurigen Blick, auf den Ort, an dem ihre Freundin gestorben war, verließ Aurora mit Alistair den Raum.

49.

Ein paar Nächte später folgte Aurora Eduard durch den Keller zu einem Trakt, der vom Rest des Gebäudes nur durch spezielle Sicherheitstüren zugänglich war.

Alistair wartete, zusammen mit dem Mann mit der Halbglatze, in dem vollkommen in weiß gehaltenem Raum auf sie. Die einzigen Einrichtungsgegenstände, neben den in jedem Raum existierenden Überwachungskameras, bestanden aus zwei Stühlen, die sich in der Mitte gegenüber standen.

„Das ist Dr. Gustav Karlow. Ich erwarte, dass du seinen Anweisungen folge leistest. Er wird dir helfen, dich endgültig an alle Teile deiner Vergangenheit zu erinnern."

Der Angesprochene sah die junge Frau neutral an.

„Ich möchte nicht so gerne, dass ein Fremder in meinen Kopf sieht."

Aurora war unwohl bei der Vorstellung, auch wenn die Kopfschmerzen und Flashbacks in den letzten Nächten wirklich überhandgenommen hatten.

„Was du möchtest ist mir egal. Es stört mich und ich habe keine Zeit mich damit zu beschäftigen. Dr. Karlow ist dafür mehr als geeignet. Oder muss ich mich wirklich wiederholen?"

„Natürlich nicht."

Alistair verließ den Raum, während Aurora sich auf einen der beiden Stühle setze.

„Dann lassen Sie uns beginnen. Versuchen Sie sich nicht zu wehren, dann wird es weniger schmerzhaft." Karlow setzte sich ihr gegenüber.

„Ich habe Sie doch schon einmal gesehen."

Aurora versuchte, sich zu erinnern. Sie wusste, dass sie das Gesicht kannte, konnte es aber nicht einordnen.

„Ja, natürlich. Vor 13 Jahren habe ich mich schon einmal mit Ihnen beschäftigen dürfen. Sie waren damals schon sehr widerspenstig und es hat viel länger gedauert als ich gedacht hätte. Mal sehen, wie kooperativ Sie diesmal sein werden. Aber interessant, dass Sie sich daran erinnern."

Als sie fertig waren, hatte die junge Frau das Gefühl, als ob man in ihrem Kopf mit einem Vorschlaghammer Wände eingeschlagen hatte. Sie hatte keine Ahnung, wie sie all diese plötzlichen Erinnerungen und Gefühle einordnen sollte.

„Nun, ich denke in ein paar Tagen sollten wir durch sein. Allerdings kann ich Ihre Weigerung an bestimmten Punkten nicht akzeptieren. Also entweder Sie gewähren mir vollkommenen Zugriff oder ich werde dem Herrn diesen Umstand mitteilen müssen."

„Dann werden Sie das tun müssen, denn ich werde Ihnen nicht erlauben alles zu sehen. Aber vielleicht sollten Sie auch überlegen, was unser Herr davon hält, dass ich mich doch an gewisse Sachen erinnert habe, die ich ja, ganz offensichtlich, nicht mehr hätte wissen sollen. Um es ganz einfach und deutlich zu sagen: manche meiner Erinnerungen gehen Sie absolut nichts an! Und ich warne Sie, diese Grenze besser zu respektieren!"

Sollte ihr Erpressungsversuch etwas bewirkt haben, so konnte sie es nicht erkennen. Sein Gesichtsausdruck blieb genauso neutral, wie während der ganzen Zeit ihrer Zusammenkunft.

Karlow sagte kein Wort, ging zur Tür und öffnete sie. Eduard und ihre zwei Leibwächter brachten sie zurück in ihre Räumlichkeiten.

Die drei, im Keller gelegenen Zimmer waren perfekt überwacht. Jedes von ihnen hatte mindestens 10 Kameras und keinen Winkel, der nicht einsehbar war. Und auch, wenn die Einrichtungen des Wohnzimmers, des Schlafzimmers und auch des Ankleidezimmers, natürlich keine Wünsche übrig ließ, so war doch auch hier Alistair Stil dominant. Für ihre eigenen Vorstellungen gab es keinen Platz.

„Sollten Sie Wünsche haben, wir stehen vor der Tür."

Aurora nickte nur und legte sich schlafen.

Die darauffolgenden drei Nächte verliefen immer gleich. Man holte sie ab, brachte sie zu Dr. Karlow und von dort wieder zurück. Kein einziges Mal ließ dieser erkennen, ob ihre beständige Weigerung, ihm gewisse Teile ihrer Erinnerungen zur Verfügung zu stellen, Konsequenzen haben würde. Doch jedes Mal, wenn sie in ihre Zimmer zurückkam, musste Aurora versuchen mit den Kopfschmerzen und den Konsequenzen ihrer Erinnerungen umzugehen.

Dann teilte man ihr mit, dass sie ihre Räumlichkeiten erst einmal nicht mehr verlassen dürfte.

50.

Es vergingen fünf einsame Nächte. Aurora lief auf und ab, saß auf dem Sofa, betrachtete sich immer wieder die wunderschönen Kleidungsstücke, Taschen und Schmuckstücke. Besonders gerne nahm sie einen der Ringe von Wellendorff hervor, steckte ihn sich an den Finger und drehte ihn stundenlang. Diese monotone Bewegung und das sanfte Schimmern der Diamanten beruhigte sie. Wie immer war alles nur vom teuersten, feinsten und exklusivsten. Alles hier war außergewöhnlich und einzigartig. Die Sachen wirkten wie maßgefertigt, wahrscheinlich waren sie es sogar. Leider gab es sonst nichts, was sie von sich selbst und ihren Erinnerungen ablenken konnte.

Jedes Mal, wenn sie versuchte, die gelockerten Blockaden in ihrem Kopf vollkommen zu überwinden, wurde sie von rasenden Kopfschmerzen gestoppt. Vielleicht war es besser so. Was sie jetzt schon alles wusste, war erst einmal genug. Sie war nicht mehr Syndra und doch waren die Erinnerungen und Gefühle, die sie aus diesem jetzigen Leben mitnahm, genauso präsent wie die Erinnerungen ihres früheren Lebens. Ein Leben das so viele Jahrhunderte gedauert hatte. Sie sah sich um. Der Käfig heute war zwar größer als ihr damaliger, aber er war genau das, ein Käfig.

Am sechsten Tag klopfte es und ihre Leibwächter forderten sie auf mitzukommen. Diesmal allerdings brachte man Aurora nicht in den weißen Raum im Keller, sondern in das oberste Stockwerk des Hochhauses. Als der Fahrstuhl sich öffnete, betraten sie einen riesigen, an drei Seiten aus Glas bestehenden Raum. Das einzige Inventar bestand aus einem großen Tisch in der Mitte des Raums und ein paar Sitzgelegenheiten an der Wand neben dem Aufzug.

Aber Aurora hatte nur Augen für Alistair.

Sie wollte zu ihm laufen, doch seine Handbewegung stoppte sie. Er gebot ihr, sich auf eines der Sofas neben der Aufzugstür zu setzen, während er mit Marius hinter dem Schreibtisch stand und die darauf befindlichen Bildschirme betrachtete.

Aurora gehorchte und setzte sich. Leider konnte sie von dort aus nicht sehen, was die beiden sich ansahen. Unwillkürlich beobachtete sie den groben Mann neben ihrem Herrn. Auch wenn es ihr lieber gewesen wäre, wenn das nicht eingetreten wäre, so drängten sich plötzlich viele Momente mit ihm in Auroras Kopf. Dieser brutale Sadist hatte ihr schon immer eine furchtbare Angst eingejagt.

Sie erinnerte sich an Nächte, in denen er nur zum Spaß, ausgehungerte Wölfe und Bären in eine extra dafür gebaute Arena hatte bringen lassen und dann nackte Frauen und kleine Jungen hineingeworfen hat. Bei den Frauen war es ihm egal, ob sie jung oder schon älter waren, Hauptsache sie hatten Todesangst. Immer wenn schon zwei oder drei von ihnen halb zerfetzt auf dem Boden lagen, sprang er hinterher, zerfetzte erst die Tiere und trank dann das Blut der übrigen, vollkommen unter Schock stehenden Menschen. Mehrfach musste Aurora am Rande der Arena stehen und ihm dabei zusehen. Ob es Alistair gefiel, konnte Aurora nie einschätzen. Aber ihr gefiel es nicht.

Doch sie wurde nicht gefragt. Niemand interessierte es, was sie wollte. Und irgendwann begann sie die Schreie der Menschen zu ignorieren und ihr Leid wurde ihr schon fast egal. Aurora versuchte, die Gedanken an diese vergangenen Zeiten abzuschütteln.

Nach einer geraumen Zeit sah Alistair sie an.

„Komm her.“

Sie stand auf und ging zu den beiden Männern hinüber. Auf den verschiedenen Bildschirmen im Tisch erkannte sie statische Satellitenbilder neben Liveaufnahmen. Die Liveaufnahmen wurden von Kameras übertragen, die an Personen und Fahrzeugen angebracht waren.

Es schien so, als ob dort vor Ort eine kleine Armee zusammengezogen worden war. Aurora sah mehrere große, gepanzerte Autos und Dutzende Männer und Frauen in kompletter Schutzkleidung mit verschiedensten Schusswaffen.

Auf den Satellitenbildern erkannte sie nicht viel. Grün und Grau von oben, aber sie hatte auch noch nie solche Bilder gesehen.

„Es hat eine Zeit lang gebraucht, aber nun haben wir sie."

Aurora sah Alistair fragend an.

„Deine Entführer."

Die junge Frau suchte auf den Bildern nach Tristan oder dem Spanier.

„Du wirst keinen von ihnen sehen. Sie sind in großen weitläufigen Bunkeranlagen in den Alpen. Meine Männer, die du hier siehst, befinden sich momentan in Frankreich."

Aurora fühlte sich ertappt, doch fing sich sofort wieder. Sie versuchte ihre Angespanntheit zu überspielen.

„Und was werdet ihr jetzt tun?"

„Das werden wir sehen. Das ist leider die Schweiz und nicht irgendein Krisenland, in dem ich einfach eine Armee aufmarschieren lassen kann. Aber es gibt auch andere Wege."

„Lasst mich dort hingehen."

Marius sah kampfeslustig auf die Bilder.

„Was sollte es bringen? Im Moment würdest du wahrscheinlich nicht mal den Eingang erreichen. Immerhin hatten sie lange Zeit, sich darauf vorzubereiten. Und ich werde mich wegen diesem kleinen Abschaum nicht mit Hagen von Tronje anlegen. Die Schweiz ist sein Land."

Alistair lächelte arrogant.

„Doch das hat alles noch Zeit. Sie werden schon von ganz alleine ihre Zuflucht verlassen. Jetzt werden wir erst einmal die, schon so lange geplante und immer wieder verschobene, Zusammenkunft zelebrieren."

Mirabell betrat den Raum. Ihr Lächeln erstickte in dem Augenblick, als sie Aurora sah.

„Ist alles vorbereitet?", fragte der Herr von Black Castle sie.

Sofort strahlte sie Alistair an.

„Natürlich. Ich hab alles so gemacht, wie Ihr es gewünscht habt. Die Gäste werden in acht Wochen eintreffen und alles ist genau so vorbereitet, wie aufgetragen."

„Gut, dann übergib die Sachen an Eduard. Du wirst in den nächsten Tage zurück nach Frankreich gehen."

„Aber.... Ich...."

„Was?" Seine Stimme klang kalt wie Eis.

„Nichts...."

Ihre Stimme stockte kurz und man konnte es fast hören, wie sie überlegte, ob es eine gute Idee war, bis sie weitersprach.

„Ich dachte nur, dass ich dabei sein dürfte. Dass ich hier bleiben könnte. Ich habe mich so sehr darauf gefreut."

„Was auch immer du denkst, interessiert mich nicht. Du erledigst, was ich dir aufgetragen habe. Wenn ich dich doch noch brauche, lasse ich dich rufen. Und nun geh."

Sie nickte deutlich enttäuscht und überlegte, ob sie noch etwas sagen sollte. Verließ dann aber still und mit gesenktem Kopf den Raum.

Aurora sah zwischen ihr und den Männern hin und her. Sie hasste Marius für seinen belustigten und spöttischen Blick, als er Mirabell nachsah. Sie wusste, was diese Frau empfand, sie kannte dieses Gefühl nur zu gut, obwohl es nie eine andere Frau an seiner Seite gab, jedenfalls nicht, seit er sie erwählt hatte. Aber wenn sie etwas nicht richtig gemacht hatte, dann wurde auch sie ignoriert oder eingesperrt. Alleine diese Trennung von ihm schmerzte mehr als jede körperliche Züchtigung und man würde alles machen, damit es aufhörte.

Doch eigentlich hatte Aurora kein wirkliches Mitleid mit der Mörderin von Ira übrig. Und auch wenn ihr klar war, dass Mirabell gar nicht anders handeln konnte, genoss sie sogar ein wenig ihr Leid. Aurora sah noch einmal auf die Bildschirme. Doch es hatte sich nicht wirklich etwas verändert. Immer noch die Bilder von oben nur aus einer anderen Perspektive und von Soldaten und

Fahrzeugen, die andere Soldaten, Fahrzeuge, irgendwelche Natur oder Gebäude zeigten.

Den Rest der Nacht ignorierten die beiden Männer sie und unterhielten sich in einer Sprache, die sie nicht verstand. Aurora saß auf einem der Sofas, himmelte entweder Alistair an, starrte Löcher in die Luft oder betrachtete den Nieselregen außerhalb des Fensters. Doch immerhin durfte sie anwesend sein. Kurz vor Sonnenaufgang brachte man sie zurück in ihre Räume. Eduard wartete schon vor der Tür auf sie.

„Benötigen Sie noch etwas?"

Sie schüttelte den Kopf. „Danke, nein. Ich denke Sie haben wirklich genug zu tun. Oh einen Moment, doch da wäre etwas. Wissen Sie zufällig wo sich die Frau mit dem Namen Rachel befindet?"

Der Diener blickte kurz auf. Fast schien ihr, als würde sie ein Aufblitzen seiner Augen erkennen, doch er schüttelte nur den Kopf.

„Nein, ich habe die Dame schon seit einiger Zeit nicht mehr gesehen. Wahrscheinlich hat sie dringende Aufgaben zu erfüllen."

„Danke." Aurora war sich nicht sicher, ob diese Frage eine gute Idee war.

„Dann wünsche ich der Dame einen guten Tag."

Die Wachen brachten sie hinein, sahen sich um und positionierten sich dann wieder draußen vor ihrer Tür. Aurora konnte diesen Moment kaum erwarten. Denn nur die letzten wenigen Minuten vor Beginn des Tages, dann wenn sie alleine in ihrem Schlafzimmer darauf wartete, dass die Sonne aufging und sie einschlief, gehörten ihr.

Sie wusste, dass dann weder er noch jemand anderes ihre Gedanken lesen konnten. Nur in diesen Momenten erlaubte sie sich, an ihre tote Freundin, an die Vergangenheit, ihre Mutter oder auch an Tristan zu denken.

„Du gehörst nur dir." Seine Worte kamen ihr immer wieder in den Sinn.

Sie wünschte sich nichts sehnlicher, als einmal sich selbst zu gehören. Einmal selbst entscheiden zu können, was sie tun wollte, ohne dass andere dafür leiden mussten oder starben. Aber das war nur ein frommer Wunsch. Diese Zeit würde niemals kommen.

51.

„Meinst du ernsthaft, dass das eine gute Idee ist?“ Raoul sah Tristan aufmerksam an.

„Damit wird er nicht rechnen. Natürlich, Sie haben unser Versteck gefunden und waren anwesend, als es in die Luft geflogen ist. Sie haben auch zwei der Kirchen absuchen lassen und noch einige andere Orte. Sie haben, bis auf einen, alle Menschen gefangen oder getötet, die mir geholfen haben. Sie haben auch schon mehr als die halbe Insel umgekrempelt, aber sie waren nicht einmal in der Nähe der alten Abtei.“

„Es ist ja auch nur eine alte nutzlose Ruine. Glaubst du wirklich, dass wir dort hingelangen könnten, ohne bemerkt zu werden? Und selbst wenn, was sollte es uns jetzt noch bringen?“

Die beiden saßen sich in einem kleinen schmucklosen Raum auf grauen Sesseln gegenüber. Auf dem Tisch zwischen ihnen waren neben Landkarten auch diverse Zeitungsartikel und Fotografien ausgebreitet. Raul nahm sich einen der Artikel und betrachtete ihn.

„Die Veranstaltung wird nun also doch stattfinden. Und wir können nichts machen. Alles was wir geplant hatten, ist in nur wenigen Tagen zunichte gemacht worden. Und wir? Wir sitzen hier fest.“ Raoul wirkte frustriert. „Ich hatte wirklich nicht damit gerechnet, mich irgendwann einmal unter einer uralten, durch Erdverschiebungen aufgeschichteten, Steinformation verstecken zu müssen. Vor allem frage ich mich eins, wie lange denkst du, wird das hier funktionieren? In meiner Vorstellung sitze ich nicht die nächsten Jahrzehnte hier in irgendwelchen Schächten und starre in künstliches Licht.“

Tristan streichelte sich gedankenversunken über seine Narbe.

„Ich habe auch kein Interesse daran, hier lange zu bleiben. Aber im Moment können wir nicht wirklich etwas machen. Außer zu versuchen in die Ruine zu gelangen.“

Er dachte an Aurora, an die letzten Momente mit ihr und an seine harschen Worte.

„Aber tröste dich. Ewig würden wir nicht einmal hier bleiben können. Irgendwann würden sie einen Weg finden."

Raoul nickte. „Oder sie würden uns hier verrotten lassen. Deine Idee mit der Ruine wird langsam interessanter. Aber wenn, dann sollten wir das mit Tacitus besprechen sobald er eintrifft. Immerhin kann er uns vielleicht sagen, wie wir jetzt mit Marius fertig werden könnten."

„Gar nicht. Aber vielleicht müsst ihr das auch nicht."

Der kleine muskelöse Mann mit den lockigen schwarzen Haaren und der markanten Nase betrat gerade den Raum, als sein Name fiel. Seine dunkelbraunen Augen musterten Tristan aufmerksam, der sich reflexartig zu ihm drehte. Sein perfektes Latein war immer wieder beeindruckend, auch wenn man es von einem wahren Römer kaum anders erwarten konnte. „Auch wenn du vielleicht denkst, dass du gut bist Tristan, oder auch du Raoul. Ihr seit nichts gegen ihn. Ihr seid für ihn gerade einmal größere Mücken. Für ihn existiert seit weit über 2000 Jahren nur der Kampf und seine Loyalität zu seinem Herrn. Aber wie jeder von uns, hat auch er einen Schwachpunkt: Mich. Sein Hass auf mich ist fast so groß, wie sein Wunsch seinem Herrn zu dienen. Vielleicht können wir das nutzen."

Die beiden Männer sahen den Neuankömmling irritiert an. Es war ja nicht das erste Mal, dass der Römer plötzlich unerwartet irgendwo auftauchte, aber dieses perfekte Timing verwunderte doch jedes Mal aufs Neue.

„Allerdings verspüre ich wenig Lust auf diese Konfrontation und sein Herr wird ihn nur gehen lassen, wenn es ihm wirklich nutzt oder es sich gar nicht vermeiden lässt."

Tristan nickte ihm höflich zu und stand auf, während er antwortete. „Ich freue mich, euch zu sehen. Auch wenn ich nicht so schnell mit eurer Anwesenheit gerechnet hätte. Aber wenn ihr schon hier seid, könntet ihr mir vielleicht auch eine Frage beantworten: Wieso hat Alistair mich im Keller des Clubs nicht gefangen genommen, oder uns beide gleich vernichtet."

Tacitus lächelte kühl. „Dann hätte er die ganzen Restriktionen gegen uns nicht so gut begründen können. Dass ihr überlebt habt und auch noch entkommen seid, war doch das deutlichste Zeichen, dass wir die Schuld tragen. Oder er hat einfach nicht geglaubt, dass du es wirklich bist. Oder er hat noch etwas mit dir vor. Oder es gibt einen ganz anderen Grund, auf den ich jetzt gerade nicht komme. Sicher kann man sich bei ihm nie sein."

„Aber es hat ihn doch selbst einiges an Ansehen gekostet, immerhin sind einige unter seinem Schutz vernichtet worden." Raoul wirkte immer noch nachdenklich, wenn er an die Nacht im Club zurückdachte.

Der schwarzhaarige Mann lachte.

„Denkst du, das interessiert ihn? Wer war denn schon dabei, um den es wirklich Schade gewesen wäre. Bei den meisten hat er ihren jeweiligen Herrn oder der Gesellschaft doch noch einen Gefallen getan. Ihr seid zwar nicht mehr wirklich jung, aber ihr müsst noch viel lernen."

Während er sich kurz die Bilder betrachtete, meinte er plötzlich. „Es wäre gut gewesen, wenn du sie mitgebracht hättest. Ich habe es zwar bis heute nicht wirklich verstanden warum er schon damals so versessen auf dieses Mädchen war und scheinbar immer noch ist, aber wir hätten sie nutzen können."

Der blonde Mann schüttelte den Kopf. „Ich hatte es versprochen. Und ich glaube nicht, dass sie uns irgendetwas hätte sagen können, was wir nicht schon wissen. Entweder wird sie uns freiwillig helfen oder gar nicht."

„Sie hat dich erschaffen. Sie hat uns schon geholfen. Auch wenn mir die ganze Geschichte und ihre Zusammenhänge immer noch ein Rätsel ist."

Raoul sah Tristan, während Tacitus sprach, auffordernd an.

„Möchtest du es ihm nicht vielleicht endlich erzählen?"

„Ja, dass sollte ich wohl.“ Tristan nickte kurz, bevor er begann. Tacitus hörte aufmerksam erst der Geschichte über die junge Frau und der ersten Schlacht des Ordens zu, um danach dem Bericht über die Geschehnisse der Nacht, von Tristans Tod und Wiedergeburt, zu lauschen.

„Das erklärt einiges. Doch bleibt die Frage offen, ob sie damals nicht in seinem Auftrag gehandelt hat. Ich erinnere mich an diese verheerende Nacht vor rund 1000 Jahren, als wir das erste Mal dem Orden begegneten. Damals wäre er aber wohl eher als eine Ansammlung von Außenseitern betitelt worden. Außerdem haben die Mönche letztendlich nur gesiegt, weil einige von uns den selben Plan hatten. Wir waren damals nämlich ebenfalls hinter Symion und seinen Verbündeten her, doch er war nicht einmal anwesend. Und als ob das nicht gereicht hätte, wurden wir dann auch noch von den idiotischen Mönchen überrascht. Dieses Monster ist ein Meister der Manipulation. Er wusste, dass einige vorhatten, ihn zu stürzen. Es hatte Jahre gedauert bis wir uns endlich einig waren. Und dann, dann zaubert er plötzlich einen Haufen fanatischer Mönche aus dem Hut und taucht einfach nicht auf. Er wusste ganz genau, was in dieser Nacht passieren würde. Und wenn man das alles betrachtet, dann musste sie in seinem Auftrag gehandelt haben. Ihr unschuldiges Aussehen ist doch das perfekte Werkzeug.“

Tristan sah ihn fragend an: „Ich wusste nicht, dass ihr damals anwesend wart?“

„Ich wusste ja auch nicht, dass wir die Mönche damals ihr oder besser gesagt ihm zu verdanken hatten.“

„Kanntet ihr Aurora?“

Der Römer schüttelte den Kopf.

„Ich hatte nie das Vorrecht, sie kennenzulernen. Einmal sah ich diese zarte junge Frau auf einem Treffen, aber nur von weitem. Niemand hätte es in Betracht gezogen, sich ihr zu nähern. Sie war schon damals wie ein Schmuckstück für ihn. Etwas was alle betrachten, aber niemals anfassen durften. Ich hatte weder den

Stand noch den Ruf, der mich dazu berechtigt hätte, etwas nahe zu kommen, das ihm gehörte. Schon gar nicht mit Marius in der Nähe."

Tristan und Raoul hörten aufmerksam zu. Bis heute hatte der Römer selten einmal etwas von seiner Vergangenheit preisgegeben. Dass Marius und er Brüder waren, wussten sie. Kinder desselben Erzeugers, aber doch so ganz anders. Während Marius schon immer ein Sadist war, hatte sein Bruder Tacitus immer so etwas wie echte Menschlichkeit in sich getragen. Schon als beide noch ganz jung waren, hatten die Kämpfe zwischen ihnen wohl einen legendären Status. Denn Marius ungestümer Brutalität hatte sein Bruder Tacitus eigentlich wenig entgegenzusetzen, wenn man von seiner Schnelligkeit und seiner Intelligenz absah.

Scheinbar hatte Tacitus ihn damit mehr als einmal besiegt und dadurch Marius dazu verdammt, bis zu seiner Vernichtung in der Arena zu kämpfen, da sein Erzeuger letztendlich nur einen Sohn behalten wollte. Doch dazu kam es dann ja leider nicht. Der Mann, der sich heute Alistair von Black Castle nennt, fand Marius, löste ihn aus und machte ihn zu seinem Leibwächter.

„Aber ich schweife ab. Lasst uns bei dieser unheilvollen Nacht des missglückten Attentats bleiben. Kurz danach lockte man meinen Erzeuger in einen Hinterhalt und Marius vernichtete ihn. Er tat das zwar natürlich im Auftrag seines Herrn. Aber ich bin mir sicher, er wünschte sich das schon seit Jahrhunderten."

Der Römer zuckte kurz mit den Mundwinkeln und überlegte, ob er noch mehr preisgeben sollte. „Ich bin damals nur knapp entkommen, weil ich… geflohen bin."

Diese Offenbarung brachte einen längeren Moment der Stille hervor. Raoul sah Tristan auffordernd an, stand auf und schloss die Tür.

„Vielleicht solltest du Tacitus erzählen, was noch geschehen ist."

Der blonde Mann überlegte kurz. Sollte er das Risiko wirklich eingehen?

„Ja, solltest du.“ Tristan sah Raoul bei dessen Worten missmutig an.

„Hör auf meine Gedanken zu lesen.“

„Ich brauch deine Gedanken nicht zu lesen, um zu wissen was du gerade denkst.“

Der Spanier sah ihn weiterhin an und Tristan nickte nur.

52.

Alistair stand in dem Zimmer, in welchem sie hinter dem Spiegel aufgewacht war, und sah dem Regen zu.

„Habe ich etwas falsch gemacht?"

Er drehte sich zu Aurora um und sah ihr in die Augen.

„Nein."

So nah war er ihr selten und sie wünschte, er würde sie nie mehr loslassen.

„In Kürze werden viele sehr mächtige Vampire eintreffen. Solche Treffen sind sehr selten und nur unter den höchsten Sicherheitsmaßnahmen durchzuführen. Das letzte Treffen dieser Art ist über ein Jahrhundert her. Es ist ein gefährliches Unterfangen und doch nötig. Aber dank dir, nun etwas sicherer."

Aurora sah ihn fragend an.

„Der Orden. Auch, wenn er wahrlich nur eine marginale Bedrohung darstellte, so ist selbst das jetzt Geschichte."

Aurora versuchte, den kurzen Moment des Schmerzes zu unterdrücken, und lächelte ihn an.

„Eduard hat mir erzählt, dass du nach Rachel gefragt hast."

Das Lächeln erstarb. „Ja, ich wollte wissen, wo sie ist."

„Warum?"

„Weil sie. Nein, weil jemand in ihrem Namen Lügen verbreitet hat und ich wissen wollte was sie dazu sagt."

„Was für Lügen? Dass sie einst deine Mutter war? Dass ich ein Monster bin? Das du mir nicht trauen sollst?"

Aurora bekam Angst. Woher wusste er das?

„Ja. Aber das kam garantiert nicht von ihr. Da versucht jemand sie zu diskreditieren."

Sein Blick blieb emotionslos.

„Doch, das kam alles von ihr. Und ja, sie war einmal die Frau die deinen ehemaligen menschlichen Körper auf diese Welt gebracht hat. Aber ich bin mir sicher, dass ich daraus nie ein

Geheimnis gemacht hatte. Was den Rest angeht: ihre Eifersucht auf dich war schon immer grenzenlos. Du bist das, was sie immer sein wollte. Wann wolltest du es mir sagen?“

Aurora überlegte einen Moment.

„Wenn ich mir sicher gewesen wäre, von wem es gekommen ist.“

„Denkst du noch an deine Freundin?“ Seine Frage traf sie wie ein Schlag.

„ Ich… , nein, ja.“ Unwillkürlich sah sie zu der Stelle, an der Ira gestorben war.

„Du weißt, warum sie tot ist?“

Aurora nickte. „Es war meine Schuld. Weil ich nicht gehorcht habe.“

Sie sah Alistair direkt an. „Ich wollte es gar nicht sagen. Ich habe es als zu offensichtlichen Versuch des Ordens angesehen, die Verwirrtheit, die ich in den ersten Nächten nach meiner Rückkehr hatte, auszunutzen. Zweifel in mir zu säen. Zweifel, die ich aber nicht habe. Ich weiß, zu wem ich gehöre.“

Ohne eine weitere Reaktion sah Alistair wieder aus dem Fenster und ihre ständigen Bewacher führten sie hinaus. Sie hoffte inständig, dass er sie dafür nicht bestrafen würde. Dass niemand den Preis ihrer Dummheit bezahlen musste. Doch im Moment machte es nicht den Anschein.

Die Leibwächter brachten sie in den Keller. Gustav wartete schon auf sie.

Seine Mimik war wie immer: kalt und ausdruckslos. Sie hasste diesen Mann. Doch seit ihrem Erpressungsversuch versuchte er zumindest nicht mehr sie zu nötigen, ihm alles preiszugeben.

Doch sie wusste genau, nicht mehr lang und er würde Alistair mitteilen, dass sie ihm etwas verheimlichte. Er wartete nur darauf, dass sie einen Fehler machte. Noch war er sich wahrscheinlich nicht sicher genug, welche Auswirkungen seine eigene Verfehlung haben würde. Obwohl es eigentlich vollkommen klar sein musste: Alistair verzieh keine Fehler!

Als sie wieder alleine im Bett lag und die Augen schloss, sah Aurora, wie sich Iras freundliche grüne Augen in leblose, gebrochene verwandelten. Wie sich ihre Hand nach ihr ausstreckte. Sie hatte ihre Freundin im Stich gelassen. Sie hatte sie nicht beschützt. Sie konnte noch nie jemanden beschützen. Nur einmal war es ihr gelungen und das hatte zu ihrem eigenen Tod geführt.

Wieso tat er ihr das immer wieder an? Nein, die richtige Frage lautete: Wieso musste sie ihn immer wieder dazu zwingen, es zu tun? „Du gehörst nur dir selbst." Aurora hielt sich ihren Kopf. „Nein! Lass mich in Ruhe!" Sie wusste, wem sie gehörte, wem sie schon immer gehört hatte.

Sie versuchte, diese Erinnerungen zu vertreiben, doch sie verschwanden nicht.

53.

Das elektrische Licht hatte wenig mit dem warmen Mondlicht gemein, dass Raoul so mochte.

Seit mehr als vier Wochen war er nun hier unten, wie in einer übergroßen Mausefalle, gefangen. Der Spanier hasste diesen Ort. Natürlich war es ihm klar, dass sie kaum eine andere Chance gehabt hatten, als hierher zu flüchten. Aber dass es überhaupt dazu kommen musste, war eine Katastrophe.

Sie hatten den Angriff am Abend vor der großen Zusammenkunft so genau geplant. Ein Abend an dem Alistair nur ein Minimum an Bewachern bei sich persönlich haben würde. Die meisten seiner Einsatzkräfte wären an die sieben potenziellen Orte gebunden. Niemand von ihnen wusste, wo sich das Treffen genau ereignen würde. Nicht einmal den geladenen Gästen war der Ort bekannt. Erst in der Nacht des Treffens würden die jeweiligen Fahrer instruiert werden. Kein Angreifer sollte die Möglichkeit bekommen einen der Orte schon vorher so zu präparieren, dass einer der hohen Herren und Damen zu Schaden kommen könnte.

Daher gab es sieben mögliche Orte. Und wahrscheinlich würde es einen achten oder neunten Ort geben, an dem das Treffen dann wirklich stattfinden würde. Raoul hasste diese dekadenten Vampire, die zu solchen Treffen eingeladen wurden. Solche wie sie waren es, die seine Familie damals versklavt hatten. Sie hatten seine Leute ausgenutzt, geschlagen, gefoltert und ihre Kinder zu Spielzeugen ihrer abartigen Gelüste gemacht.

Er selbst war bei solch einer widernatürlichen Orgie entstanden. Eigentlich sollte er die nächste Nacht nicht überleben, doch es gelang ihm, zu fliehen. In den Katakomben eines alten Castelo versteckte er sich wochenlang und trank Mäuse- und Rattenblut. Diese kleinen Mistdinger waren üble Gegner. Immer wieder wurde er gebissen und gekratzt, doch sie konnten wenig gegen einen Vampir ausrichten. Er war ja schon tot. Seitdem mochte er keine beengten Orte und vor allem keine kleinen Nagetiere mehr.

Doch immerhin hatte er überlebt. Seine Erzeugerin hatte wohl gedacht, er wäre in der Sonne verbrannt oder verhungert. Jedenfalls suchten sie ihn irgendwann nicht mehr. Als er sich nach Ewigkeiten aus seinem Versteck wagte, hatten sie seine komplette Familie und alles was auf ihn hinwies ausgelöscht.

Hätte er nicht kurze Zeit später, zwei Küstenstädte von seiner Heimat entfernt, Tristan getroffen, wer weiß, was aus ihm geworden wäre. Raoul wusste damals nicht wer Tristan war, wer ihn erschaffen hatte und schon gar nicht wer sein vampirischer Großvater war. Genauso wenig wusste Tristan etwas über ihn, und auch wenn sie aus vollkommen unterschiedlichen gesellschaftlichen Schichten stammten und andere Sprachen sprachen: Sie brauchten sich gegenseitig.

Und das war bis heute so geblieben.

„Kommst du?“ Tristan sah durch die Tür.

Raoul schüttelte seine Gedanken ab. „Ja.“

Die beiden gingen in den großen Versammlungsraum auf ihrer Ebene. Rund 30 Vampire und Menschen hatten sich dort schon zusammengefunden. Es würden wahrscheinlich noch ein paar mehr werden, aber bei weitem nicht so viele, wie sie gehofft hatten. Die beiden liefen durch die vielen kleinen Grüppchen auf Tacitus zu. Die Augen der Anwesenden folgten ihnen gespannt.

Der Römer sah sich die Frauen und Männer aufmerksam an. Alle waren absolut entschlossen, aber es waren einfach zu wenig. Ihnen stand ein Himmelfahrtskommando bevor. Mit einer kaum mehr als vagen Hoffnung auf etwas, das höchst unwahrscheinlich eintreten würde.

Aber es war ihre einzige Chance. Sie konnten nicht mehr lange hierbleiben. Jeden Tag erreichten sie Berichte von weiteren getöteten oder gefangenen Ordensbrüdern. Scheinbar machte Alistair nun endgültig ernst. Entweder sie würden ihn stoppen oder ihre letzten Tage waren gezählt.

Selbst wenn sie hier in der Schweiz noch sicher waren. Irgendwann würde ihnen die Nahrung ausgehen oder Alistair würde einen Weg finden, Hagen davon zu überzeugen sie nicht mehr zu schützen. Zum Glück gab es auch noch einige andere Vampire, die mächtig genug waren ihm entgegenzutreten, aber auch sie würden garantiert keine offene Konfrontation wünschen. Nicht für einen Orden, der die Vernichtung ihresgleichen als oberste Prämisse ausgab. Auch wenn sie nur die jagten, die hauptsächlich ihre monströse Seite auslebten.

Nein, sie hatten einfach keine andere Wahl.

Als Tristan und Raoul sich neben ihm aufgestellt hatten, räusperte sich der Römer merklich.

„Werte Brüder."

Alle Augen richteten sich auf die drei Männer.

„Jeder hier ist sich bewusst, in welcher Situation wir uns befinden. Ich glaube nicht, dass ich dazu noch mehr sagen muss als: wir sind Gefangene.

In drei Wochen findet die große Zusammenkunft statt. Das Treffen, das für uns und unseren Orden einen Wendepunkt darstellen sollte. Der Zeitpunkt an dem wir hofften ihn, nach so vielen Jahrzehnten, endlich persönlich zu Gesicht zu bekommen. Nun, werte Brüder, einen Wendepunkt gab es. Doch leider absolut nicht in unserem Sinne. Unser größter Feind ist uns mal wieder zuvorgekommen. Doch noch sind wir hier. Noch gibt es uns. Und noch ist unser Plan nicht vollkommen gescheitert. Auch wenn wir nur noch einen Bruchteil unserer früheren Stärke repräsentieren, wir sind noch da!"

Ein Teil der Anwesenden nickte zustimmend, während man in den Gesichtern von anderen deutliche Zweifel erkennen konnte.

Ein breitschultriger Mann ergriff das Wort.

„Wie ihr selbst sagt, wir sind Gefangene. Doch nicht nur wir. Der Großteil unserer Männer ist gefangen oder getötet worden. Und wir können diese Anlage hier nicht verlassen. Überall außerhalb der Schweiz stehen seine Truppen. Und, wenn ich das richtig verstanden habe, erlaubt Hagen uns, aufgrund der alten Verträge, genau hier zu bleiben, aber nicht den Rest seines Territoriums zu betreten. Also, was sollen wir eurer Meinung nach tun?"

Tacitus nickte ihm zu.

„Richtig Bruder Samuel. In den Augen unseres Feindes hat er uns in ein Gefängnis gesperrt. Aber wir sind nicht irgendwelche verschüchterten kleinen Kinder. Wir sind Vampire, Menschen, aber vor allem sind wir Ordensbrüder des Lux in tenebris. Wir alle haben schon viele ausweglose Situationen in unserer Geschichte gemeistert.

Als vor 1000 Jahren die ersten rein menschlichen Ordensbrüder den Kampf mit dem Bösen nicht scheuten, war ihre Situation weit auswegloser als die unsere heute. Wie sollten wir uns also noch im Spiegel ansehen und was würden unsere Vorfahren von uns halten, wenn wir diese Chance tatenlos vergehen lassen?"

„Was erwartet ihr von uns?"

Tristan trat einen Schritt nach vorne.

„Wir werden nach Irland zurückkehren und unseren Plan in die Tat umsetzen. Es gibt dort einen Ort an dem wir uns sammeln und auf die Nacht der Entscheidung warten können. Er wird nicht wissen, dass das Gefängnis leer ist. Noch haben wir Freunde und Unterstützer, auch in seinem weiteren Umfeld. Und natürlich ist unsere Chance gering, aber immerhin haben wir noch eine. Oder wollt ihr ein Leben auf der Flucht führen? Wir haben keine Wahl mehr! Er wird jeden von uns und alle die uns geholfen haben, verfolgen und töten lassen."

„Wie wollt ihr euch den sicher sein, dass wir den richtigen Ort finden? Sie haben sieben Orte vorbereiten lassen. Unsere Informanten sind entweder tot oder müssen sich extrem bedeckt halten. Und außerdem haben wir bisher, bei jedem unserer Versuche, auch immer nur seine Handlanger und Soldaten erwischt. Was sollte diesmal anders sein?

Aber die viel wichtigere Frage an dich, Bruder Tristan. Warum hast du seine neue Tochter nicht als Geisel zu uns gebracht? So hätten wir ihn vielleicht zu einem Treffen zwingen können!"

Vier der Anderen nickten bestätigend.

„Aber ohne ein echtes Druckmittel wird er sich niemals in die Gefahr begeben, sich einem Kampf auszusetzen. Selbst wenn wir den Ort finden, wird er, sollten wir dort auftauchen, nicht mehr da sein. Wir sind einfach nicht mehr genug!"

Ein zweiter der Anwesenden meldete sich ebenfalls zu Wort. „Wie Samuel sagte, hätten wir dieses Mädchen, dann gebe es vielleicht eine Chance. Aber du hast sie gehen lassen. Wie konntest du unsere beste Möglichkeit, einfach so aufgeben?"

Der Mann mit den normalerweise sehr warmen braunen Augen zischte Tristan die Worte regelrecht entgegen.

„Ich hatte mein Wort gegeben, sie nicht gegen ihren Willen zu entführen, Bruder Andreas. Sie hat sich für ihn entschieden. Mein Wort ist bindend und nichts auf dieser Welt wird mich dazu bringen es zu brechen! Nicht einmal die Chance Alistair von Black Castle zu töten."

Die meisten schüttelten den Kopf und doch verstanden sie ihn und respektierten sein Ehrgefühl.

Tacitus mischte sich wieder in das Gespräch ein.

„Ja, ihr habt Recht. Möglicherweise wäre sie ein Druckmittel gewesen. Doch ihr kennt ihn. Glaubt ihr wirklich, dass er sich nur wegen ihr in Gefahr begeben hätte? Er hat seine Tochter einmal zurückgebracht. Und kann es garantiert noch einmal tun. Er würde sie jederzeit opfern. Wie wir ihn dazu bringen können, an dem Ort der Entscheidung zu sein? Werte Brüder, das können wir nicht! Aber wir können auf Gott vertrauen!"

„Was ist, wenn wir sie dort antreffen?"

Der große breitschultrige Mann sah Tristan herausfordernd an.

„Bruder Samuel. Sie hat sich für ihn entschieden. Sie wird niemals etwas anderes sein als seine Dienerin. Sollte sie ebenfalls dort sein, tötet sie."

„Seid ihr euch da sicher, Bruder Tristan?"

Raoul sah seinen Freund von der Seite an. Die Maske verhinderte die Sicht auf seine Mimik, doch er musste sie gar nicht sehen. Er wusste, dass diese Worte ihm schwerfielen. Aber seine Augen blieben entschlossen.

„Ja. Aber falls die Möglichkeit besteht, überlasst es mir sie zu vernichten. Ansonsten, zögert nicht."

„Wie kommen wir von hier weg und nach Irland? Und wo sollen wir dort hin?"

Die Stimme des jungen Manns mit den dunkelbraunen langen Haaren klang schüchtern. Es fiel ihm immer noch schwer, als Mensch zwischen den ganzen Vampiren zu stehen.

„Wir haben einen kleinen Fluchttunnel der uns ins Freie bringen wird, Novize. Bisher sind an dessen Ausgang und in der Nähe keine Soldaten gesichtet worden. Danach bringen uns Verbündete zur Küste. Der Ort in Irland wird noch ein Geheimnis bleiben."

Nach einem kurzen Moment angeregter Gespräche und einer Zeit der gespannten Stille, stand einer nach dem anderen auf, hob sein Schwert und schwor den heiligen Eid des Ordens. Jedem war klar, dass die Wahrscheinlichkeit, diesen Kampf zu gewinnen, praktisch bei null lag und doch war es besser kämpfend unterzugehen, als auf der Flucht zu sterben.

Alistair machte keine Gefangenen und jeder der auch nur ein freundliches Wort mit ihnen gewechselt hatte oder noch wechseln würde, würde zu seinem Ziel werden. Sie hatten sich alle vor mehr oder weniger vielen Jahren diesem Orden angeschlossen und damit ihren Entschluss bezeugt, für dessen gerechte Sache zu sterben. Nun war der Moment gekommen dieses Versprechen auch einzulösen.

Während alle in ihre Räume gingen, um sich vorzubereiten, blieben die drei Anführer zurück. Sie sahen sich an. Ihnen war unwohl bei dem Gedanken, ihre Brüder im Unklaren über das wirkliche Vorhaben gelassen zu haben. Aber sie waren sich sicher, dass sie mindestens einen Verräter unter sich hatten. Damit ihr

Plan auch nur den Hauch einer Chance hatte, mussten sie sich jetzt auf genau diesen Mann und seinen Verrat verlassen.

„Ich glaube, dass es noch nie einen Plan gab, der so wenig Plan beinhaltete und soviele nicht bewiesene Hoffnungen." Tacitus lächelte Raoul bei dessen Worten zynisch an.

„Wahre Worte. Aber vielleicht ist genau das der Schlüssel."

54.

Als Aurora aus ihrem Schlafzimmer in das Wohnzimmer kam, stand einer ihrer Wachen direkt vor ihr.

„Bitte ziehen Sie sich an und begleiten mich."

„Gehen wir irgendwo hin?"

„Ich bitte Sie, sich anzuziehen und mir zu folgen."

Aurora tat wie ihr geheißen und zog sich an. Wo wollten sie mit ihr hin? Hatte sie irgendwas falsch gemacht? War Alistair doch wütend auf sie, weil sie ihm nichts von dem Brief gesagt hatte? Aurora machte sich auf das Schlimmste gefasst.

Es konnte kein gutes Zeichen sein, wenn sie direkt nach ihrem Erwachen an einen unbekannten Ort gebracht wurde. Momentan hatte sie keine Aufgabe zu erfüllen, jedenfalls keine von der sie wusste. Unwillkürlich fragte sich Aurora, was eigentlich je ihre Aufgabe in seinem Gefüge gewesen sein mochte. Wieso hatte er sie zurückgebracht? Sie hatte seinen Befehl ignoriert, eine falsche Entscheidung getroffen und dafür mit ihrem Leben bezahlt.

Die einzige logische Antwort, die ihr einfiel war, er war noch nicht fertig mit ihr. Sie würde die Konsequenzen für ihr damaliges Vergehen noch tragen müssen.

Flankiert von einer Frau und einem Mann fuhren sie ein Stockwerk nach oben und folgten einem hellen schmalen Gang ohne abgehende Türen.

Aurora war sich sicher, dass sie noch nie hier gewesen war. Es schien wie ein Zwischengeschoß oder ein Verbindungstunnel. Am Ende öffnete die Frau eine schwere Tür und bedeutete Aurora, hinein zu gehen. Sofort fühlte sie sich nicht mehr wie in einem sterilen Tunnel, sondern wie in einem Flur.

Kurz hinter der Tür stand Eduard.

„Guten Abend Mylady."

„Guten Abend Eduard. Könnten Sie mir vielleicht sagen was ich hier soll?"

Der Diener sah sie kurz von der Seite an, schwieg aber. Ein paar Meter weiter blieb er stehen. „Wartet bitte hier. Es wird nicht lange dauern."

Er ging den Flur entlang und verschwand hinter einer Biegung. Aurora sah ihm hinterher. Sie war alleine. Ihre Leibwächter waren am Eingang vor der wieder verschlossenen Tür stehen geblieben. Unwillkürlich sah sie sich um. Eine der abgehenden zwei Türen war nur angelehnt, ein sanfter Lichtschein schimmerte durch den Spalt.

Auch wenn Neugier eigentlich keine ihrer Schwächen war, fand Aurora sich plötzlich genau vor dieser Tür wieder. Der Raum selbst war dunkel, aber am Ende führte eine Treppe nach unten. Dort musste sich die Lichtquelle befinden. Sie hatte keine Ahnung warum, doch sie hatte das Gefühl, das sie genau dort hingehen sollte.

Mit äußerster Vorsicht, was bei ihren hohen Absätzen auch unbedingt geboten war, lief sie die Stufen herunter. Die Treppe endete in einem großen und großzügig beleuchteten Raum. Aurora stockte und krallte sich am Geländer fest.

55.

„Vater, bitte. Bitte schickt mich nicht zurück.“ Mirabell flehte den Mann am Schreibtisch förmlich an. Marius verzog spöttisch seine Mundwinkel. Hatte diese Frau überhaupt keinen Stolz?

Nicht, dass er es anders erwartet hätte, sie war noch weniger wert als die meisten der Frauen, die sich wenigstens anständig wehrten, anstatt einfach so ihren Tod hinzunehmen. Obwohl, sie wehrte sich ja auch. Sie bettelte.

Er wünschte sich, dieses verzogene Miststück einmal in seine Finger zu bekommen. Was hätte er doch einen Spaß mit ihr. Aber, sie war das Kind seines Herrn und damit unantastbar. Wobei, wenn sie so weitermachen würde, wer konnte schon wissen was jetzt mit ihr geschah, nachdem Aurora wieder da war. Aber auch die hatte Dinge getan. Dinge, die für jeden anderen den qualvollsten Tod aller Angehörigen und dann den eigenen bedeuten würden, aber nicht bei ihr. Aber sie war ja schon immer etwas Besonderes.

„Bitte, Vater. Ich mache doch alles was ihr wollt. Ohne mich hättet ihr noch nicht erfahren, was der Orden geplant hat. Es ist nur noch eine Frage der Zeit bis ich weiß wo sie genau sind. Mein Spion wusste es selbst nicht. Aber sobald er die Möglichkeit hat wird er es mir sagen. Ihr wisst doch, Männer würden alles für mich tun.“

Alistair sah nicht einmal hoch, während Mirabell weiter bettelte. Er sah sich die Übertragung aus einem der Laborräume an. Sah, wie Aurora die Exponate betrachtete. Beobachtete wie ihr Gesicht bei jedem Einzelnen mehr versteinerte. Wie sie jeden, der dort ausgestellten, toten Körper musterte, wie sie jedes der Gesichter anblickte und dabei doch nur in ihr Eigenes blickte. Natürlich viel jünger, aber es war immer ihr Gesicht.

Er hatte alle sechs funktionierenden Klonkörper aufgehoben. Alle hinter Glas und in Konservierungsflüssigkeit aufbewahrt. Zwei davon waren sogar schon fast 16 Jahre alt gewesen, bevor er sie hatte töten lassen.

Alle von ihnen waren gescheitert, sie waren nicht stark genug um ihre Seele, ohne geistigen Schaden aufzunehmen, oder hatten irgendwas an sich, was nicht hundertprozentig perfekt war. Also hatte er sie entsorgt, ein nächstes Kind erschaffen und austragen lassen.

Doch diesmal war sie vollkommen.

Er betrachtete wie sie die Tanks berührte, kurz innehielt, nickte, sich umdrehte und dann die Treppen hinauflief.

56.

Eduard stand im Flur, als Aurora aus dem Raum kam. Er schien nicht im geringsten überrascht, als er an ihr vorbei ging und die Tür schloss. Sie sah ihn ertappt und doch entschlossen an. „Der Herr erwartet Sie nun Mylady."

Mirabell war der Verzweiflung nah. Aber als Aurora den Raum betrat, straffte sich ihr Körper sofort und sie funkelte die junge Frau voller Hass an.

„Finde heraus wo sie sind. Du hast noch die morgige Nacht Zeit. Sonst wären die Wochen, die ich dich hier geduldet habe, doch noch vollkommen vergeudet gewesen."

„Ich werde alles unternehmen, was in meiner Macht steht, aber ich habe gerade keine Möglichkeit, ihn zu erreichen."

Alistair ignorierte ihren Einwand.

„Meinst du vielleicht, das war eine Bitte?"

Mirabell duckte sich. Seitdem diese Frau aufgetaucht war, verlor sie immer wieder ihre Selbstkontrolle. Sie wusste, dass ihr Vater das nicht länger dulden würde. Schon vor ihrer Erschaffung musste sie mit dem Schatten von Aurora leben. Obwohl diese Frau tot war, war sie fortwährend präsent. Wie sollte sie gegen einen Geist ankommen?

Und nun war sie wieder da. Es war, als ob sie ein Spiegelbild von sich sehen würde, das alles, was an ihr nicht perfekt war, in vollkommener Perfektion darstellte.

Aber was sah er nur in ihr?

Sie hatte sich vernichten lassen. Sie hatte ohne seinen Befehl gehandelt. Diese Frau war sogar vor ihm geflohen. Sie widersprach und stellte sogar direkte Anweisungen in Frage. Sie würde das alles nicht tun. Sie würde ihm immer gehorchen. Seine Befehle sofort ausführen und alles tun was er wollte. Warum also, zog er sie ihr vor?

„Nein, natürlich nicht. Ich werde wissen wo sie sich aufhalten."

„Wo sich wer aufhält?“ Aurora versuchte immer noch das gerade gesehene zu verarbeiten und bemerkte erst, als sie die Frage beendet hatte, dass es sie nichts anging.

„Die Männer, die dich entführt hatten.“

Alistair war aufgestanden und küsste sie auf die Stirn. „Sie haben es wirklich gewagt aus ihrem Loch unter den Bergen zu kriechen und zurück nach Irland zu kommen. Was auch immer sie sich dabei gedacht haben. Offensichtlich steht das Treffen mit deinem Bastard doch schneller an, als ich dachte.“

Aurora merkte eine leichte Ungehaltenheit in seinen Worten, auch wenn sie im Moment kaum glücklicher sein konnte. Seit Wochen hatte sie ihn nicht mehr gesehen.

„Und ihr Aufenthaltsort ist euch nicht bekannt? Woher wisst ihr dann, dass sie hier sind?“

„Weil ich … .“ Mirabell verstummte sofort als Alistair sie ansah.

„Morgen Nacht werde ich es wissen.“

„Ich glaube, ich kenne den Ort.“

Alle Blicke richteten sich auf Aurora. Schon wieder hatte sie geredet, ohne um Erlaubnis zu bitten. Eigentlich hatte sie keine Ahnung wo sie waren und doch fühlte sie, dass sich der Ort irgendwo in ihrem Gedächtnis befand. Sie hielt Alistairs Blick stand.

„Sie sind in einer Abtei oder einem Kloster. Ich bin nicht ganz sicher, wie ich es nennen soll.“

Alistair schien nachzudenken. „Welches Kloster?“

Wie sollte sie es erklären? Aurora versuchte angestrengt die richtigen Worte zu finden. Wie sollte sie ein Gefühl erklären, bei dem sie keinen greifbaren Beweis hatte. Es war ihr bewusst, dass Tristan dieser spezielle Ort sehr viel bedeutete. Dass er noch vor kurzem unbedingt wollte, dass sie dort hin kommen sollte.

Wenn er nun einen Platz brauchte, an dem sie sich verstecken konnten, dann müsste es dort sein. Obwohl?

Würde er wirklich so dumm, sein nicht zu ahnen, dass sie es sich denken konnte? Sie hatte zwar immer noch keine Idee, wo genau sich dieser Ort befand oder was sie wirklich damit zu tun hatte, aber sie war sich sehr sicher, dass sie dort waren.

„Er hatte mir ein Bild überbringen lassen. Besser gesagt eine Zeichnung. Ich war darauf zu sehen und ein Mann, der wie ein Mönch gekleidet war. Wir standen vor einem großen Gebäude mit einem Glockturm. Dahinter konnte ich das Meer erkennen und der Mond stand hoch am Himmel. Er wollte, dass ich dort hin komme. Aber ich kann mich einfach nicht an diesen Ort erinnern. Doch ich bin mir sehr sicher, dass ich ihn kennen sollte. Er existiert und er bedeutet ihm sehr viel. Wenn sie irgendwo sind, dann dort."

Einen kurzen Moment war alles still.

„Einen Ort, von dem du nicht einmal weißt, wo er ist und ob er überhaupt existiert? Wie soll man solch einen Ort finden? Mein Spion wird mir ihren Aufenthaltsort schon verraten und dann ist es nicht nur so eine vage Möglichkeit." Mirabells Stimme klang wieder einmal angestrengt überheblich.

Aurora drehte sich bewusst langsam zu ihr um.

„Wer denkst du eigentlich, dass du bist? Du magst eine gewisse Ähnlichkeit mit mir haben, allerdings nicht annähernd genug, dass ich es von Anfang an bemerkt hätte. Du magst denken, dass du mir überlegen wärst. Doch lass dir gesagt sein, das bist du nicht und wirst es auch nie sein! Du bist ein Nichts! Allenfalls eine kurze Anekdote in den belustigten Erzählungen zukünftiger Generationen. Daher rate ich dir, genieße die wenige Zeit die du noch hast, und sei dir sicher: Du bezahlst für das, was du getan hast. Und nun halte einfach dein unwürdiges Mundwerk."

Mirabell versteifte bei jedem Wort mehr und sah Alistair vollkommen geschockt an. Marius konnte sich kaum noch beherrschen, nicht lauthals loszulachen.

Das war Aurora, wie er sie von früher kannte. Endlich hatte mal jemand dem kleinen verzogenen Gör die Meinung gesagt.

„Vater?“ Mirabells Stimme sollte bestimmt nicht so flehend klingen. Alistairs kaltes Lächeln erstickte jedes weitere Wort von ihr.

„Ich stehe hier vor dir. Brauchst du ein tröstendes Händchen oder einen willenlosen Diener, der für dich kämpft? Greif mich an, wehre dich! Du bist noch wertloser, als ich es für möglich gehalten habe.“ Auroras Stimme hatte sich verändert, sie war härter geworden. Auch wenn ihr Körper in dieser Zeit geboren und aufgewachsen war, war sie die Tochter ihres Herrn und kein kleines Mädchen, dass sich von irgendeiner dahergelaufenen Person sagen ließ, was sie zu tun hatte.

Vollkommen überfordert wechselte Mirabell ihren Blick von Alistair zu Aurora und zurück.

„Ich habe mehr Zeit in der Hölle verbracht, als du jemals auf dieser Welt verbringen wirst. Ja, ich hatte vieles vergessen. Aber diese Zeit der Schwäche ist vorbei. Du glaubst, du kannst mir auch nur den Steigbügel halten? Das einzige, was für dich spricht ist, dass du das einzig wahre Blut in dir trägst. Wenn ich sage, dass es diesen Ort gibt, dann gibt es ihn. Auch wenn ich mir nicht sicher bin, wo er liegt.“

„Es ist genug!“

Auch wenn seine Stimme hart klang, lächelte Alistair immer noch. Aurora stoppte abrupt. Sie wusste, dass sie fast zu weit gegangen war. Aber was dachte sich diese Frau eigentlich, wer sie war. Sie war nur ein Abziehbild von ihr. Und sie wagte es, ihre Worte anzuzweifeln.

„Sie sollte es begriffen haben.“

Jeder im Raum fühlte die Qualen, die Mirabell verspürte.

„Kümmere dich um deine Aufgaben.“

Ohne sie dabei anzusehen schickte Alistair sie mit einer Handbewegung hinaus.

Marius versuchte immer noch halb verzweifelt, sich nicht in überschäumenden Gelächter zu verlieren.

Nachdem Mirabell den Raum verlassen hatte, beruhigte sich der große Vampir langsam wieder, stand ebenfalls auf und sah seinen Herrn an. Alistair nickte nur und Marius verließ das Büro.

„Schön zu sehen, dass die Sitzungen scheinbar von Erfolg gekrönt sind. Doch wage es ja nicht, so in der Öffentlichkeit mit jemandem von meinem Blut zu reden. Setz dich."

Aurora nickte ergeben und setzte sich.

„Die große Zusammenkunft steht kurz bevor. Nach deinem Ausbruch eben muss ich mir ja keine Gedanken mehr machen, dass Gustav nicht gut genug gearbeitet hat und du nicht mehr wissen könntest, wie man sich zu benehmen hat. Offensichtlich sind deine Erinnerungen wieder soweit vollständig. Jedenfalls soweit ich es erlaubt habe."

„Ich kann mir eine solche Anmaßung ihrerseits doch nicht gefallen lassen."

Alistair sah sie kurz direkt an.

„Ach, kannst du das nicht? Nun wir werden sehen, was du kannst und was nicht. Aber im Moment interessiert mich euer Geplänkel nicht. Heute geht es um dich. Du hast Entscheidungen getroffen, die nicht akzeptabel sind."

Seine Stimme klang beängstigend ruhig. Das Gefühl büßen zu müssen, stieg wieder auf.

„Du warst im Ausstellungsraum." Aurora nickte.

„Gut."

„Ich, … ."

„Sei still und mache es nicht noch schlimmer."

Das drohende Gefühl wurde immer stärker.

Er trank einen Schluck aus dem neben ihm stehenden Glas.

„Du hast gesehen, was sich dort befindet. Deinen Geist gibt es vielleicht nur einmal, deinen Körper aber kann ich beliebig oft züchten lassen."

Aurora sah unwillkürlich an sich herunter.

„Erzähl mir von dem Ort an dem du dich befunden hast, bevor du zurückgeholt wurdest."

Aurora hatte versucht, seit sie ihre Erinnerungen wieder erlangte die Gedanken an die - wie sie es nannte – ‚Hölle' zu unterdrücken. Doch nun musste sie sich ihnen stellen.

„Es ist eiskalt und heiß zugleich. Es ist weder hell noch dunkel. Überall ist es still und doch herrscht ein permanentes Flüstern und Schreien. Man ist alleine und doch sind immer andere um einen herum. Man möchte sich verstecken, doch gibt es dort nichts, was einem als Versteck dienen könnte. Es ist eine permanente Flucht vor jemandem oder etwas. Man fühlt Angst und doch fühlt man eigentlich nichts. Es ist eine permanente Qual, obwohl man eigentlich nicht erkennen kann, wodurch diese Qualen ausgelöst werden. Es gibt dort noch weit Schlimmeres, als nur anwesend zu sein. Man kann es spüren."

Aurora versuchte, soweit sie es vermochte, die fragmentarischen Erinnerungen nüchtern zu schildern und sie nicht mit Gefühlen zu versehen.

„Möchtest du dorthin zurück?"

Aurora sah ihren Herrn angsterfüllt an. „Nein."

„Aber du möchtest gerne dafür verantwortlich sein, dass andere dort hinkommen?"

Aurora wusste genau, was er meinte. Sie schüttelte langsam den Kopf. Alistair bohrte unbarmherzig nach.

„Nun es ist ziemlich offensichtlich, dass du das möchtest."

„Ich habe keine Entschuldigung, mein Herr."

Er trank einen weiteren Schluck.

„Geh an den Tisch und schau auf den Bildschirm."

Aurora stand auf und betrachtete die Übertragung.

„Ira!" Ihre Freundin saß zitternd und zusammengekauert in der Ecke eines kleinen Raums.

„Sie lebt?"

„Sie ist eine von uns. Ich habe Marius die Erlaubnis erteilt, sie zu wandeln. Und du erinnerst dich sicher, was er mit denen macht, die er erschafft."

Aurora erinnerte sich schaudernd.

„Meinst du dieses kleine Mädchen wird das lange aushalten?“

Aurora wollte gerade den Bildschirm streicheln, als sie sich diese lächerliche Geste verkniff und sich vor Alistair kniete.

„Bitte! Ich bitte euch mit allem, was ich euch bedeute, sie zu verschonen.“

Sie wusste, dass es zwecklos war, doch diesmal musste sie es wenigstens versuchen.

„Wie du siehst, existiert sie noch. Und dank deiner Aussage über dieses Kloster und der uns bevorstehenden Zusammenkunft, wird sie das auch noch ein paar Nächte weiterhin tun. Alles weitere liegt bei dir. Sorge dafür, dass ich es nicht bereue, dich zurückgeholt zu haben.“

Seine Stimme war kälter, als Aurora es je gehört hatte, und doch hatte sie noch nie erlebt, dass er ihr eine zweite Chance gab. Sie wünschte sich so sehr, dass er sie einmal wirklich berühren, einmal wirklich nur sie ansehen würde. Aber auch wenn das nie geschehen würde, so würde dieser Wunsch trotzdem nie verschwinden.

„Ich bin wieder vollkommen ich selbst. Und ich werde keinen weiteren Fehler mehr begehen.“ Sie wollte so gerne noch ein ‚Danke‘ anfügen, entschied sich aber dagegen.

„Was das Kloster oder die Abtei angeht, … .“

Alistair unterbrach Aurora mit einer Handbewegung.

„Das hat Zeit.“

Jetzt war sie kurz verwirrt.

„Im Moment bist du für mich nicht mehr als ein Versuch. Ob du wirklich wieder du sein wirst, werden wir sehen.“

Er stand auf, ging zum Fenster und ließ sie dabei weiter knien. Kurze Zeit später öffnete sich die Tür. Aurora hob den Kopf und sah Eduard eintreten.

Hinter ihm folgte eine Frau mit gesenktem Kopf. Aurora brauchte einen Moment, um die ausgemergelte und gebrochen laufende Frau mit den jetzt eher grau als blond wirkenden strähnigen Haaren zu erkennen. Es war Rachel. Sie wirkte um Jahrzehnte gealtert.

Eduard schloss die Tür von innen und blieb neben der vor kurzem noch sehr attraktiven Frau stehen. Diese starrte nur zu Boden. Es wirkte, als wäre Rachel geistig abwesend. Und auch wenn Aurora versucht war, zu ihr zu laufen, sie zu umarmen, ihr zu helfen oder auch nur um sie für ihren dummen und sinnlosen Brief zu ohrfeigen, so blieb sie weiterhin starr auf ihrem Knien.

Einen Moment herrschte vollkommene Regungslosigkeit. Das bedrückende Gefühl der bevorstehenden Buße nahm Aurora nun vollständig in Besitz. Ohne sich umzusehen sprach Alistair und beendete damit die fast physisch spürbare Anspannung im Raum.

„Fast ein ganzes Jahrtausend hast du auf dieser Welt existiert. Um einiges länger, als die meisten unserer Art es jemals schaffen. Und um so viel länger als es euch Menschen gestattet ist. Durch mein Blut konntest du erleben, wie ganze Reiche emporstiegen und wieder vergingen. Du konntest die Sonne unendlich oft aufgehen und wieder versinken sehen. Du hast die Grausamkeiten gesehen zu denen deinesgleichen in der Lage ist und doch hast du so wenig gelernt? Du willst dir selbst einreden, dass eine Mutter immer nur das Beste für ihr Kind im Sinn hat. Dass sie alles tun würde, um es zu beschützen. Du versuchst dir tatsächlich diese lächerliche Rechtfertigung für deine Taten einzureden. Aber wären sie wahrhaft, dann wäre jede Erklärung überflüssig. Ihr Menschen versteht so wenig, doch ihr werdet euch dessen auch nie bewusst."

Er stellte sich neben Aurora, reichte ihr seine Hand und sie erhob sich.

„Du hast deine Tochter schon zu Lebzeiten mit vollem Bewusstsein verdammt, sie schon einmal in den Tod geführt. Du hattest die Möglichkeit, erneut an ihrer Seite zu leben, ihr beizustehen. Doch was hast du stattdessen getan? Du hast dich wieder dafür entschieden, sie zu verraten."

Offensichtlich war Rachel nicht so abwesend, die Rede ihres Herren zu überhören. Aurora konnte sehen, wie jedes einzelne

Wort die Frau vor ihr noch mehr zusammen kauern ließ. Wie sich die Lebensgeister aus ihr verabschiedeten. Als er aufhörte zu sprechen, lag sie schon auf ihren Händen und Knien. Tränen tropften auf den Boden und sie versuchte mit äußerster Anstrengung, ihren Kopf zu heben.

Alistair wendete sich Aurora.

„Deine Mutter wird in den nächsten Tagen zu einer Greisin werden und unter Schmerzen verenden. Ohne mein Blut war ihre Zeit auf dieser Erde schon vor Jahrhunderten abgelaufen. Aber ich gebe dir die Möglichkeit, ihr dein Blut zu geben. Ihr wieder Jugend und Vitalität zu schenken und sie an deiner Seite zu behalten. Du kannst ihr die Qualen der ewigen Verdammnis ersparen."

Er ließ ihre Hand los.

Aurora sah in das Gesicht der Frau, die sich ihre Mutter nannte. Sie sah die Tränen aus ihren eingefallenen Augen emporquellen. Sah das Flehen um Rettung, das in ihnen lag. Doch sie ignorierte es und verkündete so kalt wie möglich.

„Sie hat ihr Schicksal selbst gewählt."

Eduard blickte auf das Häufchen Elend neben sich hinab. Ihr Urteil war gefällt. Er überlegte kurz, ob er Mitleid haben sollte, aber er fühlte nichts. Nur dass er froh war, nicht an ihrer Stelle zu sein.

„Möchtest du ihr die Gnade eines schnellen Todes erweisen?" Alistair sah Aurora weiter an.

Wieder bemühte sich die junge Frau, kühl und überlegen zu antworten. „Ich würde. Aber wer Gnade gewährt, stellt sein eigenes Urteil in Frage!"

Er nickte. „Du wirst dich jede Nacht eine gewisse Zeit bei ihr aufhalten. Du wirst ihr dabei zusehen, wie sie zerfällt."

Auroras Blick blieb auf Rachel gerichtet. „Ja, mein Herr."

Rachel sah zu ihrer Tochter. Bis eben hatte sie noch gehofft, dass ihre Worte und Taten von Erfolg gekrönt sein könnten. Doch sie musste es sich endlich eingestehen. Aurora war schon lange kein Mensch mehr und verhielt sich genauso unerbittlich, wie es einem der Unsterblichen zu Gesicht stand. Eduard hob sie vom Boden auf und trug sie hinaus, wie einen Kleiderhaufen.

„Tu das nicht.“ Rachels Stimme klag genauso gebrochen wie ihr Körper.

Auroras Blick war ausdruckslos auf sie gerichtet, bis die beiden Menschen den Raum verlassen hatten.

Kurze Zeit später kam Marius zurück und Aurora saß noch einem Moment auf einem der Stühle, während sich die beiden Männer wieder in dieser Sprache unterhielten, die sie schon damals nicht lernen durfte.

Dann holte Eduard sie ab und brachte sie zurück in ihre Räume.

57.

Die Nacht hatte gerade begonnen, als es an der Tür klopfte und wieder einer der Leibwächter ihre Räume betrat.

„Ich bitte Sie eine Jacke anzuziehen. Wir verlassen das Gebäude und es ist kühl außerhalb."

Aurora sah den Leibwächter verwundert an. Warum sollte es sie interessieren, dass es kühl ist?

„Wo gehen wir denn hin?"

„Ich bin nicht befugt, diese Information mitzuteilen."

Er wusste es einfach nicht. Aurora überlegte kurz, ob sie ihn ein wenig aus der Fassung bringen sollte, einfach nur aus Spaß und weil sie es konnte. Sie entschied sich aber dagegen und nahm einen der Mäntel aus dem Ankleidezimmer.

Die Limousine wartete schon in der Tiefgarage auf sie. Sie fühlte sich leicht unwohl zwischen den Männern in den kugelsicheren Westen und den ganz offensichtlich getragenen Maschinenpistolen. Sollte sie nicht eigentlich zu Rachel? Wo wollten sie mit ihr hin?

Aurora sah an den neben ihr sitzenden Wachen vorbei. Selbst mitten in der Nacht waren die Straßen in der Innenstadt, wie fast immer in Dublin, nicht leer. Hier gab es Menschen, die ihren Urlaub verbrachten, die lachten und sich amüsierten. Menschen, die keine Ahnung hatten, dass diese Stadt und alle anderen Städte und sogar ganze Länder von ganz anderen Kreaturen beherrscht wurden. Sie beneidete diese Menschen, ihre Unbeschwertheit und Ahnungslosigkeit. Sie hatten keine Idee, wie glücklich sie sich schätzen konnten, in diesem Jahrhundert oder sogar Jahrtausend zu leben. In einer Zeit des Überflusses, der Freiheit und echter Möglichkeiten.

Langsam wurden die Häuser weniger und sie verließen Dublin. Nach einer guten Stunde Fahrt erkannte sie die Auffahrt zu Alistairs Anwesen. Doch alles wirkte verändert. Aurora sah den großen Hunden zu, die ohne Maulkorb ihr Auto abschnüffelten. Während überall Wachen patrouillierten. Der ganze Park lag nicht wie bisher im dunkeln, sondern schien gut ausgeleuchtet zu sein. Sechs weitere Autos standen in der Auffahrt. Ihr Fahrer hielt direkt vor dem Treppenaufgang an und Aurora wurde ins Haus geführt, wo Eduard die junge Frau in Empfang nahm.

„Es freut mich, dass Sie den Weg hier her gefunden haben.“ Aurora nickte ihm zu. Dieser Mann schien überall zu sein.

„Bitte folgen Sie mir. Die Visagistin und die Friseurin warten schon auf Sie. Und die Garderobe für den heutigen Anlass liegt auch bereit.“

Aurora folgte dem Diener in das Zimmer, in dem sie das erste Mal hier aufgewacht war. Als sie das dort hängende Kleid betrachtete, erschauderte sie augenblicklich. Dort hing das Kleid, welches sie in der Nacht ihrer Vernichtung getragen hatte.

Aber das konnte nicht sein. Das Kleid musste doch inzwischen über 500 Jahre alt sein. Doch es war genau das Kleid. Allerdings war es, im Gegensatz zu damals, vollkommen unversehrt und auch die Blutflecken, die der tote Körper in ihren Armen hinterlassen hatte, waren verschwunden. Unwillkürlich erinnerte sie sich an diese verhängnisvolle Nacht.

Die Nacht, in der sie erfuhr, was passieren würde und zum Strand geeilt war. Als sie die Frau, die sich ihre Mutter nannte, über ihn gebeugt sah, das blutige Messer in der Hand. Sie seinen toten Körper aus dem Sand hob und einfach nur los rannte. Sie hätte wissen müssen, dass es falsch war, aber sie dachte damals einfach nicht nach. Sie wollte ihn nur schützen. Einmal nicht verlieren.

Als die Visagistin und die Friseurin ihre Arbeit beendet hatten, blickte Aurora in den Spiegel. Selbst ihre Haare erinnerten sie an damals. Und ihr Gesicht sah jünger aus. Es schien, als wäre sie eine Kopie einer langen toten Person, die sie einst selbst war. Nein, es schien nicht nur so. Sie erblickte eine Kopie ihrer selbst.

Eduard nahm sie wieder in Empfang und führte sie zur großen Treppe. Am unteren Ende stand Alistair und betrachtete, während sie die Stufen herab schritt, jede Kleinigkeit. Er nickte kurz, während er ihr seinen Arm anbot und sie gemeinsam in einen der Seitenflügel gingen.

58.

Die breiten Treppen führten in ein Untergeschoss des Hauses, das Aurora bis dahin noch nie betreten hatte. Sie schritten gemeinsam einen kurzen Flur entlang und betraten, durch hohe Flügeltüren an denen vier Wachen platziert waren, einen riesigen Saal.

Das indirekte Licht bot genug Helligkeit, um keine Schatten zuzulassen, blendete aber nicht. Rechts und links gab es je zwei weitere kleinere Eingänge. Auch die waren mit jeweils zwei Wachen besetzt. Am Ende des Raums erkannte Aurora eine kleine Empore von vielleicht einem Meter Höhe, auf dem ein einzelner Stuhl aufgestellt worden war. Der Rest des Raumes war leer, wenn man von den Wachen und den acht Vampiren absah, die sich gerade noch angeregt unterhielten. Die Unterhaltung stoppte allerdings abrupt, als Alistair den Raum betrat. Alle knieten oder verbeugten sich tief, während Alistair, durch den Raum die wenigen Stufen zu seinem Platz hinauf schritt. Aurora stellte sich unweit hinter den Thron.

Sie erkannte, neben Mirabell und einem sehr ramponiert aussehenden Porticus, noch zwei weitere Vampire, die ihr bekannt vorkamen. Kurz versuchte sie, sich an ihre Namen zu erinnern. Doch ihr fiel nur ein, dass einer der beiden Alexander von Irgendwas hieß. Aber er war definitiv sehr alt, denn sie konnte sich erinnern, dass er schon da war, als sie gerade frisch in die Gesellschaft aufgenommen wurde. Bei der Frau konnte Aurora nur hoffen, dass sie sich an den Namen erinnern würde, sollte es zu einem Gespräch kommen.

Sie sah sich weiter um. Der ganze Raum war vollkommen schmucklos. Hier waren nicht einmal die obligatorischen Teppiche oder Bilder zu finden. Das passte nicht zu ihm. Obwohl, doch. Es passte. Aurora ahnte, was ihr bevorstand. Unwillkürlich sah sie sich den Boden an. Die unnatürlich dunkle Fläche hob sich deutlich von den helleren, perfekt polierten Steinböden der oberen Stockwerke ab. Der Boden hier wirkte künstlich.

„Bringt sie herein.“ Alistairs Stimme war ruhig.

Aus der kleineren Tür zu ihrer Rechten kamen vier Wachen. Jeder von ihnen schleppte eine Person mit sich. Wobei nur eine Person wirklich geschleppt wurde, die anderen drei liefen von alleine. Aurora erkannte zwei von ihnen sofort. Abraham und der Mann aus der Wohnung. Die anderen beiden konnte sie nicht einordnen. Sie mussten aber bestimmt ebenfalls zum Orden gehören. Alle waren an Armen und Beinen gefesselt und trugen lediglich eine Art Büßergewand. Ein Kleidungsstück, das früher verurteilte Mörder auf dem Weg zum Schafott anhatten, damit ihre Nacktheit die Menschen nicht stören sollte.

Abraham schien es nicht sonderlich gut zu gehen. Sein Bewacher trug ihn mehr, als dass er lief. Nur der Mann aus der Wohnung, Samuel, hatte seinen Kopf erhoben und sein Gang ließ vermuten, dass er nicht bereit war, kniend zu sterben. Die beiden anderen waren in sich zusammengesackt, auch wenn einer wenigstens noch auf eigenen Beinen stand. Die Wachen blieben mit ihren Gefangenen in der Mitte des Raums stehen. Doch selbst jetzt waren sie noch mindestens 30 Meter von Alistair und ihr entfernt.

„Ihr denkt ihr habt gewonnen. Aber ihr könnt nicht gewinnen. Das Böse wird nie triumphieren. Irgendwann werdet ihr für alles bezahlen was ihr getan habt.“

Samuel spie Alistair die Worte entgegen.

„Und du, du Miststück? Ich hätte dich töten sollen. Ich verfluche den Tag an dem ich dich nicht einfach geköpft habe. Ich verfluche meine eigene Schwäche. Du bist schlimmer als er. Du bist die Schlange aus dem Paradies. Du hast rechtschaffene Männer dazu gebracht, dir zu glauben. Solch ein Maß an Verderbtheit kann nur aus dem puren Bösen entspringen. Du hast selbst mich für einen Moment dazu gebracht, an meinen Überzeugungen euch gegenüber, zu zweifeln.“

„Samuel, bitte. Bitte, gib ihm doch nicht noch diese Genugtuung. Gott wird ihn und auch sie richten." Der alte Priester sah traurig zu ihr hoch.

„Gott? Gott sieht nur zu. Er prüft uns! Wir müssen sein Werk auf dieser Welt vollbringen! Es ist unsere Aufgabe, dieses Monster und alle die ihm dienen in die Hölle zu schicken. Und die, die uns nachfolgen, werden diese Aufgabe vollenden."

Alistair lächelte, während er sich bequem zurücklehnte.

„Nach diesem erquicklichen Austausch von Höflichkeiten, können wir dann ja beginnen."

Wie auf sein Stichwort veränderte sich die Beschaffenheit des Untergrundes. Er wurde erst milchig und dann vollkommen durchsichtig. Bei fast allen Anwesenden war die Irritation förmlich zu spüren, als sie unter sich plötzlich gefühlt den Boden verloren. Nur um dann optisch, nicht mehr auf einem dunklen Untergrund, sondern über einem großen steinerneren Gewölbe zu stehen.

Aurora wusste was es war, ohne genauer hinsehen zu müssen. Es war eine Arena. Der Ort, den Marius so liebte. Sie hatte sich schon gefragt, wo sich dieser Sadist aufhielt. Überall waren Ketten in die dicken Steinmauern eingelassen und der sandige Untergrund sah aus, als wäre er gerade frisch aufgefüllt worden.

Während die Anwesenden noch gespannt und zum Teil verwirrt unter sich blickten, öffneten sich zwei der angrenzenden Verliese und einige Männer stolperten, wohl eher unfreiwillig, hinaus und in ihr Sichtfeld.

„Nein. Das kann nicht sein. Wie konntet ihr?" Samuel riss an seinen Fesseln und versuchte verzweifelt, sich zu befreien. Die beiden Männer hinter ihm hatten Mühe in zu bändigen.

„Bestie! Dämon…!" Erst ein Schlag gegen seine Schläfe brachte ihn zum Verstummen.

Aurora kannte die Männer unter sich nicht, aber sie wusste auch so, wer sie waren. Es konnten nur Mitglieder des Ordens sein, den sie verraten hatte. Aber scheinbar war ihr Verrat vollkommen sinnlos gewesen. Er musste sie schon vor der gestrigen Nacht in seiner

Gewalt gehabt haben. Zumindest hatte man den acht Männern wenigstens ihre Kleidung und offensichtlich auch ihre Dolche gelassen.

Sie sahen sich kurz um und dann nach oben. In ihren Augen stand Verzweiflung. Aber Aurora sah noch etwas anderes, sie sah diese Gewissheit, das richtige getan zu haben, als ein weiteres der Gitter aufging und eine rothaarige Frau im Blutrausch herein rannte. Ohne zu zögern griff sie die Männer an. Bevor der Erste reagieren konnte, war sie schon an ihm und ging mit ihm zusammen zu Boden.

„I… ." Aurora konnte ihren Ausbruch gerade noch unterdrücken. Ira! Nein, das durfte nicht sein. Sie sah, wie ihre Freundin dem Mann die Kehle rausriss, wie sie ihm mit ihren Händen den Kopf nach unten drückte und vollkommen wahnsinnig sein Blut schluckte.

Nachdem die anderen sich gefangen hatten, griffen sie die junge Frau an. Sie versuchten sie von ihm wegzuziehen, doch das endete nur darin, dass sie einen Zweiten gegen die Mauern schleuderte und dann dem Dritten wieder an die Kehle ging. Aurora wusste was sie empfand. Sie kannte diesen Hunger. Einen Hunger, der jedes bewusste Denken ausschaltete und nur noch die Gier nach Blut übrig ließ. Kurz blickte sie nach links zu Alistair. Er betrachtete sie kalt.

„Wolltest du etwas sagen?" Aurora schüttelte langsam den Kopf und sah wieder nach unten.

Es war ein ungleicher Kampf und doch hatten die Ordensbrüder nun auch Ira einiges an Verletzungen beigebracht und die junge, rothaarige Frau hatte inzwischen zumindest ein Mindestmaß ihrer Selbstkontrolle zurückerhalten. Aurora sah die Angst in Iras Augen, in ihren Bewegungen und in ihrem jetzt eher zögerlichen Verhalten. Aber wenn sie nicht kämpfte, dann würde sie dort sterben. Sie musste ihr helfen, doch war Aurora vollkommen klar, sollte sie auch nur einen Ton sagen oder wegsehen, dann wäre der Tod noch das harmloseste, worauf Ira oder sie hoffen dürften.

Die Männer umrundeten Ira langsam, als eine weitere Person die Arena betrat. Ein eher kleinerer Mann mit schwarzen Haaren und zu Lebzeiten wohl sonnengefärbtem Teint. Er blieb in der Mitte stehen, sah direkt zu Alistair hoch und nickte höflich. Sein offenes Lächeln passte so überhaupt nicht zu diesen Moment und in das Szenario. Aurora hatte das Gefühl diesen Mann schon mal gesehen zu haben, konnte sich aber beim besten Willen nicht erinnern wann und wo. Das Raunen der anwesenden Vampire am Rand lenkte sie kurz ab. Scheinbar waren sie über Anwesenheit der Person unter ihnen erstaunt.

Selbstsicher und ohne jedes Anzeichen von Angst ging der an den Ordensbrüdern vorbei auf Ira zu.

„Es tut mir leid, was du geworden bist und ich vergebe dir was du getan hast. Ich weiss, dass du es dir nicht selbst ausgesucht hast. Auch sie wissen es. Und nun hör auf zu kämpfen." Ira schien sich zu entspannen und wich nicht weiter zurück. Doch als Marius hinter ihr auftauchte, zuckte sie sofort zusammen.

„Du vergibst meinem Kind?" Marius lachte. „Was möchtest du meinem Kind vergeben? Dass sie ist, was sie ist? Dass sie das ist, was auch du bist? Was wir alle sind? Oder, dass sie unfähig ist. Zu Schwach. Möchtest du ihr ihre Unfähigkeit vergeben? So wie unser Erzeuger dir deine Unfähigkeit und deine Schwäche vergeben hat?"

Die beiden sehr ungleichen Männer standen sich nun direkt gegenüber.

„So sehen wir uns also wieder, Bruder."

Tacitus war nicht nur einen ganzen Kopf kleiner als Marius. Seine ganze Ausstrahlung hatte keinerlei Ähnlichkeit mit der des massigen, gewaltbereiten Mannes. Er wirkte vollkommen ruhig und überlegt.

„Für Gott." Einer der Ordensbrüder stieß Marius seinen Dolch von der Seite in den Hals.

Der große Mann reagiert unheimlich schnell und gelangweilt. Er packte seinen Angreifer, riss ihn in der Mitte auseinander und ließ ihn fallen. All das geschah so schnell, dass dem Toten nicht einmal genug Zeit blieb, seinen Mund zu schließen. Ira versuchte sich zu entfernen, doch Marius packte sie an den Haaren.

„Was willst du von ihr?“ Tacitus ging rückwärts wieder in die Mitte der Arena. „Du willst doch mich und nicht dieses kleine Mädchen. Auch wenn sie natürlich viel eher deinen Fähigkeiten entsprechen würde.“

Marius lachte und ließ Ira los. „Stimmt, für sie hab ich noch viel Zeit.“

Er folgte dem Kleineren.

„Weißt du, warum unser Erzeuger mich gewählt hat?“

Tacitus blieb weiterhin vollkommen ruhig, während er mit Marius sprach. „Weil du dumm bist! Weil du, außer deiner Kraft, vollkommen unfähig bist, an etwas zu glauben oder etwas zu begreifen.“

„Das sagt gerade der Mann, der sich seit fast 1000 Jahren auf der Flucht befindet. Der Mann, der lieber liest anstatt sich in der Arena zu beweisen. Der Mann, der eine Schande für unsere Art darstellt.“

Aus Marius Stimme konnte man den Willen zu töten deutlich heraushören.

„Kämpfe werden auf den unterschiedlichsten Schlachtfeldern geschlagen. Und dieses unser Treffen war unausweichlich, doch die Zeit war bis jetzt noch nicht reif. Auch wenn ich zugeben muss, dass mir ein anderer Ort lieber gewesen wäre. Aber nicht wir suchen uns den Ort unserer Geburt oder unseres Todes aus. Dieses Vorrecht hat nur Gott.“

„Dann scheint mein Herr deinem Gott überlegen zu sein, denn er hat den Ort deines Todes gewählt.“

Tacitus lachte auf. „Halt. Es ist zu stark für euch.“ Seine Worte hielten zwei der Ordensbrüder davon ab Marius anzugreifen. „Das ist eine Sache zwischen ihm und mir.“

Alle im Raum über ihnen konnten den Gesprächen so folgen, als würden die Personen direkt mit ihnen sprechen und Aurora überlegte kurz, was der Mann dort unten bezweckte. Warum reizte er Marius noch?

Sie sah zu den Ordensleuten hinüber. Abraham hatte die Augen geschlossen und schien zu beten. Samuel dagegen stöhnte leicht, der Schlag hatte wohl gesessen. Die Vampire auf der anderen Seite betrachteten das Geschehen unter sich voller gespannter Neugier. Sie wusste, sie sollte es ihnen gleichtun.

„Auch wenn mir sehr bewusst ist, dass der Sieger schon feststeht. Selbst wenn er zu schwach zum Gewinnen ist. Dein Herr und Meister kann doch keinesfalls zulassen, dass sein Schoßhündchen verliert."

Marius begann zu schnauben.

„Ich brauche garantiert keine Hilfe, um dich zu vernichten. Niemand wird in diesen Kampf eingreifen."

Tacitus lachte wieder. „Natürlich nicht, Bruder. Natürlich nicht. Wenn du das wirklich glaubst, warum stehen dann hier überall seine Wachen? Warum wohl? Weil er weiß, dass du verlieren wirst."

„Genug der Worte!"

Marius griff wütend an. Der Kampf war brutal. Die beiden Männer schenkten sich nichts, und auch wenn Tacitus körperlich so unterlegen wirkte, war sein Stil dem von Marius deutlich überlegen. Der Kampf wurde ohne Waffen ausgetragen, so wie Marius es bevorzugte. Ihrer beider Blut spritzte in alle Richtungen und nach kürzester Zeit waren kaum mehr die eigentlichen Personen durch das blutige Durcheinander an halb eingeschlagenen Schädeln und fehlenden Gliedmaßen zu erkennen.

Während die noch stehenden Ordensmänner versuchten, Tacitus zu unterstützen, fiel einer nach dem anderen den Kräften der beiden Vampiren zum Opfer. Selbst Tacitus machte im Kampfesrausch keinen Unterschied mehr, wer sich ihm in den Weg stellte.

Die vormals so saubere Arena hatte sich in eine blutgetränkte und mit Körperteilen überzogene Leichenhalle verwandelt. Als der Boden langsam wieder milchig und die Schreie und der Kampflärm leiser wurden.

Aurora wusste, dass der Kampf noch lange nicht beendet war. Die beiden waren sich zu ebenbürtig. Das Letzte, was sie noch deutlich sehen konnte, war, wie Ira sich am Rand zusammengekauert hatte. Die Beschaffenheit des Bodens ließ jetzt nur noch Bewegungen und Personen erkennen, aber kaum mehr Einzelheiten. Aber immerhin war die junge Frau noch am Leben, wenn man es so nennen konnte.

„Freust du dich, deine Freundin zu sehen?" Alistairs Stimme klang gefährlich weich.

„J…" Aurora unterdrückte das Wort und nickte dankbar.

„Du darfst mir ruhig Antworten."

„Ja, Herr. Ich bin sehr dankbar und ergeben, dass ihr Ira einen Platz in unserer Gesellschaft erlaubt."

Alistair nickte zufrieden.

„Ich bin gespannt, wie du es nutzen wirst."

Mirabell konnte ihre Eifersucht und ihren blanken Neid kaum mehr verhehlen. Sie musste sich um die Nachkömmlinge der bald erscheinenden Anführer anderer Städte kümmern, musste hier am Rand mit diesen anderen Vampiren zusammen knien, während Aurora direkt bei Alistair stehen durfte. Noch nie durfte sie sich, wenn andere anwesend waren, so deutlich an seiner Seite aufhalten, bis auf den Abend vor ein paar Wochen an dem er sie auch noch geküsst hatte.

Das war der erste und einzige Kuss, den sie je von ihm erhalten hatte. Sie wünschte sich gerade nichts sehnlicher, als Aurora zu töten. Sie musste ihm unbedingt beweisen, dass sie besser war. Doch im Moment war sie erstmal über diesen Mann, der dort unten im Kampf gegen Marius stand, verwundert.

Bisher hatte noch niemand dieser Naturgewalt so lange widerstehen können. Einer der Anwesenden hatte ihn Tacitus genannt.

Sie kannte den Namen, hatte schon das eine oder andere Mal von ihm gehört, ihn aber noch nie selbst zu Gesicht bekommen. Er gehörte dem Orden an und war sogar seit einigen Jahrhunderten dessen Großmeister. Auch wenn sie nie verstanden hatte, wieso ein Orden, der Vampire jagte, so viele Vampiren in seinen Reihen haben konnte. Aber wenn er hier war, dann waren ihre Versuche, Informationen zu erhalten, völlig sinnlos gewesen. Wieder hatte sie versagt. Kurz hoffte Mirabell, dass dieser Tacitus seinen Bruder Marius vernichten würde, verbot sich den Gedanken aber sofort.

„Und nun bringt unsere Ehrengäste herein." Alistair sah zwei der Wachen direkt an, die schnell eine der Seitentüren öffneten. Aurora folgte seinem Blick und wäre fast innerlich zusammengebrochen, als sie weitere Vampire, zwei gefesselte, geknebelte und mit Kapuzen versehene Männer hereintragen sah. Sie trugen die beiden Körper in ihren Armen, wie kleine Kinder ihre Puppen.

Unweit vor Abraham und dem langsam wieder endgültig zu Bewusstsein kommenden Samuel stellten sie die Männer ab und zogen die Kapuzen herunter. Aurora wusste schon bevor sie die Türschwelle überschritten hatten, wer sie waren. Und doch zwang sie sich, ihnen direkt ins Gesicht zu sehen. Alistair verzog keine Miene, während die beiden Bewacher ihren jeweiligen Gefangenen so in die Kniekehlen schlugen, dass einer nach dem anderen unsanft mit den Knien auf dem Boden aufschlug.

„Nehmt ihnen die Knebel raus."

Aurora betrachtete Tristan. Sie hatten ihm die Hände abgeschlagen. Nicht, dass das für einen Vampir dramatisch wäre, er konnte sie jederzeit nachwachsen lassen. Aber es brauchte natürlich Zeit und einiges an Blut bis ganze Körperteile sich regenerieren konnten und Tristan stand beides nicht mehr zur Verfügung. Raoul hingegen wirkte vollkommen unverletzt, wenn man von den paar kleineren Blessuren absah, die ihm seine Bewacher scheinbar erst kürzlich zugefügt hatten.

„So sehen wir uns also wieder."

Tristan versuchte bei Alistairs Worten aufzustehen, doch der Mann hinter ihm hielt ihn am Boden.

„Hat man dir in so vielen Jahrhunderten nicht beigebracht vor deinem Herrn zu knien?“ Alistair klang amüsiert.

„Nur Gott ist mein Herr.“

„Ah, ja. Ich vergaß. Du betest ja diesen Zimmermann und seinen Vater an. Nun, wenigstens verstehst du dann etwas von dem Verhältnis eines Kindes zu seinem Erzeuger. Ist dieser Zimmermann nicht damals für seinen Vater am Kreuz gestorben?“

Tristan schüttelte nur den Kopf. „Er ist für die Vergebung unserer Sünden gestorben. Er hat sich geopfert, um den Menschen die Freiheit der eigenen Entscheidung zu bringen.“

Alistair lachte.

„Eine schöne Geschichte. Sie amüsiert mich schon seit so langer Zeit. Gab es damals nicht auch einen Mann, der diesen Zimmermann verraten hatte?“

„Ja, sein Name war Judas. Aber habt ihr uns gefangen nehmen lassen, um über Gott und die Bibel zu diskutieren?“

„Warum nicht?“ Alistair sah Aurora aufmerksam an. „Was hältst du von der Vergebung, die dieser Sohn ihres Gottes predigt? Oder sagen wir besser: einmal gepredigt hat.“

Er nickte ihr kurz zu und sie begann zu sprechen.

„Jeder ist für seine Taten selbst verantwortlich und jede Tat hat ihre Konsequenzen. Nur wer die Konsequenzen seines Handelns tragen kann, ist würdig gesehen zu werden. Vergebung ist ein Zeichen von Schwäche. Denn wer vergibt, akzeptiert die Unfähigkeit des anderen, sich der Konsequenzen des eigenen Handelns bewusst zu sein. Vergebung ist der wahre Türöffner für Chaos und unkontrollierbares Verhalten.“

Aurora sprach diese Worte mit solch einer Überzeugung aus, dass es für einen Moment still im Saal wurde. Alle starrten sie an.

„Um Vergebung muss immer gebeten werden und von jemand anderem gewährt werden. Ein wahrer Anführer aber, darf niemals in eine solche Abhängigkeit von einem anderem geraten!

Vergebung ist nur für die Schwachen und Unfähigen gedacht, um ihnen eine Ausrede für ihre eigene Inkompetenz zu liefern. Wer um Vergebung bittet ist einfach nur zu erbärmlich, die Konsequenzen seines Handelns zu tragen!"

Alistair nickte erneut.

Tristan konnte sich nicht mehr zurückhalten und schrie den beiden entgegen. „Nein! Das ist nicht wahr! Wahre Vergebung zu gewähren, ist die größte Stärke zu der wir fähig sind. Einem Feind seine Taten zu vergeben, nachdem er eingesehen hat, dass sie falsch waren, ist keine Schwäche. Es ist die selbstloseste Tat, zu der ein fühlendes Lebewesen in der Lage ist. Nur durch Vergebung können wir wirklich frei sein und allen Hass hinter uns lassen."

„Dann bin ich einmal gespannt, ob du auch ihm vergeben wirst."

Alistair sah kurz in Richtung des Spaniers. „Macht ihn los."

Tristan riss seinen Kopf nach links.

Die Wachen lösten Raouls Fußfesseln und hoben ihn hoch.

„Du? Du bist derjenige?"

Aurora hoffte nur, dass ihr Gesichtsausdruck nicht dem von Tristan ähnelte.

Der kleine Spanier trat einen Schritt von Tristan weg. „Ja, ich, Bruder."

„Nenn mich nicht mehr Bruder, du verfluchter Verräter."

„Du warst der Verräter, Tristan! So lange bin ich dir gefolgt, habe deine Worte nie angezweifelt und dir bei allem geholfen. Aber dann? Du hattest eine Waffe gegen ihn und was hast du getan? Du hast sie gehen lassen. Du hast den Orden verraten. Du hast uns alle für deine eigenen Wünsche verraten."

Raoul blieb ruhig, auch wenn jeder im Raum die Anspannung spüren konnte. „Ich sagte dir einmal: Ich habe gelernt zu überleben. Und genau das habe ich getan. Du hast es nicht bemerkt, doch wir hatten in dem Augenblick verloren, als du sie hast einfach so gehen lassen. Du bist schwach geworden. Und einem Anführer, dem man nicht mehr vertrauen kann, der nicht mehr die Stärke hat, die man nötig ist, dem folgt man nicht mehr!

Hast du wirklich geglaubt, sie würde dich lieben? Hast du das wirklich geglaubt? Jeder hatte dich gewarnt. Jeder hat dir gesagt, wer sie wirklich war. Doch du hast auf niemanden hören wollen."

Tristan sah ihn weiterhin nur an.

Dafür schrie Samuel plötzlich wie von Sinnen. „Du hast ihnen gesagt, wo er uns finden kann? Du hast alle deine Brüder verraten? Du hast alles verraten, an was wir glauben? Für was?"

„Für mein Leben."

„Glaubst du wirklich, dass er dich leben lassen wird? Er wird dich genauso vernichten wie uns. Du bist ein Verräter! Und selbst wenn nicht? Was ist das für ein Leben als Sklave?"

Raoul zog kurz die Augenbraue hoch.

„Es ist zumindest ein Leben. Und wenn ich in den Jahrhunderten etwas gelernt habe, dann ist es: Lerne von den Besten und genau das werde ich immer machen."

Tristan schüttelte nur langsam den Kopf. Aurora konnte seine Qualen spüren, während Alistair langsam aufstand.

„Wirst du ihm vergeben, wie dein Gott es erwartet? Oder möchtest du ihn lieber für seinen Verrat bezahlen lassen? Und, diese eine Frage finde ich wirklich spannend, glaubst du wirklich, dass Aurora dich geliebt hat und dich womöglich immer noch liebt?"

Seine Fragen klangen ernst und doch wusste jeder im Raum, dass sie eher seiner Belustigung, als einer wirklichen Antwort dienten.

„Um Vergebung zu gewähren, muss um Vergebung gebeten werden. Er hat uns und seinen Gott verraten und ihn erwartet dafür die Strafe Gottes. Es steht mir nicht zu, etwas zu gewähren, was nicht erbeten wurde. Und ja, du Monster: Sie hat mich geliebt! Sie ist für mich gestorben! Ich weiß es und ihr wisst es ebenfalls!"

Tristan sah Alistair direkt und furchtlos an. Auch wenn sie weit genug voneinander entfernt waren, war die tödliche Spannung deutlich spürbar.

„Ist dem so?" Alistair drehte sich zu Aurora um.

Sie hatte gewusst, dass dieser Augenblick kommen würde. Sie erinnerte sich plötzlich an den Moment des ersten Zusammentreffens mit dem jungen Priester, dessen Namen sie nie erfahren hatte. In der winzigen Kirche, in dem kleinen Küstendorf vor so unendlich vielen Jahren. An ihren kindlichen Versuch, ihn zu warnen und an Symions Worte danach: „Gut gemacht. Du bist wirklich besser, als ich es für möglich gehalten hätte."

Dieser ungewollte Verrat war die letzte Prüfung gewesen. Die letzte Tat, die sie noch als Mensch vollbracht hatte. Damals verstand Aurora den Sinn dahinter nicht, aber was wusste dieses dumme Kind schon, sie wünschte sich doch nur, bei ihm zu sein.

59.

Aurora ging zwei Schritte nach vorne.

„Als ich Tristan das erste Mal traf, erinnerte er mich ein wenig an euch. Seine Ausstrahlung hatte Würde und er wirkte, für einen Menschen, sehr erhaben. Er strahlte diese innere Überzeugung aus, dass er sich niemals jemandem beugen würde. Ich glaube, das ist mir damals als Erstes aufgefallen. Natürlich war er nicht annähernd mit euch vergleichbar, aber trotzdem sah ich etwas von euch in ihm.

Eigentlich wollte ich ihn zuerst nur brechen, so wie ich es von euch gelernt hatte. Ihn zu einem gefügigem Diener eurer Sache machen. Doch dann lernte ich ihn näher kennen und schenkte ihm eine gewisse Zuneigung. Diese Art von Zuneigung, die euer niemals würdig wäre. Und ich erhielt tatsächlich etwas zurück. Er zeigte mir, was es heißt, auf solch eine Art gewollt zu werden. Und das von einem Priester. Es war eine vollkommen neue Erfahrung."

Aurora ging weiter durch den Raum auf Tristan zu.

„Ich genoss dieses Gefühl. Ein Gefühl, das nur träumerische Menschen empfinden können. Ein Gefühl, dass so kurzlebig ist, wie ein Windhauch."

Sie kniete sich vor den blonden Mann, nahm seinen Kopf in ihre Hände, streichelte ihm über die Narbe und küsste ihn auf die Stirn. Die Wache wollte Tristan wegreißen, doch Alistair stoppte ihn mit einer Handbewegung.

„Doch ich war damals kein träumerisches kleines Mädchen. Und ich bin es auch heute nicht."

Während ihrer letzten Worte streichelte sie noch einmal über die Narbe, stand auf und wendete sich zu Raoul um. Ohne zu zögern, küsste sie den Spanier leidenschaftlich. Raoul wirkte überrascht, während er ihren Kuss erwiderte.

Als sie sich trennten, lächelte Aurora Tristan an.

„Ich sagte es dir, in der Nacht als du mich gefangen gehalten hattest, schon einmal: Nein, ich habe dich nie geliebt. Ich habe lediglich diesen menschlichen Körper gewollt. Einen Körper der mir das geben konnte, was ich so nicht kannte. Es gab, gibt und wird immer nur einen Mann geben, den ich liebe und dem ich mit allem, was ich bin, gehöre. Das war vom ersten Augenblick so als ich ihn traf und wird niemals enden. Alles was ich jemals getan habe, habe ich für ihn getan. Alles war in seinem Sinn und nach seinem Wunsch. Und Tristan, falls es dir immer noch nicht klar ist: Auch unsere Treffen damals und heute waren sein Wunsch. Und wie du siehst, nicht nur du erliegst meinem Charme."

Sie sah wie etwas in Tristans Augen brach. Wie sein Wille nachgab. Er spürte, dass ihre Worte wahr waren. Aurora wusste genau, dass Alistair diesen Schmerz des Kriegers mehr genoss, als alles was er ihm hätte antun können.

Während sie sich umdrehte und zu Alistair zurückkehrte, brüllte einer der Ordensbrüder etwas auf Lateinisch. Doch seine Aussprache war so undeutlich, dass Aurora ihn nicht verstand, und der kurze Knall, als die Kugel den Lauf verließ und der fast kopflose Körper auf den Boden aufschlug, beendete es sowieso abrupt.

Sie spürte die Blicke der Anwesenden auf sich. Oft genug hatten diese Blicke sie verfolgt. Blicke des Hasses, des Neids und der kaum verhohlenen Begierde. Als sie vor Alistair stehen blieb, nickte er nur einmal.

„Gut. Damit ist ja alles gesagt worden. Ich denke wir können uns dann jetzt um die wichtigen Dinge kümmern."

Er sah zu dem Spanier und dann zu den drei noch übrigen Ordensbrüdern. „Beende deinen Verrat."

Samuel funkelte Raoul hasserfüllt an, als er sich ihnen näherte, während Abraham nicht aufhörte, leise zu beten.

Raoul tötete einen nach dem anderen. Aurora sah das immer wiederkehrende kurze Zögern und wusste, dass dieser Moment ihn für immer verändert hatte.

„Soll ich auch ihn töten?“ Raoul sah zu Tristan.

„Nein, er ist aus meinem Blut. So etwas steht Abschaum wie dir nicht zu. Ein Erzeuger ist für die Taten seines Kindes verantwortlich. Und er wird ihn auch richten.“

„Mein Herr? Darf ich eine Bitte äussern?“ Aurora blickte Alistair demütig an. „Gestattet ihr mir, ihn nicht sofort zu vernichten? Gestattet ihr mir, ihm die Zeit zu lassen zu begreifen, dass nur er alleine für alles was geschehen ist die Schuld trägt? Dass er vollkommen begreift, dass er nicht nur seinen Gott verraten hat, indem er ein Vampir geworden ist und weiter gelebt hat, sondern dass er auch noch seinen geliebten Orden in den Abgrund geführt hat?“

„Nein! Töte mich hier und jetzt. Bring es zu Ende.“ Tristan brüllte ihr die Worte entgegen.

Alistair dachte einen Moment nach und nickte.

„Bringt ihn weg. Den Verräter auch.“

„Nein!!! Tötet mich endlich!“

Die Wache steckte ihm etwas in den Mund, während er ihn nach draußen trug. Das erste Mal seit ihrem Eintreten richtete sich Alistairs Aufmerksamkeit auf Mirabell und die anderen anwesenden Vampire.

„Teilt den unseren mit, dass der Orden nicht mehr existiert. Sollten sie irgendwo noch versprengte Mitglieder finden, dann erwarte ich, dass man sich an den heutigen Ereignissen ein Beispiel nimmt.“

Die Angesprochenen nickten andächtig und mit offenem Respekt.

„Mirabell wird sich weiterhin um euch kümmern. Verlasst uns jetzt.“

Einer nach dem anderen erhob sich und verließ den Raum. Wenn man von den vier großen Blutlachen und dem immer noch wütenden Kampf unter sich absah, wirkte alles plötzlich wieder wie zu Anfang, als Alistair Aurora plötzlich packte, zu sich zog und ihren Kopf unsanft in beide Hände nahm.

60.

„Hatte ich dir erlaubt ihn anzufassen?"

„Nein Herr." Aurora spürte, wie ihr Schädelknochen langsam nachgab. „Aber ihr brachtet mir bei, dass nur absoluter Gehorsam und uneingeschränkte Macht, andere dazu bringen kann sich einem zu fügen. Doch ihr habt etwas vergessen: Liebe ist noch viel erfolgreicher. Jemanden zu zwingen, sorgt dafür, dass er alles tut solange er muss. Liebe sorgt dafür, dass er alles tut egal, wann und zu welcher Zeit. Weil er es will. Weil er nicht anders kann. Ihr habt mich damals nicht ausgewählt, weil ich am gehorsamsten war, sondern weil ihr wisst, dass meine, vorhin gesagten, Worte wahr sind. Und dass ich euch mehr liebe als mein Leben."

Sie hörte das erste Knacken ihrer Wangenknochen, die unter dem Druck nachgaben.

„Ich fragte dich, ob ich dir erlaubt hatte ihn anzufassen und diesen Abschaum sogar vor aller Augen zu küssen?" Alistairs Stimme klang ungehalten.

„Nein! Ich wusste nur, dass ich ihn so mehr verletzten würde als ich es nur mit meinen Worten gekonnt hätte. Bitte … ."

Seine Hände lockerten sich langsam. Noch nie hatte sie ihn so wütend erlebt. Sie griff sich ins Gesicht, dann in den Mund und versuchte ihre Knochen wieder gerade zu rücken.

„Ich habe dir Ira geschenkt und du dankst es mir, in dem du dich benimmst wie eine billige Strassendirne?"

Ira? Für einen kurzen Moment hatte Aurora ihre Freundin fast vergessen.

„Lebt sie noch?" Alistair nickte. „Wahrscheinlich. Aber nach dem was du gerade getan hast, bin ich mir nicht sicher, wie lange das noch so sein wird."

„Bitte, ich wollte euch nicht erzürnen. Ich wollte Tristan nur vollkommen brechen. Ihm ein letztes Mal zeigen für was oder wen er alles geopfert hat. Ihm die Möglichkeit geben zu entscheiden ob es das wirklich wert war. Ihm seinen Glauben nehmen."

Aurora sah sich bei ihren Worten um. Sah die nicht mehr existente Leiche des alten Priesters Abraham dort liegen, den Kopflosen und den Mann, den sie Samuel genannt hatten. Sie erinnerte sich an die unzähligen toten Augen so vieler junger Männer und Frauen. An die zerschundenen Körper und die Schreie. An die Momente in denen sie den Mann, den heute alle Alistair nannten, voller Liebe und Hingabe angesehen hatte. Aber auch, an alle Momente in denen sie einsam und alleine auf dem Boden lag und versucht hatte das alles zu begreifen, irgendwie damit klar zu kommen.

An die Strafen und die Einsamkeit ihrer jetzigen Jugend als Mensch. An die wenigen Momente, in denen sie lachen konnte. An die letzten Worte der Frau, die einmal ihre Mutter war. Aurora spürte seit dem Kuss mit Raoul, den Behälter in ihrem Hals. Er hatte ihn ihr tief in den Mund geschoben und nun steckte er dort wie ein Mahnmal. Eine deutliche Erinnerung an ihr letztes Gespräch zu dritt auf der einsamen Landstraße mitten in Frankreich. Einem Gespräch, bei dem es um die Grausamkeiten ihres Herrn und die Frage über ihre Meinung darüber ging. Sie hatte damals nicht geantwortet, doch sie konnte sich nicht gegen das Zuhören wehren. Sie hatte die Kapsel schon so weit hervorgeholt, dass sie ihn ausspucken konnte. War es das alles wert gewesen? Waren diese ganzen Opfer wirklich nötig? Aber die wichtigste Frage lautete: Konnte sie es wirklich tun?

„Ob du ihn brichst oder nicht, ist mir vollkommen egal. Du wirst dich nie wieder in solch einer Art und Weise in der Öffentlichkeit benehmen. Komm! Wir haben noch etwas zu tun." Alistairs Worte rissen Aurora aus ihren Gedanken.

„Ja, ich gehöre dir, aber nicht, weil du mich dazu gezwungen hast, sondern weil ich es so wollte. Es ist und war schon immer meine eigene Entscheidung."

Alistair sah sie verwundert an, während Aurora ihn schnell küsste. So schnell, dass sie keine Zeit mehr hatte nachzudenken, so schnell, dass er sich nicht dagegen wehren konnte.

Aurora hörte noch das leise einmalige Ticken in ihrem Inneren, bevor sie ihren Mund öffnete und die unmenschliche Hitze ihren Kopf und alles, was sich im unmittelbaren Umfeld darum befand, in Bruchteilen von Sekunden in Asche verwandelte. Nur sie konnte jemals so dicht an ihn herankommen, dass dieser unscheinbare Behälter und sein Inhalt solch eine Wirkung entfalten konnte. Reines weißes Phosphor brannte bei Kontakt mit der Luft mit einer Hitze von 1300 Grad Celsius. Zu heiß für Knochen, zu heiß für alles, was verbrennen konnte. Doch es hatte nur eine minimale Reichweite.

Im Augenblick ihres Todes registrierten ihre Augen noch, wie sein Gesicht sich auflöste, wie seine Knochen zu Boden rieselten, seine Augen einen Ausdruck von Panik annahmen und sie wusste, dass selbst er nicht schnell genug sein konnte, um nun noch zu entkommen.

Ihre letzten Gedanken galten den beiden Männern in ihrem Leben. Dem Einen, mit dem sie nun starb und dem anderen, dessen Freund ihr bei einem Kuss die kleine Bombe in den Mund geschoben hat. Sie spürte die Hitze nur allzu deutlich und presste sich fester an Alistair, denn seine Lippen auf ihren, das war das Einzige, was sie immer wollte, und es war das Letzte, das sie wirklich wahrnahm, bevor beide engumschlungen verbrannten.

61.

„Ein Attentat? Nein, die Gefangenen sind alle eingesperrt." Die Wachen liefen wild durcheinander.

„Der Herr ist tot? Wiederholen sie die Aussage noch einmal. Sind sie sich da sicher? Das kann nicht sein. Sind sie sich vollkommen sicher?"

Raoul sah Tristan in der Nachbarzelle gefesselt und geknebelt an die Wand gekettet. Sein Gesicht war vollkommen in sich zusammengefallen.

Tristan und Raoul wanderten langsam durch das vollkommen leergeräumte Anwesen. Nichts erinnerte mehr an seinen vormaligen Besitzer, oder an das, was hier einst geschehen war.

„Ich kann immer noch nicht glauben, dass das nun alles dir gehört." Raoul sah sich andächtig um. Er konnte nur erahnen, welche Pracht dieses Anwesen besessen hatte, bevor sein Freund es komplett ausräumen ließ.

Tristan nickte nur.

„Ob das wirklich sein Wunsch war? Oder meinst du, er hat gelogen?"

Tristan erinnerte sich an diese schicksalhafte Nacht vor vielen Wochen zurück. An den Moment als sie in ihrem Gefängnis auf ihre Vernichtung oder vielleicht doch einen Sieg von Tacitus gewartet hatten und es ihm persönlich vollkommen egal gewesen war, was weiter geschehen würde.

Jedenfalls so lange, bis plötzlich Eduard zu ihm kam.

Tristan würde die Worte des alten Dieners von Alistair nie vergessen.

„Hatte Sie eine Chance meinen Herrn zu töten, ohne dabei selbst zu sterben?"

Als er nicht sofort antworten konnte, wiederholte der Diener seine Frage. Tristan nickte schließlich und gab zurück. „Ja, die hatte Sie.“

Eduard zog eine Schlüsselkarte hervor und öffnete die Tür. „Dann habe ich sie richtig eingeschätzt.“

Auf Tristans irritierten Blick reagierte er nicht. Er formulierte nur einen klaren Befehl an die Wachen, die ihn aufhalten wollten.

„Dies ist der Wunsch meines Herrn! Lasst die Gefangenen frei und setzt Herrn Marius in Kenntnis. Dieser Mann hier ist, Tristan, der Enkel unseres Herrn! Seinem Wunsch entsprechend, soll er sein Erbe antreten!“

Die Bewaffneten wirkten extrem verwirrt, doch dann gehorchten sie doch, wenn auch widerwillig. Raoul und die anderen Gefangenen waren genauso erstaunt, wie Tristan selbst.

„Mir ist bewusst, dass ihr euch wundert Herr Tristan. Aber ich kenne euch seit über 200 Jahren. Ich kenne euren Namen, eure Bilder und viele eurer Taten. Mein Herr hat öfter über euch geredet, als über Mirabell oder irgendjemand anderen. Und auch, wenn ihr auf der falschen Seite standet, war seine Stimme, euch gegenüber, nie voller Verachtung. Ab und an hatte ich sogar das Gefühl, so etwas wie Stolz herauszuhören.

Mein Herr hat euch, Tristan, als seinen Enkel anerkannt. Als Sohn, seiner einzig wahren Tochter. Und sein Wille war und ist das Einzige, was je für mich zählte. Sein Erbe muss gewahrt werden und seine Linie muss in seinem Sinne fortgeführt werden. Die Herrin Aurora existiert nun nicht mehr und Mirabell ist eine vollkommen inkompetente Person. Daher bitte ich euch, tretet sein Erbe an, bevor sie all das übernimmt und in den Abgrund führt.“

Tristan starrte ihn einfach nur an.

„Ihr habt keine Zeit zu verlieren! Sie ist oben und sie wird garantiert nicht zögern. Geht schon!“

Die folgende Auseinandersetzung verlief sehr kurz und absolut unblutig.

Eduard sprach sich vehement für Tristan aus, und keiner der anwesenden Vampire war bereit, sich auf Mirabells Seite zu stellen. Auch Marius nicht, der ihnen, nach einer Orgie der rasenden Zerstörung, den zerfetzten Körper von Tacitus, vor die Füße warf und widerwillig hervorwürgte.

„Der Diener hat recht. Der Junge entstammt dem Blut meines Herrn. Und Alistair akzeptierte ihn, als seinen Enkel. Nur er kann sein Erbe sein, nicht dieses unfähige, missratene Ding, das sich seine Tochter nennt.

Aber wisse Tristan: Ich akzeptiere dich und das für was du stehst, nicht und werde dich eines Nachts zur Strecke bringen. Nur nicht hier und heute! Und sagt meinem Bruder, wenn er sich wieder erholt hat, dass dieser Kampf nicht unser letzter gewesen sein wird!"

Dann verließ er mit Ira das Haus.

Diese ganzen Ereignisse lagen jetzt schon viele Wochen zurück und Tacitus erholte sich immer noch von seinen Verletzungen.

Die wenigen verbliebenen und versprengten Ordensbrüder waren wieder zusammen gekommen und formierten sich neu. Doch noch immer waren die dunklen Erinnerungen und all der Schmerz nicht verblasst, und würden noch lange ihre unheilvollen Schatten werfen.

Eduard hatte Tristan einige Nächte geholfen, den Besitz und das Personal zu organisieren, und folgte dann seinem Herren in den Tod. Raoul und er hatten mehrfach versucht, ihn umzustimmen, doch seine letzten Worte lauteten nur: „Ich habe meinen Herrn fast so sehr verehrt und geliebt, wie sie es tat. Auch wenn ihr es nicht versteht. Aber vielleicht werdet ihr das eines Tages. Geht weise mit eurer Macht um."

Oft hatte Tristan darüber nachgedacht, was diese Worte bedeuten sollten, doch noch fand er keine Antwort.

Schließlich erreichten die beiden ihr eigentliches Ziel.

Andächtig blieben sie vor dem lebensgroßen Porträt Auroras im ehemaligen Arbeitszimmer stehen. Nur ihr Bild und die kleine silberne Gedenktafel darunter würden diesen Ort niemals verlassen.

„Aurora, geliebte Tochter und Mutter. Mögest du im Tod endlich das finden, was dir zu Lebzeiten immer verwehrt wurde. Niemals werden wir dich vergessen! Gott sieht alles!"

Tristan kniete sich vor dem Bild nieder und Raoul legte ihm die Hand auf die Schulter.

„Bruder, sie hat es für dich getan. Ich hätte es nie geglaubt, dass das was du in ihr gesehen hast, wirklich existiert. Doch du hattest Recht. Sie folgte wahrlich ihrem eigenen Weg und diente ihm nicht nur als sein Werkzeug. Und selbst wenn sie es einmal war, so endete es in dem Augenblick, als sie dich traf.

Denk nicht mehr an ihre letzten Worte, sondern erinnere dich an ihre Tat. Lass für sie sprechen, wie sie sich geopfert hat, um ihn zu vernichten. Denn sie hat es nicht für den Orden oder Gott gemacht. Sie hat es für dich und die Überzeugung, die durch euer letztes ehrliches Gespräch entstanden ist, getan.

Damals, im Auto dachte ich nicht, dass sie ihre Worte ernst meinte. Ich war der Überzeugung, dass sie alles sagen würde, nur um wieder zu ihm zurück zu kommen, doch ich habe mich in ihr geirrt."

Tristan bedachte die Worte seines Freundes. Raoul hatte seit damals schon mehrmals versucht ihn aufzumuntern. Doch, auch wenn er immer dazu schwieg, Tristan wusste, dass es nur die halbe Wahrheit war.

Seine Gedanken schweiften ab, zurück zu der Nacht auf der Landstraße. Es war die letzte Nacht, in der er ihr wirklich nah sein durfte und an ihre damaligen Worte an ihn.

„Ich bin in dieser Höhle gestorben, weil ich wusste, dass du Blut brauchst, um weiter zu leben. Sie hätten dich sofort getötet, wenn sie dich gefunden hätten. Und es gab einfach kein anderes Blut, also musste ich dir meins geben.

Glaube mir, ich wollte nicht sterben, doch ich wollte noch mehr, dass du weiter lebst. Doch vergiss nie: Ich liebe diesen Mann, den du nur als Monster siehst. Mehr als du dir je vorstellen könntest. Ich habe ihn immer geliebt und werde ihn immer lieben.

Allerdings hast du in einer Sache recht. Was er tut ist einfach nicht richtig. Ich habe so lange versucht, damit zu leben und es hat irgendwie funktioniert, bis ich dich traf. Deine Ermordung jedoch konnte ich nicht mehr ignorieren. Ich hatte nichts getan, was das gerechtfertigt hätte. Ich hatte ihm doch gehorcht!

Solltest du deinen Plan allerdings wirklich umsetzen wollen, so kann und werde ich dir nicht versprechen dir zu helfen. Ich bitte dich, überlege dir, ob es keinen anderen Weg gibt.“

Ihre Worte schmerzten Tristan heute immer noch genau wie in dieser Nacht. Und bis heute nagten die Zweifel an ihrem Wahrheitsgehalt. Aber was er mit Sicherheit wusste, dieses Mal war Aurora nicht für ihn gestorben.

Sie war wegen ihm gestorben! Nur aufgrund seines unbändigen Hasses auf Alistair und ihrer daraus resultierenden Hoffnungslosigkeit. Er hatte sie zu einer Entscheidung gezwungen, bei der sie nur verlieren konnte.

„Was hast du nun mit dem Anwesen vor?“

Tristan sah in ihre gemalten Augen, stand auf und nickte. Er hatte eine Entscheidung getroffen.

„Hier ist sie mit ihm gestorben. Das Haus wird ihr Mausoleum werden.“

Als die beiden Freunde das Anwesen verließen, sah sich Tristan noch mal um.

Niemand sollte dieses Haus jemals wieder betreten und doch sollten die Geschehnisse hier nicht vergessen werden.

Folge der Autorin auf Facebook und Instagram, um keine Neuigkeiten mehr zu verpassen.

https://www.facebook.com/AnnB.Widow
https://www.instagram.com/ann_b.widow

Printed in Poland
by Amazon Fulfillment
Poland Sp. z o.o., Wrocław

50370347R00194